mtb

Isabelle Ronin

Du bist alles

Roman

Aus dem Englischen von
Christian Trautmann

mtb

MIRA® TASCHENBUCH

FSC
MIX
Papier
FSC® C014496

1. Auflage: Februar 2019
Deutsche Erstausgabe

Originaltitel: »Spitfire in Love«
The author is represented by Wattpad.

Leseprobe:

Originaltitel: »Chasing Red«
The author is represented by Wattpad.

Umschlaggestaltung: zero-media.net, München
Umschlagabbildung: FinePic / München
Lektorat: Ira Panic
Satz: GGP Media GmbH, Pößneck
Printed in Germany
Dieses Buch wurde auf FSC®-zertifiziertem Papier gedruckt.
ISBN 978-3-95649-877-0

www.mira-taschenbuch.de

1. Kapitel

Kara

Ich war drauf und dran, einen großen Fehler zu begehen.

Es wäre nicht das erste Mal, dass das passierte, würde aber auch nicht das letzte Mal sein. Sämtliche Gründe, die dagegensprachen, waren mir sonnenklar. Auch der Schmerz, der sich zwangsläufig aus dem ergeben würde, was ich im Begriff war zu tun, war mir mehr als vertraut, doch das hielt mich nicht davon ab.

Ich senkte die Lider, zählte im Stillen bis drei und schnupperte ausgiebig. Dann nahm ich einen Bissen der superkäsigen vegetarischen Lasagne, die es einmal in der Woche in der Mensa gab.

»Mhhh.« Ich seufzte hingebungsvoll und genoss den cremigen, salzigen, süchtig machenden Käsegeschmack in meinem Mund. Die weichen Nudeln. Das war meine Belohnung dafür, dass ich mich in dieser Woche so mustergültig verhalten hatte, und ich verdiente …

»Warum tust du dir das an?«

Ich machte die Augen wieder auf. Meine beste Freundin Tala stand vor mir, in ihrer vollen Größe von knapp einem Meter fünfzig und mit einem enttäuschten Ausdruck im hübschen Gesicht. Sie legte ihre Bücher auf den Tisch, warf ihre Tasche auf den Boden und setzte sich.

Ich grinste und schob mir einen weiteren Bissen in den Mund.

»Du bist laktoseintolerant«, erinnerte sie mich überflüssigerweise und schaute mir beim genießerischen Kauen zu.

Ich leckte mir den warmen Käse von den Lippen und stöhnte.

»Ich hatte einen beschissenen Vormittag bei der Arbeit, deshalb belohne ich mich mit dieser käsigen Perfektion.«

»Ich weiß, dass du jetzt glücklich bist.« Sie öffnete ihre Handtasche und holte eine quadratische, über und über mit Bildern süßer

Kätzchen beklebte Plastikbox heraus. Der Duft von Kräutern stieg auf, als sie ihr Lunchpaket öffnete. »Hast du vergessen, was beim letzten Mal in Professor Balajadias Seminar passiert ist?«

Angewidert verzog ich das Gesicht. »Ich habe die Tabletten genommen.«

Sie schüttelte den Kopf und nahm aus ihrer Tasche eine Serviette, in die Löffel und Gabel eingewickelt waren – sie benutzte stets beides beim Essen. »Du weißt doch, dass die bei dir nicht wirken.«

Ich warf ihr einen finsteren Blick zu. »Du verdirbst mir gerade den ganzen wundervollen Augenblick. Und willst du das da nicht erst in der Mikrowelle aufwärmen?« Ich zeigte mit meiner Gabel auf ihre Lunchbox. Heute gab es Reis Adobo.

Sie sah mich verlegen an. »Und angezeigt werden? Nein danke.«

Ich verdrehte die Augen. Um ihr zu zeigen, wie gern ich sie habe, verschob ich das romantische Date mit meiner Lasagne, schnappte mir ihre Lunchbox und ging schnurstracks zur Mikrowelle. Davor standen nur drei Leute Schlange. Jackpot.

Talas Mom bereitete ihr immer das Mittagessen zu, meist Reis und Fleisch. Wurde es in der Mikrowelle aufgewärmt, erfüllte der durchdringende Duft den ganzen Raum. Ich weiß noch, wie sich die Leute beim ersten Mal, als sie ihr Essen in der Campus-Mensa aufwärmte, darüber beschwerten, dass der Geruch nicht mehr aus der Kleidung herausging. Daher hat sie es nie wieder gemacht.

Aber das hier war ja schließlich die Mensa. Wo sonst sollte sie ihr Essen aufwärmen? In der Sonne? Ich wollte nicht, dass sie wegen ihres Lunches ein schlechtes Gewissen hatte. Die Leute mussten sich einfach damit abfinden.

Ich habe Tala als Studienanfängerin auf dem College kennengelernt. Wir hatten denselben Wirtschaftskurs belegt. Eine Kommilitonin lästerte fies über Talas Figur, hielt ihr vor, sie sei übergewichtig. Ich reagierte *angemessen* auf diese Frechheit. Zwei Jahre später sind wir immer noch Freundinnen, es muss also was Echtes sein. Jedenfalls ist sie einer der besten Menschen auf diesem Planeten.

Als ich an der Reihe war, stellte ich ihr Essen für zwei Minuten in die Mikrowelle. Dreißig Sekunden später roch alles nach Gewürzen. Ich konnte das Gemurre in meinem Rücken hören und warf einen herausfordernden Blick hinter mich. Sollten sie ruhig wagen, etwas zu sagen.

Da sie schwiegen, drehte ich mich wieder um und starrte die Scheibe der Mikrowelle an. Nachdem die zwei Minuten um waren, riss ich die Tür auf, als hinge mein Leben davon ab. Ich hasste den Klingelton.

Warum konnten die kein einzelnes Piepen dafür verwenden? Oder meinetwegen einen netten eingängigen Song?

Ich drückte die Taste, um den Timer wieder auf Null zu stellen, zog meine Ärmel über meine Hände, um mir nicht die Finger an der Tupperdose zu verbrennen, und kehrte an meinen Tisch zurück.

»Es ist zwar nicht dein Gaspard Ulliel«, neckte ich sie; Tala ist besessen von dem Typen, »aber genieße es trotzdem.«

Sie lachte. »Schon gut, es sei dir verziehen.« Vorsichtig öffnete sie die Essensbox. »Weißt du noch, dieser süße Architekturstudent, von dem ich dir erzählt habe? Wir sind uns heute Morgen in der Bibliothek begegnet. Er hat mich angesehen«, berichtete sie. »Ich glaube, wir können zusammen Babys kriegen.«

»Oh, wirklich?« Ich blickte sie skeptisch an. »Wie mit dem angehenden Krankenpfleger, den du in Vegas heiraten wolltest?«

Sie lachte und warf ein Reiskorn nach mir.

Die Mensa füllte sich jetzt rasch. Die Neuankömmlinge schauten zu unserem Tisch herüber und versuchten abzuschätzen, wie lange wir noch hier sitzen würden, bevor sie unseren Platz haben konnten. Ich stellte mit einem von ihnen Blickkontakt her, und mein Lächeln sagte: *Ich fühle mit dir.*

»Man sollte meinen, dass sie uns mit den unchristlichen hohen Studiengebühren, die wir bezahlen, ein Raumschiff als Mensa bereitstellen könnten.« Ich betrachtete den wackligen Tisch und die orangefarbenen Kunststoffstühle abschätzend.

»Aber echt. Und dazu schnucklige Alien-Kellner.« Sie nahm einen Löffel Reis. »Du weißt schon – Raumschiffe? Aliens? Nur dass es sich in unserem Fall um sexy Aliens handelt«, fügte sie grinsend hinzu. Früher hat sie mir immer angeboten, ihr Essen mit mir zu teilen, bis ich ihr erklärte, dass ich kein Fleisch esse. »Wie gefällt es dir eigentlich, wieder auf dem College zu sein?«

»Gut«, antwortete ich.

Geld war nach wie vor ein Problem in unserem Haushalt, weshalb ich das College ein gutes Jahr lang unterbrochen hatte, um Dad finanziell zu unterstützen. Die finanzielle Situation wurde durch meine leidenschaftliche Liebe zu Klamotten und Make-up nicht unbedingt besser, doch ich kannte meine Prioritäten.

Ich hatte zwei Teilzeitjobs und einen Vollzeitjob: Unter der Woche saß ich am Empfangstresen unserer Autowerkstatt, die mein Dad und mein jüngerer Bruder führten, am Wochenende an der Kasse eines Coffeeshops, und Vollzeit arbeitete ich in einem Pflegeheim. Letzteres hatte ich aufgeben müssen, sowie ich mein Studium wiederaufnahm. Doch gelegentlich machte ich dort noch ein paar Schichten.

»Es ist schon eine gewisse Umstellung«, räumte ich wahrheitsgemäß ein und überlegte, ob ich meinen Teller ablecken sollte. »Doch ich werde mich daran gewöhnen. Ich habe eines der Wahlfächer für Fortgeschrittene belegt, die sie hier für Studenten ab dem dritten Semester anbieten.«

Mir kam es so vor, als hätte das Semester gerade erst begonnen und ich noch wahnsinnig viel aufzuholen. Ich hatte nichts gegen das College, allerdings zählte Studieren nicht zu meinen Lieblingsbeschäftigungen. Manche Menschen wissen von Anfang an, was sie im Leben machen wollen. *Na, herzlichen Glückwunsch! Ich kann euch nicht leiden.*

Aber ich verneige mich vor euch, um ehrlich zu sein.

Ich jedenfalls hatte nicht die leiseste Ahnung, was ich aus meinem Leben machen sollte … zumindest noch nicht. Deshalb hatte ich wie jede unentschlossene Möchtegern-Collegestudentin Betriebswirtschaft belegt. Mit einem solchen Abschluss würde ich viele Möglichkeiten haben.

»Das ist echt großartig, wirklich.« Tala kaute auf ihrer Lippe.

Ich beobachtete sie ein paar Sekunden. Ich wusste, was kommen würde. Sie war ein selbst ernanntes Medium.

Ich glaubte nicht an solche Dinge, doch ich glaubte auch nicht *nicht* daran. Feststand allerdings, dass ich kein besonders geduldiger Mensch war, daher fragte ich sie auf den Kopf zu: »Was ist los?«

Sie legte Löffel und Gabel hin. Hm. Offenbar war es ernst. »Hast du … heute jemand Neues kennengelernt?«

»Jemanden, der nicht blöd ist?« Ach egal, man lebt nur einmal. Ich leckte meinen Teller blitzblank. »Nee.«

»Kar!« Sie lächelte schon wieder.

Zufrieden wischte ich mir den Mund mit einer Serviette so anmutig wie möglich ab, lehnte mich zurück und tätschelte mir den vollen Bauch. »Werde ich im Lotto gewinnen?«, fragte ich trocken.

So sehr ich auch nicht beziehungsweise *nicht* nicht an ihre seherischen Fähigkeiten glaubte – falls sie überhaupt welche besaß –, konnte ich doch der Chance, dass etwas Aufregendes geschehen würde, nicht widerstehen. Bisher war mein Leben nämlich so aufregend gewesen wie mein leeres Bankkonto.

Ich hatte nicht mal einen Freund gehabt.

Ich gehörte zum Club der geborenen Singles. Yeah.

»Er wird dich finden«, sagte sie nach einem Moment.

»Jetzt bist du mir unheimlich. Wer wird mich finden?«

Ihr Blick schien sich in der Ferne zu verlieren, als liefe in ihrem Kopf ein Film ab. »Du wirst ihn finden. Oder er wird dich finden. Da bin ich mir nicht sicher.«

»Der Typ, dem ich Geld schulde?« Ich riss Witze, aber meine Nackenhaare richteten sich auf. Und mein verräterisches Herz machte einen Hüpfer.

»Du wirst sehen« war alles, was sie noch meinte, bevor sie ihre Sachen zusammenpackte und zum nächsten Kurs aufbrach.

Ich konnte nicht viel auf ihre Worte geben. Manchmal passierte das, was sie prophezeite, und manchmal eben nicht. Es war, als würde man eine Stripperin fragen, ob es nächste Woche regnet oder nicht. Ihre Vorhersage wäre genauso zuverlässig wie meine.

Ich beschloss, zu vergessen, was sie gesagt hatte, und wischte schnell unseren Tisch ab, bevor ich mir meinen Rucksack schnappte. Im Nu hatten zwei Mädchen die freigegebenen Plätze erobert. Ich zeigte ihnen den erhobenen Daumen.

Mir blieb noch etwa eine Stunde bis zum nächsten Seminar, die ich im Aufenthaltsbereich meiner Fakultät überbrücken wollte.

Die Korridore bestanden aus einer Glasfront auf der einen Seite, die reichlich Sonnenlicht durchließ, und einer Reihe von Spinden auf der anderen. Studenten hockten auf dem Boden oder lehnten stehend an den schmalen roten Schränken und unterhielten sich über ihre erste Studienwoche oder das neueste Smartphone. Von Austauschstudenten wusste ich, dass Spinde im College nicht in allen Ländern üblich waren. Am Esther Falls College in Manitoba, Kanada, hatten wir welche. Ich schätzte mich glücklich.

Ich blieb abrupt stehen, als mir einfiel, dass ich ja einen Ausweis vorlegen musste, um Zugang zum Aufenthaltsbereich meiner Fakultät zu erhalten. Ich zog meinen Rucksack nach vorn und kramte darin nach dem Dokument, dann schaute ich unvermittelt hoch.

Sein Haar war dunkler als Luzifers Seele.

Es ringelte sich unterhalb seiner Wangen und reichte bis zum Hemdkragen.

Mein Verstand setzte aus. Ich konnte nur noch denken: *Drehen die einen Film auf dem Campus?*

Wer ist das?

Er ging weiter und bekam entweder gar nichts von meiner Gefühlsaufwallung mit, oder es interessierte ihn wirklich nicht. Sein Gang war selbstsicher, als gehöre ihm das verdammte College. Breite Schultern, lange Beine.

Sein Gesicht war das eines dunklen Erzengels.

Alles an ihm war schwarz – schwarzes Shirt, schwarze Jeans, schwarze Stiefel, schwarzer Rucksack. Umso heftiger traf mich der Schock, als ich in seine Augen sah.

Sie waren von einem durchdringenden Blau.

Es war nur ein kurzer Moment – ein sehr kurzer Moment – in dem sich unsere Blicke trafen.

Aber ich wusste es dennoch.

Der größte Fehler meines Lebens war nicht die Lasagne.

Sondern er.

2. Kapitel

Cameron

»Shit.«

Ich schaute zum strahlenden Morgenhimmel rauf und schloss sofort die Augen, denn das grelle Sonnenlicht blendete mich. Ich versuchte ruhig zu bleiben. Zählte bis fünf. Funktionierte nicht. Ballte meine Hand zur Faust und biss mir auf die Fingerknöchel.

Im Schutzblech meiner Maschine war eine tiefe Delle.

Bei einer genaueren Untersuchung bemerkte ich noch weitere Kratzer überall an der Seitenverkleidung, und die Motorverkleidung war komplett ruiniert. Fahrerflucht, dachte ich zähneknirschend. Irgendwer oder irgendwas war gegen mein Bike gekracht, und wer immer das war, hatte sich immerhin die Zeit genommen, es hinterher wieder aufzustellen, bevor er vom Unfallort floh.

Vielen herzlichen Dank, Arschloch.

Ich kniete mich vor das Motorrad, strich sanft über die einst glatte Oberfläche, die jetzt völlig ramponiert war. Ich besaß dieses Gefährt schon so lange, dass es zu mir gehörte. Es war wie ein Kind für mich.

Jemand würde dafür bezahlen.

Langsam richtete ich mich auf, vor Zorn bebend. Als mein Handy klingelte, griff ich danach wie nach einer Rettungsleine.

»Ja?«

»Hey, Cam«, begrüßt mich Caleb.

»Hey.«

Ich bändigte meine Wut und versuchte, mich auf das zu konzentrieren, was er sagte.

»Ich hab total verpennt«, begann er und klang, als sei er gerade erst aufgewacht. »Heute ist doch nicht Samstag, oder?«

Ich gab meinem Drang nach, an den Schrammen zu reiben, in der Hoffnung, sie würden verschwinden. »Du bist vielleicht ein Genie.«

»Das hör ich ständig.« Er zögerte kurz. »Fährst du mich zum College?«

»Stirbst du?«

»Glaub nicht.«

Ich entdeckte einen Riss auf dem Ledersitz und atmete scharf aus. »Dann nein, ich werde dich nicht fahren.«

»Mein Motorrad ist in der Werkstatt.«

Wo meins auch bald sein würde.

Er räusperte sich. »Und meinen Wagen habe ich letzte Nacht vor dem Club stehen lassen. Hab heute Morgen ein Taxi genommen.«

Er klang schuldbewusst. Das hieß, er hatte wieder mal bei irgendeiner Frau geschlafen und sich anschließend ein Taxi nach Hause genommen, statt vorher sein Auto abzuholen.

»Ich habe meine Meinung geändert«, verkündete er gedehnt. »Ich sterbe tatsächlich und …«

Was immer er sagen wollte, ging in einem Hupkonzert hinter mir unter. Ich drehte mich um und sah gerade noch, wie ein Honda Civic mit höllischem Tempo auf mich zugerast kam.

Mit einem Aufschrei sprang ich zur Seite und stieß dabei gegen mein Motorrad. Hilflos musste ich miterleben, wie es umkippte und auf den Boden krachte.

Dann hörte ich das Geräusch von Metall auf Stein.

Das war mein Seitenspiegel.

Ich riss entsetzt den Mund auf, brachte aber keinen Laut heraus.

Ich beobachtete, wie der Civic mit kreischenden Bremsen zwei Eingänge weiter zum Stehen kam. Er hielt ein paar Sekunden mit laufendem Motor und schoss dann zurück zu dem Haus, das neben meinem lag.

Ich spürte, wie ich mich körperlich für einen Kampf wappnete, und konnte die Wut bereits schmecken.

Dem Wagen entstieg eine große, schlanke kampfbereite Brünette. Sie trug eine Art Uniform – eine grüne Bluse, dazu eine Hose, und ihre langen Haare fielen ihr bis auf den Rücken. Sie marschierte zur Haustür und sah aus, als wollte sie irgendwem eine gepfefferte Predigt halten.

Sie presste ihren Finger auf den Klingelknopf, und da nach zehn Sekunden noch niemand aufgemacht hatte, fing sie an, mit den Fäusten gegen die Tür zu hämmern.

Hitzkopf, dachte ich unwillkürlich. *Was für ein Hitzkopf.*

Ich wohnte hier schon seit einigen Jahren, blieb aber meistens für mich und hielt mich besonders von meinen Nachbarn fern. Leute interessierten mich nicht. *Warum das Leben unnötig verkomplizieren?*

Ich hatte daher keine Ahnung, wer dort wohnte, war mir aber sicher, dass sie diese bedauernswerte Person glatt zum Frühstück verspeisen wollte.

Endlich wurde die Tür geöffnet, und ein alter gebrechlicher Mann mit Gehstock kam heraus. Er sah aus, als könnte ein Windstoß ihn umwerfen. Er trug ein kariertes Hemd, dazu Hosenträger und eine Boxershorts, als hätte er vergessen, seine Hose anzuziehen, bevor er an die Tür ging. Was angesichts der frühen Stunde nicht wirklich überraschend war.

Was in aller Welt konnte sie von dem armen alten Kerl wollen?

Ich sah ihr an, dass sie nicht erwartet hatte, dass er die Tür öffnen würde. Zögernd machte sie einen Schritt zurück. Ich konnte nicht hören, was sie redeten, doch sie schien sich zu entschuldigen. Und dann zeigte der alte Mann auf das Haus nebenan.

Offenbar hatte sie sich in der Adresse geirrt.

Ich musste lachen.

Mit zerknirschter Miene und gesenktem Haupt trat sie den Rückzug an. Als sie wieder aufschaute, hatte sich der Ausdruck in ihren Augen von schuldbewusst zu feurig gewandelt. *Interessant.*

Sie war groß und schlaksig, ohne Kurven. Ich konnte ihr Gesicht nicht deutlich erkennen, doch nach allem, was ich sah, war es eher unscheinbar: unauffällige Augen, kleine gerade Nase, blassrosa Lippen. Ihr Haar war allerdings etwas Besonderes: voll und glänzend, und im Sonnenlicht mischten sich honigblonde Strähnen unter das warme Braun.

Sie war nicht mein Typ, da war ich mir sicher. Warum also faszinierte sie mich dermaßen?

Sie ballte die Fäuste, als wollte sie irgendwen boxen. Sie bewegte sich zielstrebig und wirkte bewusst einschüchternd. Wer auch immer ihre Wut auf sich gezogen hatte, würde nichts zu lachen haben.

Sie mochte keine klassische Schönheit sein, doch das war aus der Entfernung schwer zu beurteilen. Feststand, dass sie auffiel wie eine Nonne im Hungerstreik.

Unwillkürlich musste ich grinsen. Ich wollte sehen, was passierte.

Ihr Blick fiel kurz auf mich, und ich schwöre bei Gott, dass es mich durchfuhr, als hätte man mir einen Stromstoß versetzt. Ich wusste, dass ich diesen Moment für den Rest meines Lebens nicht mehr vergessen würde. Mein ganzer Körper erstarrte. Ich hatte Angst, dass sich das Ganze als Traum entpuppen würde, sobald ich mich rührte.

Bevor sie auf den Klingelknopf drücken konnte, rief ihr jemand etwas von der Seite des Hauses zu. Sie stutzte, dann drehte sie sich quälend langsam zu der Person um. Ich hatte diese ebenfalls noch nicht gesehen, da meine Augen einzig und allein auf den Hitzkopf gerichtet waren.

Die Frau war hypnotisierend und beängstigend wie eine große Flutwelle mitten im Meer, auf dem friedlich dein Rettungsboot trieb. Sie taucht wie aus dem Nichts auf, verschluckt dich und löscht jede Spur von dir hier auf Erden aus.

Und sie hielt meine Aufmerksamkeit komplett gefangen.

Ihr Mund bewegte sich, ihre Oberlippe verzog sich zu einem spöttischen Ausdruck. Sie formte mit den Lippen etwas Unverständliches, und ich wollte mehr sehen, mehr hören. Reflexartig lief ich auf sie zu. Ich war noch nie in Trance gewesen, doch so musste sich das wohl anfühlen.

Weit gehen musste ich nicht, da sie quer über die Auffahrt auf ihr Opfer zumarschierte, noch immer brüllend und wütend gestikulierend.

Habe ich sie eben wirklich für eher unauffällig gehalten? dachte ich, sie unverwandt anschauend.

Sie war fantastisch. Stark. Beeindruckend.

Ihre Augen glühten wie Holzscheite im Feuer und schossen tödliche Blitze.

»Du verdammter Piranha«, stieß sie zischend hervor, und ich löste den Blick von ihr, um herauszufinden, wen sie da gerade in der Luft zerriss. Erschrocken stellte ich fest, dass es sich um einen Typen handelte, der groß wie ein Haus war, mit einem Nacken, so breit wie ihr Oberkörper. Außerdem behaart wie Chubaka.

Was zum Teufel hatte sie vor? Litt sie an Todessehnsucht?

Ich wollte ihr zu Hilfe eilen und überlegte bereits, wie ich diesen Kerl am besten aufhalten könnte. Er war schwer, also würde er langsam sein. Ich konnte sein Gewicht gegen ihn einsetzen. Wahrscheinlich würde ich ein paar Zähne verlieren und eine gebrochene Nase davontragen.

Sie bohrte ihm den Finger in die Brust und schrie ihm ins Gesicht: »Erinnerst du dich an den Typen, den du schikaniert hast? Der hier war, um die Rechnung der Autowerkstatt bei dir einzutreiben? Das war mein Bruder, du verdammter Idiot!«

Es schien nicht, als bräuchte sie Hilfe. Der Kerl wich zurück und hob abwehrend die Hände. Außerdem sah er aus, als sei er schon allein deshalb bereit, sich ihren Mist anzuhören, um sie in aller Ruhe anglotzen zu können.

Ich biss die Zähne zusammen. Sollte ich mich doch einmischen? Es machte nicht den Eindruck, sie wäre in Gefahr. Ich lehnte mich an einen geparkten Wagen auf der gegenüberliegenden Straßenseite und beobachtete die Szene wachsam. Falls nötig, wäre ich innerhalb von fünf Sekunden bei ihnen.

»Hör mal, Süße, dein Bruder schuldet *mir* Geld. Von mir kriegst du jedenfalls keinen Cent!«

Sie kniff die Augen zu schmalen Schlitzen zusammen, als wollte sie ihn wie ein Insekt zerquetschen. »Hör genau zu, Kartoffelgesicht, denn ich werde mich nicht wiederholen: Was zwischen dir und meinem Bruder läuft, hat nichts mit dem zu tun, was du unserem Unternehmen schuldest. Entweder du lässt sofort die Kohle rüberwachsen, oder du trägst die Konsequenzen. Und die werden dir nicht gefallen, glaub mir.«

Er warf sich höhnisch in die Brust. »Denkst du ernsthaft, ein Hungerhaken wie du kann mir Angst einjagen?«

Mein ganzer Körper spannte sich an. Ich stieß mich vom Auto ab, bereit, den Typen zu attackieren, sobald er eine falsche Bewegung machte. Endlich nahm er mich zur Kenntnis. Ich schob die Hände in die Taschen und starrte ihn an. Er wandte sich ab.

»Oh, höchstwahrscheinlich nicht«, konterte sie. »Die Cops aber schon.« Sie hielt ihm ihr Handy direkt vors Gesicht. »Besitzt dein Hirn die Fähigkeit, dies hier als Telefon zu identifizieren? Pass auf, ich werde dir jetzt erzählen, was ich mit diesem schönen Handy tun werde. Ich rufe auf der Stelle die Bullen an und erkläre denen, dass du deinen Wagen bestens repariert zurückerhalten hast, dich aber weigerst, die Rechnung zu begleichen. Wie hört sich das an, Mr. Arschgesicht?«

Arschgesicht gefiel das offenbar gar nicht. Er lief dunkelrot an, und sein linkes Auge begann zu zucken. Er öffnete den Mund, hielt inne und warf mir erneut einen Seitenblick zu.

»Verschwinde von meinem Grundstück«, stieß er knurrend hervor. »Das ist unbefugtes Betreten.«

Er drehte sich um, marschierte zu seinem Haus zurück und warf die Tür hinter sich zu.

Ich stellte mich darauf ein, dass sie sich abwandte und mich bemerkte. Aber sie stand nur da, mit geballten Fäusten. Ich konnte ihre Wut und ihre Frustration förmlich spüren.

Ich wollte etwas sagen, doch sie lief zu ihrem Auto. Ich sprang hinter den Wagen neben mir, nur für den Fall, dass sie auf dumme Gedanken kommen würde.

Mit quietschenden Reifen fuhr sie los und nietete dabei zwei Gartenzwerge an der Ecke des Vorgartens um. Krachend legte sie den ersten Gang ein und raste davon.

Der Kopf einer der Porzellanfiguren rollte über die Straße und mir vor die Füße.

Ich schaute dem kleinen Honda hinterher, bis er um die nächste Ecke verschwand.

Wow … einfach nur wow.

Ich musste sie wiedersehen … oder sterben.

Doch zuerst musste ich mich um etwas kümmern. Ich drückte auf den Klingelknopf und wartete auf Arschgesichts Veranda. Er wirkte angriffslustig, während er die Tür aufmachte, doch das änderte sich, sobald er mich sah.

Er hatte wohl mit ihr gerechnet. Ich verkniff mir ein Grinsen.

»Hey«, sagte er und blockierte den Türrahmen.

Das konnte ich ihm nicht verdenken. Andere Menschen waren mir gegenüber meist auf der Hut. Mein bester Freund Caleb vertrat die Meinung, dass es an meiner Größe lag. Ich überragte fast alle anderen Leute. Ich war schlank, aber dem Training im Fitnessstudio und den Abrissarbeiten für einen Freund hatte ich ganz nette Muskeln zu verdanken. Mein Freund sagte außerdem: »Manchmal, wenn du so still und düster wirst, kriegst du diesen Gesichtsausdruck, der die Leute einschüchtert. Du schaust sie an, als könntest du in sie hineinsehen. Du hast keine Angst, das macht dich für sie schwer einschätzbar. Die Leute fürchten dich. Das ist echt cool. Wie Batman, Mann.«

Ich wusste, wie grausam und gemein die Menschen hinter ihren Masken sein konnten. Ich konnte genauso sein, falls es nötig war. Und ich hasste es. Vielleicht fühlte ich mich deshalb so hingezogen zu dieser Frau. Sie verbarg nichts. Sie war so … echt.

»Du bist der Typ, der gegenüber wohnt, richtig? Der mit dem coolen Bike.«

»Ja.«

Er kratzte sich am Kopf. »Hör mal, ich will keinen Ärger.«

Ich nickte und versuchte, freundlich zu erscheinen. »Dachte ich mir. Siehst du meine Maschine da drüben?« Ich wies mit dem Daumen über meine Schulter.

Er verlagerte sein Gewicht und machte große Augen, sowie er mein Bike entdeckte. »Mann, was ist passiert?«

Ich setzte die traurigste Miene auf, die mir zur Verfügung stand. »*Sie* ist passiert.«

Seine Kinnlade klappte herunter. »Du meinst, *sie* hat das getan?«

Ernst blickte ich ihn an. Weder bestätigte ich seine Schlussfolgerung, noch bestritt ich sie. Streng genommen, hatte sie es getan. »Möglicherweise habe ich vergessen, meine Rechnung zu bezahlen.«

Er seufzte und kratzte sich den Bart. »Es waren doch nur hundertdreißig Mäuse, Mann.«

Ich zuckte mit den Schultern. *Was für ein saudämlicher Idiot.* »Bei mir waren es nur fünfzig.«

»Oh, shit.« Ich konnte praktisch zusehen, wie sich die Rädchen in seinem Kopf drehten. »Ich will wirklich keinen Ärger. Morgen kommt meine Frau zurück.«

»Ich hab von einem anderen Typen gehört, der ihr Geld schuldete, dass sie seinen Arbeitgeber, seine Eltern, die Großeltern, seine Freundin und die Nachbarn mehrmals am Tag angerufen hat. Die hat ihn gestalkt, bis er es nicht mehr aushielt und bezahlte.«

Er machte ein entsetztes Gesicht. »Verdammt.« Er ließ den Kopf hängen. »Dann bezahle ich diese Rechnung wohl lieber.«

Ich war komplett erfüllt von den Gedanken an sie, weshalb mir erst auf dem Weg zum Fitnessstudio einfiel, dass ich gar nicht wusste, wo sie arbeitete. Ich könnte Mr. Arschgesicht fragen, aber dann würde ich leider auffliegen und er sie möglicherweise doch nicht bezahlen.

Verdammter Mist. Wie um alles in der Welt sollte ich sie finden?

Mein Handy vibrierte, als ich gerade meine Sachen in den Spind im Fitnessclub räumte. Es war mein Dad. Als wäre ich darauf konditioniert, stellte ich mich körperlich auf einen Kampf ein. Groll stieg in mir auf. Was zur Hölle wollte er? Ich ignorierte den Anruf und knallte die Spindtür zu. Ich wusste nicht, wie lange ich dort stand, vor mich hinbrütend und in Gedanken wieder in diesem verhassten Haus. Dann schüttelte ich den Kopf, um wieder klar denken zu können, und machte mich auf den Weg zum Pool.

Es war noch immer früh, daher hatte ich das Becken ganz für mich. Genau das gefiel mir: Ich war allein.

Ich setzte meine Schwimmbrille auf, hob die Arme und streckte mich ausgiebig, ehe ich kopfüber ins Wasser sprang. Sobald es mich umgab und alle Geräusche ausblendete, entspannte ich mich.

Ich glitt durchs Wasser und sah sie im Geiste vor mir. Ich lächelte.

Ich bedauerte, ihr nicht so nah gekommen zu sein, dass ich die Farbe ihrer Augen hatte erkennen können. Sie könnten grün oder braun gewesen sein, ich war mir nicht sicher.

Und ihre Beine. Himmel. Dieses Mädchen hatte lange, lange Beine. Ich fragte mich, wie die wohl in einem Kleid aussahen. Oder in einer engen Jeans.

Sie war furchtlos und geradezu waghalsig, einen Mann zu attackieren, der viermal so massig war wie sie. Ich stieß mich von der Poolwand ab, schwamm eine weitere Bahn und lachte bei der Erinnerung daran, wie sie diese Gartenzwerge überfuhr. Natürlich schluckte ich Wasser.

Nachdem ich wieder zu Atem gekommen war, setzte ich meine Bahn fort.

War es wirklich so überraschend, dass ich mich zu ihr hingezogen fühlte? Die meisten Leute, die ich kannte, verdrängten alles und nahmen es hin, bis ihnen all die Zurückweisungen und Enttäuschungen zu viel wurden. Das machte sie unerträglich. Den Großteil meines Lebens habe ich selbst nichts anderes gekannt. Ich war genauso. Und ich habe es gehasst.

Mich selbst auch.

Ich erreichte die gegenüberliegende Wand, stieß mich ab und schwamm eine weitere Bahn. Und dann noch eine. Und noch eine.

Nach einer kurzen Dusche zog ich rasch mein schwarzes T-Shirt und die Hose an und schlüpfte in meine Stiefel. Danach warf ich mir den Rucksack über die Schulter und lief hinaus auf den Parkplatz vor dem Fitnessstudio.

»He, Süßer«, hörte ich ein Mädchen hinter mir rufen. Ich ging weiter.

»Verdammt«, murmelte ich, nachdem die Online-Recherche nach einer Werkstatt in Esther Falls über hundert Treffer ergab. Wie sollte ich sie bloß finden?

Ich grenzte die Suche auf meine eigene Gegend ein, und das reduzierte die Auswahl schon deutlich. Anschließend reduzierte ich die Trefferquote weiter, indem ich nur Familienunternehmen berücksichtigte. Da sie persönlich aufgetaucht war, um das Geld von Mr. Arschgesicht einzufordern, gehörte die Werkstatt vermutlich ihrer Familie. Vielleicht oder vielleicht auch nicht.

Ich musste mein Motorrad ohnehin reparieren lassen, also schlug ich auf diese Weise zwei Fliegen mit einer Klappe. Das war nur vernünftig. Keine große Sache.

Der Gedanke an mein ramponiertes Motorrad machte mich prompt sauer. Ich musste immer noch herausfinden, wer das getan hatte. Der wird dafür büßen müssen, dachte ich, stieg in meinen Wagen und fuhr zum Campus.

Ich machte das Fenster ein Stück herunter, um kühle Luft reinzulassen, schaltete das Radio ein und drehte die Lautstärke auf.

Ich fragte mich, wie es wohl wäre, wenn sie hier neben mir im Auto säße. Ich stellte mir vor, wie sie sich aufrichtete, um durch das Schiebedach zu schauen. Das Grinsen auf meinem Gesicht kam mir dämlich vor, aber das war mir egal.

Ich parkte und erwog kurz, einfach sitzen zu bleiben, bis die Mittagspause vorbei war. Ich mochte Menschenansammlungen nicht und mied sie, wann immer mir das möglich war. Doch nach dem Sport war ich durstig, und ich musste meinen Flüssigkeitshaushalt ausgleichen.

Ich nahm zwei Stufen auf einmal und schlug den Weg zur Mensa ein, um mir etwas zu trinken zu besorgen. Als ich die vielen Leute auf dem Gang entdeckte, verlangsamte ich meine Schritte und bemühte mich gar nicht erst, zu verbergen, wie genervt ich war. Wie gerne wäre ich woanders gewesen.

Ich kramte in meinem Rucksack nach den Kopfhörern, aber es dauerte mir zu lange, deshalb gab ich es auf. Ich fragte mich, ob Caleb schon auf dem Campus war. Zwar hatte ich ihn nicht zum

College mitgenommen, aber der Kerl hatte bestimmt eine seiner Freundinnen dazu bewegen können, ihn abzuholen. Normalerweise hielt er sich auf dem Gang beim Team auf oder mit irgendwelchen Mädchen in einem der Aufenthaltsbereiche.

Ich hielt Ausschau nach ihm – und erstarrte. Da war sie – Hitzkopf! Ich wollte gerade ein zweites Mal hinsehen, da zog jemand von hinten an meiner Jeans. Im letzten Moment hielt ich meinen Hosenbund fest und wirbelte herum.

»Du Arsch«, brüllte ich, während Caleb in Gelächter ausbrach.

Ich boxte ihn gegen den Arm und wandte mich wieder um. Aber sie war fort.

Ich hätte schwören können, dass ich sie gesehen habe.

»Danke, dass du mich nicht abgeholt hast«, sagte Caleb. »Vielen Dank, Kumpel.«

War das wirklich sie gewesen, oder hatte mir meine Fantasie einen Streich gespielt? Mann, es hatte mich echt erwischt. Ich atmete scharf durch die Nase aus und schüttelte den Kopf über diese lächerliche Angelegenheit.

»Wen suchst du?«, wollte Caleb wissen. Er schob die Hände in die Taschen, neigte den Kopf zur Seite und musterte mich. Das tat er für gewöhnlich, wenn er etwas zu durchschauen versuchte.

Ich zuckte mit den Schultern.

»Hm. Das ist eine Acht«, bemerkte er anerkennend, als eine Blondine vorbeiging und ihn anlächelte. Caleb hatte eine Schwäche für Blondinen.

Wir machten so was, um uns die Zeit zu vertreiben, doch heute war ich nicht in der Stimmung dafür. Nicht, wenn *sie* mir noch im Kopf herumspukte.

Was zur Hölle passierte mit mir?

»Ich brauche ein Gatorade. Bin gleich …« Ich wollte schon lossprinten, hielt aber inne, da mein Telefon klingelte. Es war mein Dad. Schon wieder. Ich stieß einen tiefen Seufzer aus.

Caleb warf mir einen wissenden Blick zu. »Dein Dad?«

Grimmig nickte ich und starrte mein Handy an.

»Gehst du ran?«

Ich ballte eine Faust und biss mir auf die Knöchel. *Scheiße.*

»Ja«, meldete ich mich knapp.

Es entstand eine Pause, ehe mein Dad etwas sagte. »Du solltest dich höflicher am Telefon melden, sonst denken die Leute, deine Mutter hätte dich nicht gut erzogen.«

In seiner Stimme schwang Enttäuschung mit. Wie üblich.

»Hat sie ja auch nicht«, erwiderte ich.

Er gab einen höhnischen Laut von sich. »Wie geht's denn deinem Freund Rick so?« Jetzt klang er herablassend. »Bettelt er immer noch Leute um Geld an?«

Wir wussten beide, dass er mich provozieren wollte. Und wie sehr es mich traf, wenn er auf diese Weise über Rick sprach. Rick war für mich dagewesen, als ich keinen sonst mehr gehabt hatte.

»Willst du mir nicht antworten?«

Ich biss die Zähne zusammen und sagte dann so ruhig wie möglich: »Warum verrätst du mir nicht den Grund für deinen Anruf?« *Damit wir beide anschließend wieder unserer Wege gehen können.*

»Ich wollte mich nur mal nach dir erkundigen und hören, wie du mit deinem Studium vorankommst.«

»Sei nicht wie dein Dad, das passt nicht zu dir.«

Er lachte hohl. Er erinnerte mich an einen Vater, der mit seinem ungezogenen Kind spricht. »Deine Mutter ist wieder in der Stadt. Sie hat mich angerufen. Du musst dich noch mal mit ihr treffen und sie beruhigen, damit sie aufhört, mich zu belästigen.«

»Nein.«

Ich legte auf, schloss die Lider und presste die Finger darauf. Ich hatte keine Ahnung, wann ich meine Mom zuletzt gesehen hatte. Ich wusste nur, dass es nicht gut gelaufen war. Mein Vater wollte sich nicht mit ihr befassen und überließ das immer mir.

Ich merkte, wie mein Verstand dicht machte und der Zorn das Kommando übernahm. Ich musste mich abreagieren, sonst würde ich explodieren.

»Hey, Cameron.«

Eine flirtende Stimme. Ich machte die Augen wieder auf und sah Lydia vor mir.

»Hast du heute Abend schon was vor, Cam?«, erkundigte sie sich und klimperte vieldeutig mit den Wimpern. »Meine Eltern sind nicht zu Hause, und …«

Ich umfasste ihr Handgelenk. »Ich habe schon jetzt nichts mehr vor«, erklärte ich. »Gehen wir.«

3. Kapitel

Kara

Ihm zu begegnen, war ein Fehler.

Ein wunderschöner Fehler.

Der scharfe Schwung seines Kiefers.

Sein Hals.

Die Form seines *Mundes.*

Sein Mund.

Seine langen Arme.

Sein Mund.

Er hatte die Augen eines Löwen, unter schweren Lidern und durchdringend – auf eine Weise, die einem das Herz rasen ließ, wenn er einen auch nur für eine Sekunde ansah. Es bluten ließ, wenn er einem keine Beachtung schenkte.

Zunächst dachte ich, diese intensiven blauen Augen wären kalt und abgeklärt. Doch es lag ein irgendwie trauriger Ausdruck in ihnen.

Und genau diese Traurigkeit weckte in mir den Wunsch, länger hinzuschauen, weckte dieses Verlangen in meinem wissbegierigen Herzen.

Ich will wissen, warum er traurig ist.

Ich will, dass er es mir erzählt.

Ich will schön genug sein, um mit ihm zusammen zu sein.

Dieser letzte Gedanke riss mich aus meinem Tagtraum, als hätte man mir einen Eimer kaltes Wasser über den Kopf gekippt. Ich sah, wie sein Freund sich von hinten an ihn heranschlich, um ihm die Jeans herunterzuziehen.

Kaum hatte er sich umgedreht, setzte ich meine Kapuze auf und lief in die andere Richtung davon. Mein Gesicht glühte.

Was zum Teufel habe ich mir eingebildet. Schön genug für ihn?

Auf keinen Fall würde ich zulassen, dass mich wieder die gleichen Unsicherheiten plagten wie in meiner Kindheit. Schöne Gesichter hatten keinerlei Wirkung auf mich.

Na ja, doch, hatten sie schon, um ehrlich zu sein.

Aber nicht so! Nicht auf eine Weise, die in mir den Wunsch weckte, jemand anderes sein zu wollen. Nicht noch einmal.

Was also hatte er an sich?

Ich beschloss, ihn nicht zu mögen.

Tatsächlich hoffte ich, ihn nie wiederzusehen. Ich sollte nicht an einen Jungen denken, der mir ohnehin keine Beachtung schenkte und dem *ich* normalerweise auch keine Beachtung schenken würde.

Ich war mir sicher, dass ich auf seinem Radar nicht auftauchte.

Das Mädchen auf dem Gang machte einen großen Bogen um mich und warf mir einen nervösen Blick zu, ehe es um die Ecke verschwand.

Ich verdrehte die Augen. Mir wurde ganz komisch.

Kaum dachte ich das, krampfte sich auch schon mein Magen zusammen.

Verdammter Mist.

Den unnatürlichen Geräuschen nach zu urteilen, die mein Magen von sich gab, würde ich *leiden.*

Ich wusste es. Ich hatte es gewusst. Und rein rational sah ich ein, dass ich es verdient hatte, weil ich dermaßen gierig gewesen war.

Die Schlange reichte bis vor die Tür zur Toilette. Es war fünf Minuten vor Unterrichtsbeginn, und alle wollten noch mal schnell gehen.

Idioten. Alle waren Idioten. Ich würde sämtliche Toilettentüren fünf Minuten vor dem Weltuntergang abschließen, damit keiner mehr rein konnte. Hinterher würde ich mich darüber schlapp lachen. Leider war jetzt nicht hinterher und meine Lage ziemlich ernst.

Mir blieb keine andere Wahl. Ich musste zur Toilette im zweiten Stock gehen. Besser gesagt, zum Vögel-Klo im zweiten Stock.

Die Studenten hatten dem stillen Örtchen diesen bezeichnenden Spitznamen gegeben, weil Paare sich dorthin zurückzogen, um … na ja, zu vögeln. Man musste drei Treppen hinauflaufen und dann über einen langen Gang gehen. Niemand, der noch bei Verstand war, würde diesen umständlichen Weg auf sich nehmen, nur weil er musste.

Niemand außer mir.

»Oh, shit!«

Ein heftiger Krampf, der mir durch und durch ging. Ich klammerte mich am Treppengeländer fest und atmete tief durch, wobei ich den Unterarm auf die klamme Stirn gelegt hatte.

»Du schaffst das. Du bist stahlhart.«

Ich stieß mich vom Geländer ab, presste die Pomuskeln zusammen und rannte. Ich hörte den Widerhall meiner Schritte, spürte den kalten Schweiß an meinem Gesicht hinunterlaufen.

Keuchend erreichte ich die Toilettentür und wäre beinah gestürzt, weil ich es so eilig hatte, aufs Klo zu kommen. Ich drückte die erste Kabinentür auf und musste mich nicht länger zusammenreißen.

Plötzlich hörte ich, wie die Tür geöffnet wurde, gefolgt von Stöhnen und dem Geraschel von Klamotten. Es hörte sich an, als wollte da irgendwer zur Sache kommen, auf dem Boden der Toilette.

»Du fühlst dich so gut an, Cam«, säuselte eine sinnliche weibliche Stimme.

Prrrrrrtttttt!

Das war ich. Pupsend. Und wie.

Stille.

Dann hörte ich erneutes Geraschel, als würden die beiden sich schnell wieder anziehen, gefolgt vom neuerlichen Öffnen und Schließen der Toilettentür.

Zum Glück waren sie weg.

Ich beeilte mich und versprühte anschließend ein bisschen Parfüm, damit die nächste arme Seele nicht meinem Gestank ausgesetzt sein würde. Ich wusch mir gründlich die Hände, zog meinen

Lippenstift nach, trat hinaus auf den Gang und blieb wie angewurzelt stehen.

Da war er, mit seinen intensiven blauen Augen und den pechschwarzen Haaren.

Er lehnte an der Wand gegenüber der Toilette, heiß wie der Teufel und doppelt so gefährlich. Er hatte die Arme vor der Brust verschränkt und einen Lolli im Mund.

Seine Augen weiteten sich, als er mich sah. Wir standen uns eine gefühlte Ewigkeit gegenüber und starrten einander an.

Dann … grinste er.

4. Kapitel

Kara

Mein Hirn war leer. Komplett leer.

Es war, als würde man versuchen, sich einen Film online anzusehen, und plötzlich stockt das Bild, und ein Text erscheint: *Ihr Gehirn lädt 7 % …*

Er lehnte an der Wand und beobachtete mich mit diesem wundervollen schiefen Lächeln. Träge bewegte er die Schultern, als hätte er alle Zeit der Welt, und nahm den roten Lolli aus dem Mund.

Es war einer dieser flachen runden Lutscher, die in der Mensa verkauft wurden, und ich war erstaunt, dass er die mochte.

Tiefblaue Augen waren auf mein Gesicht gerichtet. Ich hörte mich selbst schlucken.

Langsam öffnete er die Lippen und schob sanft den Lolli wieder hinein, doch anstatt daran zu lutschen, hielt er ihn zwischen den Zähnen fest.

Und biss zu.

Knirsch.

Ich spürte es bis tief in mein Innerstes.

Ich sah seine vom Lolli rot gefärbte Zunge.

Bald, dachte ich, ist mein Mund total ausgetrocknet.

Er war fertig mit dem Lolli und warf den Stiel hinter sich. Ich dachte, dass er mich unmöglich noch intensiver fixieren konnte.

Aber ich irrte mich. Ein gefährliches Funkeln flackerte in seinen Augen auf.

O-oh.

Seine ersten an mich gerichteten Worte lauteten: »Dein Pupser war so heftig, dass er mich glatt umgehauen hat.«

Ich verschluckte mich und schnappte nach Atem.

In meiner Kehle brannte ein Schrei, wie der eines gefangenen Tieres. Eigentlich neigte ich nicht dazu, sprachlos zu werden. Ich hatte immer etwas zu sagen, doch in diesem Moment wünschte ich mir, dass sich der Himmel öffnete und ich ins All gebeamt wurde.

Seine Lippen zuckten. »Du schuldest mir was, Hitzkopf.«

Hitzkopf? Darauf sollte ich etwas sagen. Ich wusste, dass da irgendeine Erwiderung in meinem Kopf herumschwirrte, aber wo zur Hölle war sie?

Lädt 7,001 % …

»Wie heißt du?«, fragte er, mich weiter musternd, weiter so *konzentriert* mein Gesicht betrachtend.

Ich schluckte erneut. Versuchte zu sprechen. Nichts.

Jetzt funkelten seine Augen belustigt; diese großen tiefblauen Augen, an deren Winkeln sich Lachfältchen bildeten. Dann senkte er den Blick, als könnte er seine Belustigung nicht länger unterdrücken, hob die Faust an seinen wunderschönen Mund und … biss er sich etwa auf die Knöchel?

Oh, Gott. Warum ist das so sexy?

Wieder schaute er mir in die Augen.

Ich glaube, ich werde feucht.

»Hat es dir die Sprache verschlagen?«, neckte er mich.

Hätte jemand anderes mir diese Frage gestellt oder hätte ich meine Schlagfertigkeit nicht vorübergehend eingebüßt, wäre die betreffende Person von mir zum Frühstück verspeist worden.

Aber das ging nicht. Mein Akku war leer, und ich musste ihn erst wieder aufladen.

»Verrat es mir.«

Er schien mir nicht der Typ zu sein, der »bitte« sagen konnte, ohne sich dabei höchst unbehaglich zu fühlen. Doch irgendwie hörte ich es aus seiner Stimme heraus.

Sag mir deinen Namen. Bitte.

»K… Kara«, stammelte ich. Meine eigene Stimme klang schwach. »Kara«, wiederholte ich, diesmal fester.

Ein erbärmlicher Versuch, mich wieder zu fangen.

Ich hatte das Gefühl, als seien meine Augen weit aufgerissen. Hatte ich überhaupt schon geblinzelt?

Ich versuchte es, doch meine Lider wollten nicht. Stattdessen sah ich ihn unverwandt an und speicherte alles in meinem Kopf ab.

Wie seine schwarzen Haare im Sonnenlicht fast bläulich schimmerten.

Wie er seinen Kopf neigte und die seidigen schwarzblauen Strähnen sein Gesicht streiften und ihm in die Augen fielen.

Wie er sich an die Wand lehnte ... in genau der richtigen lässigen Art.

Er war groß. Mann, war er groß. Schlank, aber muskulös. Wie ein Schwimmer. Seine Schultern waren breit, sein Oberkörper verjüngte sich zu einer schmalen Taille.

»Und deine Nummer?«, erkundigte er sich.

Diesmal schwang kein »Bitte« in seinem Ton mit. Das war ganz schön dreist und selbstbewusst.

Ich gab sie ihm.

Sein Grinsen war frech. Er sah aus wie ein Junge, der mit irgendeinem Streich davongekommen war.

Was machte ich da bloß? Das sah mir doch überhaupt nicht ähnlich. Irgendwer hatte Besitz von meinem Körper ergriffen.

Er hatte mich jeglicher Kraft beraubt. Ich musste hier weg. Doch meine Beine wollten sich absolut nicht bewegen. Diese Verräter!

Er stieß sich von der Wand ab und richtete sich auf. Für einen Moment stieg Panik in mir auf. Nicht, weil ich Angst vor ihm hatte. Ich fürchtete mich vor dem, was ich tun würde.

Er kam auf mich zu, näher und näher. Dabei sah er mich allerdings gar nicht mehr an, sodass ich mich schon fragte, ob das ein Test war. Ein Spiel.

Leicht lächelnd lief er dicht an mir vorbei, nur wenige Zentimeter von mir entfernt. Unwillkürlich schloss ich die Augen.

Und dann ... spürte ich eine hauchzarte Berührung an meinem Handrücken. Federleicht, als strichen Schmetterlingsflügel über meine Haut.

Ich machte die Augen wieder auf. Hielt den Atem an und blickte nach unten. Es war, als würde man sich etwas in Zeitlupe anschauen. Wir standen Seite an Seite, in entgegengesetzte Richtungen gewandt. Langsam und zärtlich streifte seine Fingerspitze meine.

Ich fühlte, wie er den Kopf ein klein wenig zu mir herunterbeugte, spürte seine Körperwärme, atmete seinen männlichen Duft ein.

Und dann war er fort.

5. Kapitel

Kara

Kaum war ich zu Hause, marschierte ich auf direktem Weg ins Badezimmer. Diesmal jedoch nicht, um mich zu entleeren.

Ich saß voll bekleidet in der Badewanne, ohne Wasser, das Kinn auf den Knien, die Hände im Nacken. Ich starrte auf die gelben Flecken, die ich nie wegbekam, egal wie gründlich ich die Wanne schrubbte, und ließ meinen Gedanken freien Lauf.

Es war still bis auf das *Plitsch, Plitsch, Plitsch* aus dem Wasserhahn. Und wenn ich genau hinhörte, konnte ich auch das schwere Ticken der unheimlichen Standuhr im Wohnzimmer hören. Die musste mal wieder richtig aufgezogen werden oder, meiner Ansicht nach, einfach rausfliegen. Leider liebte mein Dad es, Plunder zu sammeln – nützliches Zeug, wie er das nannte –, und deshalb blieb sie, wo sie war.

Wenn Damon hier wäre, mein Freund seit Kindertagen, hätte sich das mit dem Ticken erledigt. Er war ein ziemlich guter Handwerker, unter anderem.

Nur war er eben nicht hier. Seiner letzten Nachricht zufolge war er in British Columbia. Und tat dort wer weiß was.

Ich hob den Blick von meinen Füßen zum anderen Ende der Badewanne, wo ich mein Handy hingelegt hatte. Das dunkle Display verspottete mich. Ich starrte es an wie meinen Erzfeind.

Ich sollte es ausschalten.

Warum machte ich das nicht einfach?

Und, oh Gott. Er hatte meinen Pupser gerochen. Meinen *lauten* Pupser.

Ich schlug mir die Hände vors Gesicht, hauptsächlich vor den Mund, und schrie. Qual. Es war die reinste Qual. Wenn ich daran dachte, dass ich nur Minuten, bevor er mich im Flur vor der Toilette sah, von ihm fantasiert hatte … oder vielmehr: bevor er mich auf der Toilette *gehört* hatte …

Mist.

Warum hatte er nach meinem Namen gefragt? Und nach meiner Nummer? Er konnte unmöglich an mir interessiert sein … *oder?*

Die viel größere Frage lautete jedoch: Warum, um alles in der Welt, habe ich ihm beides *gegeben*?

Ich dachte an die Art, wie er mich nach meinem Namen gefragt hatte. Es war mehr ein Flüstern gewesen. Als ginge es um ein Geheimnis, das er unbedingt wissen wollte. Und in seiner Stimme schwang eine Spur Verzweiflung mit.

Verrat es mir.

Sag mir deinen Namen. Bitte.

Wie hätte ich mich da verweigern können?

Ich kniff die Augen zu. Warum? Warum wollte er das wissen?

Als er nach meiner Nummer fragte, klang er so dreist, so selbstbewusst, als hätte er das *Kommando*. Warum auch nicht? Wahrscheinlich dachte er: *Dieses Mädchen ist leicht zu haben.*

Leicht zu haben! Ich? Leicht zu haben? Ha! Das ärgerte mich. Am liebsten hätte ich jetzt gegen etwas getreten oder geschlagen … vorzugsweise sein attraktives Gesicht.

Cam.

Das war sein Name. Ich hatte gehört, wie sie ihn so nannte.

Und dann war da noch meine Antwort.

Ich hätte sie ihm verweigern können, denn schließlich war er drauf und dran gewesen, mit seiner Freundin zu schlafen – streicht das; er war drauf und dran gewesen, es mit ihr auf dem Vögel-Klo zu treiben, und ein paar Minuten später wollte er meine Nummer haben!

Er glaubte also, er könnte seine Freundin mit mir betrügen, oder?

Ich knirschte mit den Zähnen. Das machte mich echt sauer. Betrüger standen auf meiner schwarzen Liste. Schließlich war meine Mutter eine Betrügerin. Sie war mit dem Staubsaugervertreter durchgebrannt und hatte meinen Dad mit zwei Kindern sitzengelassen. War besser so, fand ich.

Ich musterte meine Socken. Am Zeh hatte ich vor Wut ein kleines Loch hineingemacht. Dabei waren das meine Lieblingskatzensocken. Noch etwas, was ich auf seine Vergehensliste setzen konnte.

Ich empfand Zorn, und das war gut, aber da war auch noch etwas anderes.

Enttäuschung.

Ich lehnte mich in der Badewanne zurück und starrte an die Decke. Viele Idioten betrogen ihren Partner. Das war nichts Neues. Weshalb war ich also enttäuscht darüber, dass jemand, von dessen Existenz ich bis heute nicht mal etwas wusste, ein Betrüger war?

Warum?

Ich hatte ihn nie zuvor gesehen oder von ihm gehört. Sicher, es war ein riesiges College, aber jemand, der dermaßen attraktiv war, müsste eines der heißen Themen auf dem Campus sein. Allerdings hatte ich mehr als ein Jahr ausgesetzt, da war ich natürlich nicht auf dem Laufenden. Möglicherweise war er ein Austauschstudent. Oder Studienanfänger. Ich schüttelte den Kopf über diesen absurden Gedanken. Der Typ hatte auf keinen Fall gerade erst mit dem Studium begonnen … nicht dieser große, starke Kerl.

Ich war größer als die meisten Frauen oder Männer, die ich kannte, doch er überragte mich. Das allein hätte mich schon auf ihn aufmerksam gemacht. Es war, als ob ich im Laden ein wunderschönes Paar Schuhe in meiner Größe entdeckte. Ich brauchte Schuhgröße 44 und fand fast nie etwas Heißes in diesen Dimensionen. Daher musste ich einfach genauer hinschauen. Ich musste ausprobieren, anfassen, anprobieren.

Das war es! Deshalb hatte ich ihm meinen Namen und meine Telefonnummer gegeben. Und deshalb war ich jetzt auch enttäuscht. Die atemberaubend schönen Schuhe passten nicht. Totale, riesige Enttäuschung.

Zufrieden mit dieser Analyse, schnappte ich mir mein Handy und stieg aus der Badewanne, bereit, die ganze Angelegenheit hinter mir zu lassen.

In meinem Kopf entstand ein Bild von ihm, wie er neben mir stehen blieb, sich zu mir neigte und seine Haut beinah meine berührte.

Bei dieser Vorstellung schlug mein Herz unwillkürlich schneller. Jetzt war ich nicht nur wütend auf ihn, sondern auch auf mich, weil ich auf diese Weise an ihn dachte. Ich schüttelte den Kopf, um ihn von derlei Fantasien zu klären. Ich weigerte mich, auch nur eine Sekunde länger an diesen Typ zu denken, und wenn er meinen Seelenfrieden erneut stören sollte, würde ich den Kraken loslassen!

Er soll es bloß nicht wagen, mich anzurufen!

Mein Telefon klingelte.

»So ein verdammter Mist!«, schrie ich.

Ich rieb mir das Gesicht und raufte mir die Haare. War er das etwa, der da anrief?

Einen Moment lang zog ich in Erwägung, mein Handy wegzuschleudern. Aber dann könnte es kaputtgehen. Mein Handyvertrag lief noch ein paar Monate, und ich wollte weder eine Reparatur bezahlen noch ein neues Smartphone kaufen müssen.

Das war er nicht wert.

Mein Herz klopfte wie wild. Ich schloss die Augen, damit ich nicht sah, wer anrief. Ich ließ es klingeln und in meiner Hand vibrieren, umschloss das Handy fest mit den Fingern – auf ziemlich verquere Weise mein Elend auskostend, indem ich mich mit der Möglichkeit marterte, dass er es vielleicht war und ich mich vielleicht melden würde.

Und was genau sagen würde?

Ich könnte ihm die Meinung geigen. Wie wäre das?

Verärgert über mich selbst, öffnete ich die Hand und ließ das Telefon zum Waschbecken gleiten, dann ging ich aus dem Badezimmer und machte die Tür hinter mir zu. *Das ist alles seine Schuld. Dieser lügende, betrügende Pavian.*

Es klingelte.

»Was ist denn jetzt schon wieder, verdammt!« Stöhnend schleppte ich mich zur Tür. »Muss ich denn erst meine Seele verkaufen, um ein bisschen Ruhe und Frieden auf dieser Erde zu finden?«

Ich schaute auf die Uhr. Um diese Zeit kamen mein Dad und mein Bruder von der Arbeit zurück, und wenn die schon wieder ihre Schlüssel vergessen hatten, dann würde ich …

Als ich die Tür unseres winzigen Apartments öffnete, begrüßten mich das ewig griesgrämige Gesicht meines Onkels Andrew sowie das runde freundliche Gesicht seiner Frau Charity. Die Werkstatt gehörte Andrew und meinem Dad, und die kleine Zweizimmerwohnung, in der wir lebten, lag direkt dahinter. Da Andrew der Laden zur Hälfte gehörte, rief er uns liebend gern in Erinnerung, wie glücklich wir uns schätzen konnten, mietfrei hier wohnen zu dürfen, was wir bekanntlich ihm zu verdanken hätten.

Und da er der Meinung war, dass das Apartment ebenfalls zu seinen Besitztümern zählte, fand er, er könne kommen und gehen, wann immer er wollte. Er hatte meinen Dad sogar nach einem Schlüssel für die Wohnung gefragt, für den *Notfall.* Daraufhin habe *ich* meinem Dad gesagt, er würde mich künftig in der Salome Avenue bei Faye finden, einer Freundin der Familie, die an den Wochenenden als Prostituierte arbeitete. Er gab Onkel Andrew den Schlüssel nicht.

Besagter Onkel fläzte nun seinen dürren Hintern in einen der eleganten Sessel, die ich für unser Wohnzimmer hatte restaurieren lassen. Abschätzend schaute er sich im Apartment um. Charity setzte sich neben ihn.

Mit der Größe konnte man nicht prahlen, und ich war wohl auch nicht die ordentlichste oder sauberste Person auf dem Planeten, doch ich verstand es, eine Wohnung aufzupeppen. Die meisten Sachen waren secondhand, Zeug, das ich bei Value Village oder der Heilsarmee gefunden und anschließend neu gestrichen oder hergerichtet hatte. Einige Sachen waren von Verwandten und Freunden. Irgendwelcher Kram, den mein Dad überall auflas. Ich war da pingeliger bezüglich der Frage, was bleiben durfte und was nicht. Damon und Dylan mussten für Dad einen Schuppen bauen, damit er darin all den Krempel aufbewahren konnte, den er sammelte. Und um mich davon abzuhalten, meinen eigenen Vater umzubringen.

»Warum ist es dermaßen heiß hier drin?«, beschwerte Andrew sich. »So kalt ist es draußen doch gar nicht. Hast du eine Vorstellung, wie hoch die Heizkosten heutzutage sind? Dass ihr hier umsonst wohnen dürft, heißt nicht, dass ihr Energie verschwenden könnt. Stell die Heizung ab.«

Für was hält er mich? Für einen Kaltblüter? Ich starrte ihn mit zusammengekniffenen Augen an und lehnte mich trotzig an die Wand.

Als er merkte, dass ich seiner Aufforderung nicht nachkommen würde, schürzte er missbilligend die Lippen.

»Mach uns Kaffee. Ein wenig Gastfreundschaft wird dich nicht überfordern«, sagte er.

Gerade hat er noch gemeckert, dass es hier drin zu heiß ist.

Ich zog eine Augenbraue hoch. »Also, ich weiß nicht. Ich müsste Wasser kochen, und Strom kostet Geld. Hältst du das wirklich für eine gute Idee?«

Charity prustete und kaschierte es sofort mit einem Hustenanfall.

Andrew funkelte sie böse an. »Von allen meinen Nichten und Neffen bist du die einzige, die mir Kopfschmerzen verursacht. Warum bist du immer so garstig?«

Meine ganze Kindheit hindurch hatte ich mir exakt diesen Vorwurf in wechselnden Variationen anhören müssen. Damals tat es weh, und es wurmte mich heute noch. Ich verschränkte die Arme. »Tatsächlich? Möglicherweise liegt's ja daran, dass du auch nicht gerade meine Lieblingsperson bist.«

Er hielt sich nicht zurück, weshalb sollte ich es also tun?

Höhnisch grinste Andrew. »Ich habe gehört, du bist jetzt wieder auf dem College«, bemerkte er. »Du solltest endlich damit aufhören, sinnlos herumzublödeln, und einfach dein Studium beenden. Sieh dir meinen Sohn John an, der ist inzwischen erfolgreicher Apotheker. Meine Töchter Chloe und Judith sind beide Lehrerinnen. Deine anderen Cousinen – Cecille, Miriam, Naomi – haben alle erfolgreich ihr Studium abgeschlossen. Was ist mit dir und Dylan? Dein Dad …«

Ich kann ja *einige* Beleidigungen an meine Adresse ertragen, doch wenn er glaubte, er könnte meinen Dad beleidigen, hatte er sich geschnitten. Ich würde ihn mit einem Tritt in seinen armseligen Arsch hinausbefördern.

»Oh, aber ich bin sehr stolz auf meine Kinder, Drew«, verkündete mein Dad gut gelaunt von der Wohnungstür aus und trat sich die Schuhe auf der Fußmatte ab, bevor er hereinkam. Er war schlaksig wie ich, und bei seiner Größe von fast einem Meter neunzig kaum zu übersehen. Er nahm seine Baseballkappe ab, zog die Schuhe aus und stellte sie in den Schuhschrank neben der Tür. »Immerhin haben sie niemanden ermordet … noch nicht.« Dad zwinkerte mir zu. »Wie läuft's denn so, Charity?«

Er trat an die Küchenspüle, um sich das Schmieröl von den Händen zu waschen, soweit das möglich war. Gänzlich los wurde er es nie. Seit ich denken konnte, sahen seine Hände so aus. Er trocknete sie am Küchenhandtuch ab, das am Kühlschrankgriff hing, und setzte Wasser auf.

»Du solltest deine Kinder mehr ermutigen, Mike, damit sie große Träume haben, im Gegensatz zu …«

Zu dir, wollte er sagen.

Drecksack. Ich öffnete den Mund, um ihm gründlich die Meinung zu geigen, doch bevor ich etwas sagen konnte, schob Dad mir ein Stück Brot zwischen die Lippen. Dann setzte er sich auf einen der Barhocker an der winzigen Kücheninsel, die uns auch als Esstisch diente.

»Ich will nur, dass anständige Menschen aus ihnen werden.« Er lächelte Andrew nachsichtig an. »Kara hilft mir mit dem Papierkram, und Dylan macht eine Ausbildung bei mir in der Werkstatt. Sie sind beide bei mir, gesund und glücklich. Mehr kann ich nicht verlangen, ehrlich.«

Andrews Kinder besuchten ihn nicht einmal. Die hatten zu viel mit ihrem eigenen Leben zu tun, um sich auch noch mit ihren Eltern zu befassen.

Aus dem Augenwinkel bemerkte ich, wie Charity meinen Dad wehmütig anschaute. Von ihrer Schwester wusste ich, dass sie ihn in jüngeren Jahren sehr gemocht hatte. Doch leider verliebte er sich in meine Schlampen-Mutter, die ihm das Herz brach und ihn am Ende verließ.

Möglicherweise war das der Grund, weshalb Andrew ihn immer so von oben herab behandelte. Er war noch immer verbittert. Mein Dad hingegen hatte seinen Bruder stets respektiert. Als es mit der Farm meiner Großeltern nicht gut lief, hatte Andrew ihnen Geld geschickt, bis sie wieder auf die Füße kamen. Dad predigte mir dauernd, ich müsste Geduld mit meinem Onkel haben, weil er tief in seiner Schuld stehe. Dafür brachte ich durchaus Verständnis auf. Was glaubte er denn, warum ich Andrew bislang noch nicht ermordet hatte?

Doch in diesem Moment musste ich dringend Abstand zwischen mich und meinen Onkel bringen. Abgesehen davon fand ich das Apartment mit vier Leuten schon ein bisschen klaustrophobisch. Ich konnte mich entweder in mein Zimmer zurückziehen und damit meinen Vater verärgern, der das für unhöflich halten würde. Oder gleich ganz aus der Wohnung verschwinden, was wohl am besten war. Ich würde einfach behaupten, dass ich zur Bibliothek musste, um wie eine pflichtbewusste Studentin zu lernen. Aber zuerst … brauchte ich mein Handy.

Ich blendete die anderen aus, trat vor die Badezimmertür und lauschte. Mein Herz schlug schneller bei der Vorstellung, dass mein Telefon klingeln könnte. Doch auf der anderen Seite der Tür war kein Laut zu hören. Ich atmete tief ein und öffnete die Tür.

Zehn verpasste Anrufe.

Von Dylan.

Was zum Teufel hatte er jetzt schon wieder angestellt?

Die Wände der Wohnung waren papierdünn. Ich drehte den Wasserhahn am Waschbecken auf und stieg in die Wanne, damit mich keiner hören konnte – bestimmt würde ich mir nachher von Andrew einen Vortrag zur Wasserrechnung anhören müssen.

»Kar? Warum gehst du nicht ans Telefon?«

Ich kratzte mir den Nacken. Weil es juckte und weil ich frustriert war. »Nur zu deiner Information, Griesgram ist hier.«

»Ah. Na, dann bin ich froh, dass ich nicht da bin.«

»Wo steckst du?«

»Bei einem Freund. Kar, ich brauche deine Hilfe.«

Pause.

»Hast du jemanden umgebracht?«, erkundigte ich mich.

»Nein.«

»Hast du jemanden ins Krankenhaus geprügelt?«

»Nein.«

»Bist *du* im Krankenhaus?«

»Nein. Ich habe dir doch schon gesagt, dass ich bei einem Freund bin.«

»Ich habe kein Geld, Dylan. Ich hab dir doch …«

»Darum geht es nicht. Ich … du weißt doch, dass ich heute Morgen die Rechnung für den Camaro eintreiben wollte?«

»Was du ziemlich versaut hast. Wenn ich nachmittags keine Vorlesung gehabt hätte, hätte ich mir diesen haarigen Giganotosaurus gründlicher vorgenommen. Was hat es eigentlich damit auf sich, dass du ihm Geld schuldest? Was geht da ab zwischen dir und …«

»Kar, konzentriere dich. Hör mir zu.«

Die Dringlichkeit in seiner Stimme ließ mich innehalten.

»Kar«, meinte er leise.

Ich wartete.

»Ich …« Er holte tief Luft. »Ich bin gegen das Motorrad von jemandem gefahren.«

6. Kapitel

Kara

»Stopp mal kurz. Wie war das?« Ich drückte das Telefon fester gegen mein Ohr. »Habe ich das richtig verstanden? Du bist gegen ein fremdes Motorrad gefahren?«

Am anderen Ende der Leitung folgte ein Moment des Schweigens, bevor Dylans leise Antwort kam: »Ja.«

Ich umklammerte das Handy und schluckte die aufsteigende Panik herunter. »Womit warst du denn unterwegs?«

»Mit Bertha.«

Ich schloss die Augen. Bertha war der uralte GMC-Pick-up, der seit Jahren auf dem Werkstattgelände vor sich hin rostete.

Dylan hatte eine Schwäche für alte Pick-ups. Er hatte meinen Dad um die Erlaubnis angebettelt, unseren Werkstattwagen fahren zu dürfen, um ein bisschen vor seinen Freunden anzugeben. Aber das Ding brauchte erst eine Betriebserlaubnis. Am besten auch noch eine göttliche Segnung, damit er wirklich sicher war.

Ich spürte die ersten Anflüge eines Kopfschmerzes vom Nacken aufsteigen. Der Idiot musste den Wagen heimlich genommen haben.

»Ich bring dich um«, stieß ich zischend hervor.

Mein Vater war knapp bei Kasse, weil er neues Equipment fürs Geschäft gekauft hatte. Dylan ging noch auf die Highschool und machte gleichzeitig eine Ausbildung bei Dad in der Werkstatt. Ich dachte an das Geld auf meinem Konto, das ich mir mühsam mit harter Arbeit verdient hatte.

Ich musste immer um vier Uhr morgens aufstehen und zur Schicht im Coffeeshop antreten. Dazu kamen die gelegentlichen, mörderischen Arbeitsstunden im Pflegeheim. Und die komischen

Jobs, die ich nebenbei machen musste, um noch mehr auf die hohe Kante legen zu können.

Mit diesen Ersparnissen wollte ich die Studiengebühren für das nächste Semester bezahlen.

Jetzt würden sie für die Dummheit meines Bruders draufgehen.

Ich dachte an die ständigen wichtigtuerischen Vorträge meines Onkels darüber, dass ich ein Ziel im Leben bräuchte und endlich meinen Studienabschluss machen müsste. Aber wie sollte das gehen, wenn nach dem kleinsten Erfolg gleich wieder ein Rückschlag kam, der mir deutlich vor Augen führte, dass meine ganzen Ambitionen im Grunde nur ein Witz waren? Mir stiegen die Tränen in die Augen, doch ich hielt sie zurück.

Stahl, Baby. Ich bin aus Stahl gemacht.

»Erzähl mir, was passiert ist«, forderte ich ihn auf. »Wenn du mich anlügst, schneide ich dir den Schwanz ab. Verlass dich drauf.«

»Okay, okay«, erwiderte er jammervoll. Ich hörte die Angst in seiner Stimme.

Dylan war von Natur aus furchtsam. Und es waren exakt dieser ängstliche Unterton und die Angst, die dabei in seinen Augen flackerte, die mich jedes Mal wieder rumkriegten und sämtliche Beschützerinstinkte weckten. Das war schon so gewesen, als wir beide noch Kinder waren. Ich konnte ihm gegenüber einfach nicht hart bleiben.

Dass ich ihn um jeden Preis beschützen wollte und ihn ständig aus irgendwelchen Schwierigkeiten herausholte oder ihm bei Problemen half, war eine meiner vielen Schwächen.

Wenn Dylan als Kind Albträume hatte, rief er immer nach mir. Wenn andere Kinder ihn in der Schule hänselten, weinte er sich zu Hause bei mir aus. Selbstverständlich verprügelte ich die Jungs – und schleppte Dylan meistens als Verstärkung mit.

Als mein Bruder in der Schule geärgert wurde, weil er mehrmals hintereinander dieselben Sachen anhatte oder Klamotten von Cousins und Brüdern seiner Klassenkameraden auftrug, überredete ich meine Grandma, einen befreundeten Schneider zu bitten, mir das Nähen beizubringen, damit ich die Kleiderspenden abändern konnte. Ich würde zwar nie einen Preis als Modeschöpferin gewinnen und konnte auch die Hänseleien nicht vollkommen abstellen, doch wenigstens wurde es weniger.

Ich hatte Dylan ebenso großgezogen, wie mein Dad es getan hatte. Ich hatte nie eine Mutter, aber die Not lehrte mich, selbst eine zu sein.

»Nachdem ich versucht habe, das Geld von Big Tony einzutreiben …«

»Der Giganotosaurus meinte, du schuldest ihm Geld«, unterbrach ich ihn.

»Das war eine blöde Wette. Wir haben herumgealbert. Ich hatte keine Ahnung, dass es ihm ernst damit war.«

Der Kopfschmerz breitete sich in meinen Schläfen aus. »Erzähl mir von dem Motorrad.«

»Big Tony drohte mir Prügel an, falls ich ihn nicht bezahle«, begann er zögernd.

Den Teil kannte ich schon. Deshalb war ich wegen der offenen Rechnung heute Morgen zu diesem Kunden gefahren.

»Ich hatte eine Heidenangst, als ich mit dem Wagen rückwärts aus seiner Auffahrt fuhr. Ich habe gar nicht gemerkt, wie weit ich zurückgesetzt hatte, und bin dann einfach weggefahren. Ich hab das Motorrad nicht mal gesehen. Es war ein Unfall«, erklärte er.

»Du Idiot!« Seufzend presste ich die Finger auf die Augenlider. Ich öffnete den Arzneischrank, nahm das Fläschchen Aspirin heraus, schüttete mir zwei in den Mund und trank aus dem Wasserhahn. »Hast du es beschädigt?«

»Ich glaube, es hat nur ein paar Kratzer abbekommen …«

»Du glaubst? Streng deine paar funktionierenden Gehirnzellen gefälligst an – die, die von deiner Blödheit noch nicht infiziert wurden.«

»Ich hatte es eilig! Ich hatte keine Zeit, genau nachzusehen. Ich bin ausgestiegen und habe die Maschine wieder aufgestellt. Vielleicht habe ich sie gar nicht beschädigt. Sie stand jedenfalls ganz gut da. Was meinst du?«

»Was ich meine? Du kleiner Idiot. Dad hat dir verboten, Bertha zu fahren!«

»Ich weiß. Es tut mir leid«, murmelte er wehleidig.

»Du bist ein verwöhnter Bengel. Wage es ja nicht, Dad davon zu erzählen. Der hat schon ohne deinen Unfug genug um die Ohren.«

»Und wenn mich jemand gesehen hat? Dann ist mein Leben vorbei. Was, wenn jemand ein Handyvideo gedreht und online gestellt hat? Was, wenn es morgen in den Nachrichten gebracht wird? Sollte ich mich dem Besitzer nicht lieber stellen?«

»Krieg dich mal wieder ein, und lass mich nachdenken.« Ich legte die Hand in den Nacken und grübelte. »Du glaubst also, es besteht die Chance, dass du es gar nicht beschädigt hast?«

»Ich … kann gut sein.«

Ich hörte die Hoffnung in seiner Stimme. In meiner vielleicht auch.

»Meinst du, jemand hat dich beobachtet?«

»Das weiß ich nicht, Kar …«

»Hör zu. Ich werde dort vorbeifahren. Du fängst lieber an, auf den Knien dafür zu beten, dass das Motorrad nicht Schrott ist, sondern heil und ganz in der Auffahrt steht. Andernfalls verkaufe ich deine Organe, um den Schaden zu begleichen.«

Er seufzte. »Soll ich mitkommen?«

»Nein. Außerdem werde ich bei deinem Freund klingeln und die Rechnung eintreiben. Wenn er diesmal wieder nicht bezahlt, rufe ich die Cops.«

»Oh Mann, Kar.«

»Komm mir bloß nicht so. Du bist momentan kleiner als ein Wurm.«

»Und wenn das Motorrad nicht in der Auffahrt steht? Was, wenn ich es doch beschädigt habe? Was, wenn er eine Kamera auf der vorderen Veranda hat, mit der alles aufgezeichnet wurde? Dann hat er mein Nummernschild gesehen. Mein Gesicht. Oh, Mann.«

Seinem Gejammer nach zu urteilen, würde er jeden Moment anfangen zu heulen. Ich seufzte erneut. »Was, wenn dir plötzlich

Flügel aus dem Hintern wüchsen und du abheben würdest ins All? Reiß dich zusammen.« Weil er wirklich Angst hatte, fuhr ich sanfter fort: »Sieh mal, Dyl, ich werde mich darum kümmern, und wenn da noch etwas ist, melde ich mich bei dir. Jetzt kommst du erst mal nach Hause und … und rührst nichts an. Verstanden?«

»Ja. Danke, Kar.« Seine Stimme brach. »Danke.«

Ich legte auf und verstaute das Handy in meiner Tasche.

Ich schaff das.

Ich schnappte mir meine Schlüssel und ging.

Kurz darauf parkte ich meinen Wagen drei Häuser entfernt von Mr. Bikers Haus. Nicht zu nah, für den Fall, dass jemand in der Nachbarschaft misstrauisch wurde. Aber auch nicht zu weit weg, falls ich wegrennen musste.

Die Uhr im Armaturenbrett meines Autos zeigte sieben Uhr abends an. Es war jetzt dunkel. Die Straßenlaternen brannten, und die braven Bürger hielten sich in ihren erleuchteten Häusern auf, aßen wahrscheinlich zu Abend oder entspannten sich in ihren überteuerten bequemen Betten.

Was ich ebenfalls tun sollte. Stattdessen befand ich mich auf einer Mission, um meinem Bruder den Arsch zu retten.

Ich griff in mein volles Haar – das zu lang war und dringend mal wieder von mir geschnitten werden musste – und wickelte es auf, um es unter einer Baseballkappe verschwinden zu lassen. Ich hätte an meine Sonnenbrille denken sollen, um die Wahrscheinlichkeit zu erhöhen, nicht erkannt zu werden, dachte ich, während ich aus dem Wagen stieg. Mr. Bikers Bleibe lag schließlich nicht allzu weit entfernt von unserer. Jemand aus der Nachbarschaft könnte mich erkennen.

Ich erschauderte. Lag wohl an der kühlen Luft. Ich zog den Reißverschluss meiner Jacke hoch. Jedenfalls hatte es absolut nichts mit Nervosität zu tun. Oder Aufregung. Nee. Die Leute stalkten andere doch dauernd. Das war ganz normal, ein ganz gewöhnliches Freizeitvergnügen.

In den sozialen Medien machte ich das ständig.

Nein, das stimmte nicht. Da war es kein Stalken, sondern Recherche. Und ich war jetzt hier, um zu recherchieren. Etwas in Erfahrung zu bringen. Ich wollte mich bloß umschauen, ob das Motorrad in der Auffahrt stand. Vielleicht war der Schaden tatsächlich nicht so schlimm, genau wie Dylan vermutete.

Aber wenn nun der Besitzer aufkreuzte, während ich hier herumschlich? Ich blieb unvermittelt stehen. Vielleicht sollte ich die Flyer mitnehmen, die ich im Auto hatte. Falls Mr. Biker mich vor seinem Haus erwischte, könnte ich ihm einfach einen Flyer in die Hand drücken und behaupten, die würde ich in der Gegend verteilen. Genial.

Flyer um sieben Uhr abends zu verteilen ist genial? Na klar doch.

Ich brachte die nervige Stimme in meinem Kopf zum Schweigen und ging zum Wagen zurück, um die Flyer zu holen.

Mr. Bikers Haus sah aus wie eine moderne Junggesellenbude. Hohe Fenster mit Privacy-Verglasung, steile Winkel, viel Beton. Es wirkte wie ein Gästehaus für den jüngsten Sohn eines Drogenbarons. Nicht zu groß, dennoch luxuriös und teuer.

Wenn mich mein Eindruck nicht täuschte, steckte Dylan in echten Schwierigkeiten. Und das traf leider nicht nur auf ihn zu, sondern ebenso auf mich und Dad.

Eine lange breite Auffahrt führte zur Garage. Dort stand ein eleganter BMW, aber von einem Motorrad war nichts zu sehen. Wieso stand sein Wagen hier statt in der Garage?

Vielleicht wohnte mehr als eine Person in dem Gebäude. Das würde die Sache etwas komplizierter machen, aber es wäre nichts, womit meine investigativen Fähigkeiten nicht fertig würden.

An die Garage grenzte ein etwa einen Meter fünfzig breiter Zaun mit einer Holztür, die vermutlich in den hinteren Garten führte. Im Haus war kein Licht zu sehen, nur der sanfte Schein der Verandalampe. Niemand war zu Hause.

Ich grinste boshaft und rieb mir angesichts dieser einmaligen Gelegenheit freudig die Hände. Ich knackte mit den Knöcheln. *Mein Körper ist bereit.*

Vielleicht sollte ich ganz lässig vor mich hin pfeifen.

Oder wäre das übertrieben?

Ich schluckte meine Nervosität herunter und näherte mich dem Haus. Es gab keine Bäume oder Büsche, hinter denen ich mich schnell verstecken konnte. Ich hielt Ausschau nach außen am Haus angebrachten Kameras. In der Dunkelheit war es schwierig, in jeden Winkel zu spähen, doch war ich mir zu 97,9 Prozent sicher, dass es keine gab.

Mein Herz begann, wie wild zu hämmern, während ich mir den Zaun näher ansah und einen Blick über die Schulter warf, um sicherzugehen, dass ich auch wirklich allein war. Es war unheimlich still, bis auf mein lautes Atmen und das gelegentliche scharrende Geräusch meiner Schuhe auf dem Zement.

Vorsichtig legte ich eine Hand an die Tür und drückte leicht. Abgeschlossen. Mist. Die Pforte war zu hoch, um darüber hinwegzuschauen, und es gab keine Lücken zwischen den Holzbrettern.

Es musste doch etwas im Vorgarten geben, auf das ich steigen konnte, um zu sehen, was hinter diesem Zaun lag. Doch der Hausbesitzer begnügte sich mit schlichtem Rasen, da war nichts zu holen. Ich sah zu Big Tonys Haus hinüber. Er schuldete uns immer noch Geld, und schon bald würde ich ihn erneut aufsuchen, um es zu kassieren. Rasch marschierte ich zu seinem Vorgarten, hob einen der schwarzen Steine auf, die dort am Boden lagen, und kehrte zurück in Mr. Bikers Vorgarten.

Na bitte, dachte ich und klopfte mir die Hände ab, nachdem ich den Stein an eine geeignete Stelle gelegt hatte. Ich stieg darauf und schaute nach unten, um sicherzustellen, dass er nicht wackelte. Als ich aufsah, klappte mir die Kinnlade herunter.

Sieh mal einer an. Im hinteren Garten gab es einen großen leeren Pool – wahrscheinlich machte Mr. Biker sich nicht die Mühe, ihn mit Wasser zu befüllen, weil es momentan ohnehin zu kalt war, um draußen zu schwimmen. Aber die blauen Lampen an den Wänden waren eingeschaltet, außerdem ein paar schicke Gartenleuchten, die ein unheimliches Licht erzeugten. Ausgewachsene Bäume, wunderschönes Mauerwerk. Ich hatte etwas übrig für gute Gartengestaltung, und diese hier war erstklassig.

Fast hätte ich meine Mission vergessen. Das Motorrad. Doch auch hier war es nirgends zu sehen.

Sollte ich über den Zaun klettern und nachschauen, ob es hinten eine Tür zur Garage gab? Vielleicht war die ja offen, und ich konnte schnell einen Blick hineinwerfen. Andererseits ... wenn er nun einen Hund hatte?

Konzentriere dich. Wenn es einen Hund gäbe, würde der längst bellen.

Ich nahm meine ganze Kraft zusammen und legte die Hände oben auf den Zaun. Ich schwang ein Bein auf den Zaun und wollte mich gerade hochziehen, als ich hinter mir ein Geräusch vernahm. Sämtliche Härchen an meinem Körper stellten sich auf.

Oh Gott, ich werde heute Abend ins Gefängnis wandern.

»Wer sind Sie?«, fragte eine sehr tiefe, sehr männliche und sehr kalte Stimme hinter mir.

Ich zuckte zusammen.

Renn weg!

Doch ich war wie erstarrt. Mit weichen Knien ließ ich mich wieder herunter und stolperte prompt, da ich den Stein verfehlte. Ich stieß einen kurzen Schrei aus und klammerte mich am Zaun fest, um das Gleichgewicht zu behalten. Dabei verlor ich meine Baseballkappe, und mein Haar fiel mir bis auf den Rücken hinunter.

Hinter mir hörte ich jemanden nach Luft schnappen.

Dann Stille.

»Wer sind Sie?«, wiederholte er. Er klang nach wie vor misstrauisch, aber diesmal schwang in seinem Ton auch ... Neugier mit. Eine Art von Neugier, die einen in Schwierigkeiten bringen konnte.

Ganz langsam drehte ich mich um. Und begriff, dass ich diejenige war, die in Schwierigkeiten steckte.

Ich wusste, dass er mich sehen konnte. Während ich vorhin ganz froh über das Verandalicht gewesen war, hasste ich es jetzt, da es mein Gesicht in seiner ganzen Pracht beleuchtete.

Er hingegen war in Dunkelheit gehüllt. Ich konnte sein Gesicht nicht sehen, aber seine Umrisse gut erkennen. Er war groß, muskulös, mit breiten Schultern.

Die Art, wie er am Wagen lehnte, kam mir vertraut vor. Als wäre ich ihm schon mal begegnet. Plötzlich verspürte ich das drängende Bedürfnis, sein Gesicht im Licht zu sehen. Gleichzeitig fürchtete ich mich davor.

Kenne ich ihn?

Er trat einen Schritt auf mich zu. Ich wich zurück, bis ich gegen den Zaun hinter mir stieß. Der Moment nahm mich völlig gefangen. Ich wollte mich abwenden, war aber wie gebannt.

»Was machst du hier?«, fragte er, diesmal mit samtweicher, neckender Stimme.

Unbehagen befiel mich. Ich kannte diese Stimme.

»Verrat es mir«, fuhr er fort.

Verrat es mir.

Warum kam mir das so bekannt vor?

Und dann … trat er ins Licht.

Alles Blut wich aus meinem Gesicht. Ein entsetzter Laut entrang sich meiner Kehle.

Nicht er! Das muss ein Witz sein.

Jemand hatte mir mal gesagt, ich würde erst für meine Sünden bestraft, wenn ich sterbe. *Aber ich bin noch nicht tot? Warum dann? Warum nur?*

Sein Lächeln war provozierend frech. Er schaute mir direkt in die Augen, während er näher kam.

»Bleib wo du bist!«, schrie ich.

Er hielt nicht mal eine Sekunde inne. Stattdessen grinste er noch breiter, sodass seine weißen Zähne aufblitzten.

»Stopp!«, schrie ich erneut.

Er blieb stehen. Allerdings hatte ich den Eindruck, dass er das nicht meinetwegen tat. Er blieb stehen, weil er nun dort angekommen war, wo er sein wollte. Wenige Zentimeter von mir entfernt. Das Lächeln auf seinem Gesicht erstarb.

Eine Strähne seiner seidigen pechschwarzen Haare fiel ihm seitlich ins Gesicht. Meine Augen folgten ihr, bis mein Blick auf seiner Wange ruhte. Von wo aus er unwillkürlich zu seinem Mund wanderte, und ich … ich starrte ihn regelrecht an.

Im sanften Lichtschein der Verandabeleuchtung sah er einfach verboten gut aus.

Und dann kehrte dieses Lächeln zurück. Es war ein wissendes Lächeln. Ein dreistes, männliches Lächeln.

Erschrocken hob ich den Blick und sah ihm in die Augen.

Zack.

Ich fühlte es. Ich *fühlte* es.

»Ich habe nicht damit gerechnet, dich so bald wiederzusehen«, flüsterte er mit der gleichen verführerischen Stimme. »Hast du mich schon vermisst?«

Ich hörte seine Worte, doch das Signal, das meine Ohren mit meinem Hirn verband, befand sich im Flugmodus. Meine Augen und meine Nase hingegen hatten volle Signalstärke.

Offenbar kam er gerade vom Laufen, als er mich beim Versuch ertappte, über seinen Zaun zu klettern. Er trug eine Jogginghose und ein T-Shirt – trotz der Kälte –, das seine Figur wundervoll betonte. Zum Anbeißen.

Er roch nach sauberem männlichem Schweiß und Seife. Eine berauschende Mischung.

Er streckte eine Hand aus und strich mir sanft meine Haare über die Schulter. Dabei streiften seine Fingerspitzen versehentlich die sensible Haut an meinem Hals.

Ich erschauerte. Von dort, wo er mich berührt hatte, breitete sich eine Schockwelle aus, die meinen ganzen Körper durchzuckte.

Und warum prickeln meine Lippen?

»Kalt?«, erkundigte er sich.

Ich schüttelte vehement den Kopf, sodass meine Haare, die er gerade erst zurückgestrichen hatte, wieder vorn über meine Schulter fielen.

»Kara.«

Das war beinahe … erotisch. Die Art, wie er meinen Namen aussprach. Und wie sein Mund die Silben formte.

»Der Name passt zu dir«, murmelte er und wickelte sich dabei eine Strähne meines Haars um den Zeigefinger. »Ich habe ganz vergessen, dir meinen zu verraten.«

Den kenne ich schon. Cam.

»Cameron«, sagte er, da ich nichts erwiderte.

Cameron.

Mein Mund schien mal wieder nicht zu funktionieren.

Das hier lief ganz genau wie unsere allererste Begegnung. Noch nie war mir so etwas mit jemandem passiert. Was hatte er bloß an sich?

Es lag an diesen wunderschönen maskulinen Zügen, gestand ich mir widerwillig ein. Da! Ich hatte es zugegeben. Ich fühlte mich von diesem Gesicht angezogen, und das war auch vollkommen in Ordnung. Ich würde ohnehin nichts daran ändern können. Das hieß noch lange nicht, dass ich den Kerl mochte. Es bedeutete überhaupt nichts.

Zur Abwehr setzte ich mein Pokerface auf. Eine völlig emotionslose Miene. Wenn ich nicht sprechen konnte, okay, aber ansonsten würde er keinerlei Reaktion von mir bekommen.

Seine Augen funkelten amüsiert, als hätte er meine Gedanken gehört, und er fragte: »Wie geht es deinem Bauch?«

Es war, als hätte mir jemand einen Eimer kaltes Wasser ins Gesicht geschüttet. Ich verspürte das plötzliche Verlangen, mir die Hände vors Gesicht zu schlagen und wegzurennen. Oder mich ganz einfach in Luft aufzulösen. Stattdessen starrte ich ihn finster an.

Für wen hält er sich, dass er mich an diese peinliche Szene erinnert?

Ich werde dir schon noch einen Dämpfer verpassen! schwor ich mir wütend, aber dann sagte er: »Ich weiß, warum du hier bist.«

Ich stutzte. Mist! Ich selbst hatte schon ganz vergessen, weshalb ich hier war.

»Ich habe gesehen, was heute Morgen passiert ist«, fuhr er fort.

Nein!

Ich schloss resigniert die Augen. Er musste alles mitgekriegt haben. Irgendwie hatte dieser Typ Dylan beobachtet.

Sobald ich wieder zu Hause war, würde ich den kleinen Schisser frittieren. Jetzt gab es allerdings erst einmal Dringenderes, um das ich mich kümmern musste.

Schluss mit den Tagträumen, Schwester!

Ich machte die Augen wieder auf und legte meine Hände an Camerons Brust, um ihn wegzuschieben. Er rührte sich nicht von der Stelle.

»Beweg dich!« Ich bemühte mich um einen möglichst bestimmten Ton. Meine Stimme klang rostig. Vielleicht wirkte er deshalb belustigt – na schön, auch höllisch sexy –, als genieße er die Show.

Sollte der Typ jetzt nicht eigentlich sauer sein wegen seines Motorrads? Oder weil er mich beim Versuch ertappt hatte, in sein Haus einzudringen?

Stimmt vielleicht irgendetwas nicht mit seinem Verstand?

»Ich sagte, bew…«

Er kam näher.

Ich schnappte nach Luft. Er war mir schon wieder so nah, noch näher als eben. Er saugte an seiner Unterlippe und hielt sie zwischen den Zähnen fest.

Wie es sich wohl anfühlt, ihn zu küssen?

Kaum war der Gedanke aufgetaucht, verscheuchte ich ihn auch schon wieder gnadenlos. Zerquetschte ihn wie ein fieses Insekt.

Nie und nimmer würde ich diesen Kerl küssen! Nicht den! Niemals!

Seine Nähe machte mich allmählich wahnsinnig, und ich wollte zurückweichen. Doch dann hätte er gewonnen. »Nimm dein Gesicht aus meinem Blickfeld, sonst …«

»… starrst du es noch ein bisschen länger an? Ich glaube, mittlerweile dürfte klar sein, wie sehr dir mein Gesicht gefällt.«

Unglaublich!

»Ein Scheiß dürfte klar sein«, erwiderte ich. »Aber weißt du was? Es gefällt mir wirklich.«

Seine Augen glitzerten. Er lächelte selbstgefällig, bis ich hinzufügte: »Es würde mir sehr gefallen, es gegen eine scharfkantige Wand zu knallen.«

Sein Lächeln war wie weggewischt. Da ich das als Sieg wertete, nahm ich an, dass es nun in Ordnung wäre, mich von ihm zu entfernen. Was ich auch tat.

Sobald meine Nase so weit von ihm weg war, dass ich seinen Duft nicht mehr wahrnahm, fingen meine Gehirnzellen wieder an zu arbeiten. »Hör zu, ich bin hier, um mit dir zu verhandeln«, erklärte ich.

Er sah mich an, schwieg jedoch. Ich kapierte, dass ich, solange ich in diese lebhaften blauen Augen oder auf diesen sexy Mund schaute, nicht klar denken konnte. Also richtete ich den Blick auf seine Brust. Der Anblick war allerdings ebenfalls äußerst ablenkend, weshalb ich auf seine Hose starrte. Aber das war auch keine gute …

»Was verhandeln?«

Ich fuhr zusammen, als ich seine Stimme hörte. Errötend schaute ich auf sein Ohr, soweit ich es durch sein Haar hindurch erkennen konnte. »Na ja«, brachte ich krächzend hervor und räusperte mich. »Das mit deinem Motorrad.«

Als er nichts erwiderte, schaute ich ihm wieder ins Gesicht. Das freche Glitzern in seinen Augen war verschwunden. Jetzt lag in ihnen ein gefährliches Funkeln.

Ich schluckte.

Ich hob kapitulierend die Hände und wich zurück, weg von seinem tödlichen Blick. Aber er folgte mir, setzte mir nach und sah aus wie ein zorniger Erzengel.

»Warum fängst du nicht ganz von vorne an?«, flüsterte er. Seine Stimme war sanft wie eine Feder und gleichzeitig scharf wie ein Messer.

»A…anfangen?«, wiederholte ich dämlich und schaute hinter mich, um abzuschätzen, wie schnell ich meinen Wagen erreichen konnte.

»Versuch es lieber gar nicht erst«, warnte er mich.

Nichts machte mich wütender, als wenn mir jemand sagte, dass ich etwas nicht tun dürfe. Wir starrten uns einen Herzschlag lang an. Warteten. Warteten. Und dann stürmte ich zum Wagen.

Ich hätte es geschafft, aber er packte mich am Oberarm. Sein Griff schmerzte nicht, doch er war fest. Sein Blick signalisierte mir, dass das hier nicht so einfach werden würde, wie ich gehofft hatte.

»Du bist unglaublich«, meinte er.

Resigniert seufzte ich. »Ich werde nicht mehr weglaufen, also könntest du mich bitte loslassen?«

Ich entspannte meinen Arm, und er lockerte seinen Griff. Ich schüttelte ihn ab. Er ließ mich los, doch seine Haltung zeigte unmissverständlich, dass er mich, falls ich einen neuen Fluchtversuch starten sollte, sofort wieder einfangen würde.

Ich fuhr mir mit beiden Händen durch die Haare und sammelte meine Gedanken, ehe ich weiterredete.

»Es tut mir leid«, beteuerte ich leise. Aufrichtig. Denn die Wahrheit war ja, dass er derjenige war, dem man Unrecht getan hatte. Er hatte all dies nicht gewollt, und auch wenn ich nicht unbedingt Miss Macht-alles-wieder-gut war, würde ich dennoch mein Bestes geben, um die Sache irgendwie in Ordnung zu bringen.

»Es tut mir wirklich leid«, wiederholte ich. »Mein Bruder hat dein Motorrad heute Morgen nicht absichtlich angefahren.«

Er schloss die Augen, als müsse er um Geduld ringen. Ich sah einen Wangenmuskel in seinem Gesicht zucken. »Dein. Bruder. Hat. Mein. Motorrad. Angefahren.«

»Tja, nun. Du hast gesehen, was heute Morgen passiert ist, richtig? Das war mein Bruder.« Ich wartete einen Moment. Als er nichts erwiderte, fuhr ich fort: »Ich will dir ein Angebot machen. Eines, das nur ein Idiot ablehnen würde. Willst du es hören?«

Er machte die Augen wieder auf. Er war sauer. Er sagte nichts, sah mich nur mit zusammengekniffenen Augen an.

»Hast du Überwachungskameras hier?«, erkundigte ich mich. »Hast du schon deine Versicherung benachrichtigt?«

Er antwortete immer noch nicht.

»Okay, ich übernehme die Verantwortung. Ich werde für die Reparatur aufkommen. Genau genommen werden wir sie selbst durchführen.«

Er verschränkte die Arme vor der Brust. Ich sollte wirklich den Mund halten, doch sein Schweigen weckte in mir den Wunsch, all meine Sünden zu gestehen.

»Wir haben eine Autowerkstatt. Ich hoffe, du hast deine Versicherung noch nicht informiert. Falls doch, könntest du sie anrufen und die Schadensmeldung rückgängig machen. Sag denen, es sei alles geklärt. Wenn Dylans Versicherungsbeitrag noch mehr steigt, muss er ihn mit seinem erstgeborenen Kind bezahlen.«

Wir sahen uns an. Mir fiel auf, dass die Wut allmählich aus seinen blauen Augen verschwand. Offenbar dachte er nach.

»Was springt für mich dabei heraus?«

Ich hatte eine Antwort gewollt, aber jetzt, wo ich sie bekommen hatte, waren mir seine nonverbalen Reaktionen doch lieber. Er sah aus wie ein schlauer Fuchs.

»Wie meinst du das? Wir reparieren die Maschine kostenlos! Du brauchst keine Selbstbeteiligung zu bezahlen.«

Jetzt wirkte er gelangweilt. »Die Selbstbeteiligung ist kein Problem.«

Darauf würde ich jede Wette eingehen. »Na, dann ... dann lege ich halt noch einen Extra-Service mit drauf.«

Er grinste.

Ich hätte ihm ja eine reingehauen, aber leider versuchte ich gerade, ihn dazu zu überreden, Gnade walten zu lassen, nicht ihn dazu zu provozieren, mich niederzumetzeln. Der Verzicht hatte absolut nichts damit zu tun, dass mein Herz bei diesem Lächeln auszusetzen schien. Oder mit dem, was er vermutlich unter »Extra-Service« verstand. Überhaupt nichts.

Es spielte auch *überhaupt* keine Rolle, wie er mich ansah. Noch nie hatte jemand mich auf diese Weise angesehen.

Du bist verdammt noch mal verrückt. Er hat eine Freundin. Er geht fremd!

Ich rollte mit den Augen, als die Stimme in meinem Kopf sich meldete.

Ja, weiß ich. Es ist keine Sünde, etwas schön zu finden. Selbst Fliegen mögen Misthaufen. Hier wird nichts passieren. Niemals, also vergiss es!

»Wir werden dir ein paar Zusatzangebote machen«, erklärte ich. »Wenn du möchtest. Irgendwelches Zubehör. Zu einem angemessenen Preis. Wir können dir auch drei Monate lang eine kostenlose Inspektion anbieten. Such dir was aus.«

Plötzlich wollte ich weg von ihm. Und zwar schnellstmöglich. Ich zog meine Brieftasche aus der Jacke, holte unsere Visitenkarte heraus und drückte sie ihm zusammen mit den Flyern in die Hand.

»Hier. Alle Informationen stehen da. Komm gleich morgen früh vorbei, falls du eine Morgenvorlesung hast. Normalerweise schließe ich die Werkstatt auf, also werde ich da sein.« Ich fing an zu schwafeln. »Außerdem hast du ja … du hast meine Nummer.«

Die Erinnerung daran, wie er zu der Nummer gekommen war, ließ mich erröten. Ich ging die Auffahrt hinunter zu meinem Auto. »Die ich dir überhaupt nicht geben wollte! Nur zu deiner Information«, rief ich über die Schulter. »Du hast mich in einem … intimen Moment erwischt, in dem ich absolut verwundbar war! Solltest du also etwas gegen meine Vorschläge haben, sag es jetzt. Ansonsten deute ich dein Schweigen als Zustimmung.« Ich stieg in den Wagen, startete ihn und setzte zurück.

Mein Herz pochte so heftig, dass es anfing wehzutun. Als ich aufs Gaspedal trat, atmete ich auf.

»Gut gemacht«, murmelte ich vor mich hin. »Das hast du gut gemacht. Er war mit allem einverstanden.«

Ich schaute in den Rückspiegel. Er stand noch immer an der gleichen Stelle und schaute mir hinterher. Dann bog ich ab, und er war verschwunden.

7. Kapitel

Cameron

»Ich glaube nicht, dass die Werkstatt schon geöffnet hat.« Caleb warf die Heckklappe zu, nachdem wir mein Motorrad von der Ladefläche seines Pick-ups gehoben hatten.

Ich zuckte mit den Schultern.

»Bist du dir sicher?« Er schaute sich skeptisch um. Er wusste, wie pingelig ich war, wenn es um mein Motorrad ging.

»Ja.« Ich sah mich ebenfalls um.

Die Werkstatt befand sich in einem alten grauen rechteckigen Gebäude mitten auf einem unbefestigten Gelände. Auf dem Dach war ein großes Schild mit den Worten HAWTHORNE AUTO REPAIR SHOP, darunter stand eine Telefonnummer in kleineren Zahlen. Die Farbe vom W blätterte ab. Das Dach sah aus, als hätte es schon vor zehn Jahren erneuert werden müssen.

Autos parkten ordentlich in Zweierreihen links vor dem Gebäude, und auf der rechten Seite führte ein unbefestigter Weg zum hinteren Teil des Grundstücks.

»Na schön. Dann gib mir mal einen Kaffee aus«, sagte er.

»Besorg dir einen Job, dann kannst du dir den Kaffee selbst leisten.«

»Ich hab dich hergefahren, oder etwa nicht? Also, lass was springen, Geizhals.«

»Ich war letztes Mal dran. Du bist an der Reihe, Idiot.«

»Stimmt nicht.«

»Und ob«, konterte ich gelassen.

»Basketballtraining am Montag. Der Verlierer zahlt.«

»Abgemacht.«

Sein Handy piepte.

»Es ist Rick«, sagte er, nachdem er die Nachricht gelesen hatte.

»Fahr lieber zur Baustelle. Ich nehme mir ein Taxi und komme nach, sobald ich hier fertig bin.«

Er lehnte sich gegen die Seite des Pick-ups, schob das Telefon in die Jackentasche, verschränkte die Arme und gähnte.

»Rick ist daran gewöhnt, dass ich zu spät komme«, erwiderte er. »Aber der Typ ist echt ein Tyrann. Verrate mir doch noch mal, warum wir immer noch nicht gekündigt haben.«

Weil er uns beiden das Leben gerettet hat, dachte ich und wusste, dass Caleb dasselbe dachte.

An dem Abend, als ich nach Esther Falls City in Manitoba flog – einem Ort, an dem alles Vertraute weit weg war – und mein Dad mich vom Flughafen abholte, bin ich Rick zum ersten Mal begegnet.

Ich hatte dort schon vorher bis zu meinem achten Lebensjahr gewohnt. Dann ließen meine Eltern sich scheiden, und meine Mom zog mit uns nach Toronto. Hin und wieder ließ sie mich zurückfliegen, um meinen Vater zu besuchen. Allerdings verstand ich den Sinn dieser Besuche nicht, da wir einander hassten. Trotzdem schickte sie mich immer wieder zu ihm, und eines Tages wollte sie, dass ich ganz bei ihm blieb. Ich fand es schrecklich.

Ich war der Neue. Ein Teenager, der alles und jeden hasste. Ein wütender Jugendlicher, der ständig auf Ärger aus war. Und wenn sich von selbst keiner ergab, provozierte ich welchen.

Statt mit meinem Dad und seiner Familie zu Abend zu essen, floh ich in die Stadt, um irgendetwas anzustellen. Ein ganz neu errichtetes Gebäude bot sich dafür an. Es war zehn Stockwerke hoch und noch so neu, dass die Fenster glänzten und die Mauern leuchteten.

Ich brach ein und fand es leer vor. Einige Wände waren noch gar nicht gestrichen. Ich fand ungeöffnete Farbeimer, Pinsel und Werkzeuge. Ich öffnete die Farbeimer, verzichtete auf die Pinsel und schüttete die Farbe stattdessen an die Wände und Decken. Mit den Werkzeugen zerstörte ich Türen und Fenster im Wert von mehreren tausend Dollar.

Dabei erwischte mich Rick. Er war der Bauunternehmer, der in dieser Nacht im Gebäude nach dem Rechten sehen wollte. Er war so wütend, dass ich dachte, er würde mich umbringen. Allerdings war ich ziemlich sicher, ihn verprügeln zu können, falls er mich angreifen sollte.

Ich rannte weg, aber er holte mich locker ein und überraschte mich mit seiner Kraft. Er erklärte mir, ich könnte den Schaden bei ihm abarbeiten. Ich sagte ihm, er solle sich verpissen. Er drohte, die Polizei zu rufen, wenn ich nicht einwilligte. Am nächsten Tag fing ich an, für Rick zu arbeiten.

Ich hatte keine Ahnung, was ihn dazu veranlasste, mich nicht der Polizei zu übergeben und mich stattdessen unter seine Fittiche zu nehmen. Er tat es jedenfalls. Und veränderte damit mein Leben.

Noch heute half ich ihm manchmal aus. Den Schaden von damals hatte ich abgearbeitet, und mittlerweile bezahlte er mich. Ich würde umsonst für ihn arbeiten, wenn er mich ließe.

Caleb und ich lernten uns bei einem von Ricks Renovierungsprojekten kennen. Wir waren beide problematische Teenager und zornig auf die Welt. Wir gaben uns selbst und allen anderen die Schuld an dem Durcheinander, aus dem unser Leben bestand. Wir waren unkontrollierbar, scherten uns um nichts und waren auf dem besten Weg, unsere Zukunft zu verspielen.

Ich erledigte schon seit einigen Monaten Abrissarbeiten für Rick, als Caleb auftauchte. Die Kollegen wussten, dass es besser war, mich in Ruhe zu lassen. Ich wollte mit niemandem reden, nicht meine Mittagspause mit den anderen verbringen oder nach der Arbeit einen trinken gehen. Ich wollte allein sein und so viel kaputtmachen, wie ich konnte. Ich hasste alles.

Besonders mich selbst.

Und dann stieß Caleb zu unserem Trupp. Sein Bruder Ben war mit Rick befreundet und hatte ihn gebeten, Caleb bei Abrissarbeiten einzusetzen. Wie ich hörte, hatte Ben sogar ein Semester am College ausgesetzt, um sich auf seinen schwierigen Bruder zu konzentrieren. Schon allein dafür hatte er meinen Respekt.

Die Lockhart-Brüder waren das, was die Bauarbeiter als hübsche Jungs bezeichneten. Sie stammten aus einer wohlhabenden Familie und mussten nicht arbeiten. Sie waren kultiviert, selbst wenn sie total verdreckt waren und harte Arbeit verrichteten, die beiden Spaß zu machen schien.

Nachdem Caleb angefangen hatte, für Rick zu arbeiten, war es mit meiner Ruhe vorbei. Irgendetwas allein zu machen, schien dem Kerl völlig fremd zu sein.

Er ging mir auf die Nerven, bis er kriegte, was er wollte. Und das war jemand, mit dem er sich streiten konnte. Jemand, der nicht nachgab. Da fand er in mir genau den Richtigen.

Damals brauchte es nicht viel, um mich auf die Palme zu bringen, und wir gingen ständig aufeinander los.

Irgendwann nahm Rick sich uns zur Brust, und wir sahen ein, dass es weniger schmerzhaft war und weniger Besuche in der Notaufnahme erfordern würde, wenn wir unsere Wut bei den Abbrucharbeiten abreagieren würden. Und eines Tages wurden wir dann Freunde.

Es passierte mitten im Sommer, als wir ein Apartment im zwanzigsten Stock abrissen. Die Sonne brannte heiß, die Luft war schwül. Es war einer dieser Tage, an denen allein schon das Atmen schweißtreibend war. Die Fenster standen offen, doch es wehte kein Wind herein. Ich soff Wasser wie ein Kamel und schien es gleich wieder auszuschwitzen.

Ich war gereizt und brauchte dringend eine Dusche, trotzdem hämmerte ich weiter auf den gemauerten Kamin ein. Es befriedigte mich, ihn mit dem Vorschlaghammer zu zerstören.

»Hey, Arschloch.«

Ich drehte mich um. Es war Caleb, und er hatte zwei riesige Sandwiches in der Hand. Eines legte er oben auf meinen Rucksack.

»Willst du ein Sandwich? Ich hab zwei gemacht. Du kannst das da haben. Mein Hund wollte es nicht.«

Ich ignorierte ihn und arbeitete weiter. Ein paar Stunden später rief der Vorarbeiter zur Mittagspause. Ich trat das Sandwich auf den Boden, schnappte mir meinen Rucksack und ging zum Fahrstuhl.

»Hey!«

Das war wieder Caleb. Ich ging weiter.

»Weiß deine Mama eigentlich, dass du ein Arschloch bist?«

Ich blieb stehen. Der Typ konnte einfach nicht den Mund halten. Ich wollte mich gerade umdrehen und ihm einen einschenken, als mir etwas ins Gesicht flog. Und explodierte.

Ich roch Senf, Ketchup und das köstliche Aroma eines Hamburgers. Ich wischte die Tomatenscheibe von meiner Wange und schob sie mir in den Mund.

Meine Wut verrauchte.

Wir sahen einander an, musterten uns gegenseitig.

»Hast du noch einen?«, fragte ich nach einem kurzen Moment des Schweigens.

Er grinste. »Ja, ich hab noch zwei. Aber du zahlst die Getränke.«

Ich schaute ihm ins Gesicht und fand nichts Hinterhältiges. Ich überlegte kurz. »Einverstanden.«

Von da an waren Caleb Lockhart und ich Freunde.

Rick gab uns beiden die Möglichkeit, unseren Zorn abzureagieren, indem er uns Wände und gemauerte Kamine mit Vorschlaghämmer abreißen ließ. Irgendwann wurden wir zu Bauarbeitern befördert und durften das Spantenwerk errichten, Dachziegel austauschen und Malerarbeiten ausführen.

Mir fiel die Arbeit leicht. Zuerst machte ich es, weil ich mich mit etwas anderem als meinem elenden Leben beschäftigen wollte. Aber irgendwann freute ich mich auf die Renovierungsarbeiten nach der Schule. Ich war gut darin, und es machte mir Spaß. Es gab meinem Leben einen Sinn. Ich fühlte mich weniger elend und beschäftigte mich weniger mit meinen Problemen.

»Ich frage dich noch mal. Bist du dir sicher?« Caleb deutete auf das Gebäude hinter mir.

»Ja, ich bin mir sicher. Fahr schon vor zur Baustelle. Ich komme nach, sobald ich hier fertig bin.«

Er gähnte noch einmal. Ich gähnte auch. »Verschwinde, Mann. Du machst mich müde«, brummte ich.

»Die da brauch ich.« Er zeigte auf meine Mütze. »Ist verdammt kalt heute für einen Abrissjob.«

Ich ließ mir sein Anliegen durch den Kopf gehen.

»Du bist mir was schuldig für diesen Morgen«, erinnerte er mich.

Das klang vernünftig. Ich hatte ihn heute früh aus dem Bett geklingelt, damit er mich und mein Motorrad zur Werkstatt fuhr.

»Du hast recht«, räumte ich ein und warf ihm die Mütze zu. »Aber leg sie heute Nacht nicht unter dein Kissen, wenn du schläfst.«

Er fing sie, setzte sie auf und grinste. »Hey, woher hast du das gewusst?« Er winkte mir übertrieben zu und stieg in seinen Pick-up.

Dann ließ er das Seitenfenster herunter. »Cam«, rief er.

»Ja?«

»Willst du ein Sandwich?«

Ich hörte ihn noch lachen, als er wegfuhr.

8. Kapitel

Cameron

Nachdem Caleb sich getrollt hatte, begutachtete ich das alte Gebäude erneut. Sein schäbiger Zustand löste in mir ein mulmiges Gefühl aus. Das Äußere kann täuschen, aber viel Hoffnung hatte ich nicht. Unwillkürlich tätschelte ich meine Maschine aufmunternd: *Wir werden das schon überstehen, Kumpel.*

Die ganze Anlage erinnerte mich an einen dieser verlassenen Orte, an die Serienkiller ihre Opfer bringen, um sie zu quälen.

Dieser verfluchte Caleb hatte mich dazu gebracht, mir Horror-Filme anzusehen. Und jetzt kriegte ich sie nicht mehr aus dem Kopf.

Warum bist du hier?

Noch während ich mir diese Frage stellte, hielt ich bereits Ausschau nach einem Platz, an dem ich meine Maschine sicher abstellen konnte.

Hey, es ist deine Beerdigung.

Vor der Werkstatt parkten mindestens zehn Wagen, sie hatten also Kunden.

Es sei denn, das waren die Autos ihrer *Opfer.*

Auf der rechten Seite des Gebäudes, wo sich der unbefestigte Weg befand, stand ein großer Lastzug, damit niemand vorbeifahren konnte.

Was verbargen die hier draußen?

Noch mehr Leichen vermutlich.

Doch als ich mir den Weg genauer ansah, stellte ich fest, dass hinter der Werkstatt nur ein größeres Grundstück lag, auf dem sich ein kleines gelbes Haus im Farmhausstil mit hellblauen Zierleisten und ein Werkzeugschuppen befanden. Beide Gebäude waren in deutlich besserem Zustand als die Werkstatt und sahen ganz hübsch aus zwischen den Kiefern und Pappeln, die auf dem Gelände wuchsen.

Wohnte sie dort?

Ich hielt Ausschau nach ihr, aber es war niemand zu sehen. Ein kurzer Blick auf mein Handy verriet mir, dass es erst Viertel nach acht war. Wie blöd von mir, hierherzukommen, bevor die Werkstatt aufmachte.

Warum bist du hier?

Ich schob mein Motorrad zwischen die Außenwand der Werkstatt und den Lastzug, sodass es schwer zu entdecken war. Es schien dort sicher zu sein. Dann sah ich auf.

Mein Herz flatterte bei ihrem Anblick.

Sie kam aus dem gelben Haus und schien Schwierigkeiten zu haben, die Hintertür zuzubekommen. Sie öffnete sie erneut mit einem kurzen Fußtritt und drückte sie mit beachtlicher Kraft zu.

Sie sah aus, als käme sie gerade aus dem Bett und hätte sich nur das Nötigste übergeworfen, bevor sie hinausging.

Sie trug noch ihren Pyjama, dazu pinkfarbene Stiefel und einen viel zu großen schwarzen Parka mit Kapuze.

Sie schniefte in der Kälte und schob eine große Brille hoch, die sie gestern Abend nicht getragen hatte. Das volle Haar bildete auf ihrem Kopf ein Nest, aus dem sich einige Strähnen lösten.

Außerdem sah sie mürrisch aus.

Warum bist du hier?

War das nicht offensichtlich?

Ihretwegen.

Ich war ihretwegen hier.

Mit mir stimmte etwas nicht.

Ich brauchte Kaffee. Kaffee würde mir zurück in die Realität helfen.

Ich beobachtete, wie sie hinter die Werkstatt ging, wo sich ein weiterer Eingang befinden musste. Ich stand nicht in ihrer Blickrichtung, aber wenn sie nur ein wenig nach links schaute, würde sie mich sehen. Sie ging allerdings zielstrebig weiter, den Blick nach vorn gerichtet.

So war sie gestern auch gewesen. Gestern. Es kam mir nicht so vor, als hätten wir uns erst gestern kennengelernt. Ich hatte das Gefühl, als würde ich schon seit sehr langer Zeit an sie denken.

Mir war klar, dass sie ihren eigenen Kopf hatte. Sie war wie ein Fernlenkgeschoss. Hatte sie ihr Ziel einmal erfasst, konzentrierte sie sich nur noch darauf.

Gestern Morgen auf dem Weg zu Arschgesichts Haus war sie an mir vorbeimarschiert, als existierte ich gar nicht. Und gestern Abend, als ich von meiner Joggingrunde wiederkam, auf der ich einerseits versucht hatte, nicht an sie zu denken, und andererseits überlegte, ob ich sie anrufen sollte, stand sie plötzlich in meiner Auffahrt. Sie schlich dort herum wie ein Einbrecher und merkte nicht, dass ich hinter ihr stand und sie beobachtete.

Ich hielt sie für einen großen schlaksigen Kerl, der einzubrechen versuchte. Ich hätte ihn angegriffen, aber dann fiel ihr Haar, das sie unter der Kappe versteckt hatte, herunter.

Und ich wusste irgendwie, dass sie es war.

Ich vermutete, dass sie irgendetwas bei Arschgesichts Haus angestellt hatte, vielleicht beobachtet worden war und jetzt ein Versteck suchte und mein Haus dazu auserkoren hatte.

Aber was sie dann sagte, hatte ich nicht erwartet.

Und jetzt stand ich vor ihrer Werkstatt und beobachtete sie schon wieder.

Sie versuchte, die Hintertür des Gebäudes aufzuschließen, doch es sah aus, als ließe sich der Schlüssel nicht drehen. Musste wohl über Nacht zugefroren sein. Sie fluchte leise vor sich hin, während sie zur Vorderseite des Gebäudes ging.

Na bitte, dachte ich, als ich sah, dass der andere Eingang sich problemlos öffnen ließ. Zumindest diese Tür bereitete ihr keinen Kummer. Sie hob leicht den Kopf, und unsere Blicke trafen sich.

Sie erstarrte, mit vor Schreck geweiteten Augen, dann zog sie den Schlüssel heraus – oder versuchte es zumindest. Er steckte nämlich fest.

Ich beobachtete, wie sie kämpfte und sich beinah panisch abmühte, den Schlüssel aus dem Schloss zu bekommen. Als es ihr schließlich gelungen war, verschwand sie eilig im Innern des Gebäudes. Das Einrasten des Riegels war laut zu hören. Ich lachte in mich hinein.

Mann, die Frau war ja völlig aufgewühlt. Sperrte mich praktisch aus, nachdem sie mich entdeckt hatte.

Ich ging zum Vordereingang und lehnte mich an die Wand. Klopfte an die Tür.

Nichts. Ich wartete.

Tat sie etwa so, als hätte sie mich nicht gesehen?

Es dauerte ein paar Minuten, bis ich hörte, wie die Tür aufgeschlossen und einen Spaltbreit geöffnet wurde.

Haselnussbraun.

Ihre Augen waren haselnussbraun. Allerdings mehr grün als braun, wie frisches Gras am frühen Morgen.

Diese Augen musterten mich, scharf wie Rasierklingen, die vorhatten, mich bluten zu lassen. Wir standen einen Moment da und sahen uns einfach nur an.

Langsam ließ ich meinen Blick abwärtsgleiten.

Auf der Oberlippe hatte sie einen Schönheitsfleck. So klein, dass man ihn kaum bemerkte, es sei denn, man wusste, wo man hinschauen musste.

Ich wollte mehr, als nur hinzuschauen.

Sie hob die Hände an den Mund.

»Lass mich in Ruhe!«

Zumindest glaubte ich, dass es das war, was sie sagte. Ihre Hände machten die Worte schwer verständlich.

»Guten Morgen«, sagte ich, stützte einen Arm gegen den Türrahmen und schenkte ihr ein Lächeln. Ein freundliches, unbedrohliches Ich-bin-völlig-harmlos-Lächeln. Normalerweise funktionierte das. Diesmal nicht.

Sie funkelte mich böse an. Den Reißverschluss des Parkas hatte sie inzwischen hochgezogen, und die Kapuze verdeckte ihr zerwühltes Haar.

»Kannst du nicht lesen?«, fuhr sie mich an und hielt sich nach wie vor die Hand vor den Mund.

Ich stieß mich von der Tür ab und trat ins Warme. Sie wich

zurück. »Ich habe jeden Mittwoch Unterricht«, erwiderte ich, schloss die Tür und sah Kara an. »Im Augenblick habe ich Schwierigkeiten, das hier zu lesen.«

Die Tür war beschlagen wegen der Kälte, daher schrieb ich mit dem Finger darauf.

»Kannst du mir das vorlesen?«, bat ich.

Ich hatte UNFALL MIT FAHRERFLUCHT geschrieben.

Sie schürzte die Lippen, wischte meinen Text weg und kritzelte: 9 Uhr.

»Kannst du das lesen? Du bist zu früh. Auf der Karte, die ich dir gestern gegeben habe, stand deutlich, dass die Werkstatt am Samstag erst um neun aufmacht.«

Ich wollte dich sehen.

»Wo ist dein Motorrad?«

Ich zuckte mit den Schultern. Sie starrte mich fassungslos an.

»Du … du hast es gar nicht mitgebracht?« Sie wich ein paar Schritte zurück. »Hast du deine Meinung geändert und willst es hier nicht reparieren lassen?«

»Wie kommst du darauf, dass ich das jemals wollte?«

»Na gestern Abend! Du warst doch einverstanden …«

»War ich das?«

Sie plapperte drauflos. Mir war nach Grinsen zumute, aber das wäre vermutlich nicht besonders clever gewesen, deshalb saugte ich an meiner Unterlippe.

»Hör zu«, begann sie. »Ich weiß nicht, was du sonst noch willst, aber ich habe dir ein Angebot gemacht. Ein Superangebot. Und wenn du willst, dass ich es wiederhole, bis dein Hirn es aufgenommen hat, dann werde ich das tun.«

»Warum hältst du dir die Hand vor den Mund?«

»Ich habe mir noch nicht die Zähne geputzt!«, rief sie. »Okay? Bist du jetzt zufrieden?«

Sie sah aus, als wollte sie mit dem Fuß aufstampfen. »Ich kann mich so nicht mit dir unterhalten. Ich brauche meine Kräfte. Ich gehe mir jetzt die Zähne putzen. Bleib hier. Klau nichts. Ich bin in fünf Minuten wieder da.«

Sie schloss die Vordertür ab und verschwand im hinteren Teil der Werkstatt. Ich nahm den sauberen Boden, die Werkzeuge, ein paar Autos auf Hebebühnen, den Geruch von Motoröl und Lösungsmittel – gute, intensive Werkstattgerüche – zur Kenntnis, während ich ihr nach draußen folgte.

»Ich mag deine Haare«, sagte ich. Und meinte es aufrichtig.

Sie warf mir einen tödlichen Blick zu. »Mach dich nicht lustig darüber. Sie sind meine Antennen für mein Gehirn. Halten mich bei Verstand, klar? Deshalb habe ich dich noch nicht ermordet. Kapiert? Warum läufst du mir hinterher?«

Sie redete wirklich viel, aber ich mochte den Klang ihrer Stimme.

»Ich brauche Kaffee.«

Sie lachte.

Das kam so unerwartet, dass ich ins Stolpern geriet. Ich wünschte, sie würde es noch einmal machen.

»Geht uns das nicht allen so?« Jetzt schwang Mitgefühl in ihrer Stimme mit. »Geh zurück in die Werkstatt, dann bringe ich dir welchen.«

Sie blieb vor der Hintertür ihres Hauses stehen und zog den Schlüssel aus der Tasche.

»Kara«, sagte ich sanft.

Sie hielt inne. Drehte sich langsam zu mir um, die Hand nach wie vor auf dem Türknopf. Vielleicht fühlte sie sich dadurch sicherer. Mit einem Anker.

Da war etwas zwischen uns. Ich wusste, dass sie es auch fühlte.

»Bitte mich hinein«, sagte ich.

Ich sah eine Ader an ihrem Hals pulsieren.

»Du machst das ganz schön oft mit mir.« Ihre Stimme klang rau.

»Was denn?«

»Nichts. Ich werde nicht mit dir allein in meinem Haus sein. Ist das üblich bei dir, dass du hinter dem Rücken deiner Freundin versuchst, in das Haus eines anderen Mädchens zu gelangen?«

»Ich habe keine Freundin.«

»Lügner.«

Sie sah mich einen Moment lang direkt und forschend an. Anscheinend gefiel ihr, was sie sah, denn ohne ein weiteres Wort ging sie ins Haus und ließ die Tür für mich offen.

Ich nahm mir Zeit. Als ich eintrat, sah ich, dass sie eine Tür hinter sich zumachte, vermutlich die zum Badezimmer.

Ich sah, dass sie ihren Parka achtlos über die Couch geworfen und ihre Schuhe neben die Tür gestellt hatte. Also zog ich meine auch aus, bevor ich hineinging, zumal ein pinkfarbener Zettel mit dem Hinweis: SCHUHE AUS! an der Wand klebte. Ein weiterer neben dem Lichtschalter forderte: LICHT AUS, BEVOR DU DAS HAUS VERLÄSST! SCHAU NACH DEM HERD! Ich nahm an, dass ihre Mutter die Zettel angebracht hatte. Die zahlreichen Nippsachen deuteten darauf hin, dass sie hier nicht allein wohnte. Doch wer gehörte zu ihrer Familie?

Innen wirkte das kleine Haus größer als von außen. Es war eines der älteren Gebäude im Viertel und offensichtlich irgendwann mal renoviert worden. Man hatte Wände eingerissen, um offenen Wohnraum zu schaffen, zusätzliche Fenster sorgten für mehr Tageslicht. Es erinnerte mich an die vielen Häuser, in denen ich als Kind gewohnt hatte.

Nach fünfzehn Minuten kam sie wieder aus dem Bad heraus und stellte sich vor die Tür, die Arme vor der Brust verschränkt. Ihre Haare waren jetzt zu einem ordentlichen Pferdeschwanz zusammengebunden. Sie hatte Lippenstift aufgetragen und ihre Augen dezent geschminkt, sodass sie größer wirkten. Außerdem trug sie Jeans und einen Pullover von der Farbe der Sonne.

Ich hätte sie zu gern berührt.

»Wie trinkst du deinen Kaffee?«, erkundigte sie sich steif.

»Schwarz.«

»Mir ist der gute Stoff ausgegangen, ich habe nur noch Instantkaffee.«

»Das ist kein Problem.«

Sie marschierte in die Küche und setzte Wasser auf. Ich folgte ihr und fand einen weiteren pinkfarbenen Notizzettel. Auf dem stand: KEIN LÖFFEL IN DIE MIKROWELLE! Ich lachte leise.

»Was ist denn so komisch?« Sie goss heißes Wasser in einen Becher.

Ich zeigte auf die Notiz.

»Ich bin die einzige Frau in diesem Haushalt und den Männern zahlenmäßig unterlegen. Deshalb muss ich überall Erinnerungszettel anbringen, sonst vergessen sie alles.«

Ich fragte mich, wo ihre Mom war, sprach sie jedoch nicht darauf an.

Sie räusperte sich. »Beantworte mir eine Frage: Wer war das Mädchen im …« Sie unterbrach sich und errötete. »Mit dem du auf der Toilette warst?«, fuhr sie dann fort.

Ach, da sind wir also wieder. Ich senkte den Blick, damit sie mein Lächeln nicht sah. Als ich aufschaute, stellte sie gerade den Kaffeebecher vor mich und entfernte sich gleich wieder so weit, wie die winzige Küche es zuließ.

»Ich hatte noch nie eine Freundin.«

»Und das soll ich dir glauben?«

Sie tat es bereits, andernfalls wäre ich gar nicht in ihrem Haus.

»Du willst also behaupten, dass du nie länger als zwei Wochen mit einem Mädchen zusammen warst?«

»Und wenn, hat es nie etwas bedeutet.«

»Wie lange dauerte die längste Beziehung?«

Diesmal zeigte ich ihr mein Lächeln. »Warum willst du das wissen?«

»Nur … ein Experiment. Du bist ein Experiment«, stammelte sie.

»Ein Experiment?«

Langsam ging ich auf sie zu. Mit geweiteten Augen beobachtete sie jede meiner Bewegungen. Die Schlagader an ihrem Hals pulsierte.

»Du willst, dass ich dein Experiment bin?«

Sie schluckte.

»Was schwebt dir denn vor mit mir?«, flüsterte ich.

Ich legte eine Hand an ihren Hals und strich sacht mit dem Daumen über ihre zarte Haut. »Vielleicht willige ich ja ein, wenn du es mir verrätst.«

Sie schloss die Augen, ihr Körper erschlaffte förmlich. Ich legte ihr einen Arm um die Taille, um sie zu stützen.

»Wie wäre es, wenn ich dir einen Vorschlag unterbreite?«, fuhr ich fort. Sie duftete nach Pfirsichen. Reifen, süßen Pfirsichen. »Du erwähntest, dass dein Bruder nicht versichert ist. Das hättest du mir nicht erzählen dürfen. Denn jetzt habe ich ein Ass im Ärmel.«

Erschrocken riss sie die Augen auf, stemmte die Hände gegen meine Brust und schob mich weg.

»Lass mich in Ruhe!«

Ich trat einen Schritt zurück. »Du bist viel zu ehrlich.«

»Oh, glaub mir, das bin ich nicht!«, erwiderte sie spöttisch.

»Vielleicht nicht immer«, räumte ich ein. »Aber meistens.«

»Was willst du?« Ihre Haltung war angriffslustig, ihre Stimme triefte von Gehässigkeit.

Falls sie dachte, das würde mich vertreiben, hatte sie sich geirrt. Ich wollte mehr davon.

Ich lehnte mich gegen die Küchenarbeitsfläche und nahm den Becher Kaffee, den sie mir hingestellt hatte. »Wenn ich mich an meine Versicherung wende, wird der Schaden repariert.«

»Aber dann erhöht sich deine Selbstbeteiligung …«

»Die kann ich mir locker leisten. Und ich kann die Maschine zu dem Mechaniker bringen, der sie seit Jahren wartet. Warum sollte ich mich an eine Werkstatt wenden, deren Qualität ich nicht kenne?«

Wenn Blicke töten könnten, wäre ich jetzt enthauptet.

»Hast du schon mal von Forderungsübergang gehört? Meine Versicherung wird sich an deinen Bruder wenden, um das Geld wieder reinzuholen. Es geht ja außerdem noch um Fahrerflucht. Das wird die Polizei sehr interessieren.«

Ich gab ihr einen Moment, um das zu verarbeiten. Dann sagte ich: »Jetzt, da wir wissen, wo wir beide stehen, könnten wir eine Abmachung treffen.«

Ich trank einen Schluck und musste fast würgen. Der Kaffee war viel zu stark. Ich schaute sie an und erkannte, dass sie ihn absichtlich ungenießbar gemacht hatte.

Diese Frau würde mich zur Strecke bringen, ohne mit der Wimper zu zucken. Warum bloß erregte mich das so?

Verdammt. Ich sitze in der Patsche.

»Verrate mir zunächst einmal, warum du das für deinen Bruder tust.«

Wieder verschränkte sie die Arme vor sich. »Ich brauche dir überhaupt nichts zu verraten.«

Mein Mund zuckte. »Verrate mir, warum er seinen Fehler nicht eingesteht und selbst dafür bezahlt.«

»Du wirst ihn wegen dieser Sache nicht belangen. Andernfalls werde ich dich kastrieren.«

»Du drohst den Leuten wohl gern, was?«

»Ich setze meine Drohungen auch gern in die Tat um. Probier's doch aus.«

»Oh, ich glaube, das mach ich. Ich freue mich schon darauf.« Zum Beweis trank ich einen weiteren Schluck von ihrem Kaffee, ohne den Blickkontakt zu unterbrechen.

»Sag mir, wo er ist.«

»Ich lasse nicht zu …«

»Ich werde ihm nichts tun. Aber findest du nicht, er sollte sich bei mir entschuldigen? Oder ist das vielleicht zu viel verlangt?«

Sie machte den Mund auf und wieder zu. Seufzte. »Nein«, räumte sie ein. »Das ist nicht zu viel verlangt. Er ist mit meinem Dad zum Angeln gefahren.«

»Dann …« Ich schaute auf ihre Lippen. Ihre Unterlippe war voller als die Oberlippe. Ich schaute auf und begegnete ihrem Blick. »… bist du allein mit mir.«

Sie kniff die Augen zusammen. »Ja. Und niemand würde erfahren, wer dich ermordet hat, wenn ich deine Leiche im Schuppen verstecke.«

Ich warf den Kopf in den Nacken und lachte.

»Ich mag dich«, sagte ich.

»Hör zu, ich gehe nicht mit Jungs aus. Nie.«

Ich stutzte. »Mit Mädchen?«

»Leider nein.«

»Noch nie einen Freund gehabt?«

»Nie einen kennengelernt, der genügt hätte.«

»Wem genügt?«

»Meinen Ansprüchen.«

»Verrate mir, wie die aussehen.«

»Du spielst mit mir.«

»Tue ich das?«

Sie gab einen wütenden Laut von sich und stieß mich zur Seite, damit sie an mir vorbei ins Wohnzimmer gehen konnte.

»Reden wir mal über deinen Vorschlag, damit du endlich wieder abhauen kannst. Ich habe nämlich einen sehr anstrengenden Tag vor mir.«

»Klar.« Ich schüttete den Kaffee in die Spüle und spülte den Becher aus, ehe ich ihr ins Wohnzimmer folgte, wo ich es mir auf der Couch bequem machte.

»Das ist das Bett meines Dads. Mach's ruhig dreckig.«

Das Haus sah aus, als gebe es hier zwei Schlafzimmer und ein Badezimmer. Die beiden Schlafzimmer waren dann offenbar für sie und ihren Bruder.

»Ich schlafe auch gern auf der Couch«, bemerkte ich. Und hielt verblüfft inne. Das hatte ich ihr gar nicht sagen wollen.

Sie sah mich mit ausdrucksloser Miene an. »Wie sieht die Abmachung aus?«

Ich sah ihr in die Augen. »Du fährst mich.«

Sie blinzelte langsam. »Wie bitte?«

»Bis mein Motorrad zu meiner Zufriedenheit repariert ist, wirst du mich herumfahren. Nicht dein Bruder. Nicht dein bester Freund. Sondern du.«

»Bist du plemplem? Glaubst du vielleicht, ich hätte alle Zeit der Welt?«

»Da ich gestern Abend miterlebt habe, wie du versucht hast, in mein Haus einzubrechen, muss ich diese Frage wohl bejahen.«

»In deiner Auffahrt steht ein mintgrüner BMW!«

»Der gehört nicht mir.«

»Du könntest dir einen Mietwagen nehmen!«

»Bezahlst du den?«

»Das ist Erpressung.«

»Du machst es mir leicht. Regel Nummer eins: Zeig einem Feind nie deine Schwächen.«

»Bist du mein Feind?«

»Möchtest du es herausfinden?« Ich erhob mich und ging zu ihr. Sie wich nicht zurück. Strahlte Entschlossenheit aus.

»Wenn ich das mache, wirst du dein Motorrad hier in unserer Werkstatt reparieren lassen. Du wirst den Schaden nicht deiner Versicherung melden.«

»Einverstanden.«

Ich will wissen, wie deine Lippen schmecken.

»Keine Zubehörteile«, fügte sie hinzu.

Wie sie sich anfühlen.

»Und keine Wartung«, vollendete sie ihre Vorgaben.

Die Frau würde mich lachend in den Bankrott treiben, wenn sie könnte.

»Das ist nicht Teil der Abmachung.« Ehe sie protestieren konnte, fügte ich hinzu: »Aber du kannst ganz leicht aus der Nummer herauskommen.«

»Warum verrätst du mir nicht wie, oh weiser Mann?«

Ich rieb mir die Stoppeln am Kinn. Es wurde langsam Zeit für eine Rasur. Ich zog meine Schuhe an und öffnete die Haustür. Warf Kara meine Schlüssel zu.

»Ich werde es dich wissen lassen.«

9. Kapitel

Kara

Das Wichtigste im Leben ist die Gesundheit. Denn wenn die futsch ist, wird nichts mehr sein wie vorher. Das Essen wird nicht mehr so gut schmecken. Und das wäre blöd. Richtig, richtig blöd. Weil Essen wichtig ist. Und Gesundheit ist wichtig. Genauso wichtig wie Essen. Das ist das Wichtigste im Leben. Essen.

Warum also fiel ich regelrecht in mich zusammen und hatte das Gefühl, dass er gerade alles Wichtige mitgenommen hatte, als er durch diese Tür dort verschwand?

Mein ganzes Essen war doch noch im Kühlschrank.

Alles war an seinem Platz.

Und doch fühlte sich nichts mehr an wie vorher.

Er war wie ein schwarzes Loch. Seine Gegenwart hatte mich all meiner Energie beraubt, alles Licht im Zimmer aufgesaugt. Und nachdem er fort war, kam es mir hier drin viel zu grell vor.

Und zu leer.

Am liebsten hätte ich mich im Badezimmer eingeschlossen. Ich wollte nachdenken und alles herauslassen. Mich aufregen über das, was gerade passiert war. Das Ganze noch mal in Gedanken durchspielen, mir jedes einzelne Detail vor Augen führen, mir jedes Wort, das er gesagt hat, noch einmal ins Gedächtnis rufen, jeden Blick, mit dem er mich angesehen hatte …

Und jede Entgegnung, die ich *besser* hätte formulieren können.

Ich fühlte mich, als hätte ich einen Pakt mit dem Teufel geschlossen.

Jeder wusste doch, dass der stets zurückkam, um die Schuld einzufordern.

Ich konnte immer noch Nein sagen. Ich hatte die Wahl und nichts unterschrieben. Ich hatte nicht einmal zugestimmt.

Wem will ich etwas vormachen?

Wir wussten beide, dass ich mich darauf einlassen würde. Und das ärgerte mich am meisten. Er *wusste*, dass ich nicht Nein sagen würde. Er hatte mich in die Enge getrieben. Er hatte mich getrieben, als wäre er ein verdammter Border Collie und ich das Schaf.

Obwohl er kühl und logisch wie ein Jurist auf die Tatsachen und Konsequenzen hingewiesen hatte, die sich aus Dylans Handeln ergaben, klang jedes Wort aus seinem Mund wie eine Drohung. Und das machte mich noch wütender.

Am meisten beunruhigte mich jedoch, dass ich keine Ahnung hatte, welche Absicht er verfolgte. Warum machte er das alles? War er gelangweilt und fand es unterhaltsam, mit mir zu spielen? Oder wollte er tatsächlich nur Wiedergutmachung für sein beschädigtes Motorrad? Aber warum wollte er dann, dass nicht Dylan ihn durch die Gegend chauffierte, sondern ich?

Was, wenn ich ablehnte? Würde er seine Drohung wahrmachen und den Schaden seiner Versicherung melden?

Ja, begriff ich, während ich seinen Schlüssel befingerte. Ja, das würde er.

Er sah aus wie jemand, der einige Mühen auf sich nehmen würde, um zu bekommen, was er wollte.

Was spielte es da für eine Rolle, dass er zum Anbeißen sexy aussah? *Absolut überhaupt keine.*

Er war clever und kalkulierend. Manipulierend und bedrohlich. Man wusste nie, worauf etwas bei ihm hinauslief, bis er sich dazu herabließ, es zu offenbaren.

Schon allein seine schiere Größe wirkte bedrohlich. In Kombination mit seinen hellblauen Augen und seiner scharfen Zunge, war das Gesamtbild geradezu tödlich.

Aber ich würde mit ihm fertig werden.

Wenn er gefährlich war, und das war er, war ich die verkörperte Gefahr.

Das Geräusch stampfender Füße vor der Haustür riss mich aus meinen inneren Qualen. Erschrocken schaute ich auf.

»Du!« Ich zeigte auf Dylan. »Wir müssen reden.«

Samstags war immer viel los in der Werkstatt. Als Dylan und ich uns auf den Weg machten, standen draußen vor dem Tor schon fünf Autos.

Normalerweise hätte ich längst die Kaffeemaschine eingeschaltet und im Laden gegenüber für unsere Kunden Donuts geholt, aber dank eines manipulativen Arschlochs, das hier viel zu früh aufgetaucht war und mir eine Heidenangst eingejagt hatte, war ich noch nicht dazu gekommen.

»Vlad wird Ihren Wagen vorfahren«, ich überreichte der Kundin ihre Rechnung. »Schönen Tag noch, Mrs. Chung.«

»Oh, am liebsten hätte ich meinen Wagen ja auch am letzten Dienstag hergebracht, damit Ihr Dad einen gründlichen Blick darauf werfen kann. Ich finde, Mike ist der beste Mechaniker in der Stadt«, bemerkte sie im Plauderton, faltete die Rechnung für den Ölwechsel zusammen und verstaute sie in ihrer Handtasche. »Aber die Bremsen haben so komische Geräusche gemacht. Ich bekam Angst, etwas könnte mit dem Auto passieren, als ich meine Enkelkinder abholte.«

Mrs. Chung war seit Jahren unsere treue Kundin. Ihr weißes aufgeplustertes Haar erinnerte mich an Zuckerwatte. Sie roch immer nach Zigaretten und den Pfefferminzbonbons, die sie kaute. Jetzt nahm sie eins aus der Tüte und bot es mir an.

»Danke, Mrs. Chung.«

»Die sind wirklich gut. Aber leider Gift für meine falschen Zähne.«

Ich wickelte lächelnd das Bonbon aus und schob es mir in den Mund.

Sofort sah ich im Geiste wieder Cameron, wie er auf den roten Lolli biss. Das Bonbon machte ein krachendes Geräusch, als ich hart zubiss und mir dabei vorstellte, es handele sich um seine Hand.

»Oh, Schätzchen, seien Sie vorsichtig, sonst machen Sie sich noch die Zähne kaputt. Sie wollen doch bestimmt keine Zahnprothesen.«

»Könnte noch eine Weile dauern, ehe ich die brauche, Mrs. Chung. Vielleicht hat man bis dahin ja unzerbrechliche erfunden, mit denen man Metall durchbeißen kann.«

»Oh, ja, vielleicht. Na klar.« Sie nickte. »Nur, dass ich bis dahin längst tot bin. Nun ja, jedenfalls habe ich meinen Wagen dann in die andere Werkstatt hier in der Stadt gebracht. Lieber hätte ich ihn hier abgegeben. Ihrem Dad fallen nicht noch zehn andere Dinge ein, die plötzlich repariert werden müssen, nur damit er mehr berechnen kann. Mike ist aufrichtig. Und außerdem sieht er auch noch gut aus.« Sie zwinkerte mir zu. »Aber die haben da einen Shuttle-Service in der anderen Werkstatt, und das passte mir gut, da ich doch an dem Vormittag meinen Friseurtermin hatte. Die haben mich später auch abgeholt, als mein Wagen fertig war.«

»Das ist toll, Mrs. Chung.«

»Ich vermisse wirklich den Shuttle-Service, den Sie hier eine Zeit lang betrieben haben.«

Ich machte mir gar nicht erst die Mühe zu seufzen. Um den Umsatz an Werktagen anzukurbeln, hatten wir zwischenzeitlich zweimal wöchentlich einen Shuttle-Service angeboten, ihn dann aber wieder eingestellt. Zwar waren unter der Woche tatsächlich mehr Kunden gekommen, aber dafür wurden die Aufträge nur noch mit knapper Not pünktlich fertig.

Dylan und Ekon, unsere beiden Wartungsmechaniker, mussten plötzlich ihre Arbeit liegen lassen, um Kunden durch die Gegend zu fahren. Wir hatten schlicht nicht genug Leute, andererseits auch kein Budget für einen festen Fahrer. Da ich mich weder klonen noch mir eine Million Dollar aus den Rippen schneiden konnte, funktionierte es nicht.

»Grüßen Sie Ihren Dad von mir, ja? Wo ist er überhaupt?«

»Er ist heute Morgen nach Lockport gefahren, um Ersatzteile für einen Freund abzuholen.«

»Wollte er da auch angeln?«

Dad und Dylan waren nachts um drei aufgebrochen, um Zeit zum Angeln zu haben, bevor sie die Ersatzteile abholen mussten. Dylan hatte mir erzählt, Dad müsse noch ein paar Stunden dortbleiben, um dabei zu helfen, den riesigen Baum auf dem Grundstück seines Freunds zu beschneiden, weil der das Haus beschädigte.

»Darauf können Sie Ihren hübschen Hintern verwetten, dass er noch angeln war.«

Sie lachte. »Er soll mich anrufen, falls er mehr als genug gefangen hat. Ich würde zu gern noch mal frischen Fisch essen, bevor ich sterbe. Im Laden kann man so frischen Fisch nicht mehr kaufen. Außerdem ist er da schrecklich teuer.« Sie klemmte sich ihre Handtasche unter den Arm. »Wir sehen uns bei meinem nächsten Ölwechsel, Schätzchen. Bis dann.«

Ich ging zurück zu meinem Schreibtisch, schaute auf die Uhr und bereitete mich auf den Feierabend vor. Es war bald Zeit für meine Schicht im Coffeeshop.

Ich nahm mein Telefon und überlegte, ob ich draufschauen sollte oder nicht.

Hatte der Sohn des Satans mir schon geschrieben?

Es machte mich ganz kribbelig, dieses Warten und Grübeln.

»Hey, Kara Koala.« Mein Dad stützte die Ellbogen auf den Tresen.

»Hey, Dad. Ich wusste nicht, dass du schon zurück bist. Du hast Mrs. Chung verpasst. Sie bittet um einen Anruf, falls du Fisch übrig hast.«

»Na klar doch.«

Ich tippte mir gegen die Wange. »Du hast da was.«

Er zog einen öligen Lappen aus der Gesäßtasche und wischte sich damit übers Gesicht. Natürlich war hinterher nur noch mehr Schmieröl drauf.

Seufzend nahm ich die Babyfeuchttücher aus meiner Schreibtischschublade.

»Linke Wange«, sagte ich.

Er rieb sich die Augen, lehnte sich über den Tresen und hielt mir die Wange hin. Ich wischte sie sauber.

»Bin ich wieder schön?«

Er sah müde aus. Richtig müde und gleichzeitig auch atemberaubend schön, was ich ihm sagte. »Was macht der Baum?«

»Der ist stärker als ich. Gehst du heute Abend zu Tala?«

»Ja.« Normalerweise hing mein Vater nur dann länger am Empfangstresen rum, wenn ihn etwas beschäftigte, das er mit mir besprechen wollte. »Was gibt's denn?«

Er ließ sich Zeit. Ging zum Wasserspender und nahm sich einen Pappbecher. »Es wird kälter. Bald kommt der Winter.«

»Dad, raus damit.«

Er lächelte. Seine Miene war geduldig. Und besorgt. »Um diese Jahreszeit ist immer mit am meisten los. Die Leute wollen ihre Autos winterfest machen lassen.«

»Klar, sie haben bestimmt keine Lust, mit dem Hundeschlitten zur Arbeit zu fahren.«

»Klugscheißerin.« Er zwinkerte mir zu und trank einen Schluck. »Möchtest du auch was?«

Ich schüttelte den Kopf. Er trank aus, warf den Becher in den Mülleimer und trat wieder an den Tresen.

»Dein Onkel findet, wir sollten Ekon entlassen.«

»Was? Warum das denn? Wir brauchen Ekon!«, brauste ich auf. »Viele unserer Kunden kommen für Ölwechsel, Bremsenchecks oder eine allgemeine Inspektion. Dyl und Ekon sind unsere einzigen Wartungsmechaniker. Du und Vlad kümmert euch um die speziellen Aufträge. Was passiert, wenn plötzlich jede Menge Kunden kommen, die einen Ölwechsel brauchen? Wollen wir die dann alle abweisen?«

»Ich habe schon ...«

Ich war so aufgebracht und frustriert, dass ich mit der Faust auf den Tresen hämmerte.

»Nur weil Andrew zweimal die Woche herkommt und aushilft, glaubt er, Leute feuern zu können, die nützlicher sind und härter arbeiten, als er es jemals könnte?«

Ich sah Andrews Gesicht deutlich vor mir, und auch, wie ich ihm meine Faust mitten auf die Nase rammte.

»Der arbeitet nicht mal den ganzen Tag, Dad. Er geht, wann immer er Lust hat. Jammert ständig über seine Ballenzehen. Charity meint, er hat gar keine! Er glaubt, er kann sich wie der King aufführen. Wie der König des Dschungels!« Ich schnaubte verächtlich. »Dabei ist er eher der Witz des Dschungels.«

Das brachte meinen Dad zum Lachen. Aber ich war noch nicht fertig. Dafür war ich viel zu geladen.

»Dylan wird das alles nicht alleine schaffen, wenn du Ekon entlässt. Du oder Vlad werdet ihm helfen müssen. Und du weißt selbst, dass ihr beide mehr als genug zu tun habt. Ich werde dem Kerl mal gründlich ins Gewissen reden. Dein Bruder ist dumm wie Brot, Dad.«

Andrews Dummheit strömte ihm aus jeder Pore, und ich würde jede einzelne davon verstopfen, damit er uns nicht ansteckte.

»Keine Sorge, Kar«, warf Dad gelassen ein. »Ich habe ihm schon gesagt, dass ich nicht seiner Meinung bin. Ich wollte es dir nur erzählen, damit du weißt, worum es geht, wenn er davon anfängt.«

»Ekon arbeitet seit Jahren für uns.« Ich hörte meinen eigenen jammernden Unterton. »Er studiert nebenbei. Er braucht den Job.«

»Ich weiß, Schätzchen. Er wird nicht gefeuert.«

Ich stieß einen Seufzer aus. Auf meinen Dad konnte ich mich immer verlassen.

Er hatte sich einen guten Ruf erworben in der Gemeinde, sowohl geschäftlich als auch privat. Die Firma lief gut, aber wir machten nur gerade so eben Gewinn. Da die Werkstatt meinem Vater und Andrew gehörte, wurde der Profit geteilt. Doch statt wieder ins Unternehmen zu investieren, wie Dad es tat, bestand Andrew darauf, sich seinen Anteil auszahlen zu lassen.

Ein großer Teil meiner Ersparnisse war ausschließlich dafür vorgesehen, diesen Blutsauger loszuwerden. Ich rührte dieses Geld nicht an, zahlte nicht mal die Studiengebühren davon. Eines Tages hätte ich genug beisammen, um Andrew aus der Werkstatt rauszukaufen. Den Preis hatte er mir schon genannt.

»Sorry, Dad. Die Hasstirade ist vorbei. Aber ich kann deinen Bruder einfach nicht ausstehen.« Ich nahm meinen Parka aus dem Schrank, zog ihn an und schnappte mir meine Handtasche. »Zeit für meine Schicht im Coffeeshop. Wir sehen uns morgen früh.«

»Übernachtest du bei Tala?«

»Nein, aber ich komme spät nach Hause. Warte nicht auf mich.«

»Ich warte immer auf dich.«

Dad schlief auf der Couch im Wohnzimmer. Das Haus verfügte nur über zwei Schlafzimmer, er wollte sich nicht das Zimmer mit Dylan teilen. Mein Bruder schnarchte wie ein Bär.

»Vergiss nicht, den Fernseher auszuschalten. Und wage es ja nicht, den Abwasch zu machen. Dylan ist an der Reihe. Flo kommt vorbei, um die Couch abzuholen, die ich aufgearbeitet habe. Dafür schuldet er mir zweihundertfünfzig. Zähl bitte nach, Dad. Ich habe dafür zwei Monate lang meine Freizeit investiert.«

»Ich notiere es mir auf den Körper, damit ich es nicht vergesse. Sonst noch etwas, Ma'am? Auf meinem Rücken ist noch Platz zum Schreiben.«

Ich lachte. »Denk dran, Mrs. Chung anzurufen.«

»Mach ich. Amüsier dich gut heute Abend. Ich hab dich lieb, mein Schatz.«

»Ich dich auch, Dad.«

T: *Netflix und chillen?*

Ich lachte, als ich Talas Text las.

K: *Solange du deine Hände bei dir behältst, werden wir kein Problem kriegen.*
T: *Warum? Du weißt doch, dass ich nur an deinem Körper interessiert bin.*
K: *Stimmt, aber du bezahlst nie. Das ist doch nicht umsonst, Schwester!*
K: *P.S.: Bin noch einen Block entfernt. Mach die Milkshakes bereit!*
T: *Du bist so gierig. Bis gleich xoxo*

Ich verstaute das Handy in meiner Jacke, stieß die Tür auf und trat aus dem Coffeeshop auf die Straße. Meine Vier-Stunden-Schicht war vorbei, und ich erwog ernsthaft, zu Fuß zu Tala zu gehen, statt mit dem Auto zu fahren, um Benzingeld zu sparen.

Sie wohnte drei Blocks entfernt.

Ich hatte eine Abneigung gegen Bewegung, die nicht mit einem Stundenlohn vergütet wurde.

Na ja, es gab immer Ausnahmen.

Obwohl ich manchmal wünschte, ich würde fürs Atmen bezahlt.

Würde das alles nicht einfacher machen?

Momentan musste ich doppelt sparen, mehr denn je, für den Fall, dass mein Erpresser sich als Diva entpuppte und von mir bis nach Timbuk-fuck-tu gefahren werden wollte.

Ich musste dringend mit ihm über seine Bedingungen reden – und meine – und alles am besten schriftlich festhalten. Heutzutage konnte man niemandem mehr vertrauen. Schon gar nicht jemandem, der so clever war wie er.

Ich befingerte das Telefon in meiner Tasche.

Es war keine Nachricht gekommen, kein Anruf, nichts von ihm.

Während der Arbeit hatte ich so lange immer wieder aufs Handy geschielt, bis meine Chefin Ramandeep mir böse Blicke zuwarf. Konnte ich ihr nicht verdenken.

Es trieb mich in den Wahnsinn.

Wann wollte er von mir abgeholt werden? Wie oft? Wo?

Ich werde es dich wissen lassen.

Was meinte er damit? Schwebte ihm schon etwas vor, oder arbeitete sein Computergehirn noch daran?

Für ihn ging es einzig und allein darum, wer die Oberhand hatte. Und exakt das würde ich ihm dann schon zeigen. Zuerst aber musste ich ihn in dem Glauben wiegen, dass ich mich an die Regeln halten würde.

An ihn zu denken, machte mich hungrig. Und wenn ich hungrig war, bekam ich schlechte Laune.

Vlad meinte, es würde nur zwei Wochen dauern, höchstens drei, bis die Ersatzteile da waren und Camerons Motorrad repariert werden konnte. Dann wäre ich frei.

Ich kann's nicht erwarten! Das war jetzt meine vordringlichste Mission.

Ich bog um die Ecke und konnte bereits Talas Haus sehen, eine architektonische Perle aus Stein und Holz, mit zwei hohen Säulen auf der vorderen Veranda.

Es hätte noch besser ausgesehen, wenn es nicht lachsfarben gestrichen wäre, mit kotzgrünen Zierleisten.

Da fehlen Blumen, dachte ich und drückte auf den Klingelknopf. *Große bunte Blumen auf der Veranda, dazu zwei Schaukelstühle, zwei altmodische Bronzelaternen links und rechts von der Tür, außerdem braucht es einen Neuanstrich in Weiß, mit hellgrauen Zierleisten. Und voilà, fertig ist der Blickfang.*

»Kara, Schätzchen, komm rein.« Mrs. Bautista vollführte mit ihrem Rollstuhl eine Rückwärtsdrehung, um mich eintreten zu lassen.

»Die sind für Sie, Mrs. B.« Ich überreichte ihr eine Schachtel ihrer Lieblingsdonuts aus dem Coffeeshop und bemerkte dabei die dunklen Ringe unter ihren Augen. Ihr schwarzes Haar war zu einem festen Knoten zusammengebunden, was die scharfen Züge ihres schmalen Gesichts noch stärker hervorhob. Ihre Kleidung schlotterte ein wenig um ihren Körper. »Wie fühlen Sie sich?«

»Mein Arm macht mir zu schaffen, aber sonst hab ich nichts, womit ich nicht auch schon früher zu tun gehabt hätte.« Sie winkte ab. »Tala ist in der Küche.«

»Hier drüben, du Kupplerin!«, rief Tala.

»Sie hat sie heute nicht massiert, stimmt's? Sie kriegen gleich eine. Um den Kreislauf ein bisschen in Schwung zu bringen, nicht wahr?«

Sie sah heute richtig abgehärmt aus. Sie tätschelte meine Hand und lächelte. »Du verwöhnst mich jedes Mal, wenn du hier bist.«

Meine Mutter hatte mich verlassen, doch viele Frauen hatten ihren Platz eingenommen.

Mrs. B war eine von ihnen.

»Damit verdiene ich schließlich meinen Lebensunterhalt«, erwiderte ich in Anspielung auf einen meiner vielen Jobs.

Ich hatte gerade meine Vollzeitstelle im Pflegeheim gekündigt, weil sie mit meinen Collegevorlesungen kollidierte. Aber meiner Chefin hatte ich gesagt, dass ich weiterhin gern gelegentlich einspringen würde.

»Ich habe tolle Fähigkeiten. Tolle Massagefähigkeiten.«

Ich schob Mrs. Bs Rollstuhl in die Küche und atmete dankbar das köstliche Aroma philippinischer Gerichte ein. Tala stand am Herd und hievte Essen aus einem Topf in eine große Schüssel.

»Ma hat Pancit gekocht.«

Damit meinte Tala, dass Mrs. B ihr gesagt hatte, was sie tun sollte, während Tala kochte.

Durch einen Unfall hatte Mrs. B beide Beine verloren. Sie besaß noch die volle Bewegungsfreiheit ihrer Arme, allerdings bereitete der linke ihr oft Probleme.

»Setz dich, Kara. Tal, gib ihr einen Teller.«

»Da sage ich nicht Nein. Ich habe einen Riesenhunger.«

»Ich habe eine vegetarische Version extra für dich gekocht. Tal, pack auch was für ihren Dad und ihren Bruder ein, bevor sie geht.«

»Wieso geben wir ihr nicht gleich den ganzen Kühlschrank mit?«

»Eure Speisekammer auch.« Ich deutete mit der Gabel auf Tala, bevor ich einen großen Bissen kostete. Verdammt, waren das gute Nudeln.

»Möchtest du Reis dazu?«

Ich schaute auf ihren Teller, auf dem sich ein Berg aus Nudeln und Reis erhob.

Ich schüttelte abwehrend die Hände. »Mensch, hast du Reis nicht irgendwann mal über? Sogar Eichhörnchen essen mal anderen Mist …« Ich sah zu Mrs. B. »Zeug, anderes Zeug, meinte ich, Mrs. B. Außer Eicheln.«

»Mädchen, mach meinen Reis nicht schlecht. Ich würde lieber sterben, als keinen Reis mehr zu essen. Ich weiß, du bist halbe Asiatin. Das Problem ist nur, dass deine asiatische Seele sich nie in deinem Körper zurechtgefunden hat. Du bist eine falsche Asiatin. Was auch immer. Wenn du meine Liebesaffäre mit Reis nicht nachvollziehen kannst, bist du jedenfalls eine hoffnungslose Asiatin.«

»Das liegt daran, dass ich zum Teil Spanierin, Italienerin, Französin und Deutsche bin. Ich bin ein Mischling. Ein Mix. Ein Kaleidoskop aus allem Einhornischem.«

»Weißt du was? Ich wünschte, ich hätte Einhorn-Blut in meinen Adern, denn dann könnte ich einfach davongaloppieren, um deinem Blödsinn zu entkommen.«

»Du liebst meinen Blödsinn, und das ist die Wahrheit, nichts als die Wahrheit.«

»Ich sage dir, was nichts als die Wahrheit ist: Mir reicht ein erbsengroßes Stück Fleisch, aber dazu muss es einen Berg Reis geben.«

»Deshalb nimmt sie auch nicht ab«, bemerkte ihre Mom. »Sie isst weiter Reis. Ich habe ihr gesagt, nicht mehr als eine Tasse pro Mahlzeit. Und dann nur noch einmal am Tag, wenn sie sich daran gewöhnt hat. Aber sie will nicht auf mich hören. Rede mal mit deiner Freundin, Kara.«

»Mrs. B«, sagte ich streng und deutete auf meinen Po. »Haben Sie eine Ahnung, wie sehr ich mir ihre Kurven wünsche? Schauen Sie sich mal diese kleinen Schätzchen hier an.« Ich schüttelte meine Brüste. »Und dann sehen Sie sich ihre an. Ich würde an Talas Körper überhaupt nichts ändern.«

»Du siehst aus wie ein Model, Kara.«

»Oh, vielen Dank. Und klar, mir gefällt schon ganz gut, wie die meisten Kleidungsstücke an mir aussehen. Deshalb liebe ich ja auch Klamotten. Nackt sieht die Sache allerdings anders aus.«

Tala lachte und fing an abzuräumen.

»Räum doch nicht den Tisch ab, solange Kara noch isst. Du weißt doch, was man sagt, wenn man einen Tisch abräumt, während eine Single-Frau noch isst.«

»Was sagt man denn, Mrs. B?«

Sie klopfte auf Holz. »Dass sie niemals heiraten wird.«

»Gut! Ich bin ohnehin fertig.« Ich stand auf und brachte meinen Teller zur Spüle. Das Gesicht meines Erpressers, sexy wie die

Sünde, tauchte vor meinem geistigen Auge auf. Ich sagte mir, dass das überhaupt nichts zu bedeuten hatte. »Ich werde einfach wie ein Schmetterling sein und von einer Blume zur nächsten flattern.«

»Bis jemand dich fängt und dir die Flügel abreißt«, mischte Tala sich ein.

»Hey, woher diese Bitterkeit? Was ist denn los mit dir?« Ich wollte mit ihr über ihn reden, aber das konnte warten, bis wir allein waren.

Tala sagte nichts mehr, bis wir uns in ihr Zimmer zurückzogen. Zuvor hatte ich Mrs. B bei der Benutzung des Toilettenstuhls geholfen, sie ins Bett gelegt, gewaschen und massiert und ihr anschließend den Fernseher eingeschaltet, damit sie ihre Filipino-Soaps schauen konnte. Damit war sie fertig für die Nacht.

All diese Verrichtungen beherrschte ich im Schlaf. Wenn ich im Pflegeheim arbeitete, musste ich acht Patienten waschen und fürs Frühstück fertig machen. In anderen Pflegeheimen, in denen ich gearbeitet hatte, oder im Krankenhaus, waren es noch mehr. Während der Nachtschichten konnte sich die Zahl locker verdreifachen.

Doch heute war ein langer Tag gewesen, und das merkte ich langsam.

»Danke, dass du heute gekommen bist. Ihre Pflegerin hat sich krankgemeldet, und sie wollte keine andere.«

»Jederzeit gern. Sie sieht erschöpft aus.«

»Sie ist fast immer deprimiert. Sie will nach Hause.«

Damit waren die Philippinen gemeint.

»Warum verbringst du nicht einen Urlaub mit ihr dort? Über Weihnachten zum Beispiel. Da hättet ihr zwei Wochen.«

»Nein, Kar.« Ihr Ton war tiefernst. »Sie will nach Hause. Für immer.«

Mir sank das Herz. »Was?«

»Vielleicht liegt es an den Depressionen. Ich weiß es nicht.«

Ich stutzte. »Wenn sie geht, gehst du auch, oder?«

»Lass uns von was anderem reden. Es hat doch keinen Sinn, sich deswegen jetzt verrückt zu machen.«

»Lass uns genau darüber reden.«

»Nein, echt nicht. Aber …« Sie seufzte. »Ich weiß nicht mehr, wie ich sie glücklich machen soll. Ich tue alles, was sie will. Ich studiere Betriebswirtschaft, ganz so, wie sie es sich wünscht. Sie kann es kaum erwarten, bis ich meinen Abschluss mache, damit ich unsere Läden auf den Philippinen übernehmen kann.«

»Aber das ist nicht das, was du willst.«

Sie sah mich hilflos an. »Genau das ist der Punkt, Kar. Ich folge den Erwartungen und Plänen meiner Mom schon so lange, dass ich gar nicht mehr weiß, was ich eigentlich wirklich will.«

Ich blieb nicht lange bei den Bautistas, deshalb war es noch relativ früh, als ich nach Hause kam. In Gedanken war ich noch bei meiner Unterhaltung mit Tala. Seit vor einem Jahr ihre Großmutter gestorben war, hatte Mrs. Bs Gesundheit abgebaut. Ein Umzug wäre finanziell kein Problem. Talas Familie war wohlhabend.

Aber mir ging Talas hilfloser, bekümmerter Blick nicht aus dem Kopf.

Die hintere Verandalampe sprang an, während ich in meiner Handtasche nach dem Schlüssel kramte. Ich war hundemüde und machte mich darauf gefasst, dass ich ewig brauchen würde, um die Tür aufzukriegen, doch sie ließ sich ganz leicht öffnen. Dad musste sie bereits repariert haben.

Das Haus war alt, und das Holz quoll regelmäßig auf von der Feuchtigkeit, sobald es draußen kälter wurde. Dad musste es immer wieder abschleifen. Die Tür hätte ausgetauscht werden müssen, nur waren Türen ziemlich teuer.

Ich hörte den Fernseher, noch ehe ich die Tür geöffnet hatte.

»Hey, Kara Koala, du bist früh zurück. Wie war dein Frauenabend? Was ist los?«, rief mein Dad vom Sofa aus.

Ich verstaute meine Stiefel im Schrank, warf den Schlüssel in die Schale auf dem Tischchen neben der Tür, hängte meine Handtasche an den Haken und ging in die Küche, um mir etwas zu trinken zu holen. Das Kühlschranklicht warf einen gelben Lichtschein auf den Boden.

»Ich glaube, Tals Mom möchte auf die Philippinen zurückkehren.«
Er setzte sich auf und stellte den Fernseher stumm.

»Hm.«

Mein Vater kannte mich gut genug, um nichts zu sagen. Er ließ mir Zeit, meine Gedanken zu formulieren. Je mehr man von mir verlangte, zu sagen, was ich dachte oder fühlte, desto verschlossener wurde ich.

Und ich nahm mir Zeit, stellte die Tupperdose mit dem Pancit, die Tala mir mitgegeben hatte, in den Kühlschrank, setzte Wasser auf, schnitt Zitronen für Zitronentee mit Honig für mich und Dad.

Ich reichte ihm einen Becher und setzte mich dann neben ihn. Eine Weile schauten wir gemeinsam fern. Ich verlor mich in meinen Gedanken und merkte daher gar nicht, dass der Fernseher keinen Ton von sich gab, bis ich hörte, wie Dad seinen Tee schlürfte.

»Dad?«

»Hm?«

»Du hast mich nie gebeten, irgendetwas zu sein«, sagte ich leise und schaute dabei angestrengt auf meinen Becher. »Du hast mir nie gesagt, was deiner Ansicht nach aus mir werden soll.«

Er trank einen weiteren Schluck und seufzte tief. »Weil du genau so bist, wie du meiner Meinung nach sein solltest.«

Ich fühlte, wie mir die Tränen in die Augen stiegen.

»Weißt du, was dein Lieblingssatz als Kind war?«

Ich schniefte. »Will essen?«

Er lachte in sich hinein. »Du isst wie ich, aber wir nehmen nie zu, oder? Das müssen meine Supergene sein.«

Ich nickte. »Die haben Sie unbedingt, Mr. Hawthorne.«

Ich sah ihn an. Das Licht des Fernsehers flackerte über sein Gesicht.

»Dein Lieblingssatz war: ›Ich kann das.‹« Er lachte, als dächte er an etwas Lustiges.

»Ich weiß nicht, ob du dich daran erinnerst, aber du warst fünf Jahre alt und schautest mir beim Abwasch zu. Plötzlich hast du an meinem Hemd gezupft und gesagt: ›Dad, ich will das machen.‹ Ich weiß noch, wie groß der Teller in deinen Händen aussah, und ich dachte, du würdest ihn fallen lassen. Ich wollte ihn dir wegnehmen, aber da wurdest du wütend und meintest …«

»Nein, ich kann das.«

Er lächelte. »In diesem Moment erkannte ich, wie stark du bist. Es ist sehr schwer für Eltern, sich zurückzuhalten und Kinder eine Aufgabe allein bewältigen zu lassen. Aber ich lernte, dass es nicht gut für dich ist, wenn ich dich zu sehr behüte. Eines Tages werde ich nicht mehr da sein, und ich will, dass du stark bist, wenn diese Zeit kommt. Vorher musst du lernen, mit Schmerz umzugehen. Wenn du krank bist oder traurig, wenn Leute dir wehtun. Wenn du leidest, leide ich noch mehr mit. Du bist mein Leben. Wie sollte es anders sein? Als deine Ma verschwand, hatte ich Angst. Wie zur Hölle sollte ich das alleine schaffen? Ich weiß, dass ich nicht perfekt bin. Es gibt so viele Dinge, die ich nicht kann. Aber dann habe ich dich angesehen und wusste, dass ich eine Sache auf dieser Welt gut gemacht hatte. Und mehr brauche ich nicht. Mehr brauche ich nicht, mein kleines Mädchen.«

Danach blieb ich noch eine weitere halbe Stunde neben ihm sitzen und versuchte, nicht zu weinen. Ich schlürfte meinen Zitronentee und schaute fern. Als ich schließlich ins Bett fiel, war ich körperlich völlig erledigt, doch mein Verstand verarbeitete immer noch alles, was heute passiert war.

Im Grunde versuchte doch jeder, das Leben eines anderen Menschen in irgendeiner Weise zu kontrollieren. Dabei spielte es keine Rolle, ob gute oder schlechte Absichten dahintersteckten.

Andrew, der Witz des Dschungels, versuchte wie üblich, jeden herunterzuziehen.

Mrs. Bs depressiver Zustand und ihr Zwang, Talas Leben zu kontrollieren.

Talas Hilflosigkeit und Kummer. Vielleicht würde sie bald wegziehen.

Sie würde mich verlassen. Ich versuchte, nicht daran zu denken.

Und nicht zuletzt mein Erpresser, die rechte Hand des Teufels. Ließ mir keine andere Wahl, als seinen Chauffeur-Ninja zu geben. Ihm zu Diensten zu sein. Wie ein Zirkusäffchen.

Und er hatte mir nicht mal eine Belohnung gegeben.

Ich hatte es jetzt schon satt!

Ich bin eine starke Frau, die ihr Leben im Griff hat. Ich kann nicht kontrollieren, was andere um mich herum machen, aber ich kann meine Reaktion darauf kontrollieren.

Und meine Reaktion besteht darin, jetzt gleich zum Haus meines Erpressers zu fahren und ihn zur Rede zu stellen, um zu erfahren, was genau er sich vorstellt. Ich will die Bedingungen und Regeln wissen. Einen Vertrag abschließen. Kontrolle zurückbekommen.

Ich setzte mich abrupt im Bett auf. Knackte mit den Knöcheln. Dehnte meinen Nacken.

Ich bin bereit.

10. Kapitel

Cameron

»Danke, Mann.«

Ich sprang aus Calebs Pick-up und warf die Tür zu. Er winkte und fuhr davon.

Als wir auf der Baustelle fertig waren, war es schon dunkel. Die Jungs, die mit uns zusammen Überstunden gemacht hatten, gingen noch ein Bier trinken, Caleb auch. Aber mir war nicht nach Gesellschaft.

Ich sagte Caleb, ich würde ein Taxi nehmen, aber er wollte nichts davon wissen. Und es war leichter, ihm zuzustimmen, als mit ihm zu diskutieren.

Ich trabte meine Auffahrt entlang und sehnte mich nach einer Dusche. Und einem eiskalten Bier. Am liebsten trank ich es nach der heißen Dusche. Allein, ich konnte niemanden gebrauchen, der mich vollquatschte, schon gar nicht, wenn ich nach einer Renovierungsarbeit erschöpft war.

Das Verandalicht sprang an, als ich mich der Haustür näherte. Ich blieb stehen.

Und grinste, als ich etwas vor dem Zaun entdeckte.

Es war ihr Stein.

Den sie gestern Abend benutzt hatte, um über den Zaun zu klettern.

Ich ging zu ihm hin und bückte mich danach, wobei meine Muskeln nach der ersehnten heißen Dusche schrien.

Der Stein war ziemlich schwer. Hatte sie den gehoben?

Woher hatte sie das Ding überhaupt? Etwa mitgebracht?

Ich lachte in mich hinein, als ich mir vorstellte, wie sie den Brocken von ihrem Wagen bis hierher geschleppt hatte. Zumindest ist sie einfallsreich, das muss man ihr lassen, dachte ich, während ich den Stein auf die andere Seite meines Zaunes warf.

Es war ihr Stein.

Und den würde ich behalten.

Warum hatte sie überhaupt über meinen Zaun klettern wollen?

Ich öffnete die Haustür, zog meine Stiefel aus, um keinen getrockneten Matsch auf dem Boden zu hinterlassen, und stellte sie in den Hauswirtschaftsraum. Putzen würde ich sie morgen.

Dass sie mich beklauen wollte, glaubte ich nicht. Ich zog meine schmutzigen Sachen aus, warf sie in die Waschmaschine und drückte die Knöpfe für das entsprechende Waschprogramm. Dann stieg ich unter die Dusche.

Ich machte die Augen zu und stöhnte vor Wonne, als das heiße Wasser an meinem Körper herunterlief und den Dreck abwusch.

Ich würde sie bei unserer nächsten Begegnung fragen, weshalb sie versucht hatte, in mein Haus zu gelangen. Das wäre am Montag. Morgen würde ich sie einen ganzen Tag lang nicht sehen.

Ich trocknete mich ab und wickelte mir das Handtuch um die Taille. Eine Sekunde lang blitzte der Gedanke, mich zu rasieren, in meinem Hirn auf, aber ich verwarf ihn gleich wieder und ging barfuß in die Küche. Ich war zu müde für etwas anderes als ein Bier und die Couch. Vielleicht würde ich mir noch eine Pizza bestellen, ein bisschen fernsehen und dann ins Bett gehen.

Skeptisch begutachtete ich das Zeug in meinem Kühlschrank. Caleb und Levi brachten ständig Snacks mit und lagerten sie dann hier. Ich nahm mir ein Bier.

Warum fühlte ich mich bei der Vorstellung, sie einen Tag lang nicht zu sehen, bloß so enttäuscht?

Ich hatte sie doch erst gestern kennengelernt.

Auch diesen Gedanken verdrängte ich gleich wieder. Noch auf dem Weg ins Wohnzimmer riss ich die Bierdose auf.

Ah, das tut gut, dachte ich, nachdem ich den ersten Schluck getrunken hatte.

Die schmerzenden Muskeln von der harten körperlichen Arbeit waren mir ganz recht. Sie lenkten mich von meinen düsteren Gedanken ab.

Ich war erschöpft, doch genau das wollte ich auch. Brauchte ich sogar. Ich hatte viel Energie, und die sinnvoll einzusetzen, gab mir ein gutes Gefühl. Ich fühlte mich nützlich.

Ich sank auf die Couch und seufzte erleichtert, als sich mein Körper endlich entspannen konnte. Ich führte gerade wieder das Bier an den Mund, um es auszutrinken, als es an der Tür klingelte.

Was denn jetzt?

Ich lehnte stöhnend den Kopf zurück und drückte die Finger auf die Augen, in der Hoffnung, dass die ärgerliche Störung sich von selbst erledigen würde.

Wer konnte das sein?

Es war schon spät. Vielleicht war es ja Caleb, um nun doch darauf zu bestehen, dass ich mit ihm kam, wohin auch immer es ihn um diese Uhrzeit zog.

Genervt knallte ich mein Bier auf den Tisch, zog das Handtuch um meine Taille fester und machte die Tür auf.

Draußen stand sie.

Stinkwütend.

Sieh an, sieh an.

Ich grinste.

»Gerade habe ich an dich gedacht«, sagte ich gedehnt.

Ihr Blick glitt von meinem Gesicht über meine Schultern zu meinem Bauch, und das Feuer in ihren Augen wich einem begehrlichen Funkeln. Als sie das Handtuch bemerkte, stutzte sie kurz und schaute mir dann schnell wieder in die Augen.

Und biss sich auf die Lippe.

»Schon genug gesehen?«, erkundigte ich mich.

Sie blinzelte langsam, ihre Augen waren nach wie vor glasig. Ich vermutete, dass sie mich gar nicht gehört hatte. Sie trug noch dieselben Sachen wie heute Morgen – eine Hose und den sonnenscheinfarbenen Pullover. Ihr Gesicht war allerdings abgeschminkt.

Ich hätte sie die ganze Nacht lang anschauen können.

»Möchtest du …«, ich betrachtete ausgiebig ihren Mund, bevor ich den Blick wieder zu ihren Augen hob, »… hereinkommen?«

Sie öffnete den Mund, doch es kam nichts heraus. Ich lehnte mich an den Türrahmen, um den Moment gebührend zu genießen.

»Kar, er hat dir eine Frage gestellt!«

Überrascht schaute ich an ihr vorbei.

»Hallo! Ich bin Dylan.« Er winkte mir zu und lächelte breit, als wäre er mein lange verschollener bester Freund. »Ihr Bruder.«

Mein Grinsen erstarb. Das war also der Bastard, der mein Motorrad angefahren und sich dann verpisst hatte. Ich stieß mich vom Türrahmen ab und fixierte den Typen.

Die Erinnerung an gestern Morgen und den Augenblick, als ich mein demoliertes Motorrad entdeckte, kam mit voller Wucht zurück. Die Kratzer, die Beulen, der *Schmerz* darüber, dass etwas, was man so hingebungsvoll gehegt und gepflegt hatte, von jemand anderem derartig missachtet wurde, und dieser Jemand anschließend nicht mal den Mut aufbrachte, zu seinem Vergehen zu stehen.

Sein offensichtlicher Mangel an Reue, als hätte er das Recht, alles zu tun, was ihm in den Sinn kam, verdiente einen Kinnhaken, der ihn ein paar Zähne kosten würde. Das wäre Strafe genug.

Dann sah ich sie an. Und beherrschte mich.

Ich biss die Zähne zusammen und wandte mich ab, ließ die Tür jedoch offen. Frustriert rieb ich mir auf dem Weg ins Schlafzimmer übers Gesicht.

»Hey! Wohin zum Teufel willst du?«

Ich hörte ihre Stimme hinter mir, warf die Schlafzimmertür zu und ließ mein Handtuch fallen.

Sie kam hereingestürmt.

»Ach du Scheiße!«, schrie sie.

Mist.

Ich hätte erwartet, dass sie wegschaute, wie ein normaler Mensch das tun würde, doch sie starrte hin. Erst, als ich mich nach dem Handtuch bückte, schlug sie die Hände vors Gesicht und wirbelte so schnell herum, dass sie beinah das Gleichgewicht verloren hätte.

Jedenfalls hatte sie mir ganz schön was weggeguckt.

Ich seufzte genervt, stieg in meine Hose und zog den Reißverschluss hoch. Dann holte ich ein T-Shirt aus dem Kleiderschrank und streifte es mir über. Dabei starrte ich auf ihren Rücken.

»Ich muss mit deinem Bruder reden«, presste ich zwischen zusammengebissenen Zähnen hervor. »Allein.«

Wütend schob ich mich an ihr vorbei. Dabei hatte ich heute Abend doch nicht mehr haben wollen als ein bisschen Ruhe und Frieden.

»Nein, das wirst du nicht.«

»Oh doch, genau das werde ich.«

»Aber nicht allein.«

Ich blieb unvermittelt stehen, sodass sie fast mit mir zusammengestoßen wäre. Sie stützte sich mit den Händen an meinem Rücken ab, bevor unsere Körper sich berühren konnten.

Ich drehte mich um, sah sie schweigend an und wartete darauf, dass sie sich wieder beruhigte. Ihr Gesicht war gerötet, die Augen glänzten – ich war mir nicht sicher, ob vor Ärger oder Verlegenheit. Vielleicht beides.

»Ist dagegen etwas einzuwenden?«, fragte ich.

Sie stemmte ihre Hände in die Hüften. »Vor allem ist etwas dagegen einzuwenden, dass du meinen Bruder schikanierst. Ich lasse nicht zu, dass du oder sonst wer das wieder macht. Kapiert?«

Meine Wut verrauchte. Warum sah sie bloß so süß aus, wenn sie mir erklärte, was ich zu tun und zu lassen hatte?

Wenn sie für die Leute eintrat, die ihr am Herzen lagen und für die sie allen Ärger auf sich zu nehmen bereit war, war sie einfach unwiderstehlich.

»Dir ist schon klar, dass du es für ihn nur noch schlimmer machst, oder?«, sagte ich sanfter. Wie gern würde ich die dunklen Ringe unter ihren Augen zum Verschwinden bringen.

Sie blinzelte.

»Du solltest ihn seine Probleme selbst lösen lassen«, erklärte ich. »So richtest du nur noch mehr Schaden an. Du entmündigst ihn.«

Sie sah mich perplex an. Ich wartete.

Dann befeuchtete sie sich die Lippen. »Na schön«, sagte sie

resigniert. »Hast du vielleicht mit meinem Dad gesprochen oder so was?«

»Wie bitte?«

»Sei … nimm ein bisschen Rücksicht, ja? Er hatte Probleme als Kind. Sei einfach nicht zu hart mit ihm, okay?«

Sie sah genauso erschöpft aus, wie ich mich fühlte. Am liebsten hätte ich sie aufs Bett gezogen und mich mit ihr zusammen hingelegt. Wirklich nur, um zu schlafen, wie mir gerade klar wurde. Damit sie sich ausruhen konnte.

Das war etwas Neues. Ich bin noch nie mit einer Frau ins Bett gegangen, um nur zu schlafen.

Ich wollte mich um sie kümmern.

Meine Miene verfinsterte sich. Woher kam denn plötzlich diese Anwandlung?

»Hast du gehört, was ich gesagt habe?«, wollte sie wissen.

»Was?«

»Schon gut. Wo soll ich warten?«

»In der Küche. Neben dem Wohnzimmer links.«

»Na schön.«

Sie marschierte an mir vorbei. Ich folgte ihr durch die Tür.

»Kar. Wohin gehst du?«, rief ihr Bruder.

»Da rein.« Sie zeigte irgendwohin und lief dann prompt in die falsche Richtung, weg von der Küche, obwohl ich ihr den Weg doch gerade erklärt hatte. »Und du bleibst hier«, rief sie über die Schulter zurück.

»Aber …!«

Er verstummte, als ich mich vor ihm aufbaute. Der Typ war jung, wahrscheinlich ging er noch zur Highschool. Aber das war durchaus alt genug, um Verantwortungsgefühl zu zeigen. Und sie wollte, dass ich den Jungen mit Samthandschuhen anfasste, nur weil er als Kind Probleme gehabt hatte?

Wie oft war er damit wohl schon bei ihr durchgekommen und hatte seine eigene Verantwortung auf sie abgewälzt?

So stark und aggressiv sie sich auch geben mochte, bei den Menschen, die ihr etwas bedeuteten, wurde ihr Herz butterweich.

Bestimmt fühlte sie sich schuldig wegen seiner problematischen Vergangenheit, und er verstand sich sehr gut darauf, das auszunutzen. Ihr schlechtes Gewissen war eine Art Druckmittel für ihn.

Ich wusste das, weil ich selbst als Jugendlicher in gewisser Weise genauso gewesen war wie er. Nur, dass ich meine Fäuste zu oft einsetzte, um Leute zu attackieren, während er seine ausschließlich als Deckung gegen Schläge nutzte und sich dabei wie eine verängstigte Maus in die Ecke zurückzog.

Unterschiedliche Probleme, unterschiedliche Arten, mit diesen Problemen fertigzuwerden, aber im Kern ging es um dasselbe.

Selbstsucht. Bedürftigkeit. Anmaßung.

»Hi. Ich bin Dylan«, verkündete er.

Ich musterte ihn schweigend.

Er sah seiner Schwester überhaupt nicht ähnlich. Sein Haar war blond, sein Gesicht rundlich, was ihm das Aussehen eines gut gefütterten Welpen verlieh. Verwöhnter kleiner Idiot.

»Okay«, fuhr er fort. »Hatte ich ja schon gesagt. Wir reparieren dein Motorrad, also ist doch alles in Butter zwischen uns, oder? Wir kriegen es besser hin, als es vorher war. Du wirst begeistert sein!«

Noch immer keine Entschuldigung. Kein Anflug von Bedauern in seiner Miene. Tatsächlich sah er mich an, als sollte *ich* ihm dankbar sein.

Der wütende, egoistische Junge von damals steckte immer noch in mir und drängte ständig darauf, das Kommando zu übernehmen. Doch inzwischen war ich stärker.

Manchmal aber ließ ich die Zügel schießen.

»Hör mal gut zu, du kleiner Bastard.«

Er wich vor mir zurück.

Hätte ich Krallen, dann würde ich sie jetzt ausfahren. Wahrscheinlich würde ich ihm den Kopf abreißen. Er konnte sich glücklich schätzen, dass er ihr Bruder war.

»Du bist derjenige, der mein Motorrad angefahren und sich dann verpisst hat.« Er schluckte und machte noch einen Schritt rückwärts. »Stimmt doch, oder?«

»A… aber wir werden es reparieren, und es wird besser sein als vorher. Ich bin ein guter Mechaniker, und Vlad ist der Beste bei Motorrädern. Der wird an deiner Maschine arbeiten. Am Ende wirst du froh sein, dass dir das passiert ist. Du wirst sehen!«

Ein Wangenmuskel zuckte in meinem Gesicht.

»Froh?«

Ein sauberer Schlag in sein stumpfnasiges Gesicht würde reichen. Mehr brauchte ich nicht. Nur einen.

»Meine Schwester hat gesagt, du heißt Cameron. Ich hab schon von dir gehört. Ich meine, ich habe dich spielen sehen. Du bist der Hammer auf dem Basketballfeld. Ich meine, echt, wow. Das reinste Monster. Vielleicht können wir ja mal zusammen spielen, wenn dein Motorrad repariert ist. Ich kann auch deine anderen Autos für dich reparieren. Oder die deiner Freunde. Ich hab eine Schwäche für alte Pick-ups. Gib mir einfach Bescheid. Willst du meine Nummer? Ich kann …«

Offenbar las er mir meine Gedanken vom Gesicht ab, denn er hörte auf zu reden und wich noch weiter zurück.

»Hör zu, Mann. Ich wollte deine Maschine nicht anfahren. Ich war auf der Flucht vor Big Tony. Der Kerl ist ein Riese. Noch größer als du. Und du bist schon verdammt groß, Mann, das kann man wohl sagen.«

»Und du glaubst, du hast bei mir einen Stein im Brett?«

»Na ja, du bist mit meiner Schwester befreundet, oder? Sollten Freunde sich nicht umeinander kümmern? Wir sind doch praktisch Familie, oder?«

Ich hatte mich geirrt. Der Kerl war ein Witz. Der benutzte seine Fäuste überhaupt nicht. Stattdessen plapperte er.

»Also, ich hatte diese Wette mit Big Tony, aber ich dachte, wir machen nur Blödsinn. Wie sich herausstellte, war es ihm aber ernst damit. Deshalb hat er seine Werkstattrechnung nicht bezahlt, als ich das Geld gestern früh bei ihm einsammeln wollte. Aber mein Dad meinte, er hätte dann nachmittags per Telefon bezahlt, also sind wir wohl quitt.«

Er rollte seine Schultern. Wie es aussah, machte er sich gerade erst warm.

»Na, jedenfalls jagte er mich weg und hätte mich vermutlich verprügelt, wenn ich weiter darauf bestanden hätte, dass er seine Rechnung bezahlt. Ich konnte ihm entkommen, okay? Ich war bloß … ich geriet in Panik, Mann. War voll im Panikmodus. Ich fuhr rückwärts und krachte gegen deine Maschine, aber ich war mir nicht sicher, ob sie beschädigt war, weil ich sie gleich wieder aufgestellt habe und sie ganz normal aussah.«

Ich biss erneut die Zähne zusammen. Seine Stimme klang in meinen Ohren so, als ob jemand mit seinen Nägeln über eine Tafel kratzte.

»Also habe ich es Kar erzählt, und sie meinte, sie wolle mal nachschauen, ob dein Motorrad wirklich beschädigt ist, weil, ich hatte es doch gar nicht so doll getroffen, Mann. Dann erzählte sie, dass sie mit dir eine Abmachung getroffen hat und dass …«

»Schnauze!«

Er klappte den Mund zu.

»Es ist schon schlimm genug, dass du mein Motorrad angefahren hast. Aber du hast nicht mal den Anstand besessen, dazu zu stehen. Und von Reue auch keine Spur. Stattdessen schickst du deine Schwester vor, damit die sich um den Mist kümmert, den du fabriziert hast?« Ich schaute ihn angewidert an. »Du bist ein verdammter Versager.«

Er fummelte am Kragen seines Hemdes herum. »Das … das macht sie ja nicht immer für mich …« Er unterbrach sich und sah mich misstrauisch an. »Doch«, fuhr er dann kaum hörbar fort. »Doch, das macht sie.«

»Jetzt hör zu, du verwöhnter kleiner Bastard. Deine Schwester ist nicht verantwortlich für den Mist, den du anstellst. Es wird Zeit, dass du erwachsen wirst.«

Kämpfte er etwa mit den Tränen? Ich hatte kein Mitleid mehr, das hatte er mit seinem unablässigen Geplapper aufgebraucht.

»Du schickst deine Schwester ganz schön oft vor, stimmt's?«

Er schüttelte den Kopf.

Dass er das Ganze derart auf die leichte Schulter nahm und die Tatsache, dass er mein Motorrad beschädigt hatte, offenbar als ähnliche Lappalie betrachtete wie das Verschütten eines Drinks, machte mich stinksauer.

»Du könntest ins Gefängnis wandern für das, was du getan hast. Ein Anruf bei der Polizei, und du bist …« Ich zog einen Zeigefinger langsam quer über meine Kehle.

»Bitte nicht!«, jammerte er. »Ich will nicht ins Gefängnis! Ich meine, es ist doch nur ein Motorrad!«

Nur ein Motorrad? Der Knilch hatte gut reden, schließlich war es ja nicht sein Eigentum, das zerstört worden war. Für mich war es jedenfalls nicht *nur* ein Motorrad. Es hatte sentimentalen Wert.

»Du findest also, nur weil du eine schwierige Kindheit hattest, hast du jetzt einen Freifahrtschein, das Leben anderer zu vermurksen. Glaubst du etwa, du bist der Einzige mit einer schweren Kindheit?«

Ich konnte gar nicht zählen, wie oft ich mich damals hatte verteidigen müssen. Jeden Tag überließ ich meiner Wut die Kontrolle, weil es einfacher war. Irgendwann würde die Welt schon erkennen, wie schlecht es mir ging, und mir vielleicht, nur vielleicht eine Chance geben.

Aber so funktionierte es nun mal nicht.

Die Welt ließ einen nie in Ruhe. Man lernte bloß, sich zu wehren.

Wenn Kara diesen Jungen liebte, und ich wusste, dass sie das tat, dann musste sie ihn härter machen.

»Es ist nur … Ich weiß, dass ich nichts tauge«, begann er mit belegter Stimme. »Es ist hart, wenn ich nicht mal meine Freunde einladen kann, weil unser Haus zu klein ist.«

Wie konnten die beiden bloß Geschwister sein? Sie waren völlige Gegensätze. Seine Schwester hatte das gesamte verfügbare Rückgrat abbekommen.

»Ich kann nicht mal ein Mädchen um ein Date bitten, weil ich ein Loser bin«, fuhr er fort. »Es gefällt mir, in der Werkstatt zu arbeiten, aber das Ganze bringt offenbar nichts. Mein Dad schuftet wie ein Pferd, aber wegen meines Onkels können wir kaum unsere Rechnungen bezahlen. Wir haben keine große Wahl, weißt du? Mein Dad ist ständig pleite, und meine Schwester arbeitet sich krumm, um uns zu unterstützen … und ich bin bloß der Loser.«

Der verflixte Kerl würde mich noch zum Weinen bringen.

Ich ballte die Faust, biss mir auf die Knöchel und hoffte auf einen Einfall. »Hör zu, Mann. Du hast einen Fehler gemacht, aber du bist kein Loser.«

Rick sollte hier sein und mit ihm reden. Nicht ich. Ich hatte meine eigenen Probleme. Was konnte ich ihm schon raten, wenn ich nicht mal meinen eigenen Mist im Griff hatte? Ich war doch selbst noch gar nicht so weit.

Ich runzelte die Stirn und versuchte mich zu erinnern, was Rick damals gesagt oder getan hatte, um mich sanfter zu stimmen. Mir fiel nichts ein, außer, dass er mir das Gefühl gab, dass sich endlich jemand um mich kümmerte.

»Ich habe mal in der gleichen Situation gesteckt wie du. Du musst es versuchen. Es einfach nur … versuchen. Denn soweit ich das mitgekriegt habe, versuchst du es nicht mal. Mann, ich brauche einen Drink.«

Ich ging in die Küche und holte mir ein Bier aus dem Kühlschrank. Ich öffnete die Flasche und trank. Ich konnte ihn hinter mir spüren, abwartend.

»Willst du ein Bier?«, fragte ich.

Jetzt strahlte er. »Ich wünschte, ich könnte. Ich bin noch nicht achtzehn.«

Wow, verdammt. Ich machte erneut den Kühlschrank auf und spähte in das Durcheinander.

»Ah.« Ich schnappte mir etwas, steckte einen Strohhalm hinein und reichte es ihm. »Trinkpäckchen?«

Das Zeug gehörte wahrscheinlich Levi.

»Nee, Mann. Gib mir eine Limo oder so was. Ich bin doch kein Kind mehr.«

»Was ist denn verkehrt an einem Saftpäckchen?«

»Ich mag Limo.«

»Ja, aber von Limo kriegst du nicht das hier.« Ich zog mein T-Shirt hoch und zeigte ihm mein Sixpack.

Er fing an zu lachen. »Oooh!« Seine Freude war vollkommen unschuldig. »Ja«, sagte er. »Ich hätte gern ein Trinkpäckchen. Welche Geschmacksrichtung?«

»Keine Ahnung, Mann. Da ist Vitamin C drin. Nimm es einfach.«

Er trank und schwieg einige Sekunden, was ich als Wunder betrachtete.

»Das mit deinem Motorrad tut mir leid«, sagte er dann.

Ich nickte nur.

»Zwischen uns ist alles in Ordnung, oder?«

Ich dachte darüber nach. Ich war nach wie vor sauer, aber es wäre mir unnötig grausam vorgekommen, das an ihm auszulassen. Als würde man einen Welpen treten. Außerdem mochte ich seine Schwester. Sehr sogar.

»Ja«, antwortete ich daher und ging zurück ins Wohnzimmer. »Alles gut.«

»Kann ich hier mit euch abhängen?«

Die Antwort blieb mir erspart, da sich Schritte näherten.

»Hey!« Sie kam ins Wohnzimmer. Ihre Miene war finster. »Seid ihr fertig? Ist das Bier? Du hast ihm Bier gegeben?«

Sie starrte das Bier in meiner Hand an.

»Beruhige dich, Kar.« Er tätschelte die Luft. »Das ist kein Bier.«

»Was ist es dann?« Sie kniff die Augen zusammen, während er seinen Drink vor ihrem Gesicht schüttelte.

»Nur ein Trinkpäckchen.«

»Ich muss mit deiner Schwester reden«, erwiderte ich auf seine Frage von eben, sah aber sie dabei an. »Allein.«

»Kar?« Er klang besorgt.

Sie warf mir einen misstrauischen Blick zu.

Ich lächelte sie herausfordernd an.

Du hältst es nicht aus, mit mir allein zu sein, stimmt's?

Das Lächeln, mit dem sie meins erwiderte, war messerscharf.

Oh doch, das kann ich. Ich kann dich fertig machen, wenn ich will.

»Fahr schon mal vor. Wir sehen uns zu Hause«, sagte sie zu ihrem Bruder.

»Ich warte draußen auf dich.«

»Das hier wird eine Weile dauern. Fahr nach Hause, Dylan.«

»Bist du sicher?«

Sie nickte und wedelte mit den Armen, um ihn aus dem Zimmer zu scheuchen.

Ich schaute Dylan an. »Ich fahre sie.«

Offenbar sah er etwas in meiner Miene, das ihn beruhigte. Er tätschelte seiner großen Schwester die Schulter, verkündete, dass er sie dann zu Hause sehen würde, und wandte sich zum Gehen.

Ich brachte ihn raus und machte die Tür hinter ihm zu.

Ich war allein mit Kara.

Endlich.

11. Kapitel

Kara

Seine Augen wirkten in dem gedämpften Lichtschein noch intensiver. Ein geduldiger Ausdruck lag darin, als er meinem Bruder zur Haustür folgte – nein, nicht geduldig. Eher abwartend.

In Erwartung dessen, was kommen würde.

Ich hörte Dylans Schritte und seine, dann das Klicken des Türschlosses.

Es hallte durch den Raum wie eine Kriegserklärung.

Und dann richteten sich diese tiefblauen Augen auf mich, bohrten sich förmlich in mein Gesicht.

Erobere mich, schienen sie herausfordernd zu sagen, bevor ich dich erobere.

Es war ein Köder.

Und er wollte, dass ich anbeiße.

Ich ballte die Fäuste, wich instinktiv zurück und blieb erst stehen, als meine Kniekehlen die Couch berührten.

Ich konnte seine Wirkung auf mich nicht leugnen, aber das war mir egal.

Mir gefiel nicht, dass ich mich in seiner Gegenwart so wehrlos fühlte, als könnte er meine Denkfähigkeit allein dadurch beeinträchtigen, dass er mich ansah.

Als hätte er meine Gedanken gehört, verzogen seine Lippen sich langsam zu einem Lächeln.

Ich habe dich, sagte dieses Lächeln, genau da, wo ich dich haben will.

Er kam auf mich zu. Jede seiner Bewegungen strahlte Kraft und kontrollierte Energie aus. Sein Körper war groß und schlank, er erinnerte an eine Raubkatze, die auf der Suche nach Beute durch den Dschungel schleicht, geduldig und hungrig.

Ich musterte die langen Linien seiner Arme, das Spiel seiner Muskeln, seine Adern, die sich wie dicke Schnüre unter der Haut abzeichneten, seine kräftigen Handgelenke. Alles an ihm wirkte ungebändigt, fest und männlich.

Er blieb vor mir stehen.

»Kara«, flüsterte er. Seine Stimme war voll und tief, und mein Name aus seinem Mund klang sinnlich und *fühlte* sich auch so an. »Sag mir, warum du hier bist.«

Ich versuchte zu antworten. Versuchte es wirklich, nur spielte mein Körper nicht mit.

Einfach nachzugeben und jemand anderem die Kontrolle zu überlassen, fühlte sich so leicht an, so sündig, als glitte man in luxuriöse, teure Seide.

Nein, nicht irgendjemandem. Es musste definitiv er sein.

Ich schloss die Augen, um mich zu schützen. Ich war dabei zu verlieren, und das machte mir erstaunlicherweise überhaupt nichts aus.

Noch nicht. Bald würde sich das ändern, aber noch war es nicht so weit.

Fühlte es sich so an, jemanden zu begehren? Zu wollen?

Die Spannung zwischen uns war praktisch greifbar, und ich spürte die Bewegung, bevor seine Finger die Innenseite meines Handgelenks streiften. Einmal, zweimal. Dann war es schon wieder vorbei.

Ich öffnete die Lippen ein wenig und atmete leise aus, um die Erregung, die seine Berührung ausgelöst hatte, unter Kontrolle zu bringen.

Oder vielleicht war es auch nur die stumme Forderung nach mehr.

»Mach deine Augen auf«, murmelte er.

Ich hielt sie hartnäckig geschlossen.

»Kara.« Seine Stimme war samtweich und lockend. »Sieh mich an.«

Aber was würde dann passieren?

Das hier war etwas, was ich nie zuvor erlebt hatte. Noch nie war ich jemandem so nah gewesen oder hatte es auch nur sein wollen.

Ich fühlte mich hin- und hergerissen zwischen zwei Welten. In einer davon würde ich die bleiben, die ich war – wenn ich mich jetzt von ihm löste. Und die andere war eine ganz neue und unvertraute Welt.

Für welche würde ich mich entscheiden?

Ich stellte stets andere Dinge über meine eigenen Interessen. Verantwortungen, Verpflichtungen, Familie. Wann hatte ich zuletzt etwas aus purem Vergnügen getan?

Ich hob die Lider. Und blickte direkt in seine blauen Augen.

Er war geradezu unbarmherzig schön. Die geraden dunklen Brauen, die eindringlichen Augen, die lange gerade Nase, die vollen Lippen. Und all diese Schönheit umrahmt von weichen schwarzen Haaren.

Als ich ihn zum ersten Mal sah, hatte er mich an einen dunklen Erzengel erinnert. Das tat er immer noch. Sogar noch mehr. Er besaß mehr Facetten, als mir bewusst gewesen war. Er war tief und dunkel wie eine Höhle, an deren Eingang ich mich befand. Sollte ich hineingehen oder lieber das Weite suchen?

Ich fasste einen Entschluss.

Seine Lippen teilten sich vor Überraschung, als meine Fingerspitzen langsam über sein Schlüsselbein strichen, und er schloss die Lider. Ich genoss die Wärme und Weichheit seiner Haut. Ich hatte gedacht, dass es mir genügen würde, sie anzufassen, aber jetzt wollte ich noch mehr.

Seine Muskeln spannten sich an, während meine Finger über seinen Hals glitten, über die kitzelnden Stoppeln auf seiner Wange.

Als ich mich auf seinen Mund konzentrierte, beschleunigte sich der Puls an seinem Halsansatz schlagartig. Seine Lippen waren voll, pink, mit einem ausgeprägten Amorbogen.

Plötzlich machte er die Augen auf und hielt meinen Finger zwischen seinen Lippen fest, zwischen seinen Zähnen und seiner Zunge.

Und saugte.

Ich sog scharf die Luft ein und zog den Finger hastig zurück. Dabei schaute ich ihm unverwandt in die Augen. Mir war, als stünde mein ganzer Körper in Flammen. Instinktiv wich ich vor Cameron zurück.

Ich war total aufgewühlt von Emotionen, die sich alle auf diesen Raum konzentrierten. Meine Haut prickelte. Mir war heiß, kribbelig, und ich war voller Verlangen. Ich wollte … mehr. Einfach *mehr.*

»Du machst mich verrückt«, flüsterte er heiser. In seiner Stimme schwang mehr als nur ein Anflug von Frustration mit.

Wo eben noch jede seiner Bewegung vollkommen beherrscht gewesen war, strahlte er nun nervöse Energie aus – wie eine große, gereizte Katze in einem kleinen Käfig.

In seine Augen trat ein sinnlicher, hungriger Ausdruck. »Ich warte darauf, dass du wegläufst«, sagte er.

Als ich darauf nichts erwiderte, ließ er entmutigt die Arme sinken.

»Ich möchte nicht, dass du wegläufst.«

Dieses Eingeständnis brachte mich dazu, mir auf die Unterlippe zu beißen. Er gab mir das Gefühl, begehrt zu sein – und dass ich mir nicht versagen sollte, was ich mir so sehr wünschte. Nicht einmal einen kurzen Augenblick lang.

Er schaute mich an, und es war, als glitte etwas Heißes über meine Haut. Heiß, greifbar, lockend.

Er sah so gut aus, so groß und unverfroren *männlich*.

»Kara.«

Ich schaute zu ihm hoch. Er hielt mir eine Hand hin, mit der Handfläche nach oben.

»Komm her«, sagte er heiser.

Wie in Trance ging ich zu ihm und legte meine Hand in seine. Sie war groß, mit langen Fingern. Seine Handfläche fühlte sich rau an, mit Kratzern und Schwielen. Die Hand eines Arbeiters. Eines fähigen, starken, wundervollen Mannes.

Ich sah ihm wieder in die Augen, und angesichts des begehrlichen, bewundernden Ausdrucks darin breitete sich ein aufregend warmes Wirbeln in meinem Bauch aus.

Plötzlich umfasste er mit beiden Händen meine Hüften, eine intime, besitzergreifende Geste. Mit einer einzigen geschmeidigen Bewegung setzte er sich auf die Couch und zog mich gleichzeitig auf seinen Schoß.

Unsere Körper berührten einander, ich schnappte nach Luft und setzte mich rittlings auf seine Oberschenkel. Er war wirklich groß, sodass ich meine Beine ziemlich spreizen musste, um ihn ganz unter mich zu bringen.

Aus dieser Nähe betrachtet, war er noch schöner. Fast unwirklich. Seine Gesichtszüge waren makellos, seine Haut war hell und glatt.

Seine Finger glitten unter meinen Pullover, streichelten über meinen nackten Rücken. Ich erschauerte, weil sie sich rau anfühlten.

Als seine Lippen mein Ohr berührten, zuckte ich zusammen. Er gab ein tiefes Lachen von sich.

Schmetterlinge flatterten in meinem Bauch. Sogar sein Lachen war sexy.

»Ich kann nicht aufhören, an dich zu denken«, murmelte er.

Er ließ die Lippen von meinem Ohr zu meiner Wange wandern und atmete lang und tief ein. Ich fasste seine Arme, dabei wollte ich doch, dass er weitermachte, wollte spüren, was als Nächstes geschah.

Seine Hände lösten sich von meinem Rücken und strichen über meine Arme, dann weiter nach oben, wo sie sich sanft um meinen Hals legten. Seine Daumen strichen über meine Halsgrube. Ich ließ den Kopf nach hinten sinken und genoss seine Berührungen. Seine Finger folgten meiner mittlerweile wild pulsierenden Schlagader, vor und zurück, vor und zurück.

Er beugte sich vor, bis seine Lippen beinah meinen Mundwinkel berührten. Beinah.

»Kara«, flüsterte er. »Wirst du mich küssen?«

Ich stieß die unbewusst angehaltene Luft aus.

Ich hatte gedacht, er würde es einfach tun, mir die Entscheidung abnehmen, doch er wartete, bis ich bereit war. Bis ich mich dazu entschlossen hatte.

Er wollte, dass ich die Entscheidung traf.

Oh, dieser Mann.

Ich spürte seine Anspannung, während er darauf wartete, dass ich ihn entweder zurückwies oder ihm nachgab. Dabei stellte diese Frage sich mir gar nicht mehr.

Ich schloss die Augen und zog seine Unterlippe zwischen meine Lippen. Er knurrte, als wäre er völlig ausgehungert und ich hätte ihm gerade ein Festmahl serviert.

Und dann übernahm er die Initiative.

Seine Zunge strich über meinen Mund, begehrte Einlass. Ich öffnete die Lippen für ihn, und er ließ seine Zunge dazwischengleiten. Ich war so erregt, dass es mich schockierte.

Er schmeckte nach Orange und Minze und ein wenig nach dem Bier, das er vorhin getrunken hatte. Er schmeckte absolut männlich.

Er umfasste mit einer Hand meinen Hinterkopf, um mich festzuhalten, während er seinen Mund auf meinen presste, mehr wollend, mehr *fordernd.*

Stöhnend vertiefte er den Kuss. Und ich war verloren.

Ich legte meine Hände auf seinen Rücken, zog ihn näher zu mir heran, rieb meinen Körper an seinem.

Er war überall hart, seine Muskeln wölbten sich und spannten sich an, als ich meine Hände unter sein T-Shirt schob und über seine Brust strich. Seine Haut war glühend heiß.

Ich spürte seine Hände an meinen Fersen, dann an den Waden, den Kniekehlen, immer weiter schob er sie nach oben, bis zu meinem Po, den er mit festem Griff packte.

Und dann stieß er mir seine Hüften entgegen. *Oh mein Gott.*

Er legte die Hände auf den Reißverschluss meiner Hose. Meine Lider flatterten. Mühsam öffnete ich die Augen.

»Stopp.«

Ich machte Anstalten, ihn wegzudrücken, aber das war ungefähr so, als ob ich versuchen würde, einen Wagen wegzuschieben. Er war so groß und schwer, dass meine Anstrengungen vergebens waren. Er bewegte sich keinen Zentimeter, hörte aber immerhin auf und ließ die Hände sinken.

Ich befreite mich schwer atmend von ihm.

Sein Mund war feucht, rosig, sein Blick verhangen vor Begierde. »Kara.«

»Nein«, wiederholte ich.

Er strich sich mit zitternden Händen durchs Haar. »Ich werde nichts tun, was du nicht willst.«

Er streckte seine große Hand aus und hielt mein Handgelenk fest.

»Geh nicht«, bat er.

Er schaute mich einen Moment lang an. Da war eine Verletzlichkeit in seinen blauen Augen, die mir zuvor nicht aufgefallen war. Und die mich fast umhaute.

Und dann öffnete er seine Finger und gab mich frei.

Ich fühlte mich klaustrophobisch und rannte zur Tür. Ich brauchte Platz und Zeit zum Nachdenken.

Den Türknopf schon in der Hand, drehte ich mich noch einmal um.

»Kara.«

Ein letztes Mal sah ich ihn an, dann ging ich.

12. Kapitel

Kara

Das Blut rauschte in meinem Kopf, während ich zur Tür hinausrannte, seine Auffahrt hinunter, und in meiner Eile fast gestolpert wäre. Ich lief immer weiter, bis meine Couch-Potato-Lungen nicht mehr mitmachten.

Meine Beine gaben nach, und ich musste stehen bleiben. Ich stand gebückt auf dem Gehsteig, den Kopf auf den Knien, und versuchte, wieder zu Atem zu kommen.

Was zur Hölle war das?

Meine Lippen *pochten*.

Geschwollen.

Aber wundervoll geschwollen. Als hätte ich etwas Schlimmes getan, das ein Geheimnis bleiben musste, weil es sich zu verdammt gut anfühlte, um es jemandem anzuvertrauen.

Ich konnte noch immer den Abdruck seiner Lippen auf meinen spüren, konnte ihn noch immer auf meiner Zunge schmecken, noch immer die Laute hören, die er von sich gegeben hatte.

Das sexy Stöhnen und Knurren, das aus der Tiefe seiner Kehle kam.

Ich stieß ein langgezogenes Quietschen aus, das nach einer gebärenden Hyäne klang.

Oh Gott!

Ganz recht. Nur Gott kann dir jetzt noch helfen. Du hast zugelassen, dass deine Festung eingenommen wird! Ich wiederhole: Du hast zugelassen, dass deine Festung eingenommen wird! Flieh!

Ich habe überhaupt nicht zugelassen, dass etwas eingenommen wird! verteidigte ich mich gegen die nörgelnde innere Stimme. *Ich habe ihn doch bloß geküsst …*

Das stimmt. Aber dass du deinen ersten Kuss einfach so verschenkt hast! Außerdem war es nicht einfach nur ein Kuss, sondern wildes Geknutsche. Du böses Mädchen!

Ach, halt den Mund!

Nachdem du die Burg einundzwanzig Jahre lang verteidigt hast, lässt du die Zugbrücke für einen Typen herunter, den du erst seit gestern kennst? Was ist los mit dir?

Ich wollte ja nicht mit ihm schlafen. Ich wollte mich nur … begehrt fühlen. Wenigstens einmal.

Das ist nicht die ganze Wahrheit.

Doch, ist es.

Es hat schon zwei Typen gegeben, die dich mochten, aber denen hast du nie Aufmerksamkeit geschenkt. Schon klar, der eine hat nie geduscht, und der andere nie geblinzelt. Und zugegeben, keiner von beiden war auch nur annähernd so heiß wie Cameron. Aber wer ist das schon? Trotzdem. Es gibt noch einen anderen Grund. Stimmt's?

Es gibt keinen anderen Grund.

Du magst ihn.

Ich hielt mir die Ohren zu, in der Hoffnung, die lästige Stimme in meinem Kopf zum Verstummen zu bringen.

Du magst *ihn. Es gab noch nie jemanden, der dich dermaßen herausgefordert hat wie Cameron. Er ist kein bisschen eingeschüchtert. Ganz egal, was du ihm alles an den Kopf wirfst.*

Aber ich kenne den Kerl erst seit gestern!

Bald ist Mitternacht, dann sind es schon zwei Tage, nur zu deiner Information. Aber du lenkst vom Thema ab. Was soll das, Schwester? Ich habe was ganz anderes gefragt.

Vergiss es.

Du hast ihre Unterhaltung belauscht, als die beiden im Wohnzimmer waren.

Ich habe ja gar nicht alles gehört! Gegen Ende des Gesprächs habe ich wirklich versucht, ihre Privatsphäre zu respektieren, aber …

Du raffiniertes Luder! Aber was du bis dahin gehört hattest, gefiel dir. Du hast gehört, wie er Dylan mit Nachsicht begegnete, wo andere Typen sich über deinen Bruder bestenfalls lustig gemacht hätten. Er war nett zu ihm. Und in dem Moment, meine Liebe, war es um dich geschehen. Camerons Freundlichkeit war dein Untergang, nicht wahr? Und hast du bemerkt, wie Dylan Cameron angesehen hat, als er mit ihm aus der Küche zurückkam?

Dylan verehrt ihn bereits.

Verknall dich jetzt bloß nicht in ihn! Wo sind plötzlich deine Ansprüche geblieben, von denen du immer redest? Du hast so leicht nachgegeben. Ich bin echt enttäuscht.

Ich werde dir eins auf die Rübe geben, wenn du nicht sofort still bist!

Er wollte nicht mal ein Vorspiel. Er wollte sofort die Perle in der Muschel. Das Karamell in der Mitte. Für ihn bist du doch bloß eine von vielen. Er war scharf, und du warst zufällig da. Du solltest mit ihm über diese Abmachung sprechen, die ihr getroffen habt, nicht herumknutschen. Wahrscheinlich hast du nicht besonders gut geküsst. Er hat diesen Kuss von Anfang an dominiert, in geradezu epischen Ausmaßen.

»Das reicht!«, schrie ich in die Nacht, das unbehagliche flaue Gefühl in meinem Magen ignorierend. »Er ist ein Experiment für mich, mehr nicht. Sobald sein Motorrad repariert ist, wird er wieder aus meinem Leben verschwinden. Ende der Geschichte.«

Ich stand auf, klopfte meine Hände an den Hosenbeinen ab und zog fröstelnd die Schultern hoch. Ich hatte vorhin keine Jacke mitgenommen, weil ich viel zu aufgebracht war. Als ich eben aus seinem Haus stürmte, war mir die Kälte gar nicht aufgefallen. Jetzt aber schon.

Ich verschränkte die Arme und rieb sie, um mich etwas aufzuwärmen. Dann sprang ich vor Schreck schreiend hoch, weil etwas auf meiner Schulter landete.

Ich wirbelte herum, nahm eine Karateposition ein, machte mich gleichzeitig fluchtbereit – und schnappte verblüfft nach Luft, als ich erkannte, dass *er* es war.

Er hob die Lederjacke auf, die zu Boden gefallen war, als ich mich so hastig umdrehte, schüttelte sie aus und hielt sie mir hin.

Sein selbst in der Dunkelheit noch viel zu schönes Gesicht war ernst. Sein Blick wirkte gleichgültig, desinteressiert.

Warum zog sich mein Magen plötzlich so schmerzhaft zusammen?

Das war nicht die Reaktion, die ich von ihm erwartet hätte, wenn wir uns nach … nach dem, was in seinem Wohnzimmer zwischen uns passiert war, wiedersehen würden. Andererseits hatte er von mir nicht das bekommen, was er wollte, nicht wahr?

Aber warum war er dann hier und hielt mir seine Jacke hin?

Es war alles so verwirrend. Und frustrierend.

Gab es nicht irgendwo ein Schulungszentrum, wo ich mich einschreiben konnte, um mehr über diese Dinge zu lernen?

Er sah mich zwar an, doch ich hatte keine Ahnung, was er dachte. Seine Schutzschilde waren wieder perfekt positioniert. Schutzschilde, mit denen er sich die Leute vom Leib hielt, damit sie ihm nicht zu nahekamen. Das war mir schon vorher aufgefallen, aber ich selbst hatte die volle Wirkung dieser Abwehrmaßnahme nie zu spüren bekommen. Bis jetzt.

Es machte mich … traurig.

»Du frierst«, stellte er fest, ohne eine Spur jener Zärtlichkeit, die zuvor dagewesen war. »Warum ziehst du nicht die hier an?«

So, wie er das sagte, war es keine Frage. Sondern ein *Befehl.* Mit einer Arroganz ausgesprochen, die mich sofort auf die Palme brachte.

»Du bist nicht mein Boss.«

Ich klang wie ein mürrisches fünfjähriges Kind, doch das war mir vollkommen egal.

Er musterte mich einen Moment, ehe er erwiderte: »Ich habe deinem Bruder gesagt, dass ich dich nach Hause bringe.«

Darauf fiel mir keine Erwiderung ein. Seine Worte, obwohl ganz sachlich vorgetragen, klangen süß für mich. Freundlich und umsichtig.

Der Typ war ein wandelnder Widerspruch. Wie zur Hölle sollte ich da noch durchsteigen?

Sei stark, Mädchen. Gib nicht nach. Gib bloß nicht nach. Echt nicht.

Mein Haus lag etwa zwanzig Minuten Fußweg von seinem entfernt. Ich wandte mich zum Gehen. Ich brauchte dringend Distanz von ihm. Er musste jetzt weit, weit weg von mir bleiben.

Er verwirrte mich, deshalb musste ich mich nach Kräften gegen seine Anziehungskraft wehren. Und ich würde mein Bestes geben. So nah an der Verwirklichung meiner Pläne gab es einfach keinen Platz für Ablenkung. Wenn ich meiner Familie ein anderes, angenehmeres Leben erkaufen, sie aus den gierigen Klauen meines Onkels befreien wollte, durfte ich mir keine Schwäche erlauben. Ich musste stets fokussiert bleiben.

Mehr als Fantasien konnte ich mir momentan nicht gestatten. Ganz schön erbärmlich, oder?

Ich verlangsamte meine Schritte, als sich etwas Warmes um meine Schultern legte. Es roch nach Leder und Mann.

»Lass das«, warnte er, als ich seine Jacke abstreifen wollte. »Ich werde sie dir doch nur wieder umhängen.«

»Wenn du in dem Ton mit mir redest, mache ich ganz bestimmt nicht, was du willst.«

Ich schüttelte die Jacke ab und warf sie ihm zu. Ich hatte keine Ahnung, warum ich auf einmal wieder so wütend wurde. Aber ich war definitiv stinksauer. Meine Haut fühlte sich erhitzt an, mein Atem ging schneller, und am liebsten hätte ich auf etwas eingeschlagen.

»Du kannst dir deine Jacke sonst wo hinstecken, Baby, und dich dahin verpissen, woher du gekommen bist. Ich bin mein ganzes Leben lang ganz gut ohne dich zurechtgekommen«, beschied ich ihn, doch leider brach meine Stimme dabei.

Dass er dieses Zittern, diesen Schwachpunkt in meiner Rüstung, zwangsläufig bemerken würde, machte mich noch zorniger.

»Ich brauche dich nicht, um nach Hause zu finden, und daran wird sich auch so bald nichts ändern«, fuhr ich fort. »Denn weißt du was? Ich kann sehr gut auf mich selbst aufpassen. Das mache ich nämlich schon seit meiner Kindheit, und ich brauche weder dich noch irgendwen sonst, der mir sagt, was ich tun und lassen soll!«

Es war ein bisschen unfair, meinen ganzen Frust an ihm auszulassen. Das war mir durchaus klar, und ich wusste auch, dass ich mir deswegen später Vorwürfe machen würde. Aber er repräsentierte nun mal etwas, das zu begehren ich mir momentan nicht erlauben konnte.

Er war eine atemberaubende Fantasie, noch dazu direkt vor meiner Nase. Das Leben war grausam. Denn ich war realistisch genug, um zu kapieren, dass er niemals mehr sein konnte. Dieser Typ war nicht für jemanden wie mich bestimmt.

Schon bald würde er wieder fort sein, als wären wir uns nie begegnet. Das Traurige war, dass ich dann mit all den Erinnerungen zurückbleiben würde.

Die Leute ließen mich stets mit meinen Erinnerungen zurück. Als wäre ich eine Kiste, in die sie den Mist hineinwerfen konnten, den sie nicht mehr wollten.

Nur Erinnerungen. Immer nur Erinnerungen.

Was sollte ich damit anfangen? Die brachten kein Essen auf den Tisch oder bezahlten die Strom- oder sonstigen Rechnungen, die sich im Briefkasten stapelten.

Und wenn ich das alles einfach mal vergessen und mich in den Küssen eines Mannes verlieren wollte, der sexy wie die Sünde war, und zur Abwechslung einmal selbst zur Erinnerung werden, dann hatte ich weiß Gott jedes Recht dazu.

Als ich merkte, wie mir die Tränen in die Augen stiegen, warf ich frustriert die Hände hoch und marschierte los. Ich spürte, dass er mir folgte.

Was wollte er? Reichte es denn nicht, total auszuflippen, um ihn zu vertreiben? Was stimmte nicht mit diesem Kerl?

Ich ging schneller, in der Hoffnung, dass er aufgeben würde, aber es war ein langer Tag gewesen, und das machte sich allmählich bemerkbar.

Der Wind blies laut, kalt und heftig durch die Straßen. Ich sog scharf die Luft ein und versuchte, die Hände an meine Seiten gepresst zu halten, damit Cameron nicht mitkriegte, dass ich mir gerade alles abfror.

Ich hörte ihn hinter mir laut seufzen, dann beschleunigte er ebenfalls seine Schritte, bis er direkt vor mir ging.

Plagte den Typen vielleicht Todessehnsucht?

Wieder peitschte uns eine eisige Böe entgegen, doch diesmal kriegte nicht ich die volle Wucht ab, sondern er.

Er ging vor mir, um mich vor dem Wind zu schützen.

Ein warmes Gefühl breitete sich in meiner Brust aus.

Natürlich war das lediglich eine Reaktion auf seine fürsorgliche Geste. Das war alles. Mehr steckte nicht dahinter.

Ich schaute auf seine breiten Schultern, auf das faszinierende Spiel seiner Rückenmuskeln unter seinem Shirt und die dunklen gewellten Haare, die mit seinem Kragen flirteten.

Die Lederjacke hatte er sich über die linke Schulter geworfen.

Er schwieg die ganze Zeit und drehte sich auch nicht zu mir um. Ich wartete darauf, dass er mit mir sprach, die Geduld verlor oder einfach verkündete: »Ach, leck mich, mir reicht's.« Aber nichts dergleichen geschah.

Schließlich erreichten wir den Eingang der Werkstatt.

Die Stille zwischen uns war greifbar und unbehaglich. Er blieb neben dem Lastzug stehen, der den unbefestigten Weg zu meinem Haus blockierte.

Als ich an ihm vorbeiging, spürte ich, wie sein kraftvoller Körper sich anspannte und dass er mir nachblickte. Doch genau wie zuvor er, ging ich einfach weiter, ohne mich umzudrehen.

Als ich vor der Haustür stand, sprang das Verandalicht an. Der Wind heulte. Zu gern hätte ich mich umgedreht, um zu sehen, ob er immer noch dort stand.

Vergiss ihn und konzentriere dich auf dein Ziel, Mädchen.

Ich holte den Schlüssel unter dem Blumentopf hervor, schloss auf und trat ins Haus. Dann zog ich die Tür vorsichtig hinter mir zu, um meinen Vater nicht aufzuwecken.

Alles war still. Die einzigen Geräusche, die ich hörte, waren Dads leises Schnarchen und das Surren des Elektroheizlüfters.

Ich sollte ins Bett gehen, aber stattdessen legte ich unentschlossen die Stirn an die Tür. Etwas in mir drängte mich dazu, irgendwas zu tun. Nur wusste ich nicht genau was.

Verdammt.

Ich holte tief Luft und machte die Tür wieder auf. Er war schon fast am Eingang der Werkstatt angelangt, musste mich aber gehört haben, denn er blieb stehen. Und drehte sich langsam um. Schaute mich einen Moment lang an.

Ich konnte seine Augen nicht sehen. Ich wünschte, ich wüsste, was er dachte und fühlte. Ich wünschte mir, dieser Tag hätte nie stattgefunden.

Und ich wünschte mir, dass er ihn niemals vergessen würde.

Denn mir war absolut klar, dass es mir nie gelingen würde, ihn zu vergessen, so sehr ich es auch wollte.

Gerade als ich ihn rufen wollte, kehrte er mir wieder den Rücken zu und ging davon.

13. Kapitel

Kara

Am nächsten Tag fühlte ich mich, als hätte ich einen Kater.

Die Vögel vor meinem Schlafzimmerfenster wetteiferten darum, wer zuerst seinen Kehlkopf ruinieren würde, wobei es sie – kaum überraschend – herzlich wenig interessierte, ob sie mich dadurch aus einem Traum rissen, an den ich mich jetzt nicht mehr erinnern konnte.

Kurz zog ich in Erwägung, ein Kissen hinauszuwerfen, damit sie Ruhe gaben und ich weiterschlafen konnte. Doch das Klopfen an der Tür machte diesen Plan zunichte.

»Kar?« Es war Dylan. »Dad meint, es ist Zeit für die Kirche. Da du noch nicht aufgestanden bist, gehe ich als Erster ins Bad.«

Ich hörte die Worte, aber sie sickerten nicht in meinen Verstand ein. Jeder in diesem Haushalt wusste, dass mein Hirn so lange im Schlafmodus blieb, bis ich meinen Kaffee gehabt hatte.

Ich stand auf und stöhnte wegen des leichten Schwindelgefühls, das ich spürte. Was war bloß los? Ich hatte gestern Abend nicht einmal Alkohol getrunken, trotzdem tat mir der Kopf weh, außerdem fühlte meine Zunge sich eklig und pelzig an.

Mit geschlossenen Augen schnappte ich mir mein Duschhandtuch, ging zur Tür und kreischte, als ich auf eine leere Bierdose trat. *Wow, sieh an.* Anscheinend hatte ich gestern Abend doch etwas getrunken.

Komisch, wie man manche Dinge einfach vergisst, dachte ich auf dem Weg in die Küche. Wie zum Beispiel den gestrigen Abend. Ich erinnerte mich fast nicht mehr daran, was da passiert war.

Fast.

Ich schenkte mir Kaffee ein. Beim ersten Schluck fühlte ich mich wie frisch aus der Einzelhaft entlassen. Nach dem halben Becher hatte ich meine Gefängnisklamotten abgelegt. Nachdem ich den ganzen Becher geleert hatte, lagen die Gefängnismauern hinter mir. Perfekt. Hirn aktiviert. Ich schenkte mir einen zweiten Becher ein.

»Guten Morgen, Schätzchen.«

Mein Vater stand am Herd und bereitete etwas zu, das nach Rühreiern duftete. Er und Dylan wechselten sich mit dem Kochen ab, da ich immer alles anbrennen ließ.

»Guten Morgen, Dad. Ich gehe duschen.«

»Dylan war diesmal schneller.«

»Oje.« Ich seufzte, denn ich würde ein dampfendes, nasses Bad vorfinden. Dylan schien nie zu kapieren, dass man in der Wanne und bei geschlossenem Duschvorhang duschte, nicht auf dem Badezimmerfußboden.

»Möchtest du Toast oder Cornflakes?«, erkundigte sich Dad. Er sah süß aus in der Schürze, die ich ihm zu Weihnachten geschenkt hatte, mit dem aufgedruckten Foto eines Bodybuilders, der splitternackt war, abgesehen von der glitzernden Christbaumkugel vor dem Schniedel.

»Cornflakes, bitte.« Ich setzte mich an die Kücheninsel und trank noch mehr Kaffee.

»Ich habe dich letzte Nacht gar nicht nach Hause kommen gehört«, bemerkte er, während er Cornflakes in eine Schale schüttete, Milch dazu goss und die Schale vor mich hinstellte.

Ich aß einen Löffel voll, ehe ich antwortete. »Ich war erst spät wieder da. Du hast schon geschlafen.«

»Wie war es denn?«

Ich aß einen weiteren Bissen und kaute langsam. »Gut«, erwiderte ich vorsichtig. »Ich musste noch mit wem reden.«

»Tala?«

»Nein.«

»Du meinst, du hast noch andere Freunde außer Tala?«, neckte er.

Ich verdrehte die Augen und widmete mich wieder meinen Cornflakes. Ich wusste, dass er mich beobachtete und darauf wartete, dass ich mehr erzählte. Aber das konnte ich nicht. Noch nicht. Vielleicht nie.

»Sag es mir, wenn du bereit dazu bist, Kara Koala.«

Ich nickte und beendete mein Frühstück, während er sich dem Geschirr widmete.

Ich habe sehr wohl andere Freunde, dachte ich, als ich unter die Dusche stieg. Nur gehörte ich zu jenen Menschen, die sich die Leute, mit denen sie Zeit verbrachten, sehr sorgfältig aussuchten. Schon aus Notwehr: Sobald ich jemanden näher an mich heranließ, hing ich sehr schnell an ihm.

Mir waren tiefe, starke und dauerhafte Beziehungen wichtig. Beziehungen, die über bloßes miteinander Abhängen hinausgingen. Ich hatte kaum Freizeit, daher musste ich mir schon gründlich überlegen, wie ich die investierte. Doch sobald ich mich auf eine Beziehung einließ, sorgte ich dafür, dass ich Zeit fand, um sie zu pflegen. Daher gab es nur ganz wenige wichtige Menschen in meinem Leben.

Und das war einer der vielen Gründe, weshalb ich *ihn* nicht an mich heranlassen durfte. Ich nahm mir ein Handtuch, trocknete mich ab und cremte mich ein. Dann ging ich in mein Zimmer und föhnte mir die Haare. Sobald sein Motorrad repariert war, würde er aus meinem Leben verschwinden. Ich sollte also wirklich aufhören, an ihn zu denken.

Ich kann nicht aufhören, an dich zu denken …

Das hatte er letzte Nacht zu mir gesagt. Meinte er das ernst?

Beim Blick in den Spiegel stellte ich fest, dass mein Gesicht gerötet war.

Konnte es sein, dass er mich wirklich … mochte? Oder gehörte er zu der Sorte Mann, die alles Mögliche erzählte, um eine Frau flachzulegen?

Bei diesem Gedanken verspürte ich wieder das bereits vertraute flaue Gefühl im Bauch. Er schien eigentlich nicht der Typ dafür zu sein, aber … woher sollte ich wissen, was echt an ihm war und was nicht?

Schließlich hatte ich ihn doch praktisch gerade erst kennengelernt.

Hat dich nicht davon abgehalten, ihn zu küssen, oder?

Nein, räumte ich ein, hat es nicht. Ich berührte meinen Mund, rieb darüber. Die Erinnerung an seine Zunge, die meine Lippen kostete, war so stark, dass ich die Berührung förmlich fühlte.

Plötzlich bekam ich weiche Knie und musste mich auf den Fußboden setzen.

Das war also ein Zungenkuss.

Ich hatte darüber gelesen und mich immer gefragt, wie sich sowas anfühlte. Ich hatte es mir ausgemalt, darüber fantasiert und davon geträumt, eines Tages den Jungen zu küssen, in den ich mich verlieben würde. Aber nichts davon hatte mich auf die Realität vorbereitet.

Der Mann war … purer Sex.

Zuerst war ich nervös gewesen. Das Herz hatte mir bis zum Hals geklopft. Ich war genauso überrascht wie er, als ich den ersten Schritt machte, um … ihn zu berühren. Aber die Art, wie er mich mit seinen durchdringenden blauen Augen ansah, war einfach unwiderstehlich. Er gab mir das Gefühl, wahnsinnig begehrt zu werden.

Als habe er sich nach mir *verzehrt*.

Bei ihm war keine Spur von Zögern zu spüren gewesen, nur vollkommene Selbstsicherheit. Er wusste, was er wollte und wie er es bekam, und das würde er mir zeigen. Was er dann ja auch tat.

Wie begierig seine Lippen sich meiner bemächtigt hatten, wie aufreizend seine Zunge in meinem Mund spielte, wie erregend seine Finger mich streichelten und drückten. Und wie er *stöhnte*.

Er … genoss es. Oder erweckte zumindest diesen Eindruck.

Daher bereute ich in diesem Moment gar nichts, schämte mich nicht für das, was ich da machte, denn er ließ mich ja unmissverständlich spüren, wie sehr er es ebenfalls wollte. Dabei gab er mir das Gefühl, ganz und gar bei mir zu sein – als sei ich das einzige Mädchen auf der Welt für ihn. Mein Verlangen, ihn zu berühren, war unwiderstehlich. Ich hätte mich nicht zurückhalten können, selbst, wenn ich es gewollt hätte.

Bis zu dem Augenblick, in dem er versuchte, den Reißverschluss deiner Hose aufzumachen.

War das wirklich alles, was er von mir wollte?

Was könnte er denn wohl sonst noch von dir wollen?

Ich hatte Angst, dass er tatsächlich mehr von mir wollte. Und ich hatte Angst, dass er in Wahrheit *nicht* mehr von mir wollte.

Etwas hielt mich davon ab, auch nur daran zu denken, dass mehr dahinterstecken könnte. Ich durfte meinem Herzen nicht gestatten, daran zu glauben, dass mehr im Spiel war.

Auf keinen Fall.

Denn … was käme dann wohl als Nächstes? Ich würde etwas aufgeben müssen, etwas Wertvolles gegen das Neue eintauschen. Das war immer so.

Und ich war nicht bereit, mein Leben zu ändern. Ich war nicht bereit, irgendetwas aufzugeben, um mein Leben zu ändern.

Aber ich hatte große Angst davor, dass dieser Mann mich dazu bringen könnte, genau das zu wollen.

Ich spürte eine schwere Last auf meiner Seele … nicht etwa Enttäuschung, wie mir klar wurde. Sondern … Traurigkeit. Und Resignation.

Normalerweise gefiel mir der Sonntagsgottesdienst, und ich schenkte ihm auch größere Aufmerksamkeit. Aber in der zurückliegenden Woche war ausreichend Schlaf so schwer zu finden gewesen wie Nemo.

Nicht, dass ich mich beklagen wollte. Ich hatte diesen Weg freiwillig eingeschlagen, und obwohl Körper und Geist schrien, ich möge um Himmels willen einen Gang zurückschalten, wäre es eine Sünde, jetzt aufzuhören. Ich war so nah dran.

Als die erste Predigt vorüber war, fielen mir dauernd die Augen zu. Dylan, der neben mir saß, stieß mich mit dem Ellbogen an oder zupfte mich an den Härchen auf meinen Armen, um mich wachzuhalten. Aber nichts funktionierte. Die Kirchenlieder klangen alle nur noch wie Schlaflieder für mich.

»Kar!«

Ich schrak hoch und klebte Dylan prompt eine, weil er mich aufgeweckt hatte. Als ich begriff, wo ich war, bemerkte ich, dass die

Leute sich um mich herum in Bewegung gesetzt hatten. War die Messe schon vorbei?

»Es ist Zeit fürs Abendmahl«, flüsterte Dylan und versuchte, sich das Lachen zu verkneifen, während er sich die Wange rieb.

Mein Vater saß vor uns, und wie jeder Dad, der seine ungezogene Brut zur Ordnung ruft, drehte er sich um und warf uns einen mahnenden Blick zu. Ich zwinkerte zurück, und er seufzte.

Dad war ein hingebungsvoller Katholik. Ob Sonne oder Regen, er schleppte uns jeden Sonntag zur Kirche. Als Kinder hatten wir zu viel Energie, um lange stillzusitzen, und flitzten wie aufgescheucht durch die Kirche. Bis er schließlich auf die glorreiche Idee kam, uns mit McDonald's zu bestechen, damit wir uns benahmen.

Die Leute aus den vorderen Kirchenbänken bildeten vorn einen Kreis, um die Hostie zu empfangen. Ich schätzte, dass ich noch mal für dreißig Sekunden die Lider schließen konnte, ehe wir an der Reihe waren. Doch kurz bevor es dazu kam, erstarrte ich.

Da war ein großer Typ, vier Reihen links vor uns. Sein Haar war schwarz und gewellt, seine Schultern waren breit, und sein Rücken kam mir sehr, sehr vertraut vor.

Plötzlich war ich hellwach, und mein Herz fing an zu pochen. Jetzt war seine Reihe dran, sich für das Abendmahl in Position zu bringen. Ich ließ den Mann nicht aus den Augen, doch als er sich umdrehte, stellte sich heraus, dass er doch nicht derjenige war, für den ich ihn gehalten hatte.

Der Typ ertappte mich dabei, wie ich ihn anstarrte, und erwiderte neugierig meinen Blick. Ich schaute weg und seufzte erleichtert auf, denn ich wusste nicht, ob ich heute mit dem machtvollen Charisma meines Erpressers klarkommen würde.

»Gehen wir, Kar. Ich muss eine ganze Menge Sünden abbüßen«, murmelte Dylan.

Wir stellten uns in die Schlange, und der Chor sang »Hosea«, mein Lieblingskirchenlied. Genau in dem Moment vibrierte mein Handy.

Mein Herz machte einen Sprung. War er es? Ich fragte mich, ob Gott mir verzeihen würde, wenn ich mal schnell auf mein Telefon schaute.

Was tue ich da bloß? Was passiert gerade mit mir?

Inzwischen kam es mir vor, als verginge keine Stunde, in der ich nicht an ihn dachte. Das musste aufhören. Sofort! Ich nahm mein Handy, gab es Dylan und bat ihn, es auszuschalten.

»Du hast einen verpassten Anruf.«

»Mach es einfach aus, verdammt noch mal.«

Er musterte mich skeptisch, verkniff sich aber jeden Kommentar. Wenigstens bin ich jetzt wach, dachte ich, als Dylan, Dad und ich uns nach dem Ende der Messe dem Ausgang näherten. Mein Vater wurde von einigen Leuten aufgehalten, die ihn zu Geburtstagen einluden oder ihn um Rat wegen ihres Wagens fragten. Dylan und ich hielten uns im Hintergrund und warteten auf ihn. Ich hätte besser mit meinem Wagen herfahren sollen, aber die Schicht im Coffeeshop fing heute erst nachmittags an.

»Kara!«

»Tita Didi, wie geht es dir?«

Jeder nannte sie in der Kirche Tita Didi. Als ehrenamtliche Helferin organisierte sie hauptsächlich Veranstaltungen und war treue Kundin unserer Werkstatt.

»Mir geht es gut! Oh, dein Make-up ist hübsch. Du musst meinen Neffen kennenlernen. Er ist sehr attraktiv und auch noch Single. Er ist Ingenieur. Gut, nicht wahr? Ich werde ein Date für euch zwei arrangieren. Willst du?«

Außerdem war sie ganz wild darauf, ständig Blind Dates mit ihren Neffen oder Cousins oder Kollegen für mich zu arrangieren. Sie hielt das Single-Dasein für eine Krankheit und sah ihre Lebensaufgabe darin, die Welt davon zu heilen. Ich mochte sie sehr.

»Nein, Tita. Ich versuche immer noch, über meinen toten Freund hinwegzukommen. Erinnerst du dich?« Ich sagte das mit völlig ausdrucksloser Miene.

Ich lüge in der Kirche. Gott würde das verstehen, oder?

Ständig wollte sie mir einen Freund andrehen, deshalb musste ich mir etwas Kreatives einfallen lassen, um sie zu entmutigen.

»Mir geht's bestens, ehrlich. Ich muss zur Arbeit. Wir sehen uns nächste Woche!« Ich winkte und bewegte meinen Hintern schnellstmöglich dort weg. Ich würde im Wagen auf Dad und Dylan warten.

Erst während meiner Pause im Coffeeshop kam ich dazu, auf mein Handy zu schauen. Meine Vorgesetzte im Pflegeheim hatte angerufen. Mist. Ich rief sie zurück und war froh zu hören, dass die Schicht noch zu haben war.

Es ging um eine vierstündige konstante Pflege. Die Patientin benötigte Einzelversorgung, da sie geistig verwirrt war und ständig zu stürzen drohte. Meine Schichtleiterin versicherte mir jedoch, dass es sich um eine anspruchslose Patientin handelte.

Eine innere Stimme riet mir, stattdessen lieber nach Hause zu gehen. Andererseits hätte ich ein schlechtes Gewissen gehabt, eine so einfache Schicht abzulehnen.

Frauen haben eine gute Intuition, ich hätte auf meine hören sollen.

Wie sich herausstellte, war die Patientin sehr fahrig. Und weil ich die ganze Woche über schon zu viel Kaffee getrunken hatte, um mich wachzuhalten, fingen mein Hirn und mein Körper an, schlapp zu machen. Ich wechselte der Frau gerade die Windel, als sie plötzlich sehr unruhig wurde. Sie versuchte, mich daran zu hindern, die Windel an ihrer Hüfte mit dem Klebstreifen zu verschließen. Ich hätte die Warnzeichen eigentlich erkennen müssen.

»Es ist der letzte, Mrs. Gonzales. Das verspreche ich.«

Und weil ich nicht ganz bei der Sache war, sah ich auch die Faust erst kommen, als es zu spät war.

Nachdem ich meiner Schichtleiterin den erbetenen Bericht gegeben hatte, empfahl sie mir, in die Notaufnahme zu fahren, um die Prellung untersuchen zu lassen. Ich suchte meine Sachen zusammen und fuhr auf Autopilot nach Hause.

Heiße Tränen brannten in meinen Augen, aber ich hielt sie zurück. Tränen nützten mir jetzt auch nichts. Allerdings spürte ich, wie meine Emotionen in mir brodelten. Ich wusste, dass ich kurz vor dem Zusammenbruch stand. Wie lange würde ich das alles wohl durchhalten? Ich hatte ohnehin keine Ahnung, was mich momentan noch aufrecht hielt.

Stahl, Baby. Du bist aus Stahl.

Nur fühlte ich mich gar nicht so, als ich komplett erledigt ins Bett kroch und einschlief.

Mitten in der Nacht wachte ich mit einem Mordshunger auf. Ich tastete nach meinem Handy, um auf die Uhr zu schauen, und entdeckte eine Textnachricht von einer unbekannten Nummer. Sofort schlug mein Herz schneller.

Ich setzte mich auf und tippte meinen Code ein. Überflog meine Nachrichten. Meine Lippen öffneten sich, um einen sanften Luftstoß zu entlassen, als ich las:

Acht Uhr morgen früh. Bei mir.

14. Kapitel

Kara

Der Himmel war so grau und dunkel, wie mein Tag zu werden versprach. Ich stieg in meinen Wagen und streifte die regennasse Kapuze ab. Spät in der Nacht hatte es sintflutartige Schauer gegeben, und die Wettervorhersage kündigte an, dass es den ganzen Tag weiter schütten würde. Der perfekte Tag für einen Mord, oder?

Der Regen würde die meisten Spuren wegspülen.

Ich warf meinen Rucksack auf den Beifahrersitz und steckte meinen Becher in die Halterung. Der Matsch an meinen Stiefeln verdreckte die Kunststoffmatte im Fußraum.

Die Knöpfe meiner alten Stereoanlage waren abgenutzt, die Farben verblasst. Auf dem Beifahrersitz prangte ein Kaffeefleck von der Größe Texas', und im Innern roch es nicht gerade so, als würde ich das Auto einmal pro Woche putzen. Eher einmal im Monat … oder einmal im Jahr. Wenn überhaupt.

Ich hätte wohl besser Ja sagen sollen, als Ekon mir neulich anbot, meinen Wagen mal gründlich zu reinigen. Ich startete den Motor, schaltete Scheibenwischer und Heizung ein und lehnte mich zurück.

In ein paar Minuten würde er hier sein. In meinem Wagen. Mit mir.

Mist.

Mein Herz schlug ein paar Purzelbäume, und ich holte mehrmals tief Luft, um mich zu beruhigen.

Alles in Ordnung, alles in Ordnung, dachte ich. *Wenn es ihm hier nicht gefällt, kann er mich an meinem scharfen flachen Arsch lecken.*

Den er gerade erst hingebungsvoll massiert hat.

»Du kannst mich mal, Unterbewusstsein. Echt.«

Alles, was mit dem zu tun hatte, was an *jenem* Abend geschah, war tabu.

Ich verdrängte alle Gedanken daran und verstellte den Rückspiegel, um mein Make-up zu überprüfen. Es war mir ganz gut gelungen, den Bluterguss unter meinem Auge zu kaschieren. Ich konnte ihn jedenfalls nicht mehr erkennen. Die schicke riesige Sonnenbrille half natürlich.

»Deine Augenbrauen sind klasse.« Ich zwinkerte mir selbst zu und drehte den Rückspiegel dann wieder in die korrekte Position. »Du siehst toll aus, absolut perfekt. Du bist bereit, also los.«

7:48 Uhr.

Die Fahrt zu ihm dauerte nur fünf Minuten. Warum brach ich so früh auf?

Könnte es sein, dass du aufgeregt bist?

»Natürlich nicht.« Ich verdrehte die Augen. »Nun mach mal halblang.«

Ich wollte einfach nicht zu spät kommen. Ich wollte ihm zeigen, dass ich verantwortungsbewusst genug war, um meinen Teil der Abmachung einzuhalten.

Die Heizung verstärkt Gerüche oft, überlegte ich und trat aufs Gaspedal. Vielleicht würde es mit ein bisschen Spray ja besser werden.

Den Blick auf die Straße gerichtet, zog ich mit der rechten Hand den Reißverschluss meines Rucksacks auf und wühlte darin nach Parfüm, fand es und versprühte ein wenig im Innenraum des Wagens. Fünf Sekunden später kriegte ich einen Hustenanfall.

»Oh Gott!«

Ich kurbelte mein Fenster herunter – es gab keinen automatischen Fensterheber – und atmete die frische Luft ein. Die Augen nach wie vor auf die Straße gerichtet, lehnte ich mich rasch nach rechts, um auch das Fenster auf der Beifahrerseite herunterzukurbeln. Dabei rastete der Sicherheitsgurt mit einem scharfen Laut ein und erwürgte mich fast.

Genervt fuhr ich rechts ran, trat auf die Bremse, schnallte mich ab und schaffte es endlich, das zweite Fenster zu öffnen.

Der Übeltäter lag unschuldig auf der Matte im Fußraum der Beifahrerseite.

Der Flakon hatte die gleiche kantige Form wie mein Parfum. Und er gehörte Dylan.

Was zum Kuckuck machte das Teil in meinem Rucksack?

8:03 Uhr.

Ich seufzte resigniert und legte die Stirn aufs Lenkrad.

Ich kam zu spät.

Er wartete bereits auf mich.

Unter dem Vordach, wo er vorm Regen geschützt war, lehnte er an der Wand. Breite Schultern, lange Beine, an den Knöcheln übereinandergeschlagen, Hände in den Taschen. Er sah düster und grüblerisch aus. Und unfassbar gut.

Er trug eine schwarze Jogginghose und einen dunkelblauen Pullover, dessen Ärmel bis zu den Ellbogen aufgekrempelt waren und die ausgeprägten Muskeln seiner Unterarme entblößten. Von seiner Schulter hing lässig ein Rucksack.

Ein Windstoß blies in seine dunklen gewellten Haare, wehte sie ihm über die Augen, sodass ich deren Blau nicht mehr sehen konnte. Als ich in seine Auffahrt rollte, hob er den Kopf, ein stolzer Löwe, der Beute witterte.

Ich umklammerte das Lenkrad mit beiden Händen und konnte fühlen, wie meine Halsschlagader pulsierte. Langsam und zielsicher fanden seine Augen mich im Regen.

Ich erschauerte.

Was natürlich nur an den beiden heruntergelassenen Fenstern lag, durch die der kalte Wind hereinfegte, den ich bis auf die Knochen spürte.

Er sah mich unverwandt an, während er auf den Wagen zukam, mit selbstbewussten, ausladenden Schritte, die binnen weniger Sekunden die Distanz überwanden.

Ich schaute starr geradeaus, verbot es mir, den Kopf zu wenden, um ihn anzusehen. Die Beifahrertür wurde geöffnet. Mein Herz schlug schneller. Er nahm meinen Rucksack und warf ihn zusammen mit seinem behutsam auf den Rücksitz.

Schmetterlinge flatterten in meinem Bauch, als er seine große Gestalt in mein kleines Auto zwängte, und als er die Tür zuknallte, zuckte ich leicht zusammen.

Wir waren nun zusammen eingesperrt. Und die Atmosphäre veränderte sich völlig.

Aus dem Augenwinkel sah ich, wie er sein Fenster hochkurbelte und anschließend den Sitz zurückschob, damit seine langen Beine Platz hatten. Ich hörte sein leises Stöhnen, als der Sitz abrupt stoppte und sein Körper leicht zurückgeworfen wurde, ehe er sich wieder richtig hinsetzte.

Seine breiten Schultern berührten fast meine. Ich hätte mich ein Stück weiter nach links bewegt, wenn es mir möglich gewesen wäre, doch ich war wie gelähmt.

Wow, er war vielleicht groß. Es war unmöglich, seine Gegenwart zu ignorieren oder auch nur so zu tun.

Ich umklammerte das Lenkrad noch fester und spürte, wie er mich beobachtete.

»Darf ich?«, fragte er leise, beinahe flüsternd.

Ich hatte keine Ahnung, was er meinte, nickte aber trotzdem und schnappte erschrocken nach Luft, als er sich zu mir herüberbeugte und meinen Arm streifte, während er die Scheibe auf meiner Seite hochkurbelte.

»Du fröstelst«, erklärte er mit leicht frustriertem Unterton und drehte die Heizung voll auf.

Dann zog er seinen Pullover aus. Dabei schob sich das schwarze T-Shirt, das er darunter trug, ein paar Zentimeter nach oben, und seine harten Bauchmuskeln kamen zum Vorschein.

»Hier«, sagte er und hielt mir den Pullover hin.

Um ihn mir dann, ohne jede Vorwarnung, über den Kopf zu ziehen.

Ich stutzte, die Haare fielen mir ins Gesicht, meine Brille beschlug.

Ich sah, wie er schluckte. »Darf ich dich berühren?«, erkundigte er sich mit rauer Stimme.

Da war es wieder, dieses Verlangen, das ich neulich abends so deutlich gespürt hatte. Und er offenbarte mir seine Absichten freimütig, ohne Zögern, ohne die geringste Scham. Er wollte, dass ich ganz genau wusste, was er wollte.

Nämlich mich.

Ohne jede Rechtfertigung.

Ich nickte.

Er strich mir die Haare aus dem Gesicht, mit sanft gleitenden Fingern, und steckte die Strähnen hinter meinen Ohren fest. Die warme Berührung ließ mich erzittern.

»Rechter Arm«, sagte er.

Ich schob den rechten Arm in den Ärmel.

»Linker.«

Ich ertrank förmlich in seinem Sweatshirt, das mir mindestens fünf Nummern zu groß war. Dafür wärmte es und duftete so frisch und blau, als hätte man darin eine wundervolle Meeresbrise eingefangen. Ich wollte das Gefühl mit allen Sinnen genießen. Es war vollkommen.

»Wird dir schon warm?«, fragte er.

»Ja.«

Wir sahen uns einen Moment lang an. Die Luft knisterte praktisch vor Spannung. Sein Blick war so intensiv, dass ich darin für lange, lange Zeit versinken könnte.

Dann rückte er wieder von mir ab.

»Falls du versuchst, aus unserer Abmachung herauszukommen, indem du dafür sorgst, dass ich erfriere, musst du dir schon etwas Kreativeres einfallen lassen.« Er sprach leise, aber die Herausforderung war nicht zu überhören. »Das hier …« Er deutete auf das Fenster. »… ist kindisch. Du wirst nur selbst krank davon.«

Wie bitte?

»Jedenfalls kommst du aus unserer Abmachung nicht heraus«, fuhr er fort. Seine Miene war entschlossen, seine Augen funkelten mutwillig.

Ich war dermaßen schockiert von seinen Worten, dass mir die Kinnlade runterklappte. Er glaubte ernsthaft, ich hätte mein Auto dermaßen auskühlen lassen, um unseren Deal zu sabotieren?

»Es sei denn, dein Wort bedeutet dir nichts«, bemerkte er abschließend.

Damit meinte er meine Prinzipien, meine Moral.

Woher kam dieser Typ eigentlich? Warum fiel es ihm so leicht, genau die richtigen Worte zu finden, um mir genau die richtige Antwort zu entlocken, die er von mir hören wollte? Mit dem Ziel, meine Schwachpunkte zu finden und sie schamlos auszunutzen, mich aus der Reserve zu locken, um zu bekommen, was er wollte …

Und wieso spielte ich mit? Ich musste seine eigenen Schwachpunkte finden und gegen ihn verwenden, um Chancengleichheit herzustellen. Oder ganz einfach den Spieß umdrehen.

Ich werde seine Schwächen finden, und wenn es das Letzte ist, was ich tue.

Meine Nasenflügel bebten. »Hör zu, *Kumpel* …«

»Neulich Abend hast du mich noch *Baby* genannt«, unterbrach er mich.

»… wenn du glaubst … Was?«

»Ich sagte, du nanntest mich …«

»Sei still.«

»… neulich Abend *Baby.*«

Mein Gesicht glühte.

Gerade als ich glaubte, wieder festen Boden unter den Füßen zu haben, zog er den Teppich weg.

Er hatte tatsächlich die Kiste mit den dunklen Geheimnissen aus jener Nacht geöffnet. Dabei wäre es doch erst nach Ablauf einer gewissen Frist gesellschaftlich akzeptabel, über besagte Geheimnisse zu sprechen, jedenfalls dann, wenn es nach dieser dämlichen Regel ging, die irgendwer sich ausgedacht hatte und der zu folgen ich mehr als bereit war, wenn mir dadurch die Situation hier erspart blieb.

Aber dazu war es nun zu spät.

Ich hatte es mit einem Spieler zu tun, der jede Regel brach.

»Ich habe dich neulich *Baby* genannt und es als *Beleidigung* gemeint.«

Er fuhr mit dem Daumen über seinen Mundwinkel, vor und zurück, vor und zurück, als dachte er über etwas nach.

»Dann verrate mir doch mal«, er rieb sich weiter mit dem Daumen am Mund entlang, »ob der Kuss an dem erwähnten Abend auch als Beleidigung gemeint war.«

Er fing tatsächlich davon an!

Wäre ich ein Vulkan, würde ich ihn jetzt mit Lava bespucken.

»Weil ich nämlich mehr davon will«, fuhr er fort und sah mich dabei an, als wollte er mich am liebsten auf einen Happs verschlingen.

Oh, nein, nein, nein. Das macht er nicht schon wieder mit mir.

Ich blinzelte mehrmals rasch hintereinander und rüttelte gedanklich an meinem Gehirn, um einen Neustart zu erzwingen und mich zu fokussieren.

Ruf deine innere Yedi-Ritterin auf den Plan. Sie ist da irgendwo in deinem Kopf.

»Hast du dich deswegen bei der erstbesten Gelegenheit an meinem Reißverschluss zu schaffen gemacht?«, schoss ich zurück. »Ich meine ja nur, das war nämlich mein erster Kuss!«

Seine blauen Augen weiteten sich vor Erstaunen.

Aha! Endlich!

Aber um welchen Preis? Ich hatte gar nicht damit herausplatzen und ihm dadurch eine neue goldene Waffe liefern wollen, die er gegen mich richten konnte.

»Ich bereue diesen Abend nicht. Immerhin habe ich dich dorthin gekriegt, wo ich dich haben wollte, oder?«

Wie bitte?

Meine Arme begannen zu schmerzen. Als ich merkte, dass ich mich die ganze Zeit krampfhaft ans Lenkrad geklammert hatte, ließ ich sie sinken und lehnte mich zurück.

»Allerdings bereue ich schon, dass ich es zu eilig hatte.« Er senkte den Kopf, sodass ich sein Gesicht nicht sehen konnte. »Normalerweise verliere ich nicht so schnell die Kontrolle.« Er hob den Blick, und wieder gelang es mir nicht, mich der Wirkung seiner Augen zu entziehen. »Ich werde es beim nächsten Mal wiedergutmachen, Baby.«

Beim letzten Satz wurde seine Stimme so heiser, dass ich unwillkürlich erbebte. Seine Worte waren wie ein Versprechen.

Verdammt. Schon wieder glühte mein Gesicht. Und das Glühen breitete sich sehr schnell und gefährlich in meinem ganzen Körper aus. Ich wollte mir auf die Lippe beißen, nur fürchtete ich, er könnte daran ablesen, wie … scharf ich war.

Nein! Du hast sie ja nicht mehr alle! Ich bin nicht scharf.

Ich lehnte mich so weit wie möglich von ihm weg, schloss die Augen und holte tief Luft.

Sein Duft hatte sich überall im Wagen ausgebreitet. Ich ertrank darin. Ich öffnete das Fenster einen Spaltbreit. Besser.

»Wir müssen …« Ich räusperte mich. »… über diese Abmachung sprechen. Ich werde dir nicht auf Abruf zur Verfügung stehen, nur weil du irgendwo hingefahren werden willst. Ich habe jede Menge anderer Verpflichtungen.«

»Gib mir deinen Stundenplan vom College.«

»Du bekommst meinen Stundenplan ganz bestimmt nicht. Wer bist du, mein Aufpasser?«

»Wenn du so willst.«

»Das will ich *nicht*«, stellte ich klar. »Ich werde dir die Zeiten nennen, in denen ich dich fahren kann, falls du das wünschst.«

»Nein.«

Er war so verdammt unangenehm. Und streitlustig.

»Du wirst mir deinen Seminarplan geben. Und deine Arbeitszeiten auch. Falls nicht, werde ich einen Weg finden, sie mir zu beschaffen«, erklärte er entschlossen. »Um wie viel Uhr beginnt dein Seminar?«

»Blablabla. Hör auf zu reden. Das tut meinen Ohren weh.«

Plötzlich kam er näher. Sein Gesicht war nur wenige Zentimeter von meinem entfernt, seine Stimme sanft und verführerisch: »Kara.«

»Hm?«

Luft. Ich brauchte Luft.

»Um wie viel Uhr beginnt dein Seminar?«

»Um elf.«

»Dann habe ich dich heute zu früh geweckt.«

»I … ich wollte ohnehin noch den Stoff wiederholen und Hausaufgaben machen.«

Er streckte eine Hand aus, um meine Wange zu berühren. Am liebsten hätte ich mein Gesicht an seine große breite Handfläche geschmiegt. Stattdessen wich ich zurück und nahm meine ganze Kraft zusammen, damit ich es schaffte, ihm nicht nachzugeben.

»Das wird nicht wieder passieren«, verkündete ich. »Dieser Abend. Das war ein Fehler. Ein Fehler, den ich nicht zu wiederholen gedenke.«

Er zog sich zurück.

»Ich fahre«, sagte er kühl. »Steig aus.«

»Du fährst nicht.«

»Doch.«

»Das ist nicht mal dein Wagen!«

»Das ist er sehr wohl, bis ihr mein Motorrad repariert habt.«

Wie war die Unterhaltung bloß plötzlich an diesen Punkt gekommen? Wir waren doch gerade …

Unvermittelt stieg er aus, umrundete den Wagen und öffnete meine Tür.

»Wir fahren erst, sobald du auf der Beifahrerseite sitzt.«

Auf einmal war ich sehr müde. Mir wurden die Lider schwer. Ich hatte das Gefühl, als sei die Luft bei mir raus, ich fühlte mich matt und erledigt. Ich war einfach zu erschöpft, um mich mit ihm zu streiten.

Der Wagen wurde spürbar wärmer, und ich dankte dem Himmel dafür, dass ich Dylans grässliches Eau de Toilette kaum noch riechen konnte. Ich gähnte und hielt mir dabei die Hand vor den Mund.

Letzte Nacht hatte ich nur drei Stunden geschlafen, also kaum mehr als an jedem anderen Tag dieser Woche. Und nun forderte der anstrengende Versuch, meine Arbeit zu tun und gleichzeitig den College-Verpflichtungen nachzukommen, mit aller Macht seinen Tribut. Es täte so gut, für eine Weile nicht mehr die Kontrolle über alles haben zu wollen. Nur für eine kleine Weile.

Statt auszusteigen, kroch ich langsam wie eine Schildkröte auf den Beifahrersitz. Ich ließ mir wirklich Zeit. Ich hörte ihn seufzen, aber plötzlich stand er auf der anderen Seite des Wagens und machte die Tür zu.

Wie zur Hölle war er so schnell hierhergekommen?

»Hast du dich teleportiert?«, fragte ich ihn verschlafen, nachdem er es sich auf dem Fahrersitz bequem gemacht hatte.

»Was?«

»Nichts.«

»Anschnallen«, befahl er.

Ich hatte mich ja anschnallen wollen, aber jetzt, wo er mich dazu aufgefordert hatte, dachte ich gar nicht mehr daran.

»Kara«, sagte er mahnend.

Ich wandte mich von ihm ab und rutschte tiefer in den Sitz, in eine bequemere Position. Es war so warm hier drin. Sein Sweatshirt roch gut und behaglich. Hätte ich eine eigene Wohnung, würde ich dort alles genau so duften lassen. Ich seufzte zufrieden, schloss die Augen und schlief ein.

15. Kapitel

Cameron

Es gab in meiner Kindheit einen Irrgarten, den ich nie vergessen würde.

Er war ein Zufluchtsort für mich gewesen, wenn ich den Erwartungen der anderen entfliehen wollte und ganz ich selbst zu sein versuchte.

Er war mein sicherer Hafen, bis zu jenem teuflischen Abend, als das Leben mir seine grausamen Klauen zeigte und mich bluten ließ. Bevor alles auseinanderbrach wegen eines einzigen Fehlers. Doch ich hatte aufgehört, mich an diesen Abend zu erinnern.

Es war eine willkommene Überraschung gewesen, dieses Labyrinth zu entdecken. Meine Mutter und ich waren gerade erst in eine neue Gegend gezogen – zum sechsten Mal in jenem Jahr. Ich war acht Jahre alt, aber Raven hatte mich so oft dazu gezwungen, ihre und meine Koffer zu packen, dass alle Orte und Gesichter anfingen, gleich auszusehen.

Als mein Vater sich scheiden ließ und neu verheiratete, wurde es noch schlimmer. Vorher war ihre Aufmerksamkeit zwischen mir und meinem Vater geteilt, doch jetzt galt sie nur noch mir. Das war toxisch.

Jedes Mal, wenn ich mich nach dem Trost eines Erwachsenen sehnte oder nach dem eines Freundes, wurde dieses Bedürfnis umgehend von meiner Mutter unterdrückt. Ravens Forderungen und emotionale Instabilität hielten mich davon ab, mich an jemand anderen zu wenden.

Menschen verloren ihre Bedeutung für mich, so wie ich für sie an Bedeutung verlor. Es war einfacher, sich um nichts mehr zu kümmern.

Doch nachts, wenn ich allein in einem großen Haus war, während meine Mutter irgendwo feierte oder tat, wozu sie gerade Lust hatte, und wenn dieses Haus mich daran erinnerte, was mir im Leben fehlte, ohne dass ich es als Achtjähriger ganz hätte erfassen können, dann suchte ich Zuflucht in diesem Irrgarten.

Sie schloss mich im Haus ein, aber ein Kind, das genug Verstand und Mut besitzt, konnte sich aus einem Haus wie diesem befreien.

Komisch, wie ich die Nächte hasste, in denen ich eingesperrt war. Ich hielt sie für das Schrecklichste auf der Welt, wo doch das Schlimmste erst noch kommen sollte.

Jene Nacht, die alles zerstörte. Aber diese Erinnerungen hielt ich unter Verschluss. Fest unter Verschluss.

Es dauerte nicht lange, das Labyrinth zu finden. Meine Klassenkameraden sprachen oft von einem Geisterhaus in meiner Straße. Sie behaupteten, es läge ein Fluch auf ihm, und jeder, der es betrete, wäre ebenfalls verflucht. Daher gab es nicht viele Leute in dem Ort, die den Mut besaßen, hineinzugehen.

Besagte Villa stand auf einem zehn Hektar großen Grundstück. Sie gehörte einst einer Schriftstellerin, die nie das Haus verließ. Gerüchten zufolge hatte es ein Jahr gedauert, bis man ihre Leiche fand, und es hieß, dass sie noch immer im und um das Gebäude herumspukte, vor allem in dem ausgeklügelten Irrgarten, den sie hinter dem Haus für ihren Liebhaber hatte anlegen lassen.

Für einen wütenden, einsamen Jungen stellte das die Verlockung schlechthin dar. Vor einem blöden Geist hatte ich jedenfalls keine Angst. Oder vor einem noch dämlicheren Fluch. Ich hatte vor gar nichts Angst.

Bewaffnet mit einer Taschenlampe und sonst nichts, brach ich in die Villa ein. Ein dünnes Brett diente als Haustür, als müsste das Haus vor nichts und niemandem geschützt werden. Als würde ohnehin keiner wagen, das Brett zu zerstören und hineinzugehen. Sämtliche Fenster waren kaputt und mit Gipskarton zugenagelt, der mit Graffiti besprüht war.

In jener ersten Nacht gelangte ich nur bis ins Foyer, bevor meine Fantasie mit mir durchging und ich nach Hause zurückrannte, wobei ich versuchte, mir nicht vor Angst in die Hose zu machen.

Der dunkle, kalte, feuchte Raum jagte mir einen Schrecken ein wie ein böser Clown, der sich daranmachte, meine Innereien zu verspeisen.

Ich brauchte eine ganze Woche, bis ich es erneut versuchte. Ich schlich mich aus der Schule, um das Gebäude diesmal bei Tageslicht zu erkunden.

Ich stieg die lange gewundene Treppe hinauf, deren Stufen mit nicht identifizierbaren Trümmerteilchen übersät waren. Oben auf dem Treppenabsatz blieb ich stehen. Dort waren beeindruckende raumhohe Fenster, die eine Wand komplett dominierten. Ich ging darauf zu, wischte den Staub von der Scheibe und staunte über das, was ich hinter der Villa entdeckte.

Vor mir erstreckte sich der Irrgarten in seinem ganzen leuchtenden Grün und mit all seinen faszinierenden Gängen. Ich war begeistert. Die Villa war mir plötzlich egal, und ich lief sofort zum Labyrinth.

Es bestand aus dichten Büschen und Bäumen, hoch wie ein Haus, manche schon abgestorben und braun, andere grün. Einige Trennwände waren aus Eisen und Holz, von Kletterpflanzen so dicht überwuchert, dass ich kaum erkennen konnte, was sich dahinter verbarg.

Aber ich versuchte es und stellte fest, dass es sich um geheime Durchgänge und Geheimtüren handelte.

Und hinter diesen Geheimnissen verbargen sich weitere geheime Gänge, die sich immer weiter verzweigten oder abrupt endeten, sodass ich mich sehr leicht hätte verirren können. Jedes Mal, wenn ich glaubte, das Muster begriffen zu haben, änderte es sich wieder.

Natürlich hätte ich auch aufs Dach klettern und die Geheimnisse dieses Irrgartens von dort oben auflösen können, aber dann wäre ich mir wie ein Betrüger vorgekommen. Außerdem, wo blieb da die Herausforderung?

Kara erinnerte mich an dieses Labyrinth.

Ich betrachtete ihren Rücken, beobachtete, wie sich ihre Schultern hoben und senkten, während sie unruhig schlief. Sogar im Schlaf war sie nicht ganz entspannt.

Etwas in mir sehnte sich danach, sie zu trösten. Ich wollte sie in die Arme schließen und ihr versichern, dass alles gut werden und ich mich um ihre Probleme kümmern würde, wenn sie mich nur ließe.

Fast hätte ich laut gelacht über diese lächerlichen Gedanken. Ich konnte mich um niemanden kümmern. Außerdem würde sie mir ins Gesicht lachen, wenn ich etwas Derartiges zu ihr sagen würde.

Es liegt an diesem engen geschlossenen Raum, dachte ich, während ich verfolgte, wie der Regen träge die Frontscheibe hinunterlief. An dem trommelnden Geräusch, das die Wassertropfen auf dem Dach machten. Ich saß in einem kleinen Wagen, allein mit dem anziehendsten Mädchen, dem ich je begegnet war. Einem Mädchen, an das ich unentwegt denken musste, seit ich es kennengelernt hatte. Ein Mädchen, das mit aller Kraft gegen die starke Anziehung zwischen uns ankämpfte. All diese Dinge lullten mich ein und brachten mich dazu, törichten Träumen nachzuhängen.

Es ergab überhaupt keinen Sinn, dass sie von all den Frauen, mit denen ich je zusammen gewesen war, die eine war, die ich unbedingt wollte. Sie würde mir glatt den Kopf abbeißen, wenn sie die Chance dazu bekäme. Sie hörte nie zu, war störrisch wie ein Stier und nie einer Meinung mit mir. Außer wenn wir uns küssten. Das war eine ganz andere Geschichte.

Sie drehte sich zu mir herum und stöhnte im Schlaf. Ihr langes Haar fiel nach vorn und bedeckte die Hälfte ihres Gesichts. Ich hielt den Atem an und hoffte, dass sie nicht aufwachte.

Jetzt sah sie so sanft und harmlos aus wie ein niedliches Kätzchen. Aber das wäre eine gefährliche Einschätzung ihrer Persönlichkeit. Sie war in etwa so unproblematisch wie eine tickende Zeitbombe.

Warum konnte ich dann einfach nicht aufhören, an sie zu denken?

Ihre Atemzüge wurden wieder gleichmäßig, und ich atmete auf. Es juckte mich in den Fingern, sie zu berühren, meine Hände über ihre Haut gleiten zu lassen und ihr die Haare hinters Ohr zu streichen, damit ich ihr Gesicht sehen konnte.

Ich konnte mir ihr Gesicht nicht mehr aus dem Kopf schlagen. Ihr Haar. Ihre Augen. Ihre Lippen.

Ihren Körper.

Ihr Feuer.

Ich sollte froh sein, dass sie mich als Experiment betrachtete. Stattdessen hatte es mich stinksauer gemacht, als sie das am Samstagabend sagte.

Ich beschloss, sie am nächsten Tag zu vergessen, doch als ich dann auf der Baustelle war, konnte ich an nichts anderes denken.

Den Beweis dafür lieferte ein Kratzer auf meinem Rücken. Ich war bei der Arbeit so abgelenkt, dass ich die scharfe vorstehende Kante in der Wand übersah. Sie riss mir Hemd und Haut auf.

Die Farbe der Backsteine erinnerte mich an ihre Haare. Dunkelbraun und golden. Aber dann erkannte ich, dass es der falsche Farbton war. Die Farbe ihrer Haare war intensiver und dunkler.

Selbst der verdammte Salat, den ich mir auf meinen Hamburger klatschte, erinnerte mich an die Flecken in ihren braunen Augen.

Das machte mich ganz kirre. Sie war wie eine juckende Stelle am Rücken, an die ich nicht herankam.

Ich musste meine Position justieren, als ich sah, wie ihre Lippen sich teilten. Sie schnarchte leise, und ich hatte nicht die leiseste Ahnung, warum ich das so verdammt hinreißend fand.

Hatte sie ihre Meinung über unsere Abmachung geändert? Ich hatte das Gefühl, sie wollte aussteigen, wegen dem, was vor zwei Tagen auf meiner Couch passiert war.

Der Verdacht verdichtete sich, als sie mit heruntergekurbelten Wagenfenstern bei mir vorfuhr und sich dabei den Hintern abfror. Im Wagen hing noch irgendein schauderhafter Geruch. Es stank wie irgendein Insektengift.

Sie war unvorhersehbar. Sobald ich glaubte, ich hätte sie ein wenig durchschaut, änderte sich ihr Verhalten mir gegenüber.

Ich wollte mehr. Ich wollte sie kennen, mir jede Facette von ihr genau einprägen.

So wie ich jeden Teil ihres Körpers kosten wollte.

Wenn ich erst mal alles von ihr bekommen hatte, würde dieses ständige Begehren vielleicht aufhören.

Ihre Lippen schlossen sich, öffneten sich wieder leicht.

Und dann machte sie die Augen auf.

Und ich war verloren.

Mehrere Dinge wurden mir gleichzeitig klar. Der Irrgarten in meiner Kindheit machte mir Angst und war zugleich aufregend, weil ich, je tiefer ich in ihn eindrang, immer öfter glaubte, dass ich nie mehr einen Weg nach draußen finden würde. Aber es gelang mir immer. Irgendwie gab das Labyrinth mir Hinweise, ließ mir Türen offen, damit ich kommen und gehen konnte, wie es mir beliebte.

Kara war wie dieser Irrgarten. Der einzige Unterschied zwischen den beiden bestand darin, dass ich diesmal möglicherweise tatsächlich nicht mehr herausfand.

Und vielleicht, dachte ich, während ich ihr in die Augen sah, will ich das auch gar nicht.

16. Kapitel

Kara

In dem Moment, als ich aufwachte, hatte ich das Gefühl, meine Seele hätte sich von meinem Körper gelöst. Ich blinzelte und versuchte mich zu konzentrieren, aber mein Hirn spielte nicht mit. Es rief dauernd: *Kaffee, Kaffee, Kaffee.*

Ein schöner Mann sah mich an. Er kam mir sehr bekannt vor, als müsste er mir irgendetwas bedeuten, doch auch er war wie alles andere irgendwie unwirklich.

Ich setzte mich auf – nein, eigentlich sackte ich in mich zusammen –, und mir wurde bewusst, dass ich in meinem Wagen saß, der in der Auffahrt von irgendjemandem geparkt war. Ich sah die Rinnsale auf der Frontscheibe, die der Regen erzeugte.

Da war etwas Feuchtes in meinem Mundwinkel. Wahrscheinlich hatte ich gesabbert. Ich sollte es wegwischen, aber das erschien mir zu anstrengend. Außerdem fühlten sich meine Arme schwer an.

Von irgendwoher im Wagen hörte ich ein tiefes leises Lachen. Ich bewegte den Kopf, auf der Suche nach der Quelle, und mein Blick landete auf dem Becher Kaffee im Becherhalter. Ein sehnsüchtiger Laut entrang sich meiner Kehle, und ich griff gierig zu, stürzte den Inhalt wie Medizin herunter. Er war kalt, aber das Zeug würde mich wieder menschenähnlicher machen.

Nach einigen Minuten erwachten meine Sinne allmählich wieder. Plötzlich wurde mir alles um mich herum bewusst. Die angenehme Wärme im Wagen, das beruhigende Plätschern des Regens, der Geruch – irgendetwas Unangenehmes gemischt mit einem frischen, lebendigen Duft, den ich unbedingt tief einatmen wollte. Vor allem aber war die Anwesenheit der Person neben mir überdeutlich spürbar. Prompt beschleunigte sich mein Herzschlag.

»Besser?« Eine tiefe männliche Stimme. Leicht amüsierter Unterton.

Ich zuckte zusammen.

Cameron.

Wann wurde er eigentlich Cameron für mich, statt mein Erpresser oder die Ausgeburt des Bösen? Das musste ja wirklich ein magischer Kaffee sein, den ich da trank.

»Ich kann dir frischen Kaffee kochen«, erbot er sich. Ich hielt den Blick auf die Windschutzscheibe gerichtet und wollte ihn partout nicht ansehen, doch aus dem Augenwinkel sah ich, wie er auf sein Haus zeigte. »Dafür musst du aber mit reinkommen.«

Etwas sagte mir, dass das keine gute Idee war. Er hörte sich an wie ein dunkler Hexenmeister, der gekommen war, um mir das beste Angebot meines Lebens zu machen … im Tausch gegen meinen Körper.

Okay, meine Seele.

»Möchtest du?«, fragte er sanft.

Ich darf ihn nicht ansehen. Ich darf nicht.

»Nein danke«, krächzte ich. Mir war warm. Ich kurbelte das Fenster ein Stückchen herunter, um mir Kühlung zu verschaffen. »Hör zu«, begann ich. Wir mussten wichtige Dinge besprechen, und jetzt war der perfekte Zeitpunkt. Apropos Zeit! »Verdammter Mist. Wie spät ist es?«

Ich konnte nicht anders, ich drehte den Kopf in seine Richtung. Er schaute zur Uhr im Armaturenbrett.

Sein Haar, schwarz wie die Schwingen einer Krähe, war jungenhaft zerwühlt, als hätte er geschlafen. Seine klaren blauen Augen funkelten belustigt. Und wie er da saß … nun, er nahm den Platz regelrecht ein.

»Es ist zehn Uhr fünfzehn«, informierte er mich. »Du hast zwei Stunden geschlafen.«

»Ich dachte, du hast heute Morgen eine Vorlesung!«

»Hatte ich auch.«

»Warum hast du mich nicht geweckt?«

»Es sah aus, als bräuchtest du Schlaf.«

Ich wusste nicht, was ich darauf erwidern sollte. Ich wusste nicht einmal, wie ich das fand. Es kam mir … sehr nett vor.

Er ist nicht wirklich nett. Vergiss nicht, was er von dir will. Lass dich jetzt nicht einwickeln. Du weißt, was in diesem Film alles wegen eines hübschen Gesichts passiert ist.

»Na schön. Ich habe nicht vergessen, weshalb ich hier bin«, sagte ich und schnallte mich an. »Ich soll dich fahren. Ich will nicht, dass du mir später vorhältst, ich hätte meinen Teil der Abmachung nicht eingehalten.«

Als ich ihn wieder ansah, war die Freundlichkeit aus seinen Augen verschwunden. »Liegt es nur an mir, oder verhältst du dich allen gegenüber so?«

War er wütend? »Was meinst du?«

»Was hindert dich daran, Freundlichkeit anzunehmen? Oder traust du mir nicht?« Seine Stimme klang jetzt kühl. »Ist es das?«

Freundlichkeit? Sollte das, was er die ganze Zeit mit mir machte, etwa freundlich gewesen sein? Da musste mir wohl was entgangen sein.

»Na ja, du hast nicht gerade viel getan, um dir mein Vertrauen zu verdienen.«

Plötzlich rutschte er so weit weg von mir, wie es in der Enge des Wagens möglich war, und erst da wurde mir klar, wie nah unsere Körper beieinander gewesen waren. Ich folgte seinem Beispiel und verschränkte die Arme vor der Brust.

»Sicherheitsgurt«, befahl er.

Den habe ich längst angelegt, Mr. Griesgram. »Du solltest bei der CIA sein, bei deiner Beobachtungsgabe.«

Er startete den Wagen. Ich schaute aus dem Fenster in den Regen. Es nieselte nur noch, doch der düstere Himmel verhieß noch mehr Schauer.

»Du hast dich gleich beim ersten Mal verspätet«, stellte er fest. »Verstehst du das darunter, deinen Teil der Abmachung einzuhalten?«

Seine Laune war übel, aber meine auch. Ich wandte mich ihm zu.

»Ach, leck mich an meinem Weltklasse-Arsch. Du bist ja gar keine Erklärung wert. Fahr endlich los.«

»Weißt du was?« Seine Stimme klang tief und bedrohlich. »Warum fährst du nicht?«

»Ja, warum eigentlich nicht?«, schoss ich zurück.

Freundlichkeit? Das ist genau der Grund, weswegen ich deine Freundlichkeit nicht akzeptiere, du blöder muskelbepackter, starrköpfiger Depp.

Zornig stieg er aus und warf die Tür zu. Während er vorn um den Wagen herum zu meiner Seite lief, verriegelte ich die Beifahrertür.

Hektisch schnallte ich mich los und sprang auf den Fahrersitz. Stellte ihn so ein, dass ich die Pedale erreichen konnte, und legte den Rückwärtsgang ein. Ich wartete, bis er die Tür öffnen wollte, dann trat ich aufs Gaspedal und setzte zurück.

Nur ein paar Schritte. Gerade genug, um ihm zu verstehen zu geben, dass er mich nicht einschüchtern konnte. Ich würde ihm einfach Kontra geben.

Seine finstere Miene hätte die Sonne verdunkeln können. Ich schenkte ihm ein Lächeln.

Der Regen durchnässte langsam seine schwarzen Haare. Sie ringelten sich an seinen markanten Wangenknochen, seiner Stirn, und Wasser tropfte auf sein Gesicht.

Wir starrten uns einige Sekunden lang an – zwei Kämpfer, die nicht nachgeben wollten. Ich spürte angesichts seines herausfordernden Blicks und der stillen Einladung darin ein elektrisierendes Kribbeln auf der Haut.

Und dann schüttelte er den Kopf. Er senkte den Blick und biss sich auf die Knöchel, seine Schultern bebten. Lachte er etwa über mich?

Das nennt man dann wohl heiß und kalt.

Ich atmete scharf aus. Er versuchte erneut, die Tür zu öffnen. Es klackte, denn sie war ja verriegelt. Er klopfte an die Scheibe und beugte sich herunter, sodass ich ihm direkt ins Gesicht sehen konnte.

Er grinste.

»Die Zubehörteile, die ich will, kosten ein paar Riesen«, sagte er durch das Fenster, das ich nicht geschlossen hatte.

Verdammter Mist. Ich zog die fieseste Miene, die ich fertigbrachte, und entriegelte die Tür. Er stieg ein. Auf seinem unverschämt attraktiven Gesicht lag ein zufriedener Ausdruck.

Ich biss die Zähne zusammen und überlegte, ob es nicht die bessere Wahl wäre, Geld an seine Versicherung zu zahlen und Dylans höhere Prämien und sein überzogenes Konto auszugleichen. Und wäre es wirklich so schlimm, wenn Dylan ein bisschen Zeit im Gefängnis verbringen müsste? Dann käme er wenigstens mal zum Nachdenken.

Die Ausgeburt der Hölle neben mir verstellte den Sitz, um seine baumlangen Beine unterzubringen, dann machte er das Fenster zu. Als ob ihm der Wagen gehörte, drehte er die Rückenlehne nach hinten – viel tiefer, als ich sie zuvor eingestellt hatte – und lehnte sich entspannt zurück. Er schloss die Augen.

»Wie ich neulich Abend schon sagte«, murmelte er träge, »du treibst mich in den Wahnsinn.«

Er klang deshalb nicht allzu besorgt.

»Ich will dich nirgendwohin treiben«, erwiderte ich. Und schon gar nicht wollte ich mich an jenen Abend erinnern. »Ich fahre dich bloß durch die Gegend, vielen Dank auch.«

Seine Lippen zuckten. Der Typ war die Ruhe selbst.

Es gab etwas, das mich zwangsläufig noch wütender machte, wenn ich ohnehin schon auf jemanden sauer war: Wenn derjenige, dem mein Zorn galt, bei Weitem nicht so wütend war wie ich.

Er öffnete die blauen Augen und ertappte mich prompt dabei, wie ich ihn anstarrte. »Du kannst ein Foto von mir machen, wenn du willst«, sagte er gelassen. »Oder du bringst mich endlich an mein Ziel.«

»Pass bloß auf, dass ich dich nicht um die Ecke bringe.«

Statt etwas darauf zu entgegnen, schloss er wieder die Augen und lachte leise. Ich biss die Zähne zusammen und trat aufs Gaspedal.

Während er neben mir döste, war ich mir seiner Gegenwart schmerzlich bewusst. Er hatte die Arme vor seinem eindrucksvollen Oberkörper verschränkt. Vermutlich, um sein kaltes Herz vor dem verfluchten antiken Dolch zu schützen, den ich ihm am liebsten hineinstoßen würde.

Trotzdem konnte ich der Versuchung nicht widerstehen, ihn anzusehen. Er war wie ein wilder schwarzer Panther im Dschungel. Zu schön, um ihn zu ignorieren. Anmutig und gefährlich. Selbst wenn er entspannt wirkte, strahlte er etwas Beunruhigendes aus. Ich musste einfach immer wieder hinschauen.

Als das Campus-Schild vor uns auftauchte, stieß ich einen erleichterten Seufzer aus.

»Ich parke an der Straße«, verkündete ich. »Den Campus-Parkplatz kann ich mir nicht leisten.«

Er verlagerte sein Gewicht und stellte die Rückenlehne auf. Er war so groß, dass sein Kopf fast das Wagendach berührte.

»Das übernehme ich«, erwiderte er. »Fahr bis zum College.«

»Was heißt, du übernimmst das? Dass du den Parkplatz bezahlst?«

Er zuckte mit den Schultern.

»Weißt du eigentlich, wie teuer das Parken auf diesem Campus ist?«, fuhr ich fort. Es kostete ein Vermögen.

»Ich will nicht ein paar Blocks weit zum College laufen«, erwiderte er.

Ich musterte ihn kurz von oben bis unten. Wenn er so faul war, woher hatte er dann diese vielen Muskeln? Die mussten dann wohl aus Silikon sein. Deswegen fühlten die sich auch so straff und hart an. Nein, ehrlich gesagt, wie Silikon fühlten sie sich überhaupt nicht an, sondern echt, warm und *gut*.

»Na schön.« Ich schüttelte den Kopf, um die Erinnerungen zu verdrängen, die schon wieder auf mich einprasselten. »Es ist dein Geld.«

Ich hatte kein Problem damit, wenn er Unsummen fürs Parken ausgeben wollte. Von mir aus konnte er auch noch tanken.

»Ich werde auch tanken«, sagte er prompt.

Ich hielt an einer Ampel. Konnte er etwa Gedanken lesen?

»Aber du solltest wissen, dass dich das etwas kosten wird«, fügte er hinzu.

Ich sah ihn misstrauisch an. »Was denn?«

»Deinen Seminarplan.«

Er gab nicht auf, was? »Ich habe dir doch schon erklärt, dass ich dir den nicht geben werde.«

»Soll ich mir etwas anderes einfallen lassen?« Ich spürte, wie er sich auf seinem Sitz weiter zu mir herumdrehte. »Ich hätte da ein paar Ideen.«

Mein Gesicht fühlte sich heiß an. Ich spürte, wie sein Blick über meinen ganzen Körper wanderte. Warum wurde es in seiner Gegenwart bloß ständig erotisch? Manche Typen versuchten es auf eine lahme oder abstoßende Weise, aber bei ihm … fühlte es sich an, als hätte ich es mit einem Meister zu tun. Und das Schlimmste daran war, dass es mir zu schaffen machte … auf eine gute Weise.

Ich ignorierte ihn und setzte den Blinker, um an der nächsten Ampel links in die Straße zum Campus abzubiegen. Sie wirkte im leichten Nebel wie leergefegt und war nass vom Regen.

»Lass mich das mal eben klarstellen«, begann er. »Ich habe mein Motorrad in eure Werkstatt gebracht. Genau wie du es wolltest. Ich besorge meine Zubehörteile nicht selbst. Als Gegenleistung nehme ich deine *Dienste* in Anspruch. Ich zahle die Parkgebühren und das Benzin, aber du willst mir trotzdem nicht deinen Kursplan geben. Findest du das fair?«

Warum musste das bloß so nachvollziehbar klingen? Ich seufzte.

»Na schön«, meinte ich und ratterte meinen Stundenplan herunter, soweit ich ihn im Kopf hatte. »Die Wochenenden sind schwierig. Da arbeite ich nachmittags von eins bis fünf im Coffeeshop und warte auf Anrufe für Nachtschichten im Pflegeheim. Das gilt auch für die Wochentage, aber da rufen sie normalerweise nicht an.«

Als er nichts sagte, warf ich ihm einen scharfen Seitenblick zu. »Hör zu«, fuhr ich fort. »Ich kann dich trotzdem fahren. Und wenn ich es nicht schaffe, macht Dylan es.«

»Der Deal lautete, dass du mich fährst, nicht dein Bruder.«

Bevor ich etwas erwidern konnte, fügte er hinzu: »Mein Stundenplan ist flexibler. Ich werde mich deinem anpassen. Wenn ich dringend irgendwohin muss, nehme ich mir deinen Wagen und hole dich dann später von der Arbeit ab.«

Ich rutschte unruhig in meinem Sitz hin und her. Das kam mir doch sehr … intim vor.

»Wie viel verdienst du?«, erkundigte er sich ganz direkt. Ich fand nicht, dass wir einander nahe genug standen, um derartige Fragen zu stellen.

Ich hob die Brauen. »Warum willst du das wissen?«

»Ich bezweifle, dass du im Coffeeshop viel verdienst. Oder?«

»Wenigstens arbeite ich. Und du?«

»Ich bin bloß Teilzeitstudent, aber ich brauche dich, damit du mich zur Arbeit fährst und wieder abholst.«

Ich prustete. »Du arbeitest?«

»Ich habe mein eigenes Unternehmen. Ich kaufe Häuser, renoviere sie und verkaufe sie wieder. Und helfe ab und an in der Firma eines Freundes aus.«

Damit nahm er mir allen Wind aus den Segeln. »Oh.« Daher also der trainierte Körper und die harten Hände.

Ich sah ihn verstohlen an, als er gerade woanders hinschaute. Er besaß ein Unternehmen? Das Äußere konnte ziemlich täuschen. Er sah aus wie jemand, der Leute herumscheuchte, damit sie seine Unterwäsche wuschen.

Ich setzte den Blinker rechts und fuhr auf den Campus-Parkplatz. Dann stellte ich den Schalthebel auf »Parken« und machte den Motor aus.

»Du solltest auf dich achtgeben«, sagte er leise. »Du arbeitest dich noch krank. Du hast ja nicht mal einen freien Tag.«

»Ich muss mir von dir nicht …«

»Ich meine ja bloß. Du sahst heute Morgen sehr müde aus.« Ich hielt den Atem an, als er sich zu mir herüberbeugte. Ich konnte Welten in seinen Augen sehen. Hunderte von Galaxien in verschiedenen Blautönen.

»Ich werde dich jetzt küssen«, flüsterte er.

Und dann tat er es. Ich schloss die Augen und schnappte ein wenig nach Luft, als seine Lippen meine berührten. Tatsächlich war es nur eine ganz sachte Berührung, so sanft und flüchtig, dass es schon wieder vorbei war, ehe ich blinzeln konnte.

»Bis später«, murmelte er und strich mit dem Daumen über meine Unterlippe. »Kara.«

Mein Herz hämmerte immer noch, als ich den Hörsaal erreichte. Ich suchte mir einen Platz weit hinten. Vor mir saß ein großer Typ, sodass ich mich verstecken konnte. Nur für den Fall, dass ich ein kurzes Nickerchen halten musste. Meiner Herzfrequenz nach zu urteilen, würde ich allerdings bis Weihnachten wach bleiben.

Er verstand es meisterhaft, meine Sinne zu manipulieren, wurde mir klar, als ich mich dabei ertappte, wie ich meine Unterlippe berührte und die Bewegung nachzuahmen versuchte, mit der er sie gestreichelt hatte. Ich musste daran denken, wie sich der Kuss vor wenigen Minuten in meinem Wagen angefühlt hatte. Dieser Kuss, der gar kein richtiger Kuss gewesen war.

Jedenfalls total anders als der erste. Aber nicht weniger wirkungsvoll. Ganz und gar nicht.

Ich schaute mich im Hörsaal um, ob jemand meine Gedanken oder meine Miene deuten konnte. Die meisten Studenten lauschten dem Professor auf dem Podium, dessen Hände ein Eigenleben zu führen schienen, während er dem Seminar etwas erklärte.

Was hindert dich daran, Freundlichkeit anzunehmen? Oder traust du mir nicht?

Vielleicht hatte er recht. Ich war zu barsch ihm gegenüber. Ich hätte nicht auf diese Weise reagieren sollen. Doch er hatte etwas an sich, das meine zickige Seite aktivierte.

Möglicherweise weil ich wusste, dass er damit umgehen konnte. Er würde sich davon nicht so schnell aus dem Konzept bringen lassen. Legte ich es womöglich genau darauf an? Wollte ich austesten, wie lange es dauern würde, bis er die Nase voll hatte?

Denn die Wahrheit war, dass ich ihn mochte.

Ich *mochte* ihn.

Aber das wollte ich nicht.

Was allerdings einzig und allein mein Problem war, wie ich mir eingestehen musste, während der Professor zum Ende kam. Jemanden ständig anzuzicken, der nur versuchte, nett zu sein, war fies. So hatte mein Dad mich nicht erzogen.

Allerdings machte der Typ es mir auch nicht gerade leicht, als er anfing, mich herumzukommandieren. Denn eigentlich war ich es gewohnt, Leute herumzukommandieren, nicht umgekehrt. Vermutlich waren wir uns in der Hinsicht ähnlich, weshalb die beiderseitige Starrköpfigkeit nicht wirklich verwunderlich war. Dennoch musste ich mir resigniert eingestehen, dass ich mich schlecht benommen hatte.

Zerknirscht zog ich mein Handy aus der Tasche. Ich biss mir auf die Lippe, während ich im Posteingang zu seinem Namen scrollte und seine einzige Nachricht las, die von gestern Abend.

Acht Uhr morgen früh. Bei mir.

Kein Mann vieler Worte. Was sollte ich ihm schreiben, um ihn wissen zu lassen, dass ich einen Waffenstillstand wollte? Wollte ich überhaupt einen?

Es war Vorlesungsschluss. In den Gängen drängten sich Studenten; einige waren unterwegs zur nächsten Veranstaltung, andere standen herum, quatschten und versperrten den Weg. Da ich mich nicht zwischen ihnen durchquetschen wollte, lehnte ich mich an die Wand und fing an, eine Nachricht zu schreiben.

Möchtest du etwas essen?

Löschen.

Musst du nach der Vorlesung irgendwo hingefahren werden?

Löschen.

Hast du deine Menstruationsbeschwerden überwunden?

Löschen. Sonst dachte er noch, ich wäre auf einen neuen Streit aus.

Das war gar nicht so einfach. Die zahlreichen Tipps und Tricks, die ich in Frauenzeitschriften zum Thema Männer gelesen hatte, fielen mir jetzt, wo ich es mit einem echten Mann zu tun hatte, partout nicht mehr ein. Ich musste mich unbedingt noch einmal damit befassen.

Frustriert fuhr ich mir durch die Haare und schaute auf. Der Gang war jetzt leer, als hätte es einen Feueralarm gegeben und alle wären geflüchtet, bis auf ein paar Widerspenstige, die der Ansicht waren, dass es sich nur um eine Übung handelte.

Ich sah mich um.

Und erstarrte.

Da war er, auf einer Bank in der Ecke vor dem Hörsaal. Er saß da wie jemand, der sich nicht großartig um andere scherte, ein widerständiger Eigenbrötler, der jede Menge Platz einnahm. Er hatte sich zurückgelehnt, die langen Beine leicht gespreizt ausgestreckt, die muskulösen Arme auf der Rückenlehne der Bank ausgebreitet.

Draußen hatte es aufgehört zu regnen, und die Sonne war endlich hervorgekommen. Sie schien durch das Oberlicht auf sein Haar und ließ es schwarzblau schimmern.

Hier hatte ich ihn zum ersten Mal gesehen.

Ich beobachtete, wie zwei Typen auf ihn zugingen. Ein kleiner muskulöser mit blonden Haaren und der gut aussehende Caleb Lockhart. Beliebter Basketballspieler Schrägstrich Casanova, der den Gerüchten zufolge schon jede attraktive Blondine auf dem Campus flachgelegt hatte.

Sie alberten herum und boxten ihn gegen den Arm, wie Jungs sich halt begrüßten. Er verzog ein bisschen den Mund, rührte sich ansonsten jedoch nicht. Er wirkte ein bisschen unbeteiligt, als wollte er niemanden so recht an sich heranlassen, und sehr sexy.

»Hi, Cam!«

Eine wunderschöne Rothaarige tänzelte vor ihm herum. Sie bückte sich, hielt ihm ihr üppiges Dekolleté vors Gesicht und schlang ihm die Arme um den Nacken. Küsste ihn direkt auf die Lippen.

Und dann hob er den Blick und schaute mir in die Augen.

Scheißkerl.

Cameron

»St. Laurent!«

Um ein Haar hätte ich den Ball verfehlt, der direkt vor mir auftauchte. Ich schnappte ihn, ehe er mir ins Gesicht knallte, wirbelte herum und machte meinen Wurf.

»Hör auf zu träumen, Junge!«, rief Caleb, und ich zeigte ihm freundschaftlich den Finger.

Eine weitere Stunde verging, und dann noch eine, und meine Lungen und Beine forderten eine Pause, trotzdem machte ich weiter. Ich liebte dieses Brennen, das mich von meinen düsteren Gedanken ablenkte. Und von meiner noch düstereren Stimmung.

Der brennende Schmerz verhinderte, dass ich an den verpassten Anruf dachte, der in dem Moment einging, als ich die Rothaarige wegstieß. Ich wollte eigentlich zu Kara gehen, doch dieser verpasste Anruf ließ die Welt für einen Moment stillstehen. Er kam von der Person, von der ich eigentlich eine Weile nichts mehr zu hören gehofft hatte. Oder nie mehr. Aber das war wohl zu viel verlangt.

Der Trainer blies die Pfeife und beendete damit das Training. Ich hob den Trikotsaum, um mir den Schweiß aus dem Gesicht zu wischen. Ich war total ausgepowert und bückte mich, die Hände auf die Beine gestützt, während meine Atemzüge sich allmählich auf Normalmaß einpendelten.

»Gut gespielt, Mann!« Levi klopfte mir auf dem Weg zur Dusche auf den Rücken.

Ich zog mein Shirt aus und warf es mir über die Schulter.

»Cam!«

Ich fing die Flasche Wasser auf, die Caleb mir zuwarf. Er bedeutete mir, ohne ihn vorzugehen. Er unterhielt sich mit ein paar Mädchen an der Seitenlinie und sah aus, als würde er noch eine Weile brauchen.

Ich drehte den Deckel der Flasche ab, trank das Wasser und goss mir etwas davon über den Kopf, um mich abzukühlen.

»Hey, hey!« Ich spürte einen Fuß am Hintern, wich aber aus,

bevor der andere zutreten konnte, und wirbelte herum. Justin stand vor mir und gackerte, als hätte er einen Riesenwitz gemacht. »Du hast für meine Mädchen eine Show abgezogen. Lass mir noch welche übrig, du Vollpfosten.«

Ich kniff die Augen zusammen und spürte, wie sich die Hitze in meinen Adern ausbreitete.

»Mach das bloß nicht noch mal.«

Er sah mich schockiert an und hob dann beschwichtigend die Hände. »Mach dir mal nicht gleich in die Hose!«

Ich ballte die Fäuste. »Wie bitte?«

Justin wich zurück und schaute sich Hilfe suchend um. »Ich hab doch nur Spaß gemacht! Mann, reg dich wieder ab.«

»Cam.« Das war Caleb. »Komm mal wieder runter.«

Ich schaute auf meine Fäuste, öffnete sie. Was war bloß los mit mir?

Die Jungs starrten mich an, als hätte ich einen Sprung in der Schüssel. Die waren solche Wutausbrüche von mir nicht gewohnt. Normalerweise war ich entspannt, wenn ich mit ihnen zusammen war, und machte mir überhaupt nichts aus irgendwelchen Frotzeleien.

Aber an solchen Tagen war ich auch frei von *ihr*. Ich stellte mich unter die Dusche und drehte das kalte Wasser auf. Obwohl ich sie seit Jahren nicht gesehen hatte, war ihre Wirkung auf mich noch immer so groß, dass ein einziger verpasster Anruf von ihr dazu führte, dass mein Inneres sich schmerzhaft verknotete. Was konnte sie jetzt nur wollen?

Ich hatte mehrmals meine Nummer geändert, aber sie fand jedes Mal einen Weg, an die neue heranzukommen. Wahrscheinlich hatte mein Vater sie ihr gegeben, damit sie ihn nicht nervte.

»Hey, Bruder.« Justin warf mir ein Handtuch zu, während ich mir gerade ein anderes um die Taille wickelte. »Ich konnte doch nicht ahnen, dass du dir nicht gern in den Hintern treten lässt. Sorry wegen vorhin.« Sein Ton verriet, dass er mir immer noch übelnahm, was passiert war, und ich konnte es ihm nicht verdenken.

»Ja, tut mir auch leid«, erwiderte ich und beließ es dabei.

Ich war erschöpft, aber nicht besser drauf als vor dem Sport. Mir war klar, was in den nächsten Tagen auf mich zukommen würde, und die Furcht nistete sich bereits in meiner Magengrube ein.

»Soll ich dich mitnehmen?«, fragte Caleb, als ich mir die Hose anzog.

»Nee, ich komm klar. Danke.«

Ich öffnete meinen Spind. Mein aufleuchtendes Handydisplay jagte mir eine Heidenangst ein, aber ich sah die Nachricht, bevor ich sie wegdrücken konnte.

Hitzkopf: *Ich bin in der Sporthalle, Idiot.*

Die Knoten in meinem Innern begannen sich zu lösen. Sobald ich ihre Nachricht las, wich eine Anspannung aus meinen Schultern, derer ich mir zuvor gar nicht bewusst gewesen war.

»Heißes Date?«, fragte Caleb, als er mich grinsen sah.

»Ja«, antwortete ich. »Echt heiß.«

Und als ich sie auf der Tribüne sitzen sah, lächelte ich.

»Hungrig?«, rief ich.

»Nein.« Sie sprang auf und warf sich ihren Rucksack über die Schulter. »Ich will dich bloß nach Hause fahren, damit ich die hundert anderen Dinge erledigen kann, die ich noch zu tun habe.«

Ich fragte mich, ob ihr eigentlich klar war, dass sie nach wie vor meinen Pullover trug. Sie hatte die Ärmel mehrmals umgekrempelt, dennoch reichten sie ihr bis auf die Handgelenke. Es löste ein warmes Gefühl in mir aus, sie in meinen Klamotten zu sehen.

Sie trug ihre Brille nicht mehr, hatte aber die Haare wieder zu einem Pferdeschwanz zusammengebunden, der hin und her schwang, als sie auf mich zukam. Verdammt, wie süß war das denn?

Ich wollte mir ihr Haar um die Faust wickeln und herausfinden, wie seidig es sich anfühlte. Ob es auch nach Pfirsich duftete?

»Es ist spät«, bemerkte ich, als wir nebeneinanderher gingen. »Was hast du denn noch zu erledigen?«

»Ich muss ein Medikament gegen Krebs entwickeln.«

»Oder die Starrköpfigkeit auf den Gipfel treiben?«

»Das kommt als Nächstes dran.«

Mein Mund zuckte. Sie war immer so schlagfertig. Ich wollte irgendetwas Blödes sagen, um sie zu ärgern, nur um zu hören, was ihr dazu einfiel.

»Warte mal.« Ich blieb stehen. Sie lief weiter Richtung Ausgang. »Ich muss was trinken.«

Ich ging zum Getränkeautomaten. Die Flasche Limo kostete zwei Dollar fünfzig. Den letzten Dollar verbarg ich in meiner Hand und schob ihn in meine Tasche.

»Hast du einen Dollar?«

Sie schnaubte ungeduldig. »Warum hast du mir nicht einfach geschrieben, dass du erst was trinken willst? Dann hätte ich einen Dollar sparen können. Hier.« Sie warf mir den Geldschein zu.

Ich fing ihn locker auf. Sie wirkte unbeeindruckt.

»Verschluck dich nicht dran«, fügte sie hinzu, machte jedoch ein Gesicht, als wünsche sie mir genau das Gegenteil. Sie hatte schlechte Laune, daran ließen ihre schwungvollen Bewegungen keinen Zweifel.

Ich schraubte die Flasche auf, hörte das Zischen und trank einen Schluck. »Nächstes Mal kannst du mir was zu trinken mitbringen.«

»Sagt wer?«

Ich öffnete die Tür, die zum Parkplatz hinausführte, und ließ ihr den Vortritt. »Tja, dann bring eben jedes Mal, wenn du mich abholst, einen oder zwei Dollar mit.«

Sie warf mir einen düsteren Blick zu und schloss dann ihren Wagen auf. Mit einem ganz normalen Schlüssel. Keine automatische Fernentriegelung. Als sie drinsaß, musste sie mir eigens die Beifahrertür öffnen.

»Rede nicht mit mir«, warnte sie, startete den Motor und fuhr vom Campusgelände.

Ich grinste nur. Mir sollte es recht sein. Es genügte, in ihrer Nähe zu sein.

Das Auto sah sauberer aus und roch auch frischer als heute Morgen. Hoffentlich hatte sie ihren nichtsnutzigen Bruder nachmittags dazu verdonnert, den Wagen zu reinigen. Die Sitze waren noch ein bisschen feucht, aber das machte mir nichts aus. Ich könnte auf einem Felsen kauern, solange sie neben mir wäre.

Ich ließ das Fenster ein Stückchen herunter und sah zu, wie der Fahrtwind mit ihrem Pferdeschwanz spielte. Wie würde sie wohl reagieren, wenn ich das Gummi löste, damit ihr die Haare offen über die Schultern fielen?

Wahrscheinlich würde sie mich rauswerfen.

Ich lachte in mich hinein. Sie warf mir einen besorgten Seitenblick zu.

Einen Moment lang betrachtete ich ihre Hände. Sie hatte lange Finger, die Nägel leuchteten in einem knalligen Pink. Ich fragte mich, ob sie ihre Zehennägel in derselben Farbe lackiert hatte.

Sie hatte das Lenkrad souverän im Griff und fuhr ein bisschen schneller als erlaubt. Mit ziemlich laut aufgedrehter Musik. Sie sang leise mit, und ich wünschte, ich könnte es hören.

Aber im Augenblick genügte es so, wie es war. Es war sogar mehr als genug.

Die Fahrt kam mir viel zu kurz vor, denn schon hielten wir vor meinem Haus.

»Sayonara«, sagte sie. »Ab mit dir. Zurück in deine Höllengrube.«

Ich drehte das Radio leiser.

»Möchtest du mit reinkommen?«

»Willst du weiterleben?«

Ich sah sie herausfordernd an.

»Verrate mir, weshalb du schlechte Laune hast, Kara.«

Ihre Finger trommelten ungeduldig auf dem Lenkrad. »Ich bin immer schlecht gelaunt, wenn ich es mit der Ausgeburt des Bösen zu tun habe.«

»Es hat also nichts damit zu tun, dass du gesehen hast, wie ein Mädchen mich küsste?«

Sie verschluckte sich fast. Es war eine Freude, ihr die Emotionen vom Gesicht abzulesen. »Entschuldige bitte, aber ich glaube, es ist Zeit für deine Medikamente, Kleiner. Die Stimmen in deinem Kopf sind mal wieder völlig außer Kontrolle.«

»Ich habe ihren Kuss nicht erwidert.«

Sie kniff die Augen zu schmalen Schlitzen zusammen. Haselnussbraunes Feuer.

»Ich kann mich nicht einmal an ihren Namen erinnern.«

»Und was sagt das über dich?«, erwiderte sie.

»Dass ich ein Arsch bin.«

»Ganz recht. Und jetzt husch, husch, verschwinde.« Sie wedelte mit der Hand.

»Ich habe nie etwas anderes behauptet, aber …« Ich lehnte mich zu ihr herüber, und als sie zurückwich, lehnte ich mich noch weiter herüber, bis unsere Gesichter nur noch wenige Zentimeter voneinander entfernt waren. »Du weckst in mir den Wunsch, etwas anderes zu sein.«

Ihre Augen wurden glasig, und ich konnte hören, wie sie versuchte, nicht zu atmen.

»Willst du wirklich nicht mehr mit reinkommen?«, flüsterte ich. »Den ersten Kuss noch mal auffrischen?«

Sie wurde rot. Verdammt hinreißend. Doch sie fing sich rasch wieder und schnaubte verächtlich. »Das nennst du einen Kuss?«

Jetzt grinste ich. Sie forderte mich heraus.

»Ich würde es dir gern noch mal zeigen.«

»Finger weg, Widerling.«

»Ich habe dich nicht angefasst. Noch nicht«, betonte ich. »Und neulich, als du auf mir gelegen hast, hast du mich nicht so genannt.« Ich wusste, dass ich mich wie ein Idiot aufführte, aber sie war einfach zu hinreißend, um sie nicht zu necken.

Ich wartete auf ihre schlagfertige Antwort, doch sie sagte nichts. Aber in ihr brodelte es, das war deutlich zu spüren. Dennoch saß sie einfach nur da und warf mir einen tödlichen Blick zu. Fast hätte ich laut gelacht, als ich aus dem Wagen stieg.

»Bis morgen«, sagte ich unbeschwert, beinah selbstzufrieden. »Gleiche Zeit.«

Kaum hatte ich die Tür zugeworfen, fuhr sie ein paar Meter rückwärts. Ich blieb stehen und beobachtete sie neugierig. Was hatte sie vor?

Etwa fünf Sekunden lang starrten wir uns an. Dann machte sie mit zwei Fingern ein V, zeigte damit auf ihre Augen und anschließend auf mich – das universelle Zeichen für: Ich behalte dich im Blick.

Ich kapierte zu spät, was los war.

Sie startete rasant durch. Die durchdrehenden Reifen schleuderten jede Menge Dreck auf mich. Schlammiges Regenwasser vom nächtlichen Schauer tropfte zähflüssig von meinem Gesicht und meinem Hals.

Ich wischte mir das Zeug aus den Augen und vom Mund. Dann verfluchte ich sie. Ich sah noch, wie sie mir den Mittelfinger zeigte, bevor sie davonpreschte.

Und dann lachte ich.

Ich vermisste sie schon.

Mannomann. Ich steckte echt in großen Schwierigkeiten.

17. Kapitel

Cameron

Ich wachte hungrig auf.

Aber das war nichts Ungewöhnliches. Wann immer ich aufwachte, verlangte mein Körper nach Nahrung.

Stöhnend stemmte ich mich auf der Couch hoch, auf der ich geschlafen hatte. Ich beugte mich nach vorn, stützte die Ellbogen auf die Knie und rieb mir das Gesicht mit den Händen.

Die Sonne war noch nicht aufgegangen, doch auch das war nichts Neues. Ich wachte stets vor Sonnenaufgang auf, unabhängig davon, ob ich spät ins Bett gegangen oder erschöpft war. Ich hätte weiterschlafen können, aber das ließ mein Verstand nicht zu.

Der Job für Rick hatte mich seit der Highschool darauf programmiert, jeden Tag zur gleichen Zeit aufzuwachen. Ich stellte nicht einmal mehr den Wecker.

Ich stand auf und faltete die Decke zusammen. Versuchte eine juckende Stelle am Rücken zu erreichen, schaffte es aber nicht.

»Mist.«

Normalerweise absolvierte ich zuerst mein Workout – es war leichter, mit leerem Magen Gewichte zu stemmen. Manchmal gab ich jedoch den elementaren Bedürfnissen nach.

Ich schaltete das Licht ein, ging noch benommen vom Schlaf in die Küche, während ich weiter versuchte, mich am Rücken zu kratzen. Mein Magen knurrte.

Ich öffnete den Kühlschrank und nahm eine der Schachteln mit Resten von Take-away-Gerichten heraus, die ich in – hoffentlich – dieser Woche gegessen hatte. Schnupperte daran. Roch noch ganz gut.

Ich zog eine Schublade auf, schnappte mir eine Gabel und kratzte mich damit am Rücken. Mann, das tat gut. Dann schlang ich das Essen herunter.

Da es nicht reichte, schüttete ich Cornflakes und Milch in eine Schale und verdrückte auch das. War anschließend immer noch hungrig und futterte noch zwei Bananen und einen Apfel. Nahm mir vor, Pfirsiche zu kaufen.

Schläft sie noch?

Wahrscheinlich schläft sie noch, überlegte ich beim Pinkeln. Ich stieg unter die Dusche und schloss die Augen, während das warme Wasser den restlichen Schlaf aus meinem Körper herausspülte.

Sobald sie aufgewacht war, stellte ich mir vor, machte sie sich erst einmal einen Becher Kaffee. Torkelte auf dem Weg in die Küche gegen Wände.

Zerwühlte Haare, zerknitterte Kleidung. Haut noch warm. Lippen weich. Was trug sie nachts? Hatte sie überhaupt etwas an?

Ich stieg aus der Dusche, wickelte mir ein Handtuch um die Taille. Putzte mir die Zähne, griff nach dem Rasierer. Ich fragte mich, wie sie sich wohl morgens anfühlte und wie sie duftete.

Sie würde ihre Umgebung gar nicht wahrnehmen, und ich könnte sie mit einem Kuss auf den Hals wecken, mein Gesicht an die zarte Haut schmiegen. Sie wäre warm, ihr Duft dort konzentriert. Meine Hände würden tiefer gleiten …

Meine Hand rutschte ab, und ich schnitt mich mit der Rasierklinge. »Verdammt!«

Sogar an sie zu denken, machte mich fertig. Ich wusch die Wunde mit eiskaltem Wasser und drückte anschließend ein Papiertaschentuch darauf.

Bei der Erinnerung an den gestrigen Abend musste ich unwillkürlich lachen. Ihre Wut. Die Pfütze. Sie war schon eine Nummer. Total anders, als alles, was ich aus meinem bisherigen Leben kannte.

Ich zog eine Jeans an und ging in die Küche, um mir einen Becher Kaffee zu holen. Ich trank, an die Spüle gelehnt, und schaute aus dem Fenster. Draußen ging gerade die Sonne auf. Mir fiel wieder ein, was für ein Gebräu sie mir bei sich zu Hause serviert hatte, und ich musste lächeln.

Was für eine Frau, dachte ich und ging ins Arbeitszimmer.

Ich pflegte mein wahres Ich vor den Menschen zu verbergen. Das war das Einfachste. Denn in mir lauerte eine Dunkelheit, dicht unter der Oberfläche. Sogar jetzt spürte ich sie.

Ich war mir nicht sicher, ob die Leute mit meinem wahren Ich umgehen oder es akzeptieren konnten.

Nein, das war gelogen. Ich *wusste*, dass sie es nicht konnten.

Aber bei ihr … kam unwillkürlich etwas von meinem wirklichen Ich zum Vorschein. Sie forderte es ein, und ich konnte offenbar nicht anders, als nachzugeben.

Das beunruhigte mich ein bisschen. Ich war so was nicht gewohnt. Ich wusste auch nicht genau, ob es mir gefiel oder nicht. Aber es musste mir wohl gefallen, denn ich wollte ja, dass sie blieb. Zumindest für eine Weile.

Ich hatte noch nie gewollt, dass eine Frau blieb. Eine verstörende Erkenntnis, die ich vorerst verdrängte.

Ich setzte mich an meinen Schreibtisch und klappte den Laptop auf. Sah meine geschäftlichen E-Mails durch, beantwortete die dringenden. Ich hatte mich noch nicht wirklich zu einer Entscheidung durchgerungen, ob ich mit meinem Unternehmen expandieren wollte, allerdings spielte ich hin und wieder mit der Idee. Mit viel Hilfe von Rick hatte ich meine Kontakte und meinen Kundenkreis aufgebaut. Über die Jahre, in denen ich für und mit ihm gearbeitet hatte, war mein Bankkonto ganz hübsch angewachsen.

Ich führte ein Ein-Mann-Unternehmen, was mir aber ganz gut behagte. Ich konnte Projekte annehmen oder ablehnen, wann immer ich wollte. Bei Bedarf stellte ich vorübergehend ein oder zwei Leute ein, und nach dem Ende des Projekts trennten wir uns wieder. Ich war niemandem Rechenschaft schuldig und an niemanden gebunden. Es war das, was ich wollte.

Ich lehnte mich zurück und rief Rick an.

»Guten Morgen, Kleiner«, begrüßte er mich. »Arbeitest du heute für mich?«

»Nein, Sir.«

»Hast du selbst eine Renovierung?«

»Noch nicht.« Ich hatte ein fettes Projekt in der Warteschleife. Es würde mir nach all den Verbesserungen, die mir vorschwebten, einige Hunderttausend Dollar Profit einbringen. Aber es war eine große Aufgabe, die mich viel Zeit kosten würde. »Ich denke noch drüber nach.«

»Ich habe was für dich, wenn du willst. Ist noch gar nicht auf dem Markt. Ich lasse dir mal von Deb die Details zuschicken.«

»Klingt gut. Apropos Deb. Geht sie nicht bald in Mutterschutz?«

»Ja, wieso? Willst du ihr bei der Geburt helfen?« Er lachte. Ich hörte ihn umhergehen. Wahrscheinlich befand er sich schon auf einer Baustelle.

»Ich habe gehört, sie hat bei der Geburt ihrer Tochter Logans Finger gebrochen. Da lasse ich meine lieber aus der Gefahrenzone.«

Er lachte herzhaft und heiser. Vom jahrelangen Rauchen war seine Stimme rau. Rick hatte mit neun angefangen zu rauchen, aus Langeweile, wie er sagte.

Er war in einem Wohnwagenpark aufgewachsen, in einem Dorf, in dem es nichts zu tun gab. Also rauchte er viel, rührte illegale Drogen jedoch nie an. Er musste mitansehen, wie seine Brüder deshalb ihr Leben im Knast verschwendeten. Schließlich zog er weg aus seinem Dorf und machte etwas aus sich, indem er im Baugewerbe in der Stadt arbeitete, irgendwann dann für einen Mann, der sein Potenzial erkannte und ihm alles über das Häuserbauen beibrachte, was er wusste.

Rick besorgte sich sämtliche erforderlichen Zertifikate und Lizenzen und besaß heute sein eigenes Unternehmen. Wie jeder in der Branche, machte er eine schwierige Phase durch, als die Immobilienblase platzte, und verlor in dieser Zeit etliche Häuser. Er musste sämtliche Bekannte um Darlehen angehen, um sein Unternehmen am Laufen zu halten, doch am Ende schaffte er es. Mittlerweile war er einer der erfolgreichsten Bauunternehmer Manitobas.

Ich hatte diesem Mann viel zu verdanken. Ich glaube, er erkannte sich in mir wieder. Er nahm mich unter seine Fittiche und behandelte mich wie einen Sohn und Schüler. Er gehörte zu den wenigen wichtigen Menschen in meinem Leben. Falls nötig, würde ich meinen rechten Arm für ihn hergeben.

»Frauen sind machtvolle, starke Geschöpfe«, erwiderte er. Ich hörte, wie er sich den Bart kratzte. Genau wie ich vergaß er, sich zu rasieren, wenn er mitten in einem Projekt steckte. »Was gibt's, Sohn? Spuck es aus.«

Er kannte mich gut. »Ich muss dich um einen Gefallen bitten.«

»Na klar.«

Das kam ohne zu zögern, ohne nachzudenken. Völlig selbstverständlich. Er war mir ein Vaterersatz gewesen, als mein eigener Vater sich nicht mehr mit mir abmühen wollte.

»Ich kenne jemanden, der Debs Job übernehmen könnte. Ich verbürge mich für sie.« Ich räusperte mich. »Du würdest sie zweimal in der Woche und an den Wochenenden im Büro brauchen, richtig?«

Einen Moment lang sagte er nichts, dann: »Sicher, es macht die Sache leichter für mich, wenn ich nicht reihenweise Bewerbungsgespräche führen muss. Ein Mädchen, ja? Deines?«

»Ah.« *Ich glaube … das hätte ich gern.* »Eine Freundin.«

Er lachte wissend. »Lass uns irgendwann in dieser Woche mal ein Bier trinken. Komm einfach vorbei, Kleiner.«

»Mach ich.«

»Kommst du mit deinem Studium voran?«

»Es sind nur ein paar Seminare, aber ja, ich komme voran.«

»Gut. Bis bald, mein Junge.«

Nachdem ich das Gespräch beendet hatte, schrieb ich rasch eine SMS, um den Ball ins Rollen zu bringen. Um halb acht signalisierte mein Handy eine eingehende Nachricht.

Hitzkopf: *Hey, Bigfoot, wie hat dir das Pfützenschwimmen gestern Abend gefallen?*

Ich musste lachen und las weiter.

Hitzkopf: *Kann dich heute Morgen nicht abholen. Sorry. Meine Ablösung bei der Arbeit hat sich krankgemeldet. Ich kann meine Patienten nicht allein lassen, bis jemand hier ist. Fahre dich heute Abend nach deinem Basketballtraining.*

Ich setzte mich auf, als ich die drei Punkte auf meinem Display sah. Sie schrieb eine weitere Nachricht. Ich wartete. Wartete. Doch die Punkte verschwanden wieder, ohne eine neue Nachricht von ihr.

Wie dringend brauchte sie das Geld? Musste sie wirklich dermaßen viel arbeiten? Offenbar hatte sie die Nachtschicht gemacht, was bedeutete, dass sie ohne Schlaf in ihre Vorlesung gehen würde. Wie schaffte sie das?

Ich nahm mir einen Lutscher aus meinem Vorrat. Wickelte ihn aus, schob ihn mir in den Mund. Dann fing ich an nachzudenken.

Sie trug ihr Haar heute zu einem hohen Pferdeschwanz zusammengebunden.

Ich lehnte mich gegen den Spind und beobachtete, wie sie aus dem Hörsaal kam. Die Vorlesung war gerade zu Ende. Studenten strömten auf die Gänge. Sie blieb, wo sie war, lehnte sich mit der Schulter an die Wand und wartete, bis sich das Gedränge auflöste.

Ich wusste nicht, ob sie Pflegerinnenkleidung zur Arbeit trug, aber falls ja, musste sie zwischendurch zu Hause gewesen sein und sich umgezogen haben. Sie sah müde aus, aber auch verdammt süß in ihrem blauen, zerknitterten Pullover – der wie ein Sackkleid aussah und über ihren Knien endete. Dazu trug sie diese schwarzen Leggings, die Mädchen dauernd tragen, und Stiefel. Wie üblich hatte sie ihren Rucksack über die Schulter geworfen und eine Wasserflasche in der Hand.

Sie schenkte niemandem um sie herum Beachtung.

Sie schien ganz und gar in ihrer eigenen Welt zu sein und nur darauf zu warten, dass die anderen endlich aus dem Weg gingen, damit sie mit ihrem Leben weitermachen konnte.

Mein Blick fiel auf einen Typen, der ein paar Schritte von ihr entfernt stand. Er schien interessiert zu sein, denn er glotzte sie von oben bis unten an. Er näherte sich ihr und versuchte ihre Aufmerksamkeit zu erringen. Sie sah ihn gar nicht an, bemerkte nicht einmal seine bloße Existenz. Es kümmerte sie auch nicht, dass er die Luft einzuatmen versuchte, die sie ausatmete.

Sie stieß sich von der Wand ab, bereit zu gehen. Der Typ stellte sich ihr in den Weg, ließ es jedoch wie unabsichtlich aussehen. Grinsend baute er sich vor ihr auf.

Sie wich nach links aus, er von ihr aus gesehen auch. Sie bewegte sich nach rechts, er ebenfalls.

Mein Wangenmuskel zuckte.

Als ich mitkriegte, dass sie ihn völlig ausdruckslos ansah, musste ich fast lachen. Sie hielt inne und wartete darauf, dass er sich bewegte. Doch das tat er nicht.

Stattdessen sah er sie jetzt von oben herab an, als würde er sie mit seinen Blicken ausziehen. Kotzbrocken.

Ich war drauf und dran, mich einzumischen, als ich sie sagen hörte: »Funktioniert es nicht richtig?« Ihre Stimme klang zuckersüß.

Ich kniff die Augen zusammen und beobachtete sie sehr aufmerksam. So hörte sie sich nur an, wenn sie gleich darauf einen Tiefschlag landete.

Der Typ ging ihr ahnungslos in die Falle. Lächelnd trat er näher. »Was funktioniert nicht richtig?«

»Dein Gehirn. Ich will dich nicht den ganzen Tag ansehen. Könntest du also beiseitetreten?«

Der Kerl starrte sie perplex an, machte jedoch Platz und trollte sich.

Feigling.

Ja, geh lieber, dachte ich und schaute ihm hinterher. *Du bist nicht der Richtige für sie.*

»Und du?«

Das kam von Levi. Ich starrte ihn finster an, kapierte dann aber, dass er gerade mit einem Mädchen flirtete. Eine Sekunde lang hatte ich tatsächlich geglaubt, seine Frage bezöge sich auf meine Gedanken.

Und du?

Bin ich der Richtige?

Ich beobachtete, wie sie ihre Flasche am Wasserspender auffüllte.

Sie hatte einen Typen in die Flucht geschlagen, der sich nicht behaupten konnte. Sie konnte unverhohlen grob sein, und ihre schroffe Art konnte sich durch männliche Egos fräsen wie eine Kettensäge durch Holz.

Sie würde keinen sanften oder schwachen Kerl wollen, keinen, der ihr dauernd nachgab. So jemand würde sie schnell langweilen. Sie brauchte einen Mann, der ihrem Temperament gewachsen war, der ihre Seitenhiebe kontern und als das erkennen konnte, was sie waren: eine Art Schutzwall. Dornen.

Ich wusste aus eigener Erfahrung, wie hoch dieser Schutzwall war. Aber ich wusste auch, dass ich ihre Verteidigungsmauern überwinden konnte, wenn ich hartnäckig genug blieb. Ein paarmal war es mir schon gelungen. Danach zog sie den Schutzwall zwar jedes Mal rasch wieder hoch, doch immerhin hatte sie mich dahinter spähen lassen.

Nach außen gab sie sich hart. Das musste sie auch, denn ich wusste, was sie verbergen und schützen wollte: ihr empfindsames Herz.

Ich sah, wie sie im Gehen zu der Bank schaute, auf der ich gestern gesessen hatte. Sie reckte den Hals, um in die anderen Hörsäle zu schauen, und stieß dabei fast gegen einen Mülleimer.

Breit grinsend ging ich zu ihr. »Suchst du mich?«

»Oh, shit.«

Sie hatte sich erschreckt, und ihre Hand flog zu ihrer Brust. Sie wirkte schuldbewusst – wie ein kleines Mädchen, das bei dem Versuch ertappt worden war, ein Kätzchen in ihr Zimmer zu schmuggeln.

»Warum sollte ich dich suchen? Ich weiß ja nicht einmal, ob deine Vorlesungen in einem dieser Hörsäle stattfinden. Ich habe Ausschau nach meiner Freundin gehalten.«

»Schon klar.« Ich konnte mir das Grinsen noch immer nicht verkneifen. »Du suchst definitiv nach mir.«

Sie ignorierte mich und ging schnellen Schrittes weiter. Ich folgte ihr. Meine Teamkollegen beobachteten uns verstört. Sie hatten noch nie erlebt, dass ich einer Frau nachlief.

»Wohin willst du?«, fragte ich.

»Warum? Soll ich dich zu deiner nächsten Vorlesung fahren?«

»Na ja, heute Morgen hast du mich gar nicht gefahren.«

»Ich habe dir doch erklärt …«

»Außerdem schuldest du mir ein Shirt und eine Hose.«

Sie setzte unbeirrt ihren Weg fort, ohne mich einer Antwort zu würdigen. Bei diesem Tempo würde sie glatt verschwinden, bevor ich ihre Aufmerksamkeit erringen konnte.

Also griff ich nach dem Band, das ihren Pferdeschwanz zusammenhielt, und zog daran, sodass ihre Haare offen herabfielen. Aufkreischend wirbelte sie zu mir herum und starrte mich wütend an.

»Was zur Hölle ist eigentlich dein Problem?«

Ihre Wangen waren gerötet.

»Das hier behalte ich.« Ich wedelte mit dem blauen Haarband. »Wir sehen uns später in der Turnhalle.«

Pfeifend ging ich davon. Und lachte.

Nachdem das Training beendet war, duschte ich schnell, zog mich an und verzichtete auf das Geplauder mit den anderen. Ich war … aufgeregt. So hatte ich mich schon seit einer ganzen Weile nicht mehr gefühlt, und es tat verdammt gut. Es fühlte sich so an, wie Weihnachten sich anfühlen sollte.

Ich ging durch die Turnhalle und lachte leise, als ich sie dort entdeckte.

Sie schlief.

Ganz unbekümmert. Wie ein kleines Kind, das einfach müde geworden war und nun ein Nickerchen brauchte, hatte sie sich auf der untersten Tribünenbank ausgestreckt, den einen Arm über das Gesicht gelegt, die Haare um ihren Kopf ausgebreitet wie ein Heiligenschein. Mit dem anderen Arm hielt sie den Rucksack vor sich umfasst. Die Wasserflasche stand zu ihren Füßen.

Vorsichtig, um sie nicht zu wecken, setzte ich mich auf die Bank über ihr. Ich hatte sie schon vorher im Schlaf betrachtet, aber es kam mir vor, als sei es das erste Mal.

Ich sah nur die Hälfte ihres Gesichts. Ein Stückchen ihrer kleinen Nase und ihres Mundes. Die Lippen waren blass und ein wenig trocken. Ihr Anblick löste etwas in mir aus, ein Stechen in meiner Brust.

Stets hatte sie eine Wasserflasche bei sich, aus der sie die ganze Zeit trank, aber ich war mir sicher, dass da drin Kaffee war. Sie musste immer wach sein, um ihren zahlreichen Verpflichtungen nachzukommen.

Sie war stark. Daran bestand kein Zweifel, doch selbst die Stärksten brauchten mal Ruhe.

Ich hätte ihr sagen können, dass sie nach Hause gehen und sich hinlegen sollte, statt sie darum zu bitten, mich hier abzuholen. Aber dann hätte sie vermutlich nur eine weitere Schicht angenommen.

Ich zog meine Jacke aus und deckte sie damit zu.

Eine Strähne ihres Haars reichte bis auf den Boden. Ich nahm sie vorsichtig zwischen zwei Finger, ertastete ihre Beschaffenheit. Die Haare waren weich, seidig. Die Farbe erinnerte mich an Karamell – gold und braun. Ich beugte mich vor, um daran zu schnuppern.

Pfirsich.

Dreißig Minuten vergingen, eine Stunde. Und dann kam der Hausmeister herein. Davon wachte sie auf. Sie nahm den Arm vom Gesicht, und ihre braunen Augen fanden mich.

Sie sah verwirrt aus und so verdammt hinreißend, dass ich sie am liebsten in die Arme geschlossen hätte.

»Zeit, aufzubrechen«, sagte ich. Weil mir wieder einfiel, wie dringend sie gestern früh Kaffee gebraucht hatte, um richtig wach zu werden, schraubte ich die Wasserflasche auf und reichte sie ihr. Ich roch Kaffee. »Hier.«

Langsam setzte sie sich auf und trank artig. Diesmal ohne zu klagen. Sekunden später schien sie sich schon besser zu fühlen. Sie wirkte immer noch erschöpft, aber schon ein bisschen wacher, obwohl das Koffein noch gar nicht hatte wirken können.

»Bereit?«, erkundigte ich mich.

Sie nickte.

Ihr Gang war mechanisch, und sie hielt im Gehen weiterhin den Rucksack vor sich, wie ein Schutzschild. Ihr Gesicht war hinter ihren Haaren verborgen.

Das einzige Mal, dass ich schweigend neben ihr gegangen war, war an dem Abend gewesen, als wir uns geküsst hatten. Doch da hatte ich ihre Ungeduld und Energie deutlich gespürt.

Diese Energie fehlte jetzt. Sie kam mir bedrückt vor, als ob sie sich vor der Welt versteckte.

»Du kannst dich an mir festhalten«, flüsterte ich. »Wenn du willst.«

Sie schüttelte den Kopf und ging weiter. Als wir endlich in ihrem Wagen saßen, legte sie den Kopf zurück. Und machte einfach die Augen zu.

Ich atmete scharf ein, als ich merkte, dass sie den Kopf seitlich gegen meinen Arm lehnte.

»Fünf Minuten«, sagte sie mit leiser, brüchiger Stimme. »Nur fünf Minuten. Lass mich einfach …«

»Du kannst dir mehr als fünf Minuten nehmen. Du kannst …« Ich unterbrach mich, ehe ich etwas Dummes von mir geben konnte. »Schließ die Augen, Kara. Ich bin da.«

»Ich bin so müde.«

»Ich weiß, Baby.«

Ihre Atmung war ungleichmäßig, ihre Brust hob und senkte sich in schnellem Rhythmus. Ich rechnete damit, dass sie gleich anfangen würde zu weinen, aber es kamen keine Tränen. Sie schloss nur die Augen.

Eine Viertelstunde saßen wir im Wagen auf dem Parkplatz. Ich wagte nicht, mich zu bewegen, für den Fall, dass sie wieder eingeschlafen war. Ich wollte sie nicht aufwecken. Als ich merkte, dass sie wach war, verhielt ich mich weiter still.

»Wie lautet dein Nachname?«, fragte sie plötzlich, so beiläufig, dass ich ihr übers Haar streichen wollte.

Ich wusste, dass sie Kara Hawthorne hieß.

»St. Laurent.«

»Aber du bist kein Heiliger.« Sie lachte leise, neckend. Es klang so feminin, dass ich sie auf die Nasenspitze küssen wollte.

»Manchmal fühle ich mich wie einer«, entgegnete ich.

Ich hatte den Verdacht, dass sie mit den Augen rollte. »Mittelname?«

»Jeremiah.«

»Jeremiah«, wiederholte sie. »Das ist einer der Propheten in der Bibel. Das war ein ziemlich zäher Bursche.«

Sie löste sich von mir. Ich spürte noch den Nachklang ihrer Körperwärme an meinem Arm.

Ihre Stimme war noch ein bisschen zittrig, aber ich merkte, dass sie sich beruhigt hatte. Dennoch sprach sie leise, als würden wir uns bei Kerzenschein unterhalten.

»Jeremiah passt zu dir«, stellte sie fest. »Jerry zum Beispiel nicht. Aber Jeremiah.«

Meine Mundwinkel zuckten. »Wie lautet deiner?«

»Cammilla.«

Ich wiederholte ihren Namen in meinem Kopf hundertmal.

»Klingt wie ein Name für eine Stripperin, stimmt's? Macht mir allerdings nicht viel aus.«

Diesmal lächelte ich.

»Wir warten immer noch auf Teile für dein Motorrad. Nur damit du Bescheid weißt und falls du dich schon gefragt hast.«

Ich zuckte mit den Schultern. Solange sie die Maschine hatte, war sie an mich gebunden. Mir war es mehr als recht, wenn sie das Motorrad noch für eine Weile behielt.

Anscheinend wurde sie nervös, denn sie plauderte drauflos, um das Schweigen zwischen uns mit ihrem Geplapper zu füllen. Ich fragte mich, ob sie wohl an dasselbe dachte wie ich – an den Moment, in dem sie ihren Kopf an meinen Arm gelegt hatte.

»Sag mir, was du magst«, fragte ich unvermittelt.

Meine Frage ließ sie innehalten. Ich hörte, wie sie kurz die Luft anhielt und dann wieder ausatmete. Ich runzelte die Stirn.

»Du hast so eine Art«, bemerkte sie.

»Was denn für eine?«

»Als würdest du mich mit deinen Worten verführen wollen.«

Meine Miene entspannte sich. »Klappt das denn?«

»Hör zu.« Sie atmete schnaubend aus. »Lass es bleiben. Ich hab's ja geschnallt.«

Ich lachte in mich hinein. »Antworte mir.«

Sie schaute zur Decke, dann holte sie tief Luft. Sie murmelte etwas vor sich hin. Ich glaubte »Herr, hab Erbarmen« herauszuhören, war mir jedoch nicht sicher.

»Warte.« Sie kurbelte ihr Fenster noch ein bisschen weiter herunter. »Hm, lass mich mal überlegen.« Sie kaute auf ihrer Unterlippe. »Ich mag Dekorieren und Entwerfen.«

Ich hatte gehofft, sie würde auf meine andere Frage eingehen: ob ich denn erfolgreich war mit meinem Versuch, sie mit Worten zu verführen. Aber ich war trotzdem angetan von ihrer Antwort.

»Häuser?«

Sie nickte. »Wahrscheinlich hätte ich Innenarchitektur studiert, wenn ich das Geld gehabt hätte. Aber dafür gibt es ja das Internet, oder? Ich habe mir Videos darüber angesehen und auf diese Weise viel gelernt.«

Sie bevorzugt einen abwechslungsreichen Stil, dachte ich, als ich mich an den Besuch in ihrem Haus erinnerte.

»Was noch?«, hakte ich nach.

»Als Kind, in unserem alten Haus, hatte ich diese große Schaukel. Wann immer ich traurig oder wütend war oder mich missverstanden fühlte, setzte ich mich hinein und vergaß den ganzen Ärger beim Schaukeln. Wenn ich Geld übrighatte, kaufte ich mir Süßigkeiten oder einen Milkshake als Proviant. Ich hatte nicht viele Freunde, deshalb …« Sie hob eine Schulter. »Ich schätze, ich war den Mädchen in meinem Alter zu wild.«

Sie legte die Hände aufs Lenkrad und strich mit dem Daumen über die Rillen an der Oberfläche. »Dylan leistete mir manchmal Gesellschaft, aber meistens blieb er im Baumhaus. Mein Dad und er hatten es gemeinsam gebaut, ich habe es eingerichtet. Ich glaube, zu der Zeit erwachte meine Leidenschaft für Inneneinrichtung.«

Sie schob ihren Sitz zurück, zog die langen Beine unter sich und lehnte sich an die Tür, sodass sie mich ansehen konnte. Das gefiel mir. Es gefiel mir sogar sehr.

»Ich mag auch Feuerwerk. Als wir Kinder waren, nahm Dad Dylan und mich mit zu The Forks in Winnipeg. Dort tranken wir Milkshakes, aßen Spaghetti und fütterten die Enten auf dem Fluss.«

Ein zärtliches Lächeln umspielte ihre Lippen. Es waren glückliche Kindheitserinnerungen. Ich wünschte, ich könnte ihr auch so etwas erzählen.

»Dylan wollte Boot fahren, aber Dad hatte nicht genug Geld. Ich kann mich nicht daran erinnern, dass wir jemals genug Geld gehabt hätten.« Sie runzelte die Stirn. »Jeden Herbst habe ich meinen Vater darum gebeten, mir Schuhe für das neue Schuljahr zu kaufen. Ich war ein Kind und wusste es nicht besser, bis ich einmal mitbekam, wie Andrew ihn zusammenstauchte, weil er seine Schulden bezahlen sollte. Damals dachte ich, dass ich nicht verstand, worüber sie redeten, weil ich noch so klein war. Aber eigentlich wusste ich wohl schon, um was es ging, denn danach bat ich meinen Dad nie wieder darum, mir irgendetwas zu kaufen.«

»Erzähl mir noch mehr.«

»Hm. Ich mag Make-up. Ich fühle mich geschminkt hübsch.«

»Du siehst ungeschminkt auch hübsch aus.«

Sie schnaubte abfällig; sie wollte keine Komplimente von mir. Ich fragte mich, ob ihr klar war, dass ich jedes Wort ernst meinte.

»Was ist mit dir?«, wollte sie wissen. »Was magst du?«

»Ich mag *dich*.«

Sie errötete. »Schläfst du mit vielen Frauen?«

Ich stutzte. »Willst du das wirklich wissen?«

Sie sah mir ins Gesicht. »Ich glaube, ich weiß es schon.«

Ich war erstaunt, wie sehr mich diese Worte aus ihrem Mund trafen.

»Es hat mir nichts bedeutet«, versicherte ich. »Und ich fühle mich beschissen und konnte nicht mit dir darüber reden.«

»Warum?«

»Weil … du es bist.«

Und da ich schon ahnte, dass sie mehr über mich würde wissen wollen, als ich preiszugeben bereit war, fragte ich rasch: »Warum hast du diesen Bluterguss im Gesicht?«

Ich achtete darauf, meinen Ton sanft zu halten und meinen Zorn zu verbergen. Ich hatte diesen Zorn aus meiner Kindheit lange nicht verspürt, doch jetzt kam er zurück. Heiß und scharf. Das schier unbezwingbare Bedürfnis, irgendetwas aus reiner, hilfloser Wut zu zerstören.

Mir war der Bluterguss in ihrem Gesicht schon aufgefallen, als sie von der Zuschauerbank in der Turnhalle aufgestanden war. Ein regelrechtes Veilchen. Mir war klar, dass sie streitlustig war. Aber konnte sie tatsächlich mit jemandem aneinandergeraten sein, der sie daraufhin geschlagen hatte?

Sie schniefte verlegen. »Ich dachte, ich hätte es ganz gut überschminkt.«

»Hast du auch«, erwiderte ich. »Du musst es im Schlaf abgewischt haben.«

»Eine verwirrte Patientin hat mich da getroffen.« Wir sprachen jetzt beide sehr leise.

»Passiert das oft?«

»Es kommt vor. Ich habe Geschichten von meinen Kolleginnen gehört, aber bei mir war es das erste Mal.«

Sie atmete sanft aus und bewegte die Hand, die auf ihrem Schoß lag. Ich hätte sie gern gehalten. Nein, eigentlich wollte ich viel mehr als nur ihre Hand halten.

Langsam wandte ich mich ihr zu. Es wurde dunkel draußen, die Laternen auf dem riesigen Parkplatz, auf dem nur ein paar Fahrzeuge standen, gingen an.

Ihr Auto kam mir vor wie unsere eigene kleine Welt.

Ihre Augen verrieten Verletzlichkeit. Ich umfasste ihr Gesicht mit beiden Händen und streichelte mit dem Daumen ihre Lippen. Ich wollte sie küssen, sie schmecken. Doch stattdessen beugte ich mich vor und küsste den Bluterguss. Ich spürte, wie sie sich entspannte und noch weiter zu mir herüberbeugte.

Ich will mich um dich kümmern.

Da war ein Verlangen nach ihr in mir. Es war immer da und so stark, wie ich es bei keiner Frau je zuvor gefühlt hatte. Gleichzeitig fürchtete ich, ihre Verletzlichkeit auszunutzen, wenn ich sie jetzt küsste.

»Ich werde fahren«, erklärte ich. Wow, klang meine Stimme heiser. Ich würde sie nach Hause bringen, den Wagen abstellen und dann zu Fuß zu mir gehen.

»Nein, das kriege ich schon hin.« Sie wandte sich von mir ab und fuhr sich mit einer Hand durch die Haare. »Ich brauchte nur einen … Moment. Danke«, fügte sie sanft hinzu. »Cameron.«

Das war das erste Mal, dass sie meinen Namen aussprach. Es tat gut, ihn aus ihrem Mund zu hören.

Wäre es wohl in Ordnung, jetzt ihre Hand zu nehmen? Noch nie hatte ich die Hand von jemandem halten wollen. Ich fragte mich, wie ihre Hände in meinen wohl aussehen würden. Sie wirkten zierlich und würden vermutlich darin verschwinden.

»Ich habe dir etwas zu trinken mitgebracht«, sagte sie.

Was hatte es wohl zu bedeuten, dass mein Herz bei diesen Worten einen Sprung machte und sich eine wohlige Wärme in mir ausbreitete?

»Weil ich dir keinen Dollar geben wollte«, ergänzte sie hinzu.

»Wo ist es?«

»Zu Hause.« Sie lachte. »Kleiner Scherz. In meiner Tasche.«

Sie zog den Reißverschluss auf und kramte in der Tasche herum.

Sie hatte etwas Weiches und Süßes an sich, wenn sie so war. Offenbar hatte ich sie länger angestarrt als üblich, denn sie stieß mich mit einer Getränkedose an. Es war Gingerale.

Ich räusperte mich. »Danke.«

»Gern geschehen.« Sie ließ den Motor an.

Kara schenkte mir ein Lächeln, diesmal ein echtes. Ich glaubte sogar, Zuneigung in ihrem Blick zu erkennen. Vielleicht bildete ich mir das auch nur ein. Vielleicht. Aber dennoch prägte ich es mir gut ein.

Diesmal schaltete sie das Radio nicht ein. Sie öffnete ihr Fenster ein bisschen weiter und ließ den Wind ins Auto wehen. Mir war schon aufgefallen, dass sie das gerne machte, wenn sie fuhr.

Wir schwiegen, doch es war eine angenehme Stille. Das überraschte mich. Ich hatte noch nie behaglich mit einem Mädchen geschwiegen. Jedenfalls nicht so. Für gewöhnlich ging es nur um das eine, wenn ich mit einem Mädchen zusammen war – dass wir irgendwann zeitnah miteinander in der Kiste landen würden. Und danach wollte ich dann nichts mehr von ihr.

Während ich neben Kara im Auto saß, wurde mir klar, wie leer und oberflächlich das alles war. Ich fuhr mir mit beiden Händen durch die Haare und fühlte mich unsicher. Doch als sie mir erneut einen Blick zuwarf, und ein weiteres Lächeln, hörten die Gedanken auf, durch meinen Kopf zu rotieren.

Und … ich entspannte mich.

Sie verlangsamte das Tempo, als sie meine Straße erreichte. Sie lachte leise, und ich sah sie an. Die ganze Fahrt über hatte ich es vermieden, sie anzuschauen – für den Fall, dass es sie nervte. Heute Abend hatten wir eine Art Waffenstillstand erreicht, und den wollte ich nicht gleich wieder kaputtmachen.

»Was ist denn so komisch?«, erkundigte ich mich.

»Du hast recht. Ich schulde dir ein Shirt und eine Hose. Du hast mich gestern sehr wütend gemacht …«

Ich kriegte nicht mehr mit, wie ihr Satz endete, denn ich hatte einen schwarzen Ferrari in meiner Auffahrt entdeckt.

Das Blut wich aus meinem Gesicht. Meine Hände wurden kalt und klamm.

»Was ist los?«, wollte sie wissen.

»Nichts.« Ich ballte die Fäuste, damit meine Hände nicht zittern. »Verschwinde. Ich brauche dich nicht mehr.«

Sie lachte.

In meinem Bauch formte sich die Angst zu einem dicken Klumpen.

»Lass den Blödsinn. Ich habe mich doch schon für den heutigen Abend bedankt. Also, keine Sorge. Wir gehen zusammen shoppen, und ich besorge dir ein Shirt und eine …«

»Hau ab«, flüsterte ich.

Sie sah mich verwirrt an, dann den Wagen in meiner Auffahrt, dann wieder mich.

Es kostete mich enorme Überwindung auszusteigen. Kara schien etwas sagen zu wollen, doch ich ließ sie gar nicht erst zu Wort kommen.

»Hau endlich ab!«, sagte ich mit deutlich mehr Nachdruck.

Dann warf ich die Tür zu und ging auf meine Haustür zu.

Mein Herz hämmerte. Kara war immer noch da. Ich hörte den Motor im Leerlauf und spürte förmlich ihre bösen Blicke im Rücken. Und dann hörte ich sie mit quietschenden Reifen davonfahren.

Ich drehte mich um und schaute ihr hinterher. Ich wusste, dass diese Sache zwischen uns enden würde, wusste, dass es irgendwann an diesen Punkt kommen musste. Allerdings hatte ich nicht damit gerechnet, dass es so früh passieren würde. Ich dachte, wir hätten Zeit. Ich hatte mich geirrt.

Ich ballte die Fäuste, versuchte, meine Wut im Zaum zu halten, und wandte mich meinem Haus zu. Zeit, sich der Realität zu stellen.

18. Kapitel

Kara

Auf dem Heimweg schaltete ich mein Hirn aus.

Denn hätte ich das nicht getan, wäre ich sofort wieder zurückgefahren, so wütend, dass Voldemorts Rage daneben der reinste Sonntagsspaziergang war.

Auf meiner Brust lastete ein Gewicht, das mich schwer atmen ließ und meinen Herzschlag beschleunigte.

Gehörte das Auto in seiner Auffahrt etwa seiner Freundin?

Nein, nein. Nicht denken.

Wie konnte er nur?

Meine Hände am Lenkrad zitterten. Meine Fingerspitzen kribbelten, als hätte sich dort alles Blut meines Körpers konzentriert.

Hör auf zu denken. Du bist gleich am Ziel.

Ich hatte keine Ahnung, wie ich nach Hause kam. Drinnen schleuderte ich meine Schuhe von den Füßen und scherte mich auch nicht darum, die anderen Sachen ordentlich wegzuräumen, sondern ließ einfach alles neben der Haustür fallen. Klirrend warf ich meine Schlüssel auf den Dielentisch.

Ich hörte die TV-Geräusche, und ein scharfer, süßlicher Duft stieg mir in die Nase. Ich ging schnurstracks ins Badezimmer, um mich erst einmal zu beruhigen.

»Hey, Kara Koala«, rief mein Dad mir fröhlich hinterher.

Er und Dylan saßen um die Kücheninsel und aßen zu Abend.

»Alarmstufe Rot«, sagte ich nur.

Alarmstufe Rot bedeutete, sie sollten mich lieber nicht ansprechen. Ich merkte, dass mein Kiefer schmerzte. Anscheinend hatte ich die ganze Heimfahrt über die Zähne zusammengebissen.

Kaum hatte ich die Badezimmertür hinter mir abgeschlossen,

stellte ich die Dusche an und setzte mich vollständig bekleidet in die Wanne. Drei Minuten später zog ich die Beine eng an meinen Körper.

Ich machte die Augen zu und ließ der Wut hier in der Ungestörtheit des Badezimmers freien Lauf, während das kalte Wasser meine Klamotten durchweichte und auf meine erhitzte Haut prasselte.

Es war seine Freundin, oder? Der dieser schwarze Ferrari gehörte.

Warum sonst hatte er mich schnell loswerden wollen und war fast sauer geworden? Als wollte er um jeden Preis verhindern, dass diese Person, wer immer sie war, mich sah.

Als gebe es da ein schmutziges kleines Geheimnis, das er zu verbergen suchte.

Mir tat das Herz weh.

Hau ab! Zuerst hatte er das leise gesagt, dann mit mehr Nachdruck, als könnte er meine Gegenwart nicht mehr länger ertragen.

Seine kalte, unpersönliche Stimme war ein Schock, der einer Ohrfeige gleichkam. Unwillkürlich ballte ich die Fäuste und wünschte, ich könnte auf irgendetwas einschlagen. Am besten wäre seine Nase, um ihn bluten zu sehen.

So, wie mir jetzt seinetwegen das Herz blutete.

Ich war bloß ein Spiel.

Mehr war ich nicht für ihn gewesen, oder?

War das seine Rache für das, was ich gestern Abend mit ihm gemacht hatte, als ich mit meinem Wagen durch die Pfütze gebrettert war und ihn vollgespritzt hatte? Vielleicht ging es auch immer noch um diese Motorradsache. Möglicherweise war er wirklich dermaßen wütend darüber.

Aber konnte er wirklich so erbärmlich und herzlos sein, mich glauben zu lassen, er sei ernsthaft an mir interessiert, obwohl alles nur vorgetäuscht war?

Er war gut. Verdammt, war er gut. Oscarverdächtig.

Denn … ich hatte angefangen, ihm zu glauben. Ich dachte, er sei anders.

Zuerst versuchte ich, ihn mit beinah allen Grobheiten aus meinem Repertoire zu vergraulen, aber er war immer wieder zurückgekommen. Und da dachte ich … ich dachte …

Nur mühsam hielt ich die Tränen zurück.

Ich hatte seine Beharrlichkeit mit Aufrichtigkeit verwechselt.

Er hatte mir sogar gesagt, dass er mich mochte. Zweimal. Ich erinnerte mich an jeden dieser Momente genau.

Das erste Mal war, als er in unserer Werkstatt auftauchte und mir dann ins Haus folgte. »Ich mag dich«, hatte er gesagt und dazu dieses gefährliche amüsierte Lächeln gelächelt. Mit seinen Lügenlippen.

Ich hatte ihn abblitzen lassen, ihm zu verstehen gegeben, dass ich nicht datete. Damals glaubte ich seinen Worten nicht, weil ich dachte, dass er das zu allen Mädchen sagte, die er ins Bett kriegen wollte. Ich hätte ihm weiterhin nicht glauben dürfen.

Doch dann passierte heute Abend. Und Cameron hatte meine Entschlossenheit dahinschmelzen lassen.

Ich war seit vierundzwanzig Stunden auf den Beinen. Das Pflegeheim hatte mich gestern Abend angerufen, und ich nahm die Schicht an. Es war eine anstrengende Nacht, und morgens meldete sich meine Ablösung krank, also musste ich bleiben, bis sie jemanden gefunden hatten. Mir blieb gerade noch Zeit, um nach Hause zu fahren, zu duschen und mich umzuziehen, bevor ich zu meiner Vorlesung musste. Camerons Training war eine halbe Stunde nach meiner Abendvorlesung zu Ende.

Ich war total erschöpft, fühlte mich verletzlich und allein. Und als er und ich von der Turnhalle zu meinem Wagen gingen und ich sah, wie spät es war, wurde mir klar, was er für mich getan hatte.

Ich war eingeschlafen, während ich in der Turnhalle auf ihn wartete. Und er hatte gewartet, bis ich wieder aufwachte.

Dabei musste er selbst hungrig und müde gewesen sein nach dem Training. Trotzdem hatte er mich nicht geweckt oder sich beklagt.

Das … berührte mich irgendwie. Gab mir das Gefühl, dass ich ihm etwas *bedeutete*.

Und deshalb öffnete ich mich ihm.

Wieder sagte er, dass er mich mochte, und ich glaubte ihm.

Ich dachte, dass es ihm ernst sein könnte. Dass er mich vielleicht mehr mochte als die anderen Mädchen, mit denen er vorher zusammen war. Dass ich irgendwie etwas Besonderes für ihn war.

Ich glaubte, seine Aufrichtigkeit förmlich zu spüren. Jetzt kapierte ich natürlich, dass ich es unbedingt hatte glauben *wollen*. Das war ein großer Unterschied.

Und ich war größtenteils selbst schuld an dem ganzen Mist. Das machte mich wütender als alles andere.

Denn ich hätte es besser wissen müssen.

Ich bin auf ihn hereingefallen. Ich war schwach, dabei hatte ich mir auf meine Stärke etwas eingebildet. Das war ein herber Schlag für mein Selbstbewusstsein. Denn wenn ich nicht stark war, was war ich dann?

Ich war auf ihn hereingefallen, weil er ein paarmal nett zu mir war. Brauchte ich denn so verzweifelt seine Aufmerksamkeit? Aber wieso?

Es gab noch andere Typen da draußen, für die ich mich hätte zum Narren machen können. Aber das hatte ich nicht getan. Warum ausgerechnet bei ihm?

Es war peinlich. Und jämmerlich. Aber was er getan hatte, war noch schlimmer.

Denn er war grausam.

Mag sein, dass es sein Ziel gewesen war, mich ins Bett zu kriegen. Und nun, da er merkte, dass ich nicht nachgeben würde, wollte er mich demütigen oder es mir irgendwie heimzahlen. Zum Beispiel, indem er mich dazu brachte, ihn zu mögen, nur, um mich dann fallen zu lassen. Tja, das hatte er geschafft. Und jetzt wollte er nichts mehr mit mir zu tun haben.

Möglicherweise gab es gar keine Freundin. Vielleicht gehörte der Ferrari in der Auffahrt ja ihm. Und er wollte wirklich nur, dass ich verschwand, weil er sein Ziel erreicht hatte.

Vielleicht hatte er mit seinen Kumpels eine Wette laufen. Es wäre nicht das erste Mal, dass mir so etwas passierte. Jungs hatten schon vorher Wetten auf mich abgeschlossen. Üble Wetten. Bösartige, rachsüchtige.

Hatte er mit seinen Basketballfreunden gewettet? Mit dem ganzen Team?

Warum war mir zum Weinen zumute?

Mir waren schlimmere Sachen passiert, und da hatte ich auch nicht geheult. Also würde ich es verdammt noch mal jetzt auch nicht tun.

Ich wusste, dass ich die ganze Sache möglicherweise überdramatisierte. Es war keineswegs ausgeschlossen, dass meine üblen Erfahrungen mein Urteilsvermögen ein wenig beeinträchtigten.

Ich stellte das Wasser ab und hievte mich aus der Wanne. Meine nassen Sachen tropften den ganzen Fußboden voll. Ich hob den Blick zur Decke und flehte um Geduld. Ein nasser Fußboden brachte mich richtig auf die Palme. Noch etwas, was auf sein Konto ging.

Ich pellte mir die aufgeweichten Klamotten vom Leib und wrang sie aus. Die Waschmaschine wäre zu aufwendig. Ich musste das Zeug jetzt von Hand waschen, sonst würde es morgen müffeln. Auch das ging auf sein Konto.

Als ich nach einem Handtuch suchte und mir wieder einfiel, dass ich mir keins geholt hatte, bevor ich unter die Dusche sprang, kam die Wut zurück. Wie immer. Es war nur eine Frage der Zeit.

Ich rief nach Dylan, damit er mir ein Handtuch brachte. Ich wickelte mich darin ein und lief in mein Zimmer.

Sein Pullover lag auf meinem Bett.

Das war zu viel.

Ich riss die Kommodenschubladen auf, zog Slip, Shirt und Jeans an.

He, Mädchen, was ist mit dem BH?

Vergiss den BH. Den brauchte ich ohnehin nicht.

Meine Haare waren noch nass, aber das war mir egal. Ich marschierte an Dad und Dylan vorbei, die im Wohnzimmer saßen, zog meinen Parka an, schnappte mir meine Schlüssel und rannte zu meinem Wagen.

Ich war bereit für den Krieg.

Es fing wieder an zu regnen, als ich in meinen Wagen stieg. Kleine Hasstropfen vom Nachthimmel, die meine Scheibenwischer nicht ganz wegbekamen. So wie mein Zorn auf ihn nicht weichen wollte. Mit dem Unterschied, dass mein Zorn sich gerade zu einem Sturm entwickelte.

Mir war heiß, glühend heiß. Ich öffnete das Fenster einen Spalt, um mich von der Nachtluft abkühlen zu lassen. Die Lichter des entgegenkommenden Verkehrs blendeten mich, als ich den Blinker setzte und nach rechts in seine Straße abbog. Eigentlich hatte ich gehofft, die Fahrt zu seinem Haus würde mich ein wenig beruhigen. Aber keine Chance.

Mein Körper war auf Kampf eingestellt. Das Adrenalin und die Wut machten mich blind für alles andere, ich suchte die Konfrontation. Als ich in seiner Auffahrt anhielt, beschleunigte sich mein Atem.

Ich saß einen Moment da und versuchte mir einzureden, dass es das Beste wäre, die Sache auf sich beruhen zu lassen. Ihn einfach zu vergessen und darüber hinwegzukommen. Ich war ihm mit Sicherheit egal.

Ich umklammerte das Lenkrad und konzentrierte mich darauf, wie es sich in meinen Händen anfühlte. Auf das Quietschen der Wischerblätter, die alle paar Sekunden über die Frontscheibe glitten. Auf das Prasseln des Regens auf dem Wagendach. Ich konzentrierte mich auf alles außer auf die Dinge, die ich ihm entgegenschleudern wollte, um ihn zu verletzen, so wie er mich verletzt hatte.

Hau ab! hallte seine Stimme laut und deutlich in meinem Kopf.

Ich gönnte mir eine weitere Minute, um mich zu beruhigen. Einatmen und verdammt noch mal ausatmen. Einatmen und verdammt noch mal ausatmen.

Scheiße.

Ich stieg aus und warf die Tür zu. Die hellen Scheinwerfer meines Wagens beleuchteten sein Garagentor.

Ich ballte die Fäuste und marschierte zu seiner Haustür. Das Verandalicht sprang an, als ich auf die Klingel drückte. Einmal.

Zweimal. Zehnmal. Als die Tür nicht schnell genug aufging, fing ich an, mit den Fäusten dagegen zu hämmern.

Mach auf, Arschloch.

Und dann machte er auf.

Er füllte den gesamten Türrahmen aus. Er stand da, groß und gnadenlos schön. Ich selbst war groß, aber er war noch größer. Er musste den Kopf neigen, um mir direkt ins Gesicht zu schauen.

Seine Augen, tiefblau im Tageslicht, waren jetzt dunkel und kalt. Er erinnerte mich an einen stillen Löwen vor dem Angriff. Es kam mir vor, als stünde ich vor einem anderen Menschen.

Am liebsten hätte ich mich auf ihn gestürzt.

Verschwinde! Seine Stimme dröhnte weiter in meinem Kopf.

»Du verdammter Idiot«, sagte ich mit ruhiger, belegter Stimme. »Wie konntest du?«

Ich wartete darauf, dass er etwas sagte. Irgendetwas. Sein Schweigen traf mich mehr, als seine Worte es je vermocht hätten.

»Hast du mir nichts zu sagen?«

Aber da kam nichts. Den Mann, der mir gesagt hatte, dass er mich mochte, gab es nicht mehr. Sein Mund wirkte hart. Sein maskulines Gesicht zeigte weder eine Spur von Sanftheit noch von Reue über das, was vor Kurzem hier geschehen war.

Hasserfüllt bohrte ich ihm den Zeigefinger in den Brustkorb. »Wie kannst du es wagen! Welches Recht hast du, mit meinen Gefühlen zu spielen? Oder mit den Gefühlen von irgendwem? Glaubst du, es ist in Ordnung, mich dazu zu bringen, dich zu mögen, nur um mich dann einfach wegzuwerfen, sobald ich dir zu langweilig geworden bin? Arschloch!«

Noch immer war da keine Gefühlsregung auf seinem Gesicht zu erkennen. Das machte mich nur noch wütender.

»Hältst du dich vielleicht für etwas Besonderes?«, stieß ich hervor. »Das bist du nämlich nicht. Du bist nicht der erste Idiot, der diesen Mist mit mir versucht. An jeder verdammten Straßenecke lauert einer von euch. Hast du eine Wette mit deinen Teamkollegen abgeschlossen, dass du mich dazu bringen könntest, auf dich abzufahren? Nach dem Motto: Amüsier dich mit der blöden Jungfrau und verdiene ein paar Mäuse dabei. Um wie viel ging es? Genug fürs Benzingeld?«

Etwas flackerte in seinen Augen auf, doch er verbarg es so schnell, dass ich mir nicht sicher war, ob es wirklich da gewesen war.

»War das deine Freundin, die vorhin hier war? Sie hat dich erwischt, nicht wahr? Du Arsch. Du hast es verdient, allein zu sein.« Ich reckte das Kinn, um ihn zu einer Erwiderung zu provozieren. »Du hast es verdient, mit Mädchen zusammen zu sein, die genauso sind wie du und sich einen Dreck um dich scheren. Dein verdammtes Motorrad ist mir egal, mir ist alles egal, was dich betrifft, und du bist mir egal.«

Ich wirbelte herum und ließ ihn stehen. Ich ging einen Schritt, zwei, dann hielt ich inne. Ich ballte die Fäuste. Am liebsten hätte ich ihn geschlagen, damit er irgendetwas spürte. Damit ich irgendeine Reaktion von ihm bekam. Ich drehte mich wieder zu ihm um.

Er hatte sich nicht von der Stelle gerührt. Seine Miene war noch dieselbe undurchdringliche Mauer, sie schrie mir förmlich entgegen, wie herzlich gleichgültig ich ihm war.

»Du bist genau wie alle anderen«, sagte ich leise.

Das war mein Schlusswort.

Falls er etwas zu sagen hatte, wartete ich nicht darauf. Ich rannte zum Auto.

Meine Lungen fühlten sich voll an, mein Herz raste. Ich fühlte das Blut in meinem Kopf pochen. Ich schloss die Augen, ließ den Kopf hängen und versuchte, mich zu beruhigen.

Ich war losgeworden, was ich zu sagen hatte. Das war alles, was ich hier wollte. Oder?

Warum fühlte ich mich dann so … leer? Unvollständig. Da fehlte etwas, und etwas in mir blieb unerfüllt.

Nach einigen Sekunden schaute ich mich nach ihm um. Er war fort.

Meine Kehle zog sich zusammen, mein ganzer Körper verkrampfte sich, als ich seine geschlossene Haustür anstarrte. Ich wartete. Und wartete.

Worauf?

Worauf wartete ich?

Und dann ging seine Verandalampe aus.

Da hatte ich meine Antwort.

Der Zorn, den ich in mir bewahrt hatte, verflog. Verrauchte einfach. Doch was an seinen Platz trat, war schlimmer.

Das Gefühl der Zurückweisung.

Es legte sich wie ein dicker Mantel um mich, lastete tonnenschwer auf meiner Brust.

»Scheiß auf ihn«, flüsterte ich in die Dunkelheit. »Scheiß auf ihn.«

Ich stieg ein, startete den Motor und setzte rückwärts aus seiner Einfahrt. Ich sollte schnellstmöglich von hier verschwinden, doch meine Hände zitterten. Ich ließ den Wagen einen Moment im Leerlauf und atmete tief durch. Mehrmals.

»Okay.« Ich nickte. »Okay.«

Ich trat aufs Gaspedal. Und schrie auf.

»Shit!«

Ich trat voll auf die Bremse, und der Wagen kam mit quietschenden Reifen zum Stehen. Er war hier, direkt vor meinem Auto.

Die Straßenlaterne beleuchtete sein engelsgleiches Gesicht. Er sah groß und solide aus, mit seinen breiten Schultern und den langen, starken Beinen. Es hatte aufgehört zu regnen, aber es war kalt draußen, und ich bemerkte, dass er nur ein Shirt trug.

»Was soll das?«, rief ich.

Ich starrte ihn an, er starrte zurück. Seine Augen wirkten jetzt anders als eben noch. Aus der Entfernung konnte ich das Blau nicht erkennen, aber ich wusste, dass sie nicht länger kalt waren. Sondern wild, eindringlich und voller Emotionen, die mein Herz sich zu erkennen weigerte.

Einen Moment lang überlegte ich ernsthaft, ob ich ihn über den Haufen fahren sollte. Oh, ich war versucht. Das würde ihn lehren, nicht mit den Gefühlen anderer zu spielen. Oder er würde begreifen, wie sehr er mich verletzt hatte.

Langsam, beinah vorsichtig trat er an die Beifahrerseite des Autos und blieb vor dem Fenster stehen. In meinen Ohren war ein Klingeln. Er wartete.

Er hätte die Tür öffnen können. Sie war nicht verriegelt. Aber ihm musste klar sein, dass er dieses Privileg jetzt verloren hatte. Es war ihm nicht länger gestattet.

Er beugte sich vor, bis wir auf Augenhöhe waren. Ich starrte ihn vorwurfsvoll an.

»Kara.«

Wie unfair war es, dass sein Gesicht immer noch diese Anziehung auf mich ausübte, nach allem, was er getan hatte? Vielleicht lag es auch an seiner tiefen, dunklen Stimme, die reuevoll klang. Oder an seinem forschenden Blick, der verriet, dass er seine Schutzwälle heruntergelassen hatte, wenn auch nicht ganz. Sie waren noch da, bereit, jederzeit wieder hochgezogen zu werden, sobald er sich bedroht fühlte.

»Lass uns reden«, bat er inständig.

Unglaublich!

»Bitte«, fügte er leise hinzu. Das klang so aufrichtig, dass es mein Herz berührte.

In seiner Stimme schwang unmissverständlich Schmerz mit, und das schnürte mir die Kehle zu.

Als ich ihn kennenlernte, ahnte ich, dass er nicht der Typ war, um bitte zu sagen. Und ich hatte recht behalten. Was brachte ihn jetzt dazu, mit dieser Gewohnheit zu brechen?

Ich traute ihm nicht. Mein Verstand weigerte sich kategorisch, noch irgendetwas mit ihm zu tun zu haben, und riet mir, schleunigst wegzufahren und ihn zu vergessen. Das Vernünftige zu tun.

Doch mein Herz wollte etwas anderes.

»Ich …« Er hob eine Hand, wie um sie mir zu reichen, ließ sie dann aber wieder sinken. »Du kannst wegfahren, und ich würde das verstehen. Aber …« Ich sah, wie er schluckte. Seine Hand zitterte, als er sich über den Mund rieb. »Bitte tue es nicht.«

Ich sah ihm in die Augen.

»Du bist ein Stück Dreck«, sagte ich.

»Ich weiß.«

»Warum sollte ich dich anhören?«

»Das solltest du nicht.«

»Alles klar, ich bin verdammt noch mal raus.«

»Kara.«

Ich holte tief Luft. Zitternd. Ich befeuchtete meine Lippen. Sie fühlten sich trocken an.

»Mach dein Fenster auf.«

Ich kurbelte die Scheibe ein Stückchen herunter.

»Ein bisschen mehr.« Lag da die Andeutung eines Lächelns um seinen Mund?

Wie konnte er es wagen, jetzt zu lächeln?

»Steigst du aus und redest mit mir?«

»Kommt drauf an.«

Er wartete.

Oh, ich wusste, er konnte ärgerlich geduldig sein. Diesbezüglich waren wir die totalen Gegensätze. Ich besaß überhaupt keine Geduld. Aber darauf kam es jetzt nicht an. Warum sollte ich ihm eine Chance geben? Warum sollte ich ihn jetzt anhören?

Es gab keine Erklärung. Mein Körper handelte, noch ehe ich mich entschlossen hatte. Er wich zurück, als ich die Tür aufmachte und aus dem Wagen stieg. Ich blieb auf Abstand zu ihm. Weit, weit außerhalb seiner Reichweite.

»Sprich«, forderte ich so kühl wie möglich.

»Wirst du mich dabei ansehen?«

»Nein.« Ich verschränkte die Arme vor der Brust. »Ich werde dich nicht ansehen.«

Doch er wartete. Geduldig wie eine Katze.

Ich atmete geräuschvoll aus und starrte ihn wütend an. »Was?«

»Es tut mir leid«, flüsterte er. »Es tut mir leid, Kara.«

Mein verräterisches Herz machte einen Sprung. Seine Worte nahmen die schweren Eisenringe weg, die sich darumgelegt hatten, schmolzen sie einfach weg. Ich kämpfte dagegen an. Kämpfte mit aller Kraft dagegen an.

»Glaubst du, es reicht, zu sagen, dass es dir leidtut?«

Er senkte den Blick für einen Moment, dann sah er mir wieder in die Augen. Er kam mir vor wie ein Mann, der mit sich rang.

Seit ich ihn kannte, sah er immer selbstbewusst und selbstsicher aus. Doch nun wirkte er zum ersten Mal unsicher.

Er machte den Mund auf, schien etwas sagen zu wollen, schloss ihn wieder. Er schaute zum Himmel und stieß einen frustrierten Seufzer aus. Rieb sich mit einer Hand übers Gesicht.

Am liebsten hätte ich ihn dazu aufgefordert, endlich auszuspucken, was er mir zu sagen hatte, aber ich fürchtete, dann würde er dichtmachen. Eigentlich sollte ich ihm keine weitere Chance geben, doch die Sehnsucht in seinem Blick, das unbedingte Verlangen, dass ich blieb und ihn anhörte, berührte mich im Herzen.

Deinem Herzen kannst du nicht trauen.

»Noch nie habe ich so für jemanden empfunden. Und …« Er fuhr sich mit beiden Händen durch die seidigen dunklen Haare. »Und es macht mich völlig fertig. Ich will es nicht vermasseln, doch ich … ich weiß nicht, wie ich dazu stehen soll.«

Ich spürte, wie die Schmetterlinge in meinem Bauch abhoben. Und gegeneinander kämpften.

»Es gibt Dinge, die du über mich nicht weißt und die ich dir im Augenblick noch nicht erzählen kann«, fuhr er fort. »Dinge, vor denen ich dich schützen muss.«

»Ich kann gut auf mich selbst aufpassen.«

»Das weiß ich. Ich weiß, dass du das kannst. Aber kannst du dich auch vor mir schützen?«

»Wie meinst du das?«

»Ich will nicht, dass du mit den Dingen zu tun hast, mit denen ich zu tun habe. Bei mir wird immer alles zur Katastrophe.« Er schluckte.

Was verbarg er vor mir? Er war so verschlossen. So geheimnisvoll. Er achtete genau darauf, was er von sich preisgab. Alles an ihm war mysteriös. Im Grunde wusste ich nichts über ihn.

»Es gibt keine Wette.« Seine Stimme klang jetzt hart, und er sah mich mit seinen blauen Augen direkt an.

Ich war verwirrt. Ich brauchte ein paar Momente, um zu kapieren, was er meinte.

Oh. Er spielte auf meine Tirade von eben an und auf den Vorwurf, er hätte mit seinen Teamkollegen gewettet, dass er mich rumkriegen würde.

»Etwas Derartiges würde ich dir niemals antun.«

Ich glaubte ihm. Ich war total bescheuert.

»Ich breite meine Angelegenheiten vor keinem aus, auch nicht vor meinen Freunden«, fügte er hinzu. »Ich habe es dir schon gesagt und wiederhole es gern noch einmal: Ich habe keine Freundin.«

»Wer war das dann vorhin? Der Besitzer des Ferraris?«

Er ragte haushoch über mir auf. Ich hätte von seiner schieren Größe eingeschüchtert sein sollen, doch seltsamerweise fühlte ich mich sicher in seiner Gegenwart. Ich wusste einfach, dass er niemals zulassen würde, dass mir etwas passierte. Zumindest physisch. Und jetzt wollte er meine Vergebung. Ich wusste, dass mein Herz bei ihm sicher war. Jedenfalls vorerst. Aber mir war durchaus klar, dass sich das ändern konnte. Ich war nicht mehr naiv. Zumindest glaubte ich das.

»Jedenfalls niemand, um den du dir Sorgen machen müsstest. Ich werde nicht zulassen, dass man dir wehtut«, versprach er.

Hatte er mich etwa deshalb vorhin so harsch dazu aufgefordert zu verschwinden? Hätte der Besitzer des Wagens mir etwas angetan? Warum?

»Ich werde nicht zulassen, dass man dir wehtut«, hatte er gesagt. Doch er hatte mir bereits wehgetan. Und mit Entsetzen erkannte ich, dass er der Einzige war, der mir wehtun konnte. Mir rutschte der Magen in die Kniekehlen. Warum besaß er diese Macht über mich? Warum hatte ich sie ihm gegeben? Noch dazu binnen so kurzer Zeit?

»Das reicht nicht«, erklärte ich. »Ich muss mehr wissen.«

»Es wird vorerst genügen müssen. Ich weiß nur, dass ich dich vor den schlechten Dingen in meinem Leben bewahren will. Ich kann nicht zulassen, dass du damit konfrontiert wirst. Du bist ...«, seine Stimme wurde tiefer. Er hielt einen Moment inne. Seine blauen Augen suchten meine. »Du bist mir wichtig.«

Das klang sehr bestimmt. Seine Worte waren Balsam für mein

Herz. Ich hatte keine Ahnung, was in seinem Leben vorging, aber offenbar war er noch nicht bereit, es mir zu verraten. »Dinge, die ich dir im Augenblick noch nicht erzählen kann«, hatte er gesagt. Das hieß, eines Tages würde er es vielleicht tun.

Eines Tages? Dachte ich schon an eine gemeinsame Zukunft? Mist, wieso?

»Was nun?«, fragte ich.

Er verschränkte die muskulösen Arme vor der Brust. »Das weiß ich nicht.« Er klang defensiv.

»Wenn du es mir momentan nicht erklären kannst, dann erzähl mir doch wenigstens etwas anderes über dich. Ich weiß ja kaum, wer du bist.«

Er schien etwas sagen zu wollen, überlegte es sich dann jedoch anders. Sein Blick ging an mir vorbei in die Ferne, und seine Augen weiteten sich. Ich wollte mich gerade umdrehen, um zu sehen, wohin er schaute, als er sagte: »Du solltest dich von mir fernhalten.«

Genervt funkelte ich ihn an.

»Du hättest heute Abend nicht herkommen sollen.«

»Was?«

Er tat es schon wieder. Er stieß mich weg.

»Kommt jetzt wieder die Ansage, dass ich verschwinden soll?«

Er sah mich schweigend an. Doch in seinen Augen las ich die Antwort klar und deutlich.

Ja, ich fordere dich erneut auf, von hier zu verschwinden.

Ich dachte, nach unserer Unterhaltung hätten wir irgendwelche Fortschritte gemacht. Wären weitergekommen in dieser … Beziehung. Was auch immer es war, es zeigte sich, dass sich überhaupt nichts geändert hatte.

»Du bist ein echtes Stück Arbeit, verdammt!«, schrie ich.

»Fahr nach Hause, Kara.«

»Weißt du was? Das werde ich auch machen!«

Denn andernfalls würde ich ihn womöglich doch noch schlagen. Er war so stur. Ich stieg wieder ins Auto und merkte erst jetzt, dass der Motor immer noch lief.

Mist. Das Benzin.

Geht auch auf sein Konto. Ich fange eine neue Liste an.

Ich trat aufs Gas. Im Schein meiner Rücklichter sah er aus wie ein verstoßener Engel, der seinen Weg zurück in den Himmel zu finden versuchte. So einsam. Ein Eigenbrötler, der die Liebe der anderen von sich wies. Seine Augen verrieten, wie liebebedürftig er war, doch da endete es auch schon. Aussprechen würde er es nicht.

Ich seufzte und trat auf die Bremse.

Es reicht. Jetzt oder nie.

Ich legte den Rückwärtsgang ein und sah, wie er erschrocken zur Seite sprang. Irgendwie kam mir das bekannt vor, als hätte ich ihn das schon einmal tun sehen.

Ich fuhr etwas zu weit zurück, ehe ich bremste, aber ich hatte es eilig. Ich stieß die Wagentür auf, sprang heraus und marschierte auf ihn zu. Schneller und schneller, bis ich rannte.

Sein Blick war auf mich gerichtet. Fest. Als wäre ich der einzige Mensch, der in seiner Welt existierte.

Ich hörte, wie er nach Luft schnappte, als ich seinen Hemdkragen mit beiden Händen packte und seinen Kopf zu mir herunterzog. Dann küsste ich ihn.

Ich küsste ihn, weil er einsam war, und ich wollte diese Traurigkeit aus seinen Augen vertreiben.

Ich küsste ihn, weil ich es tun musste. Ich wollte es.

Ich küsste ihn, weil … gottverdammt. *Ich dabei bin, mich in ihn zu verlieben.*

Ich wartete seine Reaktion nicht ab. Ich sprang zurück in meinen Wagen und gab Gas.

Verdammt, dachte ich. *Ich bin glücklich.*

Auf der Heimfahrt schien ich nicht aufhören können zu grinsen, auch nicht auf dem Weg zu meinem Dad, der auf der Couch vor dem Fernseher saß.

Es war spät, aber ich wusste, dass er auf mich wartete. Wahrscheinlich machte er sich Sorgen, weil ich vorhin so wütend aus dem Haus gestürmt war. Er sah müde und verschlafen aus, doch ich wusste, dass er versuchen würde, wach zu bleiben, um mit mir zu reden und herauszufinden, ob alles in Ordnung war. Seine Augen, die dieselbe Farbe hatten wie meine, musterten mich prüfend, als ich mich neben ihn setzte.

Er stellte den Ton des Fernsehers aus, wie immer, wenn es zwischen uns etwas zu bereden gab.

Ich grinste wie eine Idiotin. Wir sahen uns an. Fünf Sekunden, zehn, fünfzehn. Und dann lächelte er auch.

»Alles gut?«, erkundigte er sich.

»Alles bestens, Dad.«

Er nickte. »Gut. Deine Haare sind nass.«

»Es regnet.« Ich gähnte.

»Du solltest etwas essen. Möchtest du, dass ich dir was aufwärme?«

»Ich bin müde und gehe ins Bett.« Ich stand auf.

»Irgendwann werde ich dich einem CIA-Verhör unterziehen, um herauszufinden, was mit dir los ist.«

Ich lachte nervös. »Ich weiß. Ich erzähle es dir, versprochen. Aber nicht jetzt.«

Er nickte. »Einverstanden. Vergiss es nicht. Ich hab dich lieb, Schätzchen.«

Kaum hatte ich die Schlafzimmertür hinter mir zugemacht, stieß ich ein glückliches »Yiihaa!« aus und sprang ins Bett.

Ich packte mein Kissen und drückte es fest an mich. Fühlte es sich so an, verliebt zu sein?

Als könnte einem nichts mehr passieren und als könnte einen absolut nichts mehr ärgern? Alles war so furchtbar *gut*.

Aber ging das alles nicht zu schnell? Auch wenn es sich anfühlte, als würden wir uns schon ewig kennen, hatte ich ihn in Wahrheit erst vor ein paar Tagen getroffen. Es konnte noch nichts Echtes sein, oder?

Gab es Liebe auf den ersten Blick wirklich?

Ich dachte zurück an den allerersten Tag, als ich ihn vor dem Hörsaal sah. Irgendwie wusste ich – nein, ich *fühlte*, dass er ein Teil meines Lebens werden würde.

Ich drehte mich auf die Seite, machte die Augen zu und drückte das Kissen mit beiden Armen und Beinen an mich. Gingen wir jetzt miteinander?

Ich biss mir auf die Unterlippe, um nicht wie ein super aufgeregtes Seehundbaby loszuschreien.

Cameron Jeremiah St. Laurent.

Wow. Wie megaheiß war bitte sein Name? Weißglühend!

Ich wollte ihn unbedingt besser kennenlernen. Ich wollte, dass er sich mir öffnete, ohne Zögern. Ich würde ihn schälen wie eine sexy Banane, bis ich alles über ihn wusste. Es war sehr seltsam, so zu empfinden.

Aber wenn er noch nicht bereit dafür sein sollte, wäre das auch in Ordnung. Schließlich wusste ich inzwischen, wie schwer es war, ihn dazu zu bringen, über sich zu sprechen. Ich konnte geduldig sein.

Ich wusste ja, dass er mich ebenfalls besser kennenlernen wollte. Na ja, was er halt unter »besser kennenlernen« verstand. Das war schon in Ordnung. Ich glaubte, dass ich es auch wollte. Allerdings nicht gleich. Vielleicht in ein paar Jahren.

Herumzuknutschen war in Ordnung. Vielleicht sogar ... ein bisschen Rummachen?

»Oh Mann!« Ich rollte mich im Bett herum. Mein Gesicht fühlte sich erhitzt an. Oje!

Aber er ist ein Mann. Männer sind üblicherweise an einer Beziehung ohne Sex nicht interessiert. Hallo? In welchem Jahrhundert lebst du eigentlich?

Ich setzte mich unvermittelt auf, sodass mir die Haare ins Gesicht fielen. Ich strich sie zur Seite.

Außerdem weißt du noch genau, wie das Geknutsche mit ihm abgelaufen ist. Da hat er keinen Zweifel daran gelassen, was er wirklich will.

Nun, ich würde mit ihm reden müssen. Kommunikation war der Schlüssel in diesen Angelegenheiten. Er wusste, dass ich Jungfrau war. Er kannte meine Einstellung in Sachen Sex. Falls nicht, würde ich sie ihm darlegen.

Wenn es um Beziehungen ging, spielte ich keine Spielchen. Wäre es anders, hätte ich jetzt schon etliche Dates gehabt.

Aber ich fing nichts an, was nur von kurzer Dauer sein würde. Oder einfach nur, um *Spaß* zu haben. Wenn ich mich dazu entschloss, mit einem Typen zusammen zu sein, dann weil es mir ernst war. Mir schwebte sowas wie *für immer* vor.

Worin lag der Sinn, mit jemandem zu gehen, wenn man doch wusste, dass er nicht der Richtige war?

Vielleicht war Cameron der Richtige, vielleicht auch nicht. Doch ich würde mit der Gewissheit – oder Hoffnung – in diese Beziehung gehen, dass er es möglicherweise war.

Geh es erst mal langsam an. Lernt euch besser kennen. Übereile nichts und sag nicht gleich, er könnte der Richtige sein. Du liebe Zeit, du hast ihn doch gerade erst kennengelernt!

»Doch, er ist es. Ich kann es fühlen.«

Kann sein, dass ich ein bisschen Angst hatte. Na schön, viel Angst. Doch wenn sich das Ganze als Pyramide an Emotionen darstellte, war Furcht nicht dominant. Glück und Aufgeregtheit waren die vorherrschenden Gefühle.

Ich schnappte mir mein Telefon, in der Hoffnung, eine Nachricht von ihm zu finden. Ich war ein bisschen enttäuscht, dass keine da war.

Aber das war in Ordnung. Er war nicht der Typ, der Nachrichten schrieb. Sollte ich ihm trotzdem eine schicken? Vielleicht brauchte er einen Anstoß. Ich sollte den Anfang machen, dann würde er vielleicht auch schreiben.

Ich öffnete meinen Posteingang und lachte, als ich seinen Namen in meiner Kontaktliste las: SOS für »Spawn of Satan«, Ausgeburt der Hölle. Das sollte ich ändern.

Ich änderte es in »Cameron«. Und dann noch einmal in »Cameron Jeremiah«. Und noch einmal in »St. Laurent«. Dann änderte ich es in Bigfoot. Dann in »Mein Schwarm«. Am Ende entschied ich mich doch wieder für »Cameron«. Und schrieb eine Nachricht an ihn.

Bis morgen, Wolkenkratzer. Gleiche Uhrzeit. Gute Nacht.

Mist, ich hatte vergessen, ein Emoji anzufügen.

Ich schickte ein Smiley hinterher.

Ich drückte das Handy an meine Brust und wartete auf seine Antwort, bis ich einschlief.

Der nächste Tag kam mir vor wie ein Geschenk. Alles war ein bisschen heller und glücklicher. Na ja, es regnete leicht, aber was spielte das für eine Rolle?

Bald würde ich ihn wiedersehen. Mein Herz zersprang fast vor Glück.

Ich brauchte nicht einmal Kaffee.

Na schön, den brauchte ich natürlich doch, aber darum ging es nicht. Ich meinte im übertragenen Sinn. Nach dem Kaffee sprang ich unter die Dusche und absolvierte meine Morgenroutine. Trug sorgsam Make-up auf. Die ganze Zeit über lächelte ich. Ich sollte eine zweite Schicht Mascara auftragen, überlegte ich, da ich heute meine Brille tragen wollte.

Mein Haar war noch feucht. Genau wie gestern Abend, als ich ihn im Regen küsste.

Irgendetwas quietschte völlig hemmungslos. War ich das?

Der Kuss war so romantisch gewesen. Ich wollte noch einen.

Ein Outfit auszuwählen, dauerte etwas länger. Vielleicht sollte ich ein blaues Oberteil anziehen, einfach weil es mich an seine Augen erinnert, beschloss ich auf dem Weg zur Kommode.

»Ah!«

Ich schaute nach unten und stellte fest, dass ich auf mein Handy getreten war. Ich hob es sofort auf und hoffte, dass es nicht zerbrochen war. War es nicht.

Hatte er gestern Nacht noch zurückgeschrieben? Ich öffnete den Posteingang und schnappte nach Luft. Da war eine Nachricht von ihm.

Mit angehaltenem Atem öffnete ich sie.

Cameron: *Ich brauche heute keinen Fahrdienst.*

19. Kapitel

Kara

Ich brauche heute keinen Fahrdienst, hatte Cameron geschrieben.

Mir sank der Mut.

Was passiert denn hier?

Die Nachricht hatte er in der Nacht geschickt. Wahrscheinlich gleich, nachdem ich eingeschlafen war.

Meinte er etwa, dass er heute keinen Fahrdienst brauchte?

Ich stellte die Stimme in meinem Kopf ab, bevor ich voreilige Schlüsse ziehen konnte und wieder total überreagierte wie gestern Abend. Ich sollte ihn einfach fragen, was er damit meinte.

Nicht, dass er mir je irgendeine klare Antwort gegeben hätte. Seine Antworten zogen nur weitere Fragen nach sich.

Ich setzte mich auf mein Bett und las seine Nachricht wieder und wieder, während ich auf eine weitere SMS von ihm wartete. Als hätte er seine gerade erst geschickt und war nun drauf und dran, noch eine hinterherzuschicken. Aber ich brauchte Klarheit. War das vielleicht sein Hobby, sich möglichst unklar auszudrücken?

Natürlich kam da keine weitere SMS. Aufgewühlt tippte ich.

Kara: *Okay. Musst du heute Abend gefahren werden?*

Ich starrte aufs Display und wartete. Beschwor ihn im Stillen, mir zu antworten. Es gab kein Zeichen, dass er die Nachricht gelesen hatte. Nichts. Ich war mir nicht sicher, was schlimmer war: die Erkenntnis, dass er meine Nachricht las und ignorierte, oder darauf zu warten, dass er sie las.

Ich hatte das beunruhigende, nagende Gefühl, dass etwas nicht stimmte. Meine Intuition sagte mir, dass hinter seiner Absage mehr steckte. Und als ich diese Intuition das letzte Mal missachtet hatte, endete das mit einem Faustschlag ins Gesicht.

Trotzdem. Vielleicht waren meine Sinne getrübt, weil ich alles so emotional wahrnahm. Konnte ich denn meiner Intuition noch trauen? Woher wusste ich überhaupt, dass es meine Intuition war, die sich da meldete, und nicht meine Gefühle für ihn, die mein Urteilsvermögen trübten?

Ich biss mir auf die Lippe und überlegte, ob ich ihn anrufen sollte oder nicht. Ich wollte ihm auch nicht auf die Nerven fallen.

Wow, mal langsam. Wie bitte?

Warum zögerte ich, ihn anzurufen? Es ging doch nur um einen Anruf. Keine große Sache. Ich befand mich ja nicht in einer Rateshow, in der ich nur ein einziges Mal einen Freund anrufen durfte. Ich konnte ihn so oft anrufen, wie ich wollte. Nicht, dass ich das tun würde. Dafür war ich viel zu altmodisch und zu stolz. Aber warum verunsicherte mich der Mistkerl so? Oder waren es eher meine eigenen Unsicherheiten, die mich im Griff hatten?

Komm mal wieder runter, Mädchen. Sei ruhig verliebt, wenn es das ist, was du willst, aber verlier deswegen nicht gleich den Kopf. Sei vernünftig.

Was passierte da mit mir? Verliebt zu sein war ja schön und gut, aber alles hatte seine Grenzen.

Ich rief ihn an. Ignorierte das heftige Pochen meines Herzens. Doch er hatte sein Telefon ausgeschaltet.

Finsternis legte sich über meine Seele. Ich redete mir weiter ein, dass das alles nichts zu bedeuten hatte. Nichts hatte sich geändert. Ich würde ihn nachher auf dem Campus sehen. Wahrscheinlich würde er mir später schreiben, dass ich ihn heute Abend nach dem Training abholen soll.

Aber er schrieb nicht.

Im Hörsaal ertappte ich mich dabei, wie ich Ausschau nach ihm hielt. Ich konnte ihn nirgends entdecken, nur seine Teamkameraden. Vielleicht war ihm ja gestern Abend etwas zugestoßen? Immerhin hatte er von Dingen gesprochen, vor denen er mich schützen wollte.

Handelte es sich um die Mafia? Oder war er ein Undercover-Agent? Ein Attentäter? Ein Superheld mit dunkler Vergangenheit?

Ein gefallener Engel? Oder ging es schlicht um seine eigenen vertrackten Probleme?

Die Frage nagte an mir: Was, wenn ihm etwas passiert war?

Krieg dich ein, Mädchen.

Nach meiner letzten Vorlesung ging ich zum Wasserspender, obwohl ich meine Flasche gar nicht auffüllen musste. Vermutlich hatte Cameron schon etwas vorgehabt oder war mit seinem Team verabredet. Oder eine Million andere Sachen kamen infrage. Schließlich führte er ja auch noch ein Unternehmen. Er konnte ein Meeting mit Iron Man und Captain America haben. Wer wusste das schon?

Aber die Sache war … warum schaltete er sein Telefon aus? Und warum antwortete er mir nicht auf meine Nachricht? Und warum war ich derartig besessen von diesen Fragen?

Mir wurde bewusst, dass ich herumtrödelte. Ich sah mich selbst als Humpty Dumpty in »Der gestiefelte Kater«, wie er im Hintergrund herumlungerte und den Kater beobachtete.

Du musst ja wohl sehr durstig sein.

Aber es war nicht der Durst, der mich zur Campus-Turnhalle trieb, um zu sehen, ob er dort war. Sondern schlicht und ergreifend Sorge.

Die Turnhalle war leer.

Frustriert und beunruhigt blieb ich dort und dachte nach. Die Vorstellung, er könnte blutend auf dem Fußboden seines Hauses liegen, trieb mich vom Campus. Meiner Intuition folgend, fuhr ich zu ihm.

Das Haus wirkte verlassen, als ich in die Auffahrt einbog. Ich stieg trotzdem aus dem Wagen, ging zu seiner Tür und drückte auf den Klingelknopf.

Ich wollte ihm zeigen, dass ich mich reif verhalten konnte, besonders nach gestern Abend, daher wartete ich weitere dreißig Sekunden, bevor ich erneut auf die Klingel drückte.

Er ist weg.

Das Herz klopfte mir bis zum Hals. Sicher, wir hatten gestern Abend miteinander geredet. Und er hatte mir seine intensiven Gefühle für mich gestanden. Und ich hatte ihn geküsst.

Doch es hatte keine Versprechungen gegeben.

Krieg dich endlich wieder ein. Ihr seid noch nicht einmal ein Paar, und ein einziges Mal hat er nicht auf deine Nachricht geantwortet, und schon wirst du nervös? Wäre ich an seiner Stelle, würde ich mich auch vor dir verstecken. Mann, du bist eine Spinnerin.

Es stimmte ja, ich übertrieb schon wieder. Wahrscheinlich saß er bloß gerade auf der Toilette.

Plötzlich spürte ich ein Kribbeln im Nacken. Ich wurde unruhig, als würde mich jemand beobachten. Ich drehte mich um.

Und entdeckte den schwarzen Ferrari, der zwei Häuser weiter parkte.

Mit laufendem Motor. Draußen war es inzwischen dunkel. Deswegen und wegen der getönten Scheiben konnte ich nicht sehen, wer hinter dem Lenkrad saß.

Und mich beobachtete.

Mir war kalt, klamm, eine instinktive Reaktion, sobald Gefahr im Verzug war. Ich hatte … Angst. Und wenn ich Angst hatte, wurde ich wütend. Und wenn ich wütend wurde, kämpfte ich.

Ich zwang mich, die Auffahrt hinunterzugehen, bereit, jeden zur Rede zu stellen, der sich hinter der getönten Frontscheibe verbergen mochte. Der Wagen fuhr los. Langsam, leise, als wollte er mir zu verstehen geben, er sei nicht im Mindesten eingeschüchtert oder besorgt darüber, dass ich mich ihm näherte.

Sekundenlang hielt er vor mir, als wollte er mir eine Botschaft senden.

Ich habe dein Gesicht gesehen, und ich weiß jetzt, wer du bist. Nimm dich in Acht.

Dann beschleunigte er, und ich sah ihn um die Ecke verschwinden.

Sämtliche Härchen auf meinen Armen waren aufgerichtet.

Wer zur Hölle war das?

Ich fuhr erschrocken zusammen, als ich ein Poltern auf der anderen Straßenseite hörte. Mein Herz raste. Als ich sah, dass es nur Arschgesicht war, der mir einen finsteren Blick zuwarf, während er seinen Müll in die Recycletonne warf, atmete ich erleichtert auf.

Falsche Tonne, du Genie.

»Hey!«, rief ich und ging hinüber zu seiner Auffahrt.

Er verschränkte die Arme und musterte mich misstrauisch. Er sah aus wie eine riesige mürrische Kakerlake.

»Was gibt's denn, Psycho?« Er grinste anzüglich. »Was machst du beim Haus meines Nachbarn?«

»Kennst du ihn?«

»Klar kenne ich ihn. Warum? Bist du hier, um ihm die Seele auszusaugen? Er meint, er hat seine Rechnung schon bezahlt. *Ich* habe auch bezahlt, also halte dich von meinem Grundstück fern.«

Welche Rechnung?

»Er hat gesagt, dass er seine Rechnung bezahlt hat?«

»Na ja. An dem Morgen neulich, als du hier warst, um mir die Kohle abzupressen, kam er später rüber und erzählte mir, was du getan hast, um an sein Geld zu kommen. Deshalb habe ich lieber bezahlt, weil ich nicht wollte, dass mir das Gleiche passiert. Ganz schön durchgeknallt«, murmelte er.

Am liebsten hätte ich ihm in seine winzigen Testikel getreten, nur brauchte ich noch Informationen von ihm. Ich setzte ein süßliches Lächeln auf. »Woher wusste er überhaupt, dass du mir Geld schuldest?«

»Weil er die ganze Zeit da hinten stand und alles mitbekommen hat. Was geht hier eigentlich ab?«

Hatte er das?

»Was genau hat er gesagt?«, wollte ich wissen.

»Als wüsstest du das nicht selbst.«

»Ich habe mir als Kind oft den Kopf gestoßen, daher neige ich zur Vergesslichkeit. Warum frischst du mein Gedächtnis nicht auf?«

Er schnaubte verächtlich. »Er meinte, er kennt diesen Typen, der dir Geld schuldet, und du hast alle möglichen Leute aus seinem Leben angerufen, sogar seinen Zahnarzt und das Mädchen, das seine Pediküre macht.«

Ich kniff die Augen zusammen. »Echt jetzt?«

»Tu doch nicht so, als wüsstest du das nicht. Er kam rüber, um mich zu warnen. Er ist eben ein guter Nachbar. Etwas, wovon du natürlich keine Ahnung hast.«

Idiot. Er hat dir das erzählt, um mir zu helfen. Aber das bedeutete … er wusste schon von mir, bevor wir uns kennengelernt haben … Ganz schön verwirrend, das alles.

Arschgesicht wich ein paar Schritte zurück. »Jetzt sag nicht, du bist hergekommen, um mich als Nächsten fertigzumachen. Ich habe meine Rechnung bereits bezahlt.« Er musterte mich von oben bis unten und grinste anzüglich. »Da vorn könntest du ein bisschen mehr gebrauchen«, er hielt sich die hohlen Hände vor die Brust. »Aber mit Make-up im Gesicht siehst du ganz hübsch aus. Schmink dich ruhig jeden Tag. Nur ein kleiner Rat von einem netten Nachbarn.«

Dieses Schwein. Ich hätte ihm gern einen Tritt verpasst, aber ich brauchte noch mehr Informationen. Ich klimperte mit den Wimpern. »Danke. Den Rat kann ich gut gebrauchen. Danke.«

Er wirkte freudig überrascht. »Ja?«

»Klar. Pass auf. Ich sollte mich mit ihm treffen.« Ich deutete auf Camerons Haus. »Und zwar vor fünf Minuten, bei ihm. Er wollte, dass sein Motorrad in unserer Werkstatt repariert wird, aber er macht nicht auf. Hast du ihn heute Morgen schon gesehen?«

Er kratzte sich am Kopf. »Ja, allerdings war das genau genommen spät am Abend. Er warf eine dicke Tasche in seinen Wagen und irgendwelche Werkzeuge. Ich habe ihn gefragt, wo er denn hinwill, aber du kennst den Typen ja. Wortkarger Bursche. Hat mir nichts gesagt. Fuhr einfach weg.«

»Hast du einen schwarzen Ferrari in seiner Auffahrt oder hier in der Straße gesehen?«

»Nee, kann ich nicht behaupten. Hey, hast du Zeit diese Woche? Wollen wir?« Er wackelte vielsagend mit den Brauen.

Jetzt grinste ich höhnisch. »Was genau meinst du?«

»Ach, komm schon. Weißt du doch. Zusammen in die Kiste springen. Was sagst du?«

Ich hätte ihm gern ins Gesicht gekotzt. »Du hast eine Ehefrau, oder?«

»Ja, schon, aber die ist schwanger und …« Er verstummte. Wahrscheinlich fiel ihm meine angewiderte Miene auf. Seine Brauen zogen sich zusammen, sodass er aussah wie eine übel verschrumpelte Kartoffel.

»So hübsch bist du auch wieder nicht«, maulte er. »Glaubst du vielleicht, du kannst wählerisch sein? Ernsthaft? Weißt du«, fuhr er fort und klang jetzt gereizt, »diese Gartenzwerge, die du überfahren hast? Die hab ich von meiner Mom.«

Ich schob die Oberlippe vor, und dann ging ich zu meinem Wagen. »Ich würde mir an deiner Stelle mehr Sorgen wegen des Gesichts machen, das du von deiner Mama hast!«, rief ich.

Ich stieg in den Wagen, fuhr rückwärts aus Camerons Auffahrt und ließ ihn mit herunterhängendem Unterkiefer stehen.

Ich war sauer. Auf dem Heimweg machte ich mir düstere Gedanken über den schwarzen Ferrari. Grübelte darüber, wohin Cameron verschwunden sein mochte. Warum er nichts gesagt hatte. Was war mit der Abmachung, zu der er mich gedrängt hatte? Die war ihm doch so wichtig gewesen, und jetzt verschwand er plötzlich?

Werkzeuge, hatte Arschgesicht gesagt. Cameron hatte eine schwere Tasche und Werkzeuge in seinen Wagen geworfen. Entweder musste er ein Haus renovieren, oder er flüchtete. Jetzt wusste ich jedenfalls auch, dass er außer dem Motorrad noch ein anderes Fahrzeug besaß. Hatte er mir nicht erzählt, er besäße nur das Motorrad? Warum wollte er von mir herumgefahren werden, wenn er selbst ein Auto hatte?

Bevor ich ins Bett ging, schaute ich noch mal aufs Handy. Noch immer keine Nachricht von ihm.

Verdammt, Chica. Vielleicht ist er nur heute unterwegs. Er hat ein Privatleben und ein Unternehmen, schon vergessen? Morgen ist er bestimmt wieder da. Oder er schreibt dir heute Abend.

Aber er schrieb nicht.

Stolz hielt mich die ganze Woche aufrecht. Er war weg. Einfach verschwunden. Sein Telefon blieb ausgeschaltet, deshalb konnte ich nicht einmal mit ihm reden. Ich hinterließ ihm zwei Sprachnachrichten. Danach war Schluss. Hinterherlaufen würde ich ihm nicht. Diesem stummen arroganten Mistkerl.

Es war ebenso schmerzhaft wie verwirrend.

Wo zum Teufel steckt er?

Geht es ihm gut?

Wer fährt diesen schwarzen Ferrari?

Warum ist er verschwunden?

Wird er zurückkommen?

Er sollte schon des Colleges wegen zurückkommen. Soweit ich wusste, konnte ein Professor einen Studenten nach drei aufeinanderfolgenden Fehltagen aus dem Seminar werfen. Vorausgesetzt, der Professor machte sich die Mühe, eine Anwesenheitsliste zu führen. Wenn Cameron zwei Seminare belegt hatte, und die nur einmal pro Woche stattfanden, konnte er noch zwei weitere Wochen wegbleiben, ehe er zur Rückkehr gezwungen war.

Falls er das College nicht komplett geschmissen hatte. Aber was war mit seinem Unternehmen? Er hatte doch erwähnt, dass er eines führte. Er kaufte Häuser und verkaufte sie wieder. Warum hatte ich nicht nach dem Namen seiner Firma gefragt? Die konnte er nicht einfach im Stich lassen. Irgendwann musste er also zurückkommen.

Gestern Abend war ich wieder zu seinem Haus gefahren. Befürchtete schon, ein Zu-verkaufen-Schild im Vorgarten zu sehen. Heute Abend würde ich damit aufhören. Es wurde langsam lächerlich, und ich kam mir wie eine Stalkerin vor.

Ich hatte mal kurz als Reinigungskraft im Casino gearbeitet. Einmal beobachtete ich dort eine Frau an einem dieser Spielautomaten. Sie steckte eine Münze nach der anderen da rein, den Blick starr auf die Scheibe gerichtet, in der Hoffnung, den Jackpot zu knacken. Aber das gelang ihr nicht. Sie hat nie gewonnen. Momentan kam ich mir so vor wie diese Lady. Darauf hoffend, irgendwann zu gewinnen, wenn ich nur genügend Münzen einwarf, was doch in Wahrheit nur zum Bankrott führen konnte, nach dem ich mit leerer Brieftasche das Feld räumen musste. Klar konnte ich weiter meine Gefühle in ihn investieren, nur brachte das rein gar nichts. Aber warum musste er mir an jenem Abend all diese Geständnisse machen, wenn er doch weg wollte? Er hätte es doch einfach dabei belassen und verschwinden können. Es war grausamer, mir all diese Dinge zu sagen und Hoffnungen in mir zu wecken. Ich kannte den Typen ja nicht mal besonders lange. Wieso führte ich mich dann auf, als hätte ich einen Ehemann verloren, mit dem ich seit Ewigkeiten verheiratet war?

Das hasste ich am meisten an mir. Wenn ich mal jemanden nah an mich heranließ, dann schloss ich ihn ins Herz und tat mich sehr schwer damit, ihn wieder gehen zu lassen. Aber ich wollte es immerhin versuchen. Schließlich besaß ich Übung darin, Menschen gehen zu lassen, die zuvor ein Teil meines Lebens gewesen waren.

Ich war mit Tala in der Mensa, starrte auf die Tafel mit dem Wochen-Speiseplan und stellte fest, dass ich meine Veggie-Lasagne verpasst hatte.

Die Mensa bot sie einmal pro Woche an, aber nicht an einem festen Tag. Man musste also immer auf den Plan schauen.

Dabei stellte ich fest, dass es die Lasagne vor zwei Tagen gegeben hatte.

»Mistkerl! Das ist alles seine Schuld. Ich hab die vegetarische Lasagne verpasst«, murmelte ich.

Das Mädchen hinter der Glasvitrine lächelte nachsichtig und mitfühlend. Ich bemerkte, wie schön sie war, mit ihren dunklen katzenartigen Augen und den dunklen Haaren unter der weißen Kochmütze. Sie trug außerdem die weiße Schürze der Kulinarik-Studenten. Ich erwiderte ihr Lächeln und ging weiter.

»Meine übersinnlichen Kräfte signalisieren mir, dass irgendetwas mit dir los ist.« Tala musterte mich skeptisch, während ich mein Tablett abstellte – ich hatte mich für Fritten, ein miserables Gurkensandwich und einen Becher Kaffee entschieden – und mich ihr gegenüber hinsetzte.

Ich schüttelte den Kopf und widmete mich dem Sandwich. Als mir auffiel, dass sie seit einer Weile nichts mehr gesagt hatte, schaute ich hoch. Tala schaute mich traurig an.

»Ich habe das Gefühl, dass ich nicht mehr deine beste Freundin bin«, bemerkte sie.

»Was?« Ich starrte sie schockiert an.

»Ich weiß, wie stark du bist, Kar. Aber du vertraust dich mir nie an.«

Ich legte mein Sandwich zurück auf den Teller. »Das ist nicht fair, Tal. Ich vertraue mich dir durchaus an.«

»Ja, aber du brauchst eine Ewigkeit, bis du mir verrätst, was dir zu schaffen macht. Und dann ist die Krise meist auch schon vorbei, und ich kann dir ohnehin nicht mehr helfen. Du willst meine Hilfe gar nicht. Warum sind wir eigentlich Freundinnen, wenn du dich nie bei mir anlehnst?«

Ich stieß einen matten Seufzer aus.

»Offensichtlich bist du die Sache ja leid. *Nagbago ka na*«, fügte sie auf Filipino hinzu, was, wenn ich mich richtig erinnerte, bedeutete, dass ich mich verändert hatte. »Ich muss in mein Seminar.«

»Tala …«

Doch sie marschierte bereits aus der Mensa.

Hilflos und frustriert massierte ich mir den Nacken. Es tat weh, dass sie so über mich dachte, aber noch schlimmer war, dass sie meinetwegen traurig und besorgt war.

Warum musste auch alles auf einmal kommen? Wenn das eine Problem gerade Pause machte, stand schon das nächste bereit. Ich durfte nicht zulassen, dass Tala sich den ganzen Tag mies fühlte. Ich musste die Dinge zwischen ihr und mir klären. Doch als ich sie per SMS fragte, ob wir uns nach dem letzten Seminar am Nachmittag auf einen Kaffee treffen könnten, antwortete sie nicht gleich, wie sie es sonst immer tat.

Ich ging zu meiner nächsten Veranstaltung in den Hörsaal und fühlte mich wie ein jammervoller, deprimierter Zombie. Tala hatte recht mit ihren Vorwürfen, aber mir war das Ganze gar nicht bewusst gewesen.

Als ich an den Schließfächern in der Nähe des Hörsaals vorbeikam, weckte Männerlachen meine Aufmerksamkeit. Mein Herz schlug schneller, als ich die großen Typen vom Basketballteam sah. Ich hoffte, ihn bei den anderen zu entdecken. Doch genau wie in der vergangenen Woche war er nicht da. Der allgegenwärtige Eisenring zog sich noch ein bisschen enger um meine Brust zusammen.

Immerhin sah ich seinen Freund, den Campus-Romeo Caleb Lockhart. Ich ging zu ihm.

»Hey«, begrüßte ich ihn. »Kann ich mal mit dir reden?«

Sämtliche Männeraugen richteten sich auf mich. Auch Lockharts. Der attraktive kanadische Junge. Glänzendes, volles braunes Haar, grüne Augen. Hochgewachsener, aufregender Körper. Er stand einfach nur da, dennoch entging mir seine überwältigende Ausstrahlung nicht.

Allerdings hatte sein Anblick für mich bei Weitem nicht denselben Effekt wie Camerons Gesicht.

»Klar«, antwortete er.

Wir entfernten uns ein Stück von seinem Team, aber die Blicke der Jungs folgten uns. Er winkte ihnen zu und forderte sie auf, schon mal ohne ihn loszuziehen.

»Wow, Bewusstseinskontrolle«, kommentierte ich, als das Team seinem Befehl so widerspruchslos folgte wie die Unbefleckten den Befehlen von Drachenmutter Daenerys.

»Ich kann mich auch unsichtbar machen. Funktioniert nur gerade nicht.« Er grinste.

Ja, er war wirklich attraktiv. Charmantes Lächeln, das ganz leicht das Herz eines Mädchens erobern konnte. Auf meines hatte es jedoch keinerlei Wirkung.

Meines gehörte bereits jemandem, der es nicht wollte.

»Ich habe deinen Karren gesehen, aber wo ist der Esel?«, erkundigte ich mich.

Er blinzelte verwirrt, und ich fragte mich, ob er wohl falsche Wimpern trug. Sie waren so lang. »Esel?«

»Ja, du weißt schon. Der mit den schwarzen gewellten Haaren, groß wie ein Yeti und stark wie ein Stier. Dein idiotischer Freund.«

Seine Augen leuchteten vergnügt. »Cam?«

»Caleb! Die Pause ist vorbei. Los jetzt!«, rief einer seiner Teamkameraden im Weggehen.

Caleb winkte ab.

»Ich will nur wissen … geht es ihm gut?«, fragte ich.

Freundlich sah er mich an. »Alles in Ordnung. Mach dir keine Sorgen, Kara.«

Ich war überrascht, dass er meinen Namen kannte. Lächelnd nickte ich. Er war nett. »Danke«, sagte ich. »Du bist gar nicht so übel.«

»Du auch nicht.«

Uns beiden bedeutete derselbe Mensch etwas. Das war für mich genug, um ihn zu mögen. Ich wandte mich zum Gehen.

»Kara!«

»Ja?«

Er legte den Kopf schräg und sah mich forschend an. Dann fragte er: »Kann ich dir etwas anvertrauen?«

»Nur zu.«

»Er gerät hin und wieder in diese Gemütsverfassung. Dann verlässt er die Stadt für ein paar Wochen, um wieder zu sich zu finden. Mach dir keine Sorgen, er wird zurückkommen.«

»Hi, Cal!«

»Hey, B!«

Eine zierliche Blondine schlang ihre Arme um seine Taille. Ich verabschiedete mich von ihm und ging in mein Seminar.

Jetzt, da ich wusste, dass er weder irgendwo gefoltert wurde noch blutend auf seinem Fußboden lag, sondern bloß eine seiner »Gemütsverfassungen« durchlitt, kam ich mir sehr dumm vor. Außerdem war ich sauer. Wo lag denn eigentlich sein Problem? Ich hatte mir ganz umsonst schreckliche Sorgen um ihn gemacht. Hätte er mir nicht wenigstens höflichkeitshalber eine kurze Nachricht schreiben können? Ich musste ja gar nicht wissen, wo er sich aufhielt. Ein einfaches: *Sayonara. Es war nett, aber ich will nicht mehr von dir gefahren werden* hätte ja schon gereicht und wäre immer noch besser gewesen, als mich total im Ungewissen zu lassen. Ich ballte die Fäuste.

Der Professor redete eintönig über Marketing, als das Handy in meiner Tasche vibrierte. Ich atmete unwillkürlich schneller. Die Nachricht war von Tala.

Tala: *Wie wäre es mit einem Abendessen? Bei mir.*

Kara: *Gern. Wenn du dich benimmst.*

Tala: *Tu es oder lass es, Freundin.*

Und das, merkte ich, während ich wie blöde grinste, war genau das, was ich von ihr brauchte, damit ich mich besser fühlte.

»›Wie ein einziger Tag‹ oder irgendetwas mit Keanu Reeves. ›John Wick‹ vielleicht? Wie wär's mit ›Ich – einfach unverbesserlich‹? Los, beeil dich und such endlich einen aus«, drängte Tala, die es sich schon in ihrem Einhorn-Einteiler bequem gemacht hatte.

Ich trug ihren Affen-Einteiler, der mich an Bigfoot erinnerte. Aber davon wollte ich mir die Stimmung nicht verderben lassen. Schon bald würde ich über ihn hinweg sein. Der Typ war ja jetzt schon kalter Kaffee.

Wir lagen auf ihrem Bett, verschlangen Pizza und dazu gesunde Fruchtsmoothies, die Tala zubereitet hatte. Für die Ausgewogenheit, wie sie meinte. Ich hätte lieber Milkshake gehabt, aber da ich heute Abend eine aufmerksame, mich unterstützende beste Freundin brauchte, ließ ich sie gewähren. Schließlich gelang es mir, sie davon zu überzeugen, zu Bier zu wechseln, und nuckelte zufrieden an meiner Flasche. Ich genoss das sanft einlullende Gefühl, das ich davon bekam.

Es wurde langsam spät, aber da wir morgen beide erst nachmittags Seminare hatten, machten wir einen Mädelsabend daraus. Ich musste nur dafür sorgen, dass ich morgen früh genug in die Puschen kam, um mich auf einen möglichen Test vorzubereiten.

Mrs. B übernachtete bei ihrer Schwester, was ungewöhnlich war, da sie ihr Haus nicht gern verließ. Als ich Tala danach fragte, sagte sie nur, ihre Mom wolle mehr Zeit mit ihrer Familie verbringen.

»Oder wir veranstalten einen ›Game of Thrones‹-Marathon?«, schlug sie hoffnungsvoll vor.

Wir brauchten für gewöhnlich eine halbe Stunde, bis wir uns einig waren, welchen Film oder welche Serie wir uns zu Gemüte führen wollten. Ich nahm mir ein weiteres Stück Pizza. Ich fühlte mich bereits wie ein aufgedunsener Wal, aber ich konnte nicht aufhören zu essen.

»Du hast mich vor zwei Wochen schon dazu überredet, stundenlang ›Game of Thrones‹ mit dir zu gucken«, erinnerte ich sie.

Sie fing an, Taylor Swifts »Look What You Made Me Do« zu singen. Dann spielte sie es auf ihrem Handy ab und schloss es auch noch an ihre Lautsprecher an. Ich sprang vom Bett und fing an, den Song aus vollem Hals mitzuschmettern. Tala fiel sofort ein. Wir verhunzten das Lied total, glichen das meiner Ansicht nach aber durch ein paar coole Hintern-Choreografien aus, nach denen wir total außer Puste waren. Trotzdem machten wir mit den nächsten Songs weiter.

»Tala und Kara liefern euch eine tolle Show, yo! Seid ihr bereit?« Sie lachte.

»Oh, mein Gott, das ist so peinlich. Ich liebe es. Ich liebe dich, Freundin. Okay, aber sieh dir das an, Tal. Rate mal, was das für eine krasse Bewegung ist!«, rief ich keuchend, mit Hüftschwung nach links und rechts, während meine Arme über dem Kopf rotierten.

»Das ist der Balztanz eines Oktopusses, Baby. Den musst du unbedingt aufführen, wenn dein Schatz an dir vorbeigeht. Jetzt rate mal den hier!«

Wir lachten uns schlapp, jung und glücklich wie wir waren, und vollkommen unbeschwert. Und dann warf Tala sich lachend und jammernd zu Boden, beide Hände im Schritt.

»Krampf! Krampf! Ich glaube, ich habe mir was gezerrt. Meine Vagina. Mist. Mist. Oh Mann, ich muss liegen«, brachte sie prustend und schnaubend heraus.

»Ruinier dir nicht die Vagina, bevor du sie benutzt hast«, bemerkte ich, in ihr Lachen einstimmend.

Das brachte uns erneut zum Kichern. Als wir uns allmählich wieder beruhigten, lagen wir, alle viere von uns gestreckt, auf dem Fußboden, und eine angenehme Stille senkte sich über uns.

»Ich mag jemanden«, platzte ich heraus.

Und das soll wohl eine Neuigkeit sein, was?

Ich seufzte und drehte den Kopf, um Talas Reaktion zu sehen. »Ehrlich gesagt, ich glaube, es ist mehr als nur mögen.«

Sie blinzelte langsam. »Was denn? Bist du verliebt?«

Ich nickte.

»Erst mal: Weiß er überhaupt, dass du existierst?«

Sie fragte das freundschaftlich, wie man das eben machte, wenn man jemanden sehr gut kannte und nichts dabei war, irgendeine Frage zu stellen, egal welche. Es ging nur um Aufrichtigkeit.

»Ich habe einen Jungen kennengelernt – nein, einen Mann.« Es kam mir albern vor, Cameron einen Jungen zu nennen. »Und wir haben uns geküsst. Zweimal. Nein, dreimal.«

Tala setzte sich auf und starrte mich perplex an. »Heilige Scheiße. Bitte sag mir, dass ich im Koma lag und deshalb nichts davon mitgekriegt habe. Was läuft da?«

»Krieg dich mal wieder ein. Ich habe ihn gerade erst kennengelernt.«

Einen Moment lang sagte sie gar nichts mehr. Ich wusste, dass sie über meine Enthüllung nachdachte. »Hast du dich deshalb nicht mehr gemeldet?«, sagte sie dann. »Ich wusste, dass etwas mit dir los ist. Du schreibst nicht und fragst auch nicht, ob du mit mir rumhängen kannst, wenn dir irgendwas auf der Seele liegt.«

»Mache ich das denn sonst echt immer?«

Sie nickte.

»Tut mir leid, Tal.«

»Schon in Ordnung. Ich weiß ja, dass du superstark bist. Und ich weiß auch, dass ich … nicht so stark bin wie du. Du sollst aber wissen, dass du immer mit mir reden kannst und ich für dich da sein werde. Ach, Kar, was ist denn los?«

Ich weinte nicht, aber meine Kehle war wie zugeschnürt. Ich setzte mich ebenfalls auf und rieb mir mit beiden Händen den Nacken. »Er ist weg.«

»Wie bitte? Hast du ihn schon in die Flucht geschlagen?«

Ich warf einen Pilz von der Pizza nach ihr und lachte zerknirscht. »Schon möglich. Ich vermute es fast, weil mir das mit allen Leuten passiert.« Die letzten Worte sprach ich kaum hörbar aus. Eigentlich hatte ich das nicht sagen wollen, doch Tala hatte es mitbekommen.

»Ach, Mädchen, das stimmt doch nicht.« Jetzt sah sie wütend aus. »Du kümmerst dich um die Leute, die dir nahestehen. Du bringst sie zum Lachen und heiterst sie auf. Das liegt an deiner Aura. Die ist so stark, dass andere Menschen unbedingt in deiner Nähe sein wollen.«

Sie veränderte ihre Position, sodass sie mich ansehen konnte. »Alle machen sich ständig Sorgen darüber, was andere wohl über sie sagen«, fuhr sie fort. »Du nicht. Du bist einfach nur du selbst, weil du weißt, was wichtig ist. Du sagst, was du denkst und fühlst, egal, was die anderen davon halten, und wenn du etwas wirklich willst, klemmst du dich dahinter. Ohne Wenn und Aber und ohne Rücksicht auf die Erwartungen anderer. Ich bin da ganz anders. Und weißt du was? Die Leute spüren das und fühlen sich davon angezogen. Du fürchtest dich vor nichts, und das ist cool. Soll ich dir noch weiter mit der Wahrheit schmeicheln?«

Sie lachte, als ich mich auf sie stürzte und sie fest drückte. Sie war so klein, dass ich sie mit meinen langen Armen komplett umschließen konnte.

»Und jetzt erzähl mir endlich alles.«

Das tat ich dann auch. Sie hörte mir zu, ohne mich mit Fragen zu unterbrechen. Doch ich konnte ihr ihre Reaktionen vom Gesicht ablesen, und über einige musste ich lachen. Manches ließ ich aus, weil ich es einfach für mich behalten musste. Das hatte ich schon immer so gemacht, selbst als Kind. Details auszulassen, nicht alles zu erzählen, aber ich glaubte, mich in dieser Hinsicht insgesamt doch gebessert zu haben.

»Hm«, meinte sie, als ich fertig war. »Python?«

Ich schüttelte den Kopf.

»Oh.« Sie runzelte die Stirn. »Strumpfbandnatter?«

»Weit davon entfernt.«

»Keiler? Seestern? Krokodil? Verrate es mir! Mir fallen keine Tiere mehr ein!«

Ich biss mir auf die Lippe.

»Sag es mir«, flehte sie leise.

»Anakonda.«

Wir sahen uns einen Moment an, und unsere Augen leuchteten von unterdrücktem Lachen. Und dann fingen wir an zu kichern wie kleine Mädchen.

»Ayayay!« Sie wischte sich die Augen. »Echt jetzt?«

Ich nickte und grinste wie ein Perversling.

Ihr Mund formte sich zu einem Oh. »Wow!« Sie atmete geräuschvoll aus und fächerte sich Luft zu. »Hast du ihn berührt?«, flüsterte sie.

Ich prustete los. Sie war süß. »Nein.«

»Und ihr hattet keinen Sex, oder? Ich meine, du musst es nicht anfassen, um Sex zu haben.« Ihre Nase zuckte. »Da bin ich mir sicher. Okay, ich bin auf dem College und immer noch Jungfrau. Aber trotzdem kenne ich mich ganz gut mit diesen Dingen aus. Wir beide haben ziemlich intensiv darüber recherchiert. Also …« Sie holte Luft. »Ihr habt nicht …?«

Ich schüttelte den Kopf und spürte, wie mein Gesicht glühte. »Es ist schon komisch, weißt du, wenn wir über Sex reden und darüber, einem Mann den Verstand rauszublasen, weil wir so heiß sind. Aber wenn es dann im richtigen Leben darum geht, ist es … ganz schön beängstigend.«

»Keine Ahnung. Erzähl's mir, erzähl's mir, erzähl's mir.« Sie hüpfte auf und ab. »Warte. Du meinst, sein gewaltiger Schwanz macht dir Angst, richtig? Das meinst du doch?«

»Nein, Tal! Du Bitch.« Ich lachte kurz auf. »Na ja, vielleicht doch. Ich meine, *komm* schon. Äh, kein Wortspiel beabsichtigt.« Ich wackelte mit den Brauen, was sie zum Lachen brachte.

»Jedenfalls wollte ich das nicht damit sagen. Es ist wie …« Ich seufzte leise und sammelte meine Gedanken. »Deinen Körper mit jemandem zu teilen … du hast nicht das Gefühl, als würdest du ihm nur deinen Körper geben. Dein Herz ist auch beteiligt, dein Geist und deine Seele … du machst dich verletzlich und gibst dein Vertrauen, dein ganzes Ich, alles was dich ausmacht. Und du hoffst, dass er sorgsam damit umgeht und dein Vertrauen nicht ausnutzt, um dich zu zerstören. Das Beängstigende daran ist, dass man nie wieder sein wird, wie man vorher war, bevor man jemandem all das gegeben hat.«

»Das war so tiefschürfend. Ich liebe es. Ich weiß genau, was du meinst«, sagte sie. »Bist du wirklich dabei, dich in Mr. Kompliziert und Geheimnisvoll zu verlieben?«

Ich stand auf und nahm mir ein weiteres Bier. Mein Hals fühlte sich trocken an. Ich trank die halbe Flasche aus, wischte mir den Mund mit dem Ärmel ab und sagte: »Ich glaube, ich will nicht in ihn verliebt sein.«

»Aber warum denn nicht?«

Ich sah sie finster an. Sie hatte sich bereits auf Camerons Seite geschlagen, das konnte ich in ihren Augen lesen. »Vielleicht bin ich ja nur dem Zauber des Augenblicks erlegen. Der Regen, sein Geständnis, der Kuss, der Mann. Es war perfekt. Vielleicht bin ich bloß ein bisschen verknallt.«

»Er macht dir Angst, nicht wahr? Denn er ist dir längst unter die Haut gegangen, und jetzt wirst du dieses Gefühl nicht mehr los. Es ist wie mit einem fiesen Splitter – je mehr man ihn rauszuholen versucht, desto tiefer dringt der kleine Mistkerl ein.«

Ich lachte kurz und unfroh auf und trank noch mehr Bier. »Er will, dass ich ihm vertraue, keine Fragen stelle, ihm einfach vertraue. Aber er ist verschwunden. Ohne ein Wort. Wie passt das, bitte schön, zu ›Du bist mir wichtig‹? Ich verlange ja nicht von ihm, dass er mir seine ganze Lebensgeschichte erzählt, obwohl ich mir das tatsächlich wünsche. Nur sollte er mir eben auch vertrauen. Das sollte keine einseitige Sache sein. Er bittet mich, ihm zu vertrauen, bringt mir dieses Vertrauen aber nicht entgegen.«

Ich seufzte genervt und ließ mich aufs Bett fallen. Talas Tagesdecke war blau. Sehr, sehr ähnlich dem Blau seiner Augen. Am liebsten hätte ich die Decke verbrannt. Oder an mich gedrückt.

»Ich bin selbst schuld, dass ich verletzt werde. Ich dachte … nachdem er all diese Dinge zu mir gesagt hat, dass er mich beschützen will und ich ihm wichtig bin, würde er nicht zulassen, dass mir etwas Schlimmes widerfährt. Ich dachte, er hätte noch nie so für jemanden empfunden, und dass er nur Angst hat, es zu vermasseln. Was hätte ich denn auch sonst denken sollen? Ich bin selbst schuld, weil ich ihm geglaubt und zu viel erwartet habe. Ich habe mir viel zu viel versprochen von der ganzen Geschichte.«

Sie schüttelte den Kopf. »Sei nicht dumm, Kar. In meiner Fantasie habe ich ein tolles Haus, drei Kinder von meiner großen Liebe und bin schwanger mit dem vierten Baby. Und dieser Typ weiß im wahren Leben nicht mal, dass ich existiere. Aber Mr. Kompliziert hat dir ja mehr oder weniger gestanden, was er für dich empfindet. An deiner Stelle würde ich mich schon mal um die geeignete Location für eure Hochzeit kümmern und um das Reiseziel für die Flitterwochen.« Sie zwinkerte mir zu. »Nach dem, was er zu dir gesagt hat, kannst du dir absolut nicht vorwerfen, zu hohe Erwartungen zu haben.«

Ich lachte. »Ich liebe dich.«

»Ich liebe dich auch, Freundin. Ich finde wirklich, du reagierst oft viel zu heftig. Aber das bist nun mal du. Und nachdem du dich ihm schon von deiner schlimmsten Seite gezeigt hast, weißt du wenigstens, dass er der Richtige ist, wenn er zurückkommt.«

»Woher nimmst du bloß all deine Weisheit? Führst du eine geheime Ehe, von der ich nichts weiß?«

»All diese asiatischen Seifenopern, die ich mir ständig anschaue, haben aus mir eine Meisterin gemacht. Ich habe kein eigenes Liebesleben, deshalb gehe ich voll und ganz in diesen Welten auf.« Sie zwinkerte mir grinsend zu. »Weißt du, was ich glaube?«, fuhr sie fort und setzte sich neben mich aufs Bett. »Er hat irgendwelche komplizierten Probleme, um die er sich erst kümmern muss, ehe er mit dir zusammen sein kann. Wer weiß? Ich denke, du hast einen ebenbürtigen Partner gefunden, Kar. Natürlich wird es nicht einfach. Hast du das etwa erwartet? Wenn es so wäre, würdest du das Ganze nur als selbstverständlich hinnehmen. Du hast dein ganzes Leben lang hart für das gearbeitet, was du willst, deshalb würde es dir gar nicht gefallen, wenn etwas zu einfach wäre.«

Ich dachte über ihre Worte nach. »Ich befürchte nur, dass er mir das Herz brechen wird, wenn ich ihm mehr von mir gebe.«

»Dann lass zu, dass er es wieder heilt. Gehört das nicht zur Liebe dazu?«

Falls dem so war, konnte ich gut und gerne darauf verzichten, denn inzwischen waren zwei Wochen ohne ein Wort von ihm vergangen.

Und dann sah ich ihn wieder. Er hatte keine Ahnung, was da auf ihn zurollte. Aber ich wusste: Er sollte besser anfangen zu beten.

20. Kapitel

Kara

Zwischen dem Moment, in dem ich ihn wiedersah, und unserer letzten Begegnung lagen zwei lange, erschöpfende Wochen. Ich stürzte mich in die Arbeit, nahm alle Schichten an, die ich bekommen konnte, und erkundigte mich sogar bei Kollegen, ob ich deren Schichten im Pflegeheim übernehmen sollte. Ich erledigte meine Jobs und schrieb nebenbei noch super Noten in zwei Klausuren. Wow, war ich gut! Nicht mehr lange, und ich wäre Kandidatin für einen Abschluss *summa cum laude*.

Er existierte praktisch nicht mehr für mich. Er war wie meine Turnschuhe – ich wusste zwar, dass ich sie den ganzen Tag lang anhatte, merkte es aber gar nicht. Sie gehörten einfach zu mir, und ich wurde mir ihrer erst bewusst, wenn ich sie abends auszog.

Im College gab es jetzt dieses Signal zwischen mir und Caleb. Wenn ich im Hörsaal an ihm vorbeikam und er den Kopf schüttelte, hieß das, Bigfoot glänzte immer noch durch Abwesenheit. Ich brauchte ihn gar nicht erst zu fragen, denn irgendwie wusste er, dass ich es wissen wollte.

Ich hatte noch Camerons blauen Pullover. Wenn ich ihn nicht wusch, damit sein Geruch daran haften blieb, ging das niemanden außer mich etwas an. Irgendwann schob ich ihn unters Bett, in der Hoffnung, dass die Hausstaubmilben sich darüber hermachten. Er hatte es nicht besser verdient.

Ich hätte den Pulli auch gespendet – oder verbrannt –, aber dann hätte Cameron ihn mir sicher eines Tages in Rechnung gestellt, wenn er wieder zurück war.

Das benötigte Ersatzteil für sein Motorrad hätte eigentlich Anfang dieser Woche kommen sollen, doch Dylan hatte das falsche bestellt. Und jetzt mussten wir erneut warten. Ich hatte ihm aus professioneller Höflichkeit eine Nachricht mit einer Entschuldigung geschickt. Aber im Grunde interessierte mich die Angelegenheit nicht mehr.

Ich hatte die Nase voll davon, mich unsicher zu fühlen. Mich zu fragen, was ich falsch gemacht hatte, und darüber zu grübeln, ob vielleicht etwas mit mir nicht stimmte und er mich deshalb zurückgewiesen hatte. Ich war darüber hinweg, mich mit solchen Gedanken zu martern. Denn schuld an dem Ganzen waren schließlich seine Probleme.

Mit mir war alles in Ordnung. Ich war eine starke, unabhängige Frau, die keine Mühen scheute, um ihre Träume zu verwirklichen. Und wenn er das nicht zu schätzen wusste, tja, dann *hasta la vista, baby*. Es gab noch andere Fische im Meer, die mit einer Frau wie mir etwas anzufangen wussten. Ich war fertig mit ihm. Schluss, aus, vorbei.

Diese Einstellung wurde gleich wieder auf die Probe gestellt, als ich nach meiner Schicht den Coffeeshop verließ. Es war Spätnachmittag und Wochenende. Die Sonne stand noch am Himmel, und das Wetter war untypisch schön. Mittlerweile war ich verregnete Wochenenden gewohnt, als würde Mutter Natur da irgendein komisches Spiel treiben. Sie neckte uns während der Woche mit gutem Wetter, nur um uns dann das Wochenende zu verhageln. Mutter Natur konnte echt ein Miststück sein. Heute aber war sie meine glitzernde gute Fee.

Also beschloss ich, es krachen zu lassen und mir mal etwas zu gönnen. Na schön, nur einen Schaufensterbummel. Wenn Tala Zeit gehabt hätte, dachte ich, während ich über die Straße in das kleine Einkaufszentrum ging, hätte ich sie abgeholt und mit zu einer Party geschleppt. Unsere Kommilitonen veranstalteten jedes Wochenende irgendeine Party. Zeit und Ort waren über Facebook und Co. leicht herauszufinden.

Früher, als die Werkstatt noch gut lief und ich nicht so viel jobben musste, war ich oft zu diesen Veranstaltungen gegangen. Mein Kindheitsfreund Damon hatte eine Band und schleppte mich mit zu seinen Gigs. Ich hatte sogar mal in einer Bar gearbeitet, in der Damon jeden Freitagabend auftrat. Die Trinkgelder waren sensationell, aber das Nachtleben war damals nichts für mich. Es wäre schön, einfach mal loszulassen und ein bisschen zu feiern.

Ich glaubte, diesen Teil meines Lebens längst abgehakt zu haben, aber plötzlich …

Ich blieb verblüfft stehen. Wow, so hatte ich ja schon lange nicht mehr empfunden. Ich wollte tatsächlich Spaß haben und auf den Putz hauen – ich führte ja schon ein Leben wie eine Großmutter.

Was glaubst du, wodurch du diesen Teil von dir wiederentdeckt hast? Der Teil, der gern Spaß hat und alle Verpflichtungen für eine Weile vergisst? Oder sollte ich fragen, wem du es zu verdanken hast?

Niemandem. Mir war einfach nur klar geworden, wie gut es sich anfühlte, begehrt zu werden – und jemanden zu begehren. Aber nicht irgendwen. Es war sehr wichtig, die richtige Person zu wählen, denn mit der falschen Person zusammen zu sein, konnte einen wiederum übel runterziehen.

Wie wäre es wohl, jemanden zu daten, der wirklich nett war, süß, verständnisvoll, jemanden, der mich nicht enttäuschen und einfach verschwinden würde, der nicht kompliziert war, sondern offen, und der sich aufrichtig wünschte, dass wir einander besser kennenlernten?

»Stehst du immer mitten auf Parkplätzen herum und träumst?«

Ich blinzelte und starrte auf breite Schultern, die in einem babyblauen Hemd steckten. Mein Blick wanderte hoch zu einem braunen Hals, dann weiter zu einer markanten, frisch rasierten Kinnpartie, einem attraktiven Gesicht mit freundlichen braunen Augen und einem schwarzen Lockenkopf.

»Weil das nämlich ganz süß ist«, fügte er hinzu. Wenn er lächelte, bildete sich in seiner rechten Wange ein Grübchen.

Ich erwiderte sein Lächeln und fragte mich, warum er mit mir flirtete, wo ich doch nach meiner Schicht höchstwahrscheinlich aussah wie Oscar, der Griesgram aus der Mülltonne. Ich hätte Lippenstift auftragen sollen, bevor ich mich auf die Straße wagte, und meine glänzende Stirn und Nase abpudern. Allerdings hatte ich auch nicht vorgehabt, nach der Arbeit irgendwo hinzugehen, außer nach Hause.

»Kara? Kara!«

Ich löste mich widerstrebend vom Anblick seines Gesichts und schaute auf die Person, die gerade hinter ihm aufgetaucht war – und bei der es sich um Tita Didi aus der Kirche handelte. Die wundervolle, aber schamlose Kupplerin, die mich ständig zu Dates mit ihren Cousins und Neffen drängte.

»Tita«, sagte der Mann. Ich sah wieder zu ihm hin. Oh nein, war das etwa einer ihrer Neffen?

»Ich sagte doch, dass ich den Wagen hole«, fuhr er fort und sah die ältere Dame liebevoll tadelnd an. »Du musst nicht den ganzen Weg hierher laufen.«

Sie winkte ab. »Ich brauche die Bewegung.« Dann wandte sie sich an mich und grinste dabei wie die sprichwörtliche Katze, die den Kanarienvogel gefressen hat. »Du bist hier meinem Neffen Thomas über den Weg gelaufen? Das ist Schicksal. Perfekt, einfach perfekt! Ich habe schon auf eine Gelegenheit gewartet, euch beide miteinander bekannt zu machen. Musst du heute Abend noch arbeiten, Kara, meine Liebe?«

»Nein, aber …«

»Das ist gut. Dann lasst uns zusammen zu Abend essen, Kinder. Kommt, kommt.«

Sie legte ihren kurzen Arm um meine Taille und schob mich zu einem der Sushi-Restaurants in der Mall. Ich warf Thomas einen hilflosen Blick zu, doch er grinste nur und wirkte ganz zufrieden mit der Situation.

»Kara, dies ist mein Neffe Thomas. Er ist Krankenpfleger und wird nächstes Jahr Medizin studieren. Er sieht so gut aus, und er ist Single.«

Okay, Tita Didi, krieg dich mal wieder ein. Bitte mach diese Sache hier nicht hochnotpeinlich.

Ich überlegte, ob sie mich eventuell für mannstoll hielt oder ob sie mich wirklich nur aus reiner Herzensgüte mit jemandem verkuppeln wollte.

»Ich habe dir von Kara erzählt, nicht wahr, Thomas? Sie ist wunderbar. Ihr zwei habt vieles gemeinsam, also könntet ihr euch jetzt beim Abendessen besser kennenlernen«, schlug sie vor. »Nur ihr beide, einverstanden? Ich habe nämlich vergessen, dass ich mich in fünf Minuten mit meiner Freundin beim Friseur treffen wollte. Der ist gleich nebenan, also mach dir wegen der Fahrerei keine Sorgen«, wandte sie sich an Thomas. »Meine Freundin fährt mich dann nach Hause. Amüsiert euch gut. Wiedersehen, Kinder.« Sie warf uns Kusshände zu und machte sich aus dem Staub.

Ich warf Thomas einen beredten Blick zu. »Du weißt schon, dass sie es faustdick hinter den Ohren hat, oder?«

Er presste die Lippen zusammen, und seine braunen Augen funkelten belustigt. Und dann lachte er laut und tief.

»Tut mir leid. Sie macht das ständig.« Er wirkte ein bisschen verlegen; es sah hinreißend aus.

»Ich weiß. Es ist nicht das erste Mal, dass sie mich damit überfällt.«

Er grinste. »Niemand ist vor Tita Didi sicher.«

»Beim letzten Mal hat sie mich mit einem Mann zusammengebracht, der nicht blinzelte.«

Er sah mich einen Moment lang schweigend an und blinzelte nicht. Ach je, noch so ein schräger Vogel, mit dem sie mich verkuppeln wollte. Doch dann grinste er und blinzelte mehrmals hintereinander, was mich zum Lachen brachte.

»Hey, Leute.« Der Kellner legte die Speisekarte auf den Tisch, zusammen mit Bestellkarten und einem Stift für die Sushi-Auswahl. »Kann ich euch schon etwas zu trinken bringen?«

Thomas sah mich an. »Ladys first.«

»Ich nehme einen Milkshake mit doppelt Sahne.«

Das brauchte ich heute. Ich hatte es mir verdient. Ich müsste einfach nach diesem Überfall-Date ganz schnell nach Hause fahren, um die Toilette aufzusuchen.

»Ausgezeichnete Wahl. Und Sie?«

»Ich hätte gern einen grünen Tee«, sagte Thomas.

Grüner Tee. Mir wurde klar, dass ich noch nie irgendwas mit

einem Typ unternommen hatte, der grünen Tee bestellte. War er ein Gesundheitsfreak? Er war schlank, hatte aber breite Schultern, und die Arme füllten sein Anzughemd sehr ansehnlich aus.

»Perfekt. Ich bin gleich wieder da mit euren Getränken.«

»Danke«, erwiderten wir beide.

»Tita ist deine Tante, ja?«, fragte ich ihn, nachdem der Kellner gegangen war. Ich nahm mir die Karte und den Marker und schrieb je eine 1 neben die Veggie-Raupenrolle, die Tempura-Yam-Rolle und die Shiitake-Rolle.

»Sie ist die Schwester meiner Mom«, antwortete er.

»Ihr scheint euch nahezustehen.«

»Sie hat keine Kinder.«

Ich hob die Brauen. »Du begleitest deine Tante also in die Mall? Dann bist du ja ein echt netter Kerl. Wusste gar nicht, dass es solche Männer noch gibt.«

Er sah mich belustigt an. »Oh, es gibt uns durchaus noch. Allerdings sind ein paar der Jungs nicht rechtzeitig aufgewacht und haben daher den Kurs ›Netter Kerl 101‹ verpasst.«

Witzig war er auch noch. Ich reichte ihm den Stift. Sein Haar fiel ihm in die Stirn, als er den Blick senkte, um seine Bestellkarte auszufüllen. Er strich es mit den Fingern zurück. Es war schwarz und gewellt, daher war es wohl ganz normal, dass es mich an jemanden erinnerte, über den ich vollkommen hinweg war. Auch wenn es nicht ganz den richtigen Farbton hatte. Camerons Haar war dunkler, beinah schwarzblau, besonders in der Sonne. Und es war nicht so lockig wie das von Thomas. Camerons Locken sahen aus wie sanft geschwungene Engelslocken.

Verfluchter Mistkerl! Raus aus meinem Kopf, Bigfoot!

»Habt ihr euch schon entschieden?«, erkundigte sich der Kellner, während er unsere Getränke auf den Tisch stellte.

Als er wieder weg war, sagte Thomas: »Ich glaube, du erinnerst dich nicht an mich.«

Ich stutzte. »Sind wir uns schon mal begegnet?«

»Autsch. Ich gehe in dieselbe Kirche. Einmal habe ich gesehen, wie du deinen Bruder geohrfeigt hast.«

Ich musste einen Moment nachdenken, bis mir wieder der Moment einfiel, als ich so müde war – wann war ich das nicht? – und Dylan mich aufweckte und ich ihm reflexartig eine runterhaute. Mir war nicht bewusst gewesen, dass das jemand beobachtet hatte.

»Oh, ja, das machen wir aus Spaß«, erwiderte ich, ohne eine Miene zu verziehen. »Mein Bruder mag das.«

Er lächelte. »Ganz schön bösartig von dir.«

»Hast du Geschwister?«

Er nickte. »Fünf Schwestern und fünf Brüder. Ich bin das jüngste Kind.«

»Nicht möglich. Ihr seid elf?«

»Meine Kindheit war das reinste Abenteuer.«

Als unser Sushi kam, stellten wir fest, dass wir beide Vegetarier waren. Thomas erzählte mir lustige Geschichten über die Streiche, die seine Geschwister ihm gespielt hatten, dass sie ihm ständig sagten, er müsste den Abwasch machen und den Boden wischen, weil er der Jüngste sei, und dass er nie die Fernbedienung haben durfte und wie sehr er seine Geschwister vermisste, als sie groß waren und das Elternhaus verließen. Und wie er dann auch irgendwann auszog. Wir unterhielten uns darüber, wie es war, in Kanada als Kinder gemischter Abstammung aufzuwachsen – seine Mutter war Philippinin, sein Dad Afro-Kanadier.

Er war offen und freundlich, und wir hatten viel gemeinsam. Wir tauschten Anekdoten über schwierige Patienten aus und erzählten einander von liebenswerten Patienten, die die Arbeit in der Gesundheitsindustrie lohnenswert machten. Es schien, als hätte das Universum tatsächlich meine Bitte erhört, als ich mir jemanden wie ihn wünschte. Er war das komplette Gegenteil von jemandem, den ich absolut abgeschrieben hatte. Denn dieser von mir total abgeschriebene Mensch würde nicht im Traum daran denken, mir von seiner Kindheit zu erzählen.

»Langweile ich dich?«, fragte er unvermittelt.

Ich fuhr leicht zusammen. »Verdammt. Nein, tut mir leid. Ich habe nur …«

Er hatte ein jungenhaftes Gesicht, von dem ich praktisch ablesen konnte, dass Heerscharen von Verwandten, Freunden und Mädchen ihn anhimmelten. Seine warmen braunen Augen luden mich dazu ein, ihm zu erzählen, was immer ich wollte.

»Ich bin eine Idiotin, oder?«, murmelte ich.

»Warum erzählst du mir nicht, was dich beschäftigt? Ich werde es auch nicht weitersagen. Pfadfinderehrenwort.« Er hob drei Finger zum Schwur.

Ich griff zu den Stäbchen und schob mir ein Stück Sushi in den Mund. Warum eigentlich nicht? Er war ein Fremder, und er wirkte ziemlich vertrauenswürdig. Obwohl … »Ich habe da diese … Freundin«, begann ich.

Er sah mich lächelnd an. »Ich mag diese hypothetischen Ich-habe-da-eine-Freundin-Geschichten.«

Ich warf ihm einen ironischen Blick zu. »Es handelt sich wirklich um meine Freundin.«

»Klar. Eine Freundin.«

»Ja, und sie hat einen Mann kennengelernt.«

»Kommt mir sehr bekannt vor. In so was bin ich praktisch Experte.«

»Experte? Dann wirst du wohl oft in die Kumpelzone verbannt?«

Er lachte leise. »Autsch. Aber über mich reden wir nächstes Mal. Jetzt geht es um dich. Die Bühne gehört dir. Ergreife bitte das Mikrofon.«

Bitte. Ich kenne jemanden, der noch nie bitte gesagt hat, mit Ausnahme jenes einen Abends.

»Hat dir jemals jemand sehr viel bedeutet, den du gleichzeitig auch hasst? Und je mehr du ihn hasst, desto mehr willst du ihn? Und du machst dir vor, es ginge dir gut, obwohl du tief in dir drin doch genau weißt, dass das nicht stimmt. Hast du jemals für jemanden so viel empfunden, dass du ihn am liebsten von einer Klippe schubsen würdest?«

»Hm, ich kann nicht direkt behaupten, dass ich Erfahrung mit diesem Phänomen habe.« Er legte seine Essstäbchen hin. »Sollte ich mir Sorgen machen? Brauchst du Hilfe?«

»Nicht ich. Meine Freundin.«

»Oh, stimmt ja. Klingt, als bedeute dieser Mann deiner Freundin wirklich viel.«

»Kann sein. Momentan möchte sie ihn am liebsten umbringen, aber das kann sie ihm nicht einmal mitteilen, weil er nämlich nicht da ist. Er ist … einfach verschwunden.«

»Wo ist er?«

»Das weiß sie nicht. Er ist verschwunden, ohne es ihr zu sagen.«

»Gib mir mal einen Hintergrund. Sie haben sich also getrennt?«

»Nicht richtig. Eigentlich waren sie gar nicht zusammen.«

»Ah, ich glaube, jetzt verstehe ich. Sie haben viel Zeit miteinander verbracht, waren aber nie ein Paar, weil sie nie darüber gesprochen haben. Es ist jedoch offensichtlich, dass sie Gefühle füreinander haben. Dann schreibt er ihr plötzlich keine Nachrichten mehr, ruft nicht mehr an und ist für sie nicht mehr verfügbar. Habe ich das so weit richtig verstanden?«

»Verdammt, du bist gut. Du hast recht. Du bist genial.«

Er klopfte sich mit der Faust auf die Brust. »Danke. Hör zu, ich glaube, du weißt das selbst schon …«

»Nicht ich. Meine Freundin«, erinnerte ich ihn.

Er bedachte mich mit einem wissenden Blick. »Na schön. Deine Freundin. Sag ihr, sie hat etwas Besseres verdient. Jede Frau verdient etwas Besseres.«

Hach, was für ein Mann!

»Aber was glaubst du, weshalb er verschwunden ist?«

Er seufzte und lehnte sich zurück. »Das könnte alle möglichen Gründe haben. Soll ich mal raten?«

Ich nickte.

»Vielleicht hat er Angst bekommen.«

»Wie meinst du das?«

»Vielleicht war er dabei, sich in deine Freundin zu verlieben, und das hat ihm Angst gemacht, weshalb er dann verschwunden ist. Er will keine Beziehung, ist nicht bereit für eine feste Bindung und all diese Dinge, mit denen ein unreifer Geist nicht klarkommt. Aber.«

»Aber?«

»Es könnte ebenso gut sein, dass er deine Freundin gar nicht wirklich mag. Oder wenn dieser Typ ein komplettes Arschloch ist, könnte es auch sein, dass er sich gelangweilt hat und einfach weitergezogen ist, weil sie für ihn keine Herausforderung mehr darstellte. Oder sie stellt im Gegenteil eine zu große Herausforderung dar. Vielleicht ist sie auch zu schwierig, und er findet, sie sei die Mühe nicht wert. Oder …«

Autsch. Das saß.

»Oder?«

Er kratzte sich am Kinn. »Oder er glaubt, dass sie nicht mit ihm schlafen wird.«

»Oh.«

»Ich weiß es nicht«, fuhr er fort. »Aber in einem Punkt bin ich mir sicher. Richte deiner Freundin aus, dass sie nicht allzu wütend auf sich selbst sein soll, weil sie sich in diesen Mann verliebt hat. Jeder hat Gefühle, und wenn diese Gefühle echt sind, ist es schwer, sie zu verdrängen. Es ist auch schwierig, über sie hinwegzukommen, aber das wird geschehen. Da bin ich mir sicher.«

Er klang, als wüsste er, wovon er sprach. Wir tauschten unsere Telefonnummern aus und verabredeten, uns demnächst auf einen Kaffee zu treffen. Ich war froh, einen weiteren männlichen Freund gefunden zu haben. Ich vermisste Damon, meinen besten Freund aus Kindheitstagen, mir fehlten seine Gesellschaft und sein Rat. Es war gut, zu gewissen Dingen die Perspektive eines Mannes einholen zu können.

Zu Hause im Badezimmer grübelte ich über Thomas' Anmerkungen zu meiner Situation. Ich selbst hatte mir bereits ähnliche Gedanken gemacht, aber sie von einem Außenstehenden zu hören, ließen sie plausibler erscheinen.

Thomas hatte recht. Mir war ja selbst längst klar, dass ich etwas Besseres verdient hatte. Und dass meine Gefühle echt waren und es eine Weile dauern konnte, bis ich sie überwunden hatte. Das war in Ordnung. Jetzt war ich nur noch wütend auf Cameron. Er hatte mit mir gespielt. Selbst wenn er ernsthaft etwas für mich empfunden haben sollte, hätte er es mir nicht sagen dürfen, wenn er nicht vorhatte, auch danach zu handeln. Bei unserer nächsten Begegnung würde ich ihm entweder ins Gesicht boxen oder ihn einfach ignorieren, als existiere er gar nicht.

Ich schaute auf die Uhr im Badezimmer. Ich hatte sie dort aufgehängt, um die Zeit im Auge zu behalten. Ich könnte Stunden im Badezimmer verbringen, in der Badewanne sitzend, auf der Toilette, manchmal beim Schminken.

Es war zehn Uhr abends, und ich sollte langsam ins Bett gehen. Morgen früh hatte ich ein Vorstellungsgespräch bei einem Bauunternehmen. Dylan sagte, der Freund eines Freundes hätte ihm von der offenen Stelle erzählt. Die bezahlten mehr als das Doppelte von dem, was ich im Coffeeshop verdiente.

Die Baufirma lag fünfzehn Minuten außerhalb der Stadt. Ich programmierte das GPS meines Handys, um mich nicht zu verfahren, und folgte den Richtungsanweisungen, bis es hieß: »Sie haben Ihr Ziel erreicht.«

»Was soll das heißen, ich habe mein Ziel erreicht? Hier?«

Ich starrte mein Handy an, als erwartete ich eine Antwort, die natürlich nicht erfolgte. Also bog ich in einen unbefestigten Weg ein und fuhr weiter bis zu einem riesigen offenen Tor.

Auf dem etwa anderthalb Hektar großen Gelände standen drei Gebäude und ein Wohnwagen. Es sah nicht aus wie eine Baufirma, mehr wie bei einem Erd- und Steinlieferanten.

»Habe ich die Adresse richtig eingegeben?« Ich überprüfte noch einmal die Anschrift. Alles richtig. »Entweder ich spinne, oder du liegst falsch«, erklärte ich meinem Telefon.

Der Klang schwerer Maschinen, der Geruch von Staub, Erde und Öl. Große Stapel verschiedenfarbiger Steine reihten sich an der Vorder- und Rückseite des Geländes auf. Lkw aller Arten fuhren vor und wieder weg, vom Sattelschlepper bis zum Lastwagen mit einem Anhänger voller Erde oder Steine.

Es ging zu wie in einem Bienenstock – überall herrschte reges Treiben. Jeder hatte zu tun. Niemand stand draußen herum.

Ich schaute mir die drei Gebäude an und beschloss, es im ersten zu probieren. Es war ein großer, moderner rechteckiger Bau mit einem eleganten überstehenden Blechdach. Die Außenwände waren mit rötlichbraunem Holz verkleidet. Es war ein prachtvolles Gebäude, ein perfektes Aushängeschild für ihre Baukompetenz. Die anderen beiden Gebäude waren von der Architektur her ähnlich angelegt, hatten aber andere Dächer und Außenwände.

Ich klopfte. Als niemand kam, öffnete ich die Tür.

Überall waren Leute. Ich roch Kaffee, Papier, Schweiß und Staub. Über allem lag ein Geräuschpegel aus Stimmengewirr, klingelnden Telefonen, laufenden Druckern und piependen Faxgeräten. Es vibrierte geradezu vor Energie.

Das Konzept war hell und großzügig, vom großen Hauptraum waren im hinteren Bereich ein riesiger Konferenzraum und zwei weitere Räume durch Glas abgetrennt. Eine schwarze Stahltreppe führte zu einem Dachgeschoss, das sich über diesen Räumen erstreckte. Hellgraue Betonwände und Betonfußböden, offene Stahlträger. Es sah sehr gewerblich aus, doch die Möbel verliehen dem Ganzen etwas Wärme.

Links vorn befand sich ein weiterer durch Glas abgetrennter Raum, der aussah wie der Wartebereich für Kunden, komplett mit TV und Sesseln. Vier massive Schreibtische in einer Reihe nahmen die rechte Seite ein.

»Kann ich Ihnen helfen?« Eine junge Frau in meinem Alter kam auf mich zu. Sie trug einen Schutzhelm wie die meisten Leute, die ich draußen gesehen hatte, außerdem eine neon-orangefarbene Warnweste und schmutzige Jeans.

»Ich bin Kara Hawthorne. Ich habe einen Termin für ein Vorstellungsgespräch in …« Ich sah hoch zur mondgroßen Uhr in der Mitte des Raumes. »… fünf Minuten.«

»Oh, ja, Deb erwartet Sie. Gehen Sie einfach geradeaus nach hinten durch. Sehen Sie den letzten Schreibtisch dort? Das ist Debs.«

»Okay, danke.«

»Gern geschehen.«

Vorher war ich nicht nervös gewesen, aber jetzt schon. Dabei sollte das hier ein Kinderspiel für mich sein. Ich hatte schon viele

Vorstellungsgespräche gehabt und war Expertin darin, Fragen zu beantworten. Doch als ich mich der sehr schwangeren Rothaarigen im hinteren Teil des Raums näherte, bekam ich Herzklopfen.

Du schaffst das.

Ich hatte noch nie in einem Unternehmen für Erdarbeiten oder einer Baufirma gearbeitet, aber es dürfte nicht schwieriger sein als die anderen Jobs, die ich bisher gemacht hatte.

Du wirst mehr als doppelt so viel verdienen wie bisher. Du musst dir diesen Job schnappen. Nicht zu vergessen, du wirst mit Designern und Architekten und Ingenieuren arbeiten, und wer weiß, vielleicht wird ja mehr draus. Du hast immer gern Dinge entworfen. Möglicherweise kannst du hier noch das ein oder andere lernen.

Deb entdeckte mich, bevor ich bei ihr angekommen war.

»Sind Sie Kara?« Sie musterte mich mit klugen grünen Augen. Sie war schön, schätzungsweise Ende dreißig und wirkte äußerst geradlinig. Arbeit, Arbeit, Arbeit, sagten ihre Brille, der Bleistift hinterm Ohr, die Kurzhaarfrisur und die schokoladenbraune Kostümjacke. Ich mochte sie auf Anhieb.

»Ja, Ma'am.«

Sie lächelte. »Pünktlich. Hier geht es nicht immer so verrückt zu. Sie haben uns an einem hektischen Tag erwischt.«

Ich wollte ihr sagen, dass es mich nicht störte, wenn es verrückt zuging, aber sie hatte schon den Telefonhörer am Ohr. »Gehen Sie nach oben. Ich sage Rick Bescheid, dass Sie hier sind.« Sie tippte eine Nummer ein. »Er ist der Eigentümer.«

Ich nickte und ging über die Treppe nach oben. Ein bisschen kam ich mir dabei vor wie auf dem Weg ins Büro des Schuldirektors. Hier oben sah es aus wie im gesamten Gebäude – modern, aber freundlich. In der Mitte des Raumes gab es einen Kamin. Große, staubige Fenster boten einen Blick auf die Aktivitäten draußen.

Der Schreibtisch war ebenso groß und massiv wie die Schreibtische unten. Darauf befanden sich ein Ordner-Stapel, der so hoch und schwer war, dass er zu kippen drohte, haufenweise Belege und Post-it-Zettelchen sowie ein Becher Kaffee. Vor dem Schreibtisch standen zwei Besuchersessel. An Metallhaken an den Wänden hingen Jacken. Offenbar war dies ein viel genutztes Büro. Es vermittelte mir jedenfalls ein gutes Gefühl.

Was, wenn ich diesen Job nicht bekam?

Natürlich wirst du ihn bekommen! Die wären schön dumm, dich nicht einzustellen. Du verfügst über vielseitige Fähigkeiten. Du kannst sogar einen ganzen Becher Eis auf einmal vertilgen. Du kriegst das schon hin!

Die Tür ging auf, und ein großer Mann kam herein. Er blieb stehen und sah mich mit einem überraschten Ausdruck in seinen hellgrünen Augen an.

Er wirkte etabliert und sah gut aus. Wahrscheinlich war er Anfang fünfzig, mit einem graubraunen, sorgfältig getrimmten Bart. Eine alte verblasste Narbe zog sich von der linken Augenbraue hinunter zur Wange und endete an seinem markanten Kieferknochen. Er war schlaksig, besaß aber allem Anschein nach auch Muskeln. Die auffallend silbergrauen Haare waren zurückgekämmt. Er erinnerte mich an einen sehr gut aussehenden Silberfuchs.

»Na, hallo.«

»Guten Morgen. Ich bin Kara Hawthorne«, sagte ich, genau in dem Augenblick, als Deb von unten rief: »Das ist Kara!«

Seine Augen funkelten belustigt. Er schüttelte mir die Hand. »Ich bin Rick. Freut mich, Sie endlich kennenzulernen, Kara. Setzen Sie sich doch. Möchten Sie etwas zu trinken?«

Er strahlte Ruhe aus. Ich entspannte mich automatisch.

»Nein, vielen Dank.«

»Nun«, begann er und setzte sich in den Sessel gegenüber, statt in den Stuhl hinter seinem wuchtigen Schreibtisch. »Sie sind mir wärmstens empfohlen worden.«

Tatsächlich? Ich sollte Dylan mal fragen, wer denn sein Freund war, der mich empfohlen hatte. Vielleicht konnte ich mich mit einem gratis Ölwechsel revanchieren. Oder mit einem Milkshake.

»Ich habe nur ein paar Fragen.«

Los geht's.

»Sie wissen, wie man Anrufe entgegennimmt?«

Ich zuckte innerlich zusammen. Wurde er sarkastisch? Ich musterte ihn skeptisch und hoffte, dass dies kein Scherz war. Sonst würde ich ernsthaft sauer werden wegen der vergeudeten Zeit.

»Habe ich mein Leben lang gemacht«, antwortete ich ernst.

Er lehnte sich breit grinsend in seinem Sessel zurück.

»Können Sie mit Computern umgehen?«

»Im Schlaf.«

»Verraten Sie es Deb nicht, aber der Job ist nicht allzu schwierig.«

»Das habe ich gehört!«, rief Deb.

»Manchmal braucht man hier eine laute Stimme, um sich Gehör zu verschaffen, besonders wenn man mit den Männern redet. Können Sie laut schreien?«

Jetzt grinste ich. »Wie am Spieß.«

»Perfekt.« Er nannte mir den Stundenlohn. Ich machte große Augen. »Wie Ihnen vermutlich nicht entgangen sein wird«, fuhr er fort, belustigt über meine Reaktion, »sind wir nicht nur im Bauwesen tätig, sondern führen auch Erdarbeiten aus. Das macht die Sache einfacher und spart eine Menge Geld bei Landschaftsgestaltung.« Seine Stimme klang rau, als hätte er viele Jahre lang geraucht. »Technisch gesehen befindet sich meine Baufirma in der Stadt. Dort haben wir noch ein Büro – ein bisschen schicker als das hier. Aber es ist mehr für Kundengespräche gedacht. Ich bin meistens hier, daher brauche ich Sie auch hier. Deb wird Ihnen alles erklären, was Sie wissen müssen. Ich weiß nicht genau, wie lange sie weg sein wird, aber auch das wird sie Ihnen sagen. Haben Sie irgendwelche Fragen an mich?«

Wie lange sie weg sein würde. Der Job war vorübergehend. Aber ich würde doppelt so viel verdienen wie im Coffeeshop. Zumindest für einige Monate – hoffentlich ein Jahr, wenn Deb den vollen Mutterschutz nahm. Kanada gewährte mehr als ein Jahr Mutterschaftsurlaub, was ich fantastisch fand. Deb könnte die Elternzeit aber auch zwischen sich und ihrem Mann aufteilen, wenn sie wollte.

Ich biss mir auf die Lippe und überlegte.

»Was meinen Sie? Würden Sie gern bei uns mitmachen?«, fragte Rick.

Plötzlich hörte ich jemanden die Treppe heraufkommen. Ich drehte mich um, und alles um mich herum hörte auf zu existieren, bis auf den Mann, der plötzlich vor mir stand.

Es fühlte sich an, als hätte jemand mit einem Hammer auf mein Herz geschlagen und es in Stücke gebrochen, bevor es wieder anfing zu schlagen. Ich ballte die Fäuste, während für einen Moment alles vor meinen Augen verschwamm und gleich darauf wieder schmerzlich klar wurde.

Cameron war wie angewurzelt stehen geblieben, sobald er das Büro betreten hatte. Seine Augen, so blau wie das Meer, fixierten mich.

»Kara? Wollen Sie den Job?«, wiederholte Rick seine Frage.

Ich wandte den Blick von Cameron ab und sah Rick an. »Ich will.«

21. Kapitel

Kara

»Ich will«, verkündete ich.

Mein Herz hämmerte wie wild, und ich war mir Camerons Gegenwart nur allzu sehr bewusst.

Er hatte nur einen kurzen Moment lang schockiert gewirkt, bevor ein sehnsüchtiger Ausdruck über seine aufwühlend schönen Züge huschte. Sekunden später waren die Schutzwälle wieder hochgezogen, und da war nichts mehr.

Rick schüttelte mir breit grinsend die Hand und wirkte sehr zufrieden mit sich.

»Ich komme später wieder«, sagte Cameron.

Seine tiefe volle Stimme, die so dunkel und männlich klang, jagte mir Schauder über den Rücken. Es war nur gut zwei Wochen her, seit ich sie zuletzt gehört hatte … aber es kam mir viel länger vor.

»Wir sind fertig mit dem Vorstellungsgespräch, Junge. Nimm doch …«

Aber Cameron hatte bereits die Hälfte der Treppe hinter sich gelassen. Ich hörte Rick seufzen, dann sah er mich an.

Ich war immer noch benommen und merkte, dass ich die Hände zu Fäusten geballt hatte. Langsam öffnete ich sie.

Mir geht's gut. Einfach gut. 101 Prozent saugut.

»Kara, könnten Sie ihn bitte für mich zurückholen?«

Ich erschrak. In seinen Augen lag ein amüsierter – herausfordernder? – Ausdruck.

»Er muss etwas für mich erledigen. Der Junge kann sich wirklich schnell bewegen, wenn er will, nicht wahr?«

Das stimmte. Er konnte sich allerdings auch richtig langsam

bewegen, wenn er wollte. Nicht, dass ich da aus eigener Erfahrung sprach. Na ja, nicht mehr.

Ich hatte oft darüber nachgedacht, was ich zu ihm sagen oder was ich tun würde, wenn ich ihn wiedersähe. Oder ob ich ihn überhaupt zur Kenntnis nehmen würde. Das Ergebnis war immer dasselbe: Entweder würde ich ihm die kalte Schulter zeigen oder Feuer speien.

Ich nehme an, jetzt werden wir herausfinden, wofür du dich entscheidest.

Ich wirbelte herum, bereit, ihm hinterherzurennen, als mir eine bessere Idee kam.

Ich ging zum Geländer, legte meine Hände darauf, holte tief Luft und brüllte aus Leibeskräften: »Hey, Bigfoot!«

Alle im Büro hielten inne und starrten hoch zu mir. Gespräche wurden unterbrochen und fortgesetzt, als ich mit beiden Händen winkte und ein strahlendes Lächeln aufsetzte.

Cameron war schon fast an der Tür, blieb aber stehen. Langsam drehte er sich um. Und dann trafen sich unsere Blicke. Falls seine Augen eine unwiderstehliche Anziehung auf mich ausüben sollten, erstickte ich sie im Keim.

»Schwing deinen Hintern wieder hier hoch!«, rief ich.

Da er keinerlei Anstalten machte, sich zu bewegen, fügte ich hinzu: »Der Boss will dich sprechen!«

Dabei beließ ich es.

Als ich zu Rick zurückkehrte, grinste der von einem Ohr zum anderen.

»Mannomann, Sie sind so was von eingestellt«, sagte er. »Sie werden sehr gut hierher passen.«

»Wir betreiben eine Autowerkstatt. Ich habe mein ganzes Leben mit Männern gearbeitet, also brauchen Sie sich wohl keine Sorgen zu machen, ob ich hierher passe.«

»Meinen Sie? Wenn Sie die Frage gestatten – warum brauchen Sie diesen Job?«

Ich zuckte nicht mit der Wimper und fragte mich, weshalb er solche wichtigen Fragen nicht während des Vorstellungsgespräches gestellt hatte. Genau genommen hatte er mich überhaupt nichts gefragt. Es war beinah, als hätte ich den Job bereits gehabt, sobald ich ihm die Hand schüttelte. Entweder suchte er wirklich superdringend jemanden für den Posten, oder wer immer mich ihm empfohlen hatte, genoss sein vollstes Vertrauen.

»Wir kommen nur so gerade über die Runden«, erklärte ich ihm ganz offen.

Ich drehte mich nicht um, als ich jemanden hinter mir spürte. Cameron. *Was zur Hölle?* Ich hatte ihn nicht einmal die Treppe heraufkommen gehört. Wie hatte er das gemacht?

Bei seiner stattlichen Größe und kraftvollen Figur könnte man eigentlich meinen, dass er einen schweren, geräuschvollen Schritt hatte. Doch stattdessen bewegte er sich mit der Anmut und Lautlosigkeit einer Katze. Schlich sich ohne Vorwarnung an. Nächstes Mal sollte ich ihm ein Bein stellen.

»Cam«, sagte Rick.

Cameron sagte gar nichts, sondern blieb einfach nur abwartend hinter mir stehen.

»Junge, warum führst du Kara nicht übers Gelände und zeigst ihr alles?«

Ich erschrak. *Führt dieser Mann etwas im Schilde? Weiß er etwa über mich und Cameron Bescheid?*

Zwar konnte ich mir kaum vorstellen, dass Cameron mit irgendwem ein vertrauliches Gespräch führte, aber was wusste ich denn schon? Ich kannte ihn nicht gut genug, um irgendwelche Vermutungen über ihn anzustellen. Tatsächlich kannte ich ihn so gut wie gar nicht. Möglicherweise verhielt er sich Rick gegenüber viel offener. Ich fragte mich, welche Rolle Rick in Camerons Leben spielte.

Du willst doch nichts mehr mit ihm zu tun haben, schon vergessen? Komm drüber hinweg, Schwester.

»Stell sie den Kollegen vor. Besorg ihr einen Schutzhelm.« Rick nahm seinen eigenen vom Schreibtisch und setzte ihn auf. »Hast du dich schon bezüglich des großen Projekts entschieden, von dem du mir erzählt hast?«

»Ich denke noch darüber nach. Wenn ich es mache, brauche ich deine Hilfe.«

»Bin immer für dich da, mein Junge. Sag mir nur Bescheid.«

Mein Junge?

War das etwa Camerons Dad? Aber sie hatten nicht den gleichen Nachnamen, obwohl das natürlich nicht zwangsläufig darauf schließen ließ, dass sie nicht verwandt waren. Aber sie sahen sich auch nicht ähnlich, bis auf die Größe. Cameron war sogar noch einen Tick größer. Vielleicht nannte Rick ihn einfach nur gern so. Was spielte das überhaupt für eine Rolle? Bäh.

Was für ein übles Pech, dass ich ausgerechnet in derselben Firma gelandet war wie Cameron. Plötzlich fiel mir wieder ein, dass er damals, als er nicht so reserviert gewesen war, mal erwähnte, dass er eine eigene Firma hätte und außerdem noch für einen Freund arbeitete. Vielleicht war das ja Rick. Aber noch mal: Was spielte das für eine Rolle? Doppelbäh.

»Willkommen in der Familie, Kara. Kommen Sie nach Ihrer Führung zurück ins Büro und sprechen Sie mit Deb. Sie wird Ihnen alles Wichtige erklären.« Rick zwinkerte mir verschwörerisch zu – als hätten wir zwei ein Geheimnis, von dem Cameron nichts wusste, und wollten ihm eins auswischen. Rick ging hinter seinen Schreibtisch, nahm die Jacke von der Stuhllehne und zog sie an. »Ich muss auf die Baustelle. Amüsiert euch gut, Kinder.«

Dann verschwand er. Und ich war mit Cameron allein.

Noch immer spürte ich seine Gegenwart in meinem Rücken. Die Luft pulsierte förmlich. Unter uns waren Leute. Ich hörte die Stimmen, die Bewegungen, doch kamen sie mir alle sehr weit weg vor. Ich schloss die Augen und atmete tief ein.

Stahl, Baby. Du bist aus Stahl.

Ich machte die Augen wieder auf und drehte mich zu ihm um.

Das Blau seiner Augen war wie ein Hieb in die Magengrube.

Ich hatte mich bereits zu der Gewissheit durchgerungen, dass es mir nichts anhaben würde. Ich war so fest davon überzeugt gewesen, dass ich mittlerweile immun dagegen war. Leider hatte ich den Effekt total unterschätzt. Daher traf es mich völlig unerwartet und umso härter, als er diese blauen Augen jetzt auf mich richtete.

Seine dunklen Locken hatte er zu einem unordentlichen Männerzopf zusammengebunden. Es war das erste Mal, dass ich ihn die Haare so tragen sah. Er war unrasiert und hatte, wie es aussah, das Rasieren vorerst ganz aufgegeben. An der Wange hatte er einen Ölfleck, als hätte er an einem Fahrzeug gebastelt. Er wirkte lässig und verwegen. Ein Mann mit rauen Ecken und Kanten und einem Engelsgesicht.

Er trug einen weißen Schutzhelm unter dem Arm und einen Rucksack über der Schulter. Sein schwarzes Muscle-Shirt betonte seine breiten Schultern und muskulösen Arme. Es hatte ebenfalls Ölflecken. Die Jeans sowie die Stiefel mit Stahlkappen waren in keinem besseren Zustand. Cameron sah aus wie ein sexy Bauarbeiter, der gleich für einen heißen Kalender posieren würde. Und jeder einzelne Monat darin würde ihm gehören.

Wie immer durchbohrte er mich förmlich mit seinem glühenden Blick.

Bisher hatte ich ihn noch nie in Arbeitskleidung gesehen. Ich hatte ihn überhaupt noch nicht arbeiten gesehen. Nun entdeckte ich an ihm eine ganz andere Seite, die ich gar nicht sehen wollte.

Ich wollte keine neuen Seiten mehr sehen, schon gar nicht die guten. Ich wusste, wie leicht ich mich wieder in ihn verlieben könnte, egal wie oft ich mir einredete, dass ich über ihn hinweg war.

»Kara.« Er sagte meinen Namen auf diese typische Weise, sanft, weich. Er glitt über seine Zunge wie köstliche dunkle flüssige Schokolade.

Ich kämpfte gegen das sinnliche Prickeln an, das sich in meinem Inneren ausbreitete.

Nein. Nicht schon wieder. Nie mehr, verdammt noch mal.

Es wäre ganz leicht, sich wieder zu verlieben, das stimmte. Aber es war nicht unmöglich, genau das zu verhindern.

Er versuchte, mir den Schutzhelm aufzusetzen. Ich wich zurück und sah ihn böse an.

»Du rührst mich nicht an. Bleib auf Abstand. Zwei Schritte«, forderte ich und deutete die Entfernung mit einer Geste an. »Zwei. Schritte. Hast du verstanden?«

Der amüsierte Ausdruck in seinen Augen machte mich wütend. Als sei nie etwas passiert zwischen uns. Als wäre er nicht zwei Wochen lang einfach abgetaucht, ohne sich auch nur zu verabschieden.

Warum tat das bloß so weh?

Ich erwartete weder eine Erklärung noch eine Entschuldigung von ihm, da ich wusste, dass ich die ohnehin nicht bekommen würde.

Er verschränkte die Arme vor der breiten Brust und stellte die Füße ein wenig auseinander. »Das wird nicht möglich sein.«

»Doch, wird es. Wiederhole es einfach alle paar Sekunden. Wie ein Mantra. Das sollte helfen, es nicht zu vergessen.«

Sein Mund verzog sich zu einem schiefen Lächeln. Ich sah weg.

»Hier.« Er reichte mir seinen Schutzhelm.

»Ich will einen anderen. Einen, den du noch nicht infiziert hast.«

Ich benahm mich kindisch. Meine Reaktion auf ihn war albern. Sie gefiel mir selbst nicht. Wenn ich wirklich über ihn hinweg war, musste ich ihm zeigen, dass er keinerlei Wirkung mehr auf mich hatte. Nicht die geringste.

Aber es schmerzte.

Ich hörte ihn seufzen. »Komm mit.«

Finster starrte ich auf seine sexy Rückenmuskeln und ihr sexy Spiel unter seiner sexy Haut, während ich ihm die Treppe hinunter folgte. Als ich sah, womit er seine Haare zusammengebunden hatte, wäre ich fast gestolpert.

Es war mein blaues Haarband.

Das Haarband, dessen Farbe mich an seine Augen erinnerte. Und das er mir vor fast einem Monat aus den Haaren gezogen hatte.

Plötzlich war ich zutiefst verwirrt.

Interpretiere da bloß nichts hinein. Wahrscheinlich hat er das Haarband nur deshalb genommen, weil es gerade zur Hand war. Vermutlich wusste er nicht einmal, dass es deines war. Er könnte ja auch ein Haarbanddieb sein. Ein Haarband von jeder Frau, die er flachgelegt hat. Wie Dexters Blutproben. Kapiert?

Nun, flachgelegt hatte er mich nicht, und das würde ich auch nie zulassen, also war das wohl ein dickes Nein.

Ich folgte ihm zu einem der unteren Räume. Er hielt mir die Tür auf. Es handelte sich um einen fensterlosen Vorratsraum. Graue Wände, Schutzhelme, Jacken, dreckige Arbeitsstiefel, Metallspinde, Regale mit Aktenordnern sowie eine Dusche an einem Ende des Raumes. Cameron schien das unheilvolle Klicken, mit der die Tür ins Schloss fiel, nicht zu bemerken. Mein Körper dafür umso mehr.

Ich machte an der Tür halt, denn ich spürte die animalische sinnliche Gefahr, die von ihm ausging.

Ich beobachtete, wie er vor einem Spind stehen blieb. Ich hatte schon ganz vergessen, wie groß er war, wie raumgreifend. Sein Oberkörper war lang und schlank, seine Unterarme von Muskelsträngen durchzogen, die sich verhärteten, als er die Spindtür öffnete. Dann drehte er sich zu mir um und machte eine auffordernde Geste.

»Such dir einen aus, wenn du möchtest.«

Als ich mich nicht von der Stelle rührte, hob er eine Braue.

Na, wirst du mit mir fertig? schien das zu heißen. Eine Herausforderung.

Ich musterte ihn mit zusammengekniffenen Augen. Um ihm zu beweisen, wie superegal er mir war, marschierte ich auf ihn zu und bereute es sofort. Hier, allein mit ihm in dieser Kammer, nahm ich seinen Duft viel intensiver wahr. Er umgab mich, kühl und verführerisch.

Du musst dagegen ankämpfen! Du darfst nicht schwach werden, Mädchen. Gib nicht nach.

Es war still hier und ein bisschen kalt. Deshalb zitterte ich plötzlich. Weil es kalt war. Es hatte jedenfalls absolut nichts mit seiner Nähe zu tun.

Ich schüttelte den Kopf, um wieder klar denken zu können, und schaute in den Spind. Die Schutzhelme lagen auf dem oberen Regal, das sich fast in Deckenhöhe befand. Ich war zwar groß, aber nicht so riesig wie er.

»Brauchst du Hilfe?«, flüsterte er.

Ich fühlte mich benommen. Das lag daran, dass ich noch nichts gegessen hatte. Mit seiner Nähe hatte das nicht das Geringste zu tun. Schon gar nicht mit der Wärme, die sein Körper ausstrahlte. Und absolut überhaupt nichts mit seiner sinnlichen tiefen Stimme.

»Ich brauche deine Hilfe nicht.«

Ich stellte mich auf die Zehenspitzen und tastete nach dem obersten Regalfach, ohne etwas sehen zu können. Endlich erwischte ich einen, sah hoch und schrie auf, weil das Ding mir ins Gesicht zu fallen drohte.

Sofort war er da und fing den Helm auf, bevor er Schaden anrichten konnte. Unsere Körper berührten sich. Ich sprang zurück und schnappte nach Luft.

Ich war gefangen. Die Spindtüren versperrten mir zu beiden Seiten den Weg. Und hinter mir befand sich eine unbewegliche Wand aus harten Muskeln.

Ich hatte seinen Duft jetzt direkt in der Nase – diesen äußerst anziehenden Duft, der mich stets an raue Männlichkeit erinnerte. Ich spürte seine Wärme und diese sorgsam kontrollierte Kraft.

Wir bewegten uns nicht. Ein, zwei, drei verdammte Sekunden der Schwäche. Die gestattete ich mir. Aber nur die, mehr auf keinen Fall.

»Geh weg von mir«, sagte ich einen Moment später. Meine Stimme klang belegt.

Zuerst rührte er sich nicht. Ein paar weitere Sekunden vergingen. Dann kam er meiner Bitte nach. Ich wich hastig zurück, weit, weit weg von ihm.

»Ich habe dir gesagt, du sollst mich nicht anfassen«, erinnerte ich ihn.

Seine Miene verdüsterte sich, dann senkte er den Blick. Um seine Lippen zuckte ein Grinsen, doch als er wieder aufsah, blickten seine Augen hart. »Du hast mich zuerst angefasst.«

Ich sah ihn finster an. Na schön. Das stimmte. Mein Hirn brauchte Sauerstoff, den er diesem Raum gerade entzog.

»Hier.« Er hielt mir den Schutzhelm hin. »Den habe ich allerdings auch angefasst. Willst du dir einen anderen holen?«

Ich riss ihm den Schutzhelm aus den großen idiotischen Händen und stürmte aus der Kammer.

Jetzt war mir heiß. Und wütend war ich außerdem, wegen der starken Wirkung, die Cameron noch immer auf mich ausübte, so überwältigend, dass ich sogar ein paar bedeutungsvolle Sekunden lang diese intime Nähe zugelassen hatte. Es spielte keine Rolle, wie kurz oder lang wir so dagestanden hatten. Es war passiert. Ich hatte es zugelassen, und das nagte an mir. Denn dieser unfassbaren Anziehung auch nur einen winzigen Augenblick lang nachzugeben, konnte mein Untergang sein. Ein Schlag auf die ohnehin brüchige Fassade – ganz gleich, wie dick oder stark diese Wand aussah, ein einziger Schlag würde genügen, um sie zum Einsturz zu bringen.

»Setz die auf.« Er gab mir eine weiße Atemmaske mit gelben Gummibändern. »Wir werden viel herumfahren, und es ist staubig da draußen. Die wird nützlich sein.«

»So was brauche ich nicht.«

Er ließ nicht locker. »Nimm sie.«

»Nein.«

Er seufzte laut, öffnete die Haupttür und hielt sie mir auf. Ich trat hinaus und blinzelte, da die Sonne mich blendete.

Als sie sich plötzlich verdunkelte, blickte ich verwirrt hoch und sah, dass er seine große Hand vor mein Gesicht hielt, um mich vor der Sonne zu schützen.

Ich sah ihm ins Gesicht. Er schaute mich an. Seine Augen waren von einem solchen verfluchten Blau, dass es mir die Kehle zuschnürte.

»Warum?«, platzte ich heraus.

Ein weiteres Zeichen der Schwäche. Ihn nach den Gründen für sein Handeln zu fragen. Nach seinen *Gefühlen*.

Ich sah, wie er schluckte. Und kurz bevor er antworten konnte, ging ich einfach weiter.

Warum läufst du davon? Hast du etwa Angst, er könnte antworten? Oder eher davor, dass er es nicht tut?

Ich ignorierte die Stimme in meinem Kopf.

»Ich habe nicht den ganzen Tag Zeit«, erklärte ich. »Gehen wir.«

»Nicht da entlang.«

Ich blieb stehen und drehte mich um. Er zeigte auf einen staubigen Firmen-Pick-up am anderen Ende des Gebäudes.

Ich biss mir auf die Zunge und ging zu dem Wagen. Er öffnete mir die Tür und wartete, bis ich eingestiegen war, dann warf er die Tür zu.

Warum konnte er kein Idiot sein, statt weiter den Gentleman zu spielen? Warum konnte er mir nicht mal ausnahmsweise das geben, was ich brauchte, und mich in Ruhe lassen?

Bevor er einsteigen konnte, rief jemand seinen Namen. Ein älterer Mann klopfte ihm auf den Rücken, wie Typen das so machen, wenn sie sich freundschaftlich begrüßen. Ich konnte ihrem Gespräch nicht folgen, da die Fenster des Wagens geschlossen waren.

Das Handy im Becherhalter leuchtete auf, eine Textnachricht.

Dad: *Sie ist zurück in Toronto. Jedenfalls für eine Weile.*

Ich kannte sein Handy, das hier war ein anderes. Es sah neu aus, war auch nicht das gleiche Modell. Vielleicht gehörte es ihm gar nicht.

Als er sich hinters Steuer setzte, schaute ich rasch aus dem Fenster.

Der Innenraum des Wagens kam Camerons enormer Körpergröße entgegen. Seine langen Beine schienen bequem untergebracht zu sein, als er den Wagen startete und aufs Gaspedal trat.

Ich fragte mich, ob er – genau wie ich es gerade tat – daran denken musste, wie wir in meinem Wagen gesessen hatten.

Und ob ihm diese Erinnerung etwas bedeutete.

Hör auf damit! Hör auf, dauernd über dich und ihn Vermutungen anzustellen. Du weißt doch, wohin das führt.

In seiner Gegenwart traute ich mir selbst nicht. Am liebsten hätte ich ihm Vorwürfe entgegengeschleudert, Fragen, auf die ich verzweifelt Antworten suchte. Aber ich hielt mich zurück.

Es gibt für alles ein erstes Mal.

Er stoppte den Wagen und sah zu mir hin, aber ich wandte mich ab und starrte wieder aus dem Fenster.

»Gib mir ein paar Minuten«, sagte er. »Die Jungs haben den ganzen Tag auf mich gewartet.«

Mehrere Männer unterschiedlichen Alters kamen auf ihn zu, die meisten trugen Schutzhelme. Diesmal ließ ich das Fenster ein Stück herunter, um die Unterhaltung belauschen zu können.

Mir fiel der Respekt auf, den die Männer ihm entgegenbrachten, die Art, wie sie seinen Zuspruch suchten und seinen Rat bei irgendwelchen Problemen. Offenbar hatte er auf fast alle ihre Fragen eine Antwort. Und wenn nicht, versprach er, es herauszufinden. Dann nahm er einen kleinen Block aus der Gesäßtasche, einen Stift aus der vorderen Hosentasche und schrieb die Frage auf.

Es passte mir gar nicht, auch noch mitansehen zu müssen, wie kompetent er war. Wie verantwortungsbewusst. Zumindest, was seine Arbeitsmoral betraf.

Auf andere Bereiche seines Lebens war diese Einstellung offenbar nicht unbedingt übertragbar.

»Wie lief dein Projekt außerhalb der Stadt? Rick meinte, es würde nur ein paar Tage in Anspruch nehmen«, erkundigte sich einer der Männer. Er hatte eine schmutzige Baseballkappe mit Werbelogo auf dem Kopf statt eines Schutzhelms.

»Es gab Komplikationen«, erwiderte Cameron. »Mit den Rohrleitungen und der Elektrik. Material fehlte.«

»Hat jemand gestohlen?«

Cameron zuckte mit den Schultern. »Jetzt läuft wieder alles rund.«

Der Mann strich sich über den Bart. »Hat eine Weile gedauert, habe ich gehört.«

Cameron nickte. »Ein paar Tage.«

»Du hast es trotzdem geschafft. Gut gemacht, Boss.« Er klopfte Cameron auf den Rücken. »Trinkst du diesmal wenigstens ein Bier mit uns?«

Cameron schüttelte den Kopf, lächelte aber. »Da muss ich passen, Mack.«

»Sagst du immer. Hast jetzt wohl eine Freundin, zu der du schnell nach Hause musst, was?«

Plötzlich drehte Cameron sich zu mir um und ertappte mich dabei, wie ich ihn beobachtete. Ich hielt seinem Blick stand.

»Wenn sie mich lässt«, sagte er.

»Na ja, sorg halt dafür, dass sie dich lässt! Verschwinde von hier. Es gibt Leute hier, die noch zu tun haben.«

Cameron setzte sich schweigend hinters Steuer, startete den Motor und trat aufs Gaspedal. Ich starrte stur geradeaus und tat interessiert an dem, was ich sah. Doch die Wahrheit lautete … ich war mir seiner Gegenwart dermaßen bewusst, dass es schon wehtat.

»Dieses Gelände hier nennen wir den Hof.«

Ich schrak zusammen, als er so unvermittelt das Wort ergriff, aber er sprach einfach weiter und machte keine Bemerkung dazu.

»Das Büro in der Stadt heißt bei uns ›die Krawatte‹.«

Wäre mir nicht so schwer ums Herz gewesen, hätte ich gelacht. Immerhin riss ich mich zusammen. Wenn er sich trotz allem so gelassen geben konnte, dann konnte ich das auch. »Warum das denn?«

»Im Büro in der Stadt empfangen wir Kunden, Auftraggeber und machen Präsentationen. Hauptsächlich.«

Das hatte ich schon von Rick gehört. »Und?«

»Und da muss man eine Krawatte tragen.« Ich hörte das Lächeln in seiner Stimme. »Ricks Regeln.«

Ich grinste.

»Du wirst Anrufe von Kunden entgegennehmen, die einen Termin bei Rick wollen, oder, falls er keine Zeit hat, bei mir oder Elijah. Elijah ist einer unserer Vorarbeiter. Du wirst ihn noch kennenlernen.«

Die drei Gebäude, erläuterte er, hatten unterschiedliche Funktionen. Das erste, in dem ich gewesen war, war das Büro. Das zweite war für die Mitarbeiter – Pausenraum, Waschraum, ein Raum zum Abkühlen, wenn es im Sommer zu heiß wurde. Im Grunde eine große Umkleidekabine. Bei dem dritten handelte es sich um eine Lagerhalle.

Während wir herumfuhren, erklärte er mir die diversen Maschinen und ihre Aufgaben, den Prozess des Erdsiebens, die Sorten Erde und Steine, die Kunden für gewöhnlich bestellten.

»Du musst allerdings keine Anrufe von Kunden entgegennehmen, die Steine bestellen wollen«, erläuterte er. »Darum kümmern sich die anderen drei Frauen. Du wirst dich hauptsächlich um die Baustellen kümmern. Deb wird es dir erklären.«

»Ist Rick dein Vater?«

Woher kam das denn jetzt?

Kurze Pause. »Ich wünschte, er wäre es«, erwiderte er dann.

Danach sagte er zu dem Thema nichts mehr. Wie er Fragen auswich oder sie beantwortete, ohne irgendetwas preiszugeben, war definitiv eine Begabung.

Ich wusste, dass er sich nicht nur mir, sondern jedem gegenüber so verhielt, aber es war dennoch frustrierend. Und wenn ich der Dramaqueen in mir die Kontrolle überließe, dann wäre ich sogar gekränkt, weil ich mit allen anderen auf einer Stufe stand. Ich war niemand Besonderes für ihn, niemand, dem er Dinge anvertraute, die er den anderen gegenüber nicht preisgab.

Wo um alles in der Welt bist du gewesen? Was hast du gemacht? Warum hast du mir nicht geschrieben?

Bin ich dir noch wichtig?

War ich das je?

Doch ich sprach keine dieser Fragen aus. Jede einzelne davon klang zu erbärmlich. Zu bedürftig. Und so wollte ich nicht rüberkommen. Mein Stolz hielt mich zurück.

Sobald er wieder an unserem Ausgangspunkt geparkt hatte, sprang ich aus dem Wagen und eilte zu meinem Auto.

Ich musste so schnell wie möglich weg von hier. Mit ihm zusammen zu sein, hieß, mit meinen Gefühlen zu spielen. Leider fiel mir ein, dass ich ja noch mit Deb sprechen musste.

»Mist.«

Ich ging zurück zum Büro. Erst folgte mir sein Blick, dann folgte *er* mir. Ich wartete, bis Deb ihr aktuelles Telefonat beendet hatte. Sie entschuldigte sich und meinte, sie habe heute zu viel zu tun, um mich einzuarbeiten, aber sie übergab mir einen Aktenordner und bat mich, in ein paar Tagen wiederzukommen, damit wir gemeinsam alles durchgehen konnten. Sie wollte mich diese Woche noch anrufen, sobald sie ein bisschen weniger um die Ohren hatte, um mit mir abzusprechen, wann meine Einarbeitungsphase beginnen sollte. Der Ordner, den sie mir gab, enthielt den Großteil der Informationen, die ich benötigte.

»Lassen Sie mich raten«, sagte sie. »Rick hat Ihnen nicht viele Fragen gestellt.« Das Telefon klingelte schon wieder, doch sie ignorierte es.

»Viel erzählt hat er mir auch nicht.«

Sie verdrehte gutmütig die Augen. »Ich wusste es.« Dann nannte sie mir meinen Stundenlohn, den ich immerhin schon von Rick erfahren hatte. »Kommen Sie damit klar?«, erkundigte sie sich grinsend.

»Oh Gott, ja!«

Sie lachte, und wir verabschiedeten uns. Ich verließ das Büro und fühlte mich so gut wie seit Tagen nicht. Nein, seit Wochen. Das sollte ich mit einem Milkshake feiern. Ich sollte für die Jungs in der Werkstatt Pizza kaufen und Dad und Dylan für heute Abend etwas zu essen mitbringen. Ich sollte Tala anrufen und sie ins Kino einladen. Verdammt, wann war ich denn zuletzt im Kino gewesen? Ich konnte mich nicht einmal daran erinnern.

Mit dem Stundenlohn würde ich schneller die Summe ansparen können, die ich brauchte, um Andrews Anteil an der Werkstatt zu kaufen. Und diesen Parasiten endlich loszuwerden. Ich konnte es kaum erwarten!

Mein Lächeln erstarb, als ich Cameron draußen mit einem anderen Mann reden sah, der ebenfalls einen Schutzhelm trug. Ich fluchte vor mich hin, während ich schnurstracks zu meinem Auto lief.

»Kara!«, rief er. »Warte!«

Ich drehte mich um und funkelte ihn ungeduldig an. »Was?«

Wie kannst du nur vor mir stehen, als sei nie etwas passiert?

»Ich brauche eine Fahrgelegenheit nach Hause«, erklärte er. »Du schuldest mir immer noch was.«

Meine Kinnlade klappte herunter.

»Ich muss nur schnell ausstempeln. Bin gleich wieder da.«

Ich schaute ihm nach, als er zum zweiten Gebäude rannte.

Offenbar hatte ich mir die Ohren verhunzt, als ich sie das letzte Mal gewaschen hatte. Im Internet war ich gewarnt worden, keine Wattestäbchen zu benutzen, weil die das Ohrenwachs nur noch tiefer in den Gehörgang schieben. Aber natürlich hatte ich nichts darauf gegeben. Das musste der Grund für mein beeinträchtigtes Hörvermögen sein.

Er konnte eben nicht wirklich gesagt haben, dass ich ihm noch eine Fahrt nach Hause schuldig war, oder?

Ich lief zu meinem Wagen und startete ihn.

Mit diesen Ohren stimmt alles. Du hast ihn ganz richtig verstanden, Mädchen!

Der hatte vielleicht Nerven! Ich hätte ihn mit bloßen Händen erwürgen können.

Gerade als ich vom Parkplatz rasen wollte, beschloss ein Lastwagen, mir den Weg zu versperren.

Resigniert schloss ich die Augen und schlug mehrmals mit der Stirn gegen das Lenkrad. »Das kann doch nicht euer Ernst sein.«

Jemand klopfte an die Beifahrertür. Das war er, natürlich.

Er sah aus, als hätte er sich ein bisschen gewaschen. Sein Gesicht sah sauberer aus, die Ölflecken waren verschwunden. Den Zopf trug er auch nicht mehr, stattdessen waren seine dunklen gewellten Haare hinreißend zerwühlt. Er hatte jetzt ein graues Shirt an und eine dunkle Jeans.

»Ich werde ihn bitten, seinen Lastwagen da wegzufahren, wenn du mich einsteigen lässt«, bot er an.

Seine Stimme war durch das Fenster gedämpft, aber ich konnte hören, was er sagte. Und das Lachen in seiner Stimme.

»Der steht da sonst noch die nächste halbe Stunde«, fügte er hinzu.

Ich sah ihn finster an. Er grinste.

Das ist deine Chance zu beweisen, dass er keinerlei Wirkung mehr auf dich hat. Tu es. Zeig ihm, wer die Oberhand hat. Falls du dich unter Kontrolle hast, heißt das. Oder du machst dich schön weiter zum Narren, indem du erneut schwach wirst. Vielleicht ignoriert er es ja auch diesmal und verschwindet einfach wieder.

Halt doch endlich den Rand. Ich brauche dich nicht in meinem Kopf.

Es ist doch gar nichts richtig passiert zwischen euch. Es gab keinerlei Versprechungen. Wieso bist du eigentlich dermaßen gekränkt?

Weil ich ihn in mein Herz gelassen und mich ihm geöffnet habe. Das hätte ich nicht getan, wenn er nicht hartnäckig gewesen wäre und mir all diese Lügen aufgetischt hätte. Ich habe das nicht geträumt. Ich habe es mir nicht ausgedacht.

Diesmal blieb meine innere Stimme still. Also konnte ich Cameron ebenso gut einsteigen lassen. Damit würde ich beweisen, dass er keine Wirkung mehr auf mich ausübte.

Ich öffnete meine Tür und stieg aus.

»Du fährst, Bigfoot.«

»Bigfoot, ja?«

»Wenn du nicht willst, vergiss es …«

»Na schön«, sagte er schnell, sichtlich überrascht und erfreut darüber, dass ich nachgab.

Zuerst ging er zu dem Lastwagenfahrer, und natürlich setzte der Sattelschlepper sich daraufhin in Bewegung. Cameron schien es gewohnt zu sein, sich hier jederzeit durchzusetzen. Er war der Prinz. Der dunkelhaarige wortkarge Liebling des Chefs.

Er war hilfsbereit und für seine Männer in gewisser Weise sogar zugänglich – wenn er es wollte. Doch den belauschten Unterhaltungen hatte ich auch entnommen, dass er alle auf Distanz hielt. Er schien zum Beispiel nach Feierabend keine Zeit mit den Kollegen zu verbringen. Einer der Männer hatte sich beklagt, dass er nie auf ein Bier mitkam. Was trieb er eigentlich, wenn er nicht am College war oder arbeitete?

Cameron setzte sich hinters Steuer. Ich ignorierte den Stich in meiner Brust, als er den Sitz einstellte, um seine langen Beine bequem unterzubringen. Das war mir alles so vertraut.

Doch die Gefühle, mit denen ich ihm dabei zusah, waren diesmal ganz anders als beim ersten Mal. Jetzt war ich … traurig.

Er öffnete das Fenster ein wenig, startete den Motor und fuhr rückwärts. Sekunden später waren wir auf der Straße. Er lenkte mit einer Hand.

Seine markanten, wie gemeißelten Gesichtszüge. Seine große Hand auf dem Lenkrad. Die Kratzer auf seinen Knöcheln. Die langen Finger. Die Bewegung seines Beins, wenn er aufs Gaspedal trat.

Ich wandte den Blick ab und biss die Zähne zusammen.

Ich schaltete das Radio ein, schaute auf die Uhr und drehte die Musik auf. Das konnte die Anspannung im Auto zwar nicht vertreiben, machte sie jedoch erträglicher.

Wie vorhin bei unserer Hof-Rundfahrt starrte ich aus dem Fenster, um ihn nicht ansehen zu müssen. Ich schaltete das Radio wieder aus, schaute erneut auf die Uhr. Ich hatte schon acht Minuten durchgehalten.

»Du hast mich angelogen«, platzte ich schließlich heraus.

Ich merkte, wie sein ganzer großer Körper in Alarmbereitschaft ging. »Was war die Lüge?«, erkundigte er sich ruhig.

»Dein Auto, du Idiot. Du hast mir gesagt, du hättest keins.«

Er entspannte sich wieder. Sogar der Anflug eines Lächelns spielte um seinen hübschen Mund. »Das habe ich nie gesagt.«

»Doch, hast du.«

»Du hast mich gefragt, ob mir der BMW gehört, und das habe ich verneint.«

War es wirklich das, was er damals gesagt hatte?

»Wie kannst du dich an diese Unterhaltung überhaupt noch erinnern?«

Ich wusste nicht mal mehr, was ich gestern gegessen hatte.

»Ich erinnere mich daran«, versicherte er mir. »Weil ich mich an jedes unserer Gespräche erinnere.«

Oh nein. Nein, nein.

Mein verräterisches Herz tat einen Hüpfer. Ich wollte das nicht. Ich wollte diesen Fluch endlich los sein. Befreit sein von seiner dunklen Magie. Jemand musste diesen Dämonen austreiben. Ich brauchte einen Priester.

»Warum?«

Hatte ich das wirklich gefragt? Warum hatte ich das gefragt?

Weil du hören willst, wie wichtig du ihm bist. Was du ihm bedeutest. Ob du ihm überhaupt etwas bedeutest.

»Du weißt, warum«, erwiderte er leise und sah mich an. Da war sie wieder, diese unbezwingbare Anziehungskraft seiner Augen. Ich befand mich exakt an dem Punkt, wo ich zuvor gewesen war. »Du weißt es.«

Auf einmal wurde ich wütend. So wütend, dass ich kaum mehr Luft kriegte.

»Fahr rechts ran. Sofort!«

Kaum hatte er es getan, sprang ich aus dem Wagen. Ich ertrug Camerons Nähe nicht länger. Ich hielt es einfach nicht mehr aus. Ich verlor die Beherrschung, und ich wollte auf keinen Fall dieselbe Schwäche zeigen wie an jenem Abend vor seinem Verschwinden.

Ich marschierte los. Hinter mir hörte ich, wie eine Wagentür zugeschlagen wurde.

»Wo willst du hin, verdammt noch mal?«, rief er mir nach.

Ich ballte die Fäuste. Allmählich wurde es spät, und die Sonne ging unter. Wir befanden uns nach wie vor außerhalb der Stadt. Die Fahrzeuge hier fuhren schneller als erlaubt. Ich hörte sie vorbeirauschen, ihre Geschwindigkeit ließ den Boden vibrieren.

Es kümmerte mich nicht. Wenn ich zu Fuß nach Hause gehen musste, dann würde ich das eben tun. Ich hielt Camerons Nähe jedenfalls nicht mehr aus. Aber blöd war ich auch nicht. Auf keinen Fall wollte ich hier sterben. Ich hielt mich möglichst weit fern von der Straße und ging so schnell ich konnte.

»Das geht dich einen Dreck an!«, schrie ich zurück.

Plötzlich war er neben mir, dicht an der Straße. Ich wusste, dass er mich vor den Fahrzeugen schützen wollte, aber das machte mich nur noch wütender.

Ich wollte über ihn hinwegkommen. Ich wollte ihn los sein.

Und jedes Mal, wenn er etwas Nettes oder Süßes tat, gab mein verräterisches Herz Stückchen für Stückchen nach.

»Willst du etwa nach Hause laufen? Ist das dein Plan?«, wollte er wissen.

»Was kümmert dich das? Du wirst über mich gar nichts mehr erfahren, solange du nicht einmal … nicht einmal …«

»Solange ich nicht einmal was?«

Ich stand wirklich kurz davor, ihm in sein hübsches Gesicht zu boxen. Ich ging schneller. Er passte sich meiner Geschwindigkeit an.

»Ich habe mein Handy verloren«, erklärte er plötzlich.

Ich blieb unvermittelt stehen und warf ihm einen vorwurfsvollen Blick zu. »Ich hätte nicht gedacht, dass du so tief sinken und mich derart anlügen würdest.«

»Das tue ich nicht.«

Wenn das stimmte … hatte ich deshalb das neue Handy in seinem Pick-up gesehen.

»Du meinst, du hast dein Handy verloren, gleich nachdem ich dir in jener Nacht eine Nachricht geschrieben habe?«

»Nein«, antwortete er nach kurzem Zögern. »Nicht unmittelbar danach.«

»Dann wolltest du einfach nicht antworten.«

Er fuhr sich durch die Haare. »Mit wollen hat das nichts zu tun.«

»Womit dann?«

»Es war besser so. Zu dem Zeitpunkt.«

Ich war erledigt. Total geschafft.

»Cameron. Lass mich verdammt noch mal in Ruhe.«

Ich ging weiter und versuchte mich zu beruhigen. Ich hasste, wie schnell er mich auf die Palme bringen konnte. Ich war mir meines Temperaments sehr wohl bewusst, doch niemand außer ihm brachte mich derartig schnell dazu, dass es mit mir durchging.

Er ging neben mir, hielt jedoch Abstand. Die Gedanken überschlugen sich in meinem Kopf.

Mit ihm in einem Auto zu fahren, würde nicht funktionieren.

Darauf lief es hinaus. Wir mussten also rasch sein Motorrad reparieren. Bei der Arbeit würde ich mit Cameron klarkommen. Ich musste nur dafür sorgen, dass andere Leute um uns herum waren, dann würde ich ihn einfach wie die übrigen Kollegen behandeln. Das war ein guter Plan.

»Hey, hör zu«, sagte ich und fühlte mich schon ruhiger. Viel ruhiger.

Er musterte mich prüfend und sah offenbar, dass der Sturm vorbei war. Er kam näher, damit er mich gut verstehen konnte. »Falls ich dir glaube, dass du wirklich dein Handy verloren hast …«

»Habe ich.«

»… heißt das, dass du meine Nachricht nicht erhalten hast. Dylan hat das falsche Ersatzteil bestellt, aber ich habe das bereits korrigiert. Es tut mir leid«, fügte ich hinzu, obwohl ich fast daran erstickte. »Es wird noch mal drei Wochen dauern. Leider.«

»Tja, dann wirst du mich wohl weiter fahren müssen.«

Mein Auge zuckte. »Nein.«

»Doch.«

»Der Deal war vorbei, als du einfach verschwunden bist!«, argumentierte ich.

»Gar nichts war vorbei.«

Gar nichts war vorbei? Glaubte er das wirklich?

»Du besitzt ein Auto. Ich werde dich nicht fahren.«

Die ausbleibende Reaktion seinerseits machte mich erneut wütend. Als ob mein Argument überhaupt nicht zählte. Was technisch gesehen ja auch stimmte. Unser Deal beinhaltete, dass ich ihn herumfuhr, bis sein Motorrad repariert war. Nur wusste ich zu dem Zeitpunkt, an dem wir die Abmachung trafen, nichts davon, dass er über ein weiteres Fahrzeug verfügte.

Wenn du es gewusst hättest, hätte das irgendetwas geändert?

Wieder blieb ich stehen und sah ihn an.

»Was glaubst du denn, wie lange du diesen Vorwand nutzen kannst?«, fuhr ich ihn an. »Mir reicht es nämlich schon.«

Er antwortete nicht.

»Wie lange?«, wiederholte ich.

Er warf mir einen Blick zu. »Solange es dauert.«

»Solange was dauert?«

»Bis du mich wieder magst.«

Ich presste die Faust auf meinen Magen, weil ich dort ein Flattern spürte. »Das wird nicht passieren. Nie.«

»Ja«, sagte er leise. »Weil ich genau wie alle anderen bin.«

Da war eine Bitterkeit in seiner Stimme, die ich vorher nie gehört hatte. Aber ich hörte auch den Schmerz heraus.

Du bist genau wie alle anderen.

Das hatte ich zu ihm gesagt an jenem Abend, bevor er verschwand. Erst jetzt wurde mir klar, wie verletzend das war. Damals hatte ich es jedoch als meine Wahrheit empfunden. Er hatte mir schließlich auch wehgetan. Schlimmer noch, er war ohne ein Wort gegangen.

»Bist du nicht ganz bei Trost? Machst du Witze?«, schrie ich und ging weiter, schnell. Und dann rannte ich.

Ich schaute zurück und sah Cameron ein Stück hinter mir. Er ließ mir einen Vorsprung, aber das reichte mir nicht. Ich wollte ihn nicht mehr sehen. Ich brauchte eine andere Welt, in der ich ohne ihn leben konnte.

Plötzlich entdeckte ich ein langsamer werdendes Auto, das sich mir näherte. Ich rannte näher zum Straßenrand und winkte. Der Wagen hielt an, und ich stieg ein.

Aus dem Augenwinkel sah ich Cameron auf mich zurennen, hörte ihn meinen Namen rufen. Ich warf die Autotür zu und sperrte ihn aus meinem Leben aus.

»Danke fürs Mitnehmen, Mrs. Chung.«

»Oh, gern geschehen, Kara, meine Liebe. Sind Sie sicher, dass Sie den Mann da nicht kennen? Er lief Ihnen hinterher.«

»Vielleicht wollte er mir etwas verkaufen.«

»Früchte vielleicht?«, schlug sie vor. »Er sah ziemlich gut aus, nicht wahr?«

Sie ließ mich vor der Werkstatt raus. Ich winkte ihr zum Abschied zu und wollte gerade zum Haus gehen, als ich meinen Wagen die Straße entlangrasen sah.

Camerons tödlicher Blick war auf mich gerichtet, als er in der Auffahrt hielt. Er knallte die Tür zu und kam entschlossen auf mich zu. In seinen Augen flackerte der Zorn.

»Verrate mir doch bitte mal, was du mir eigentlich zu beweisen versuchst.« Seine Stimme war bedrohlich leise.

»Ich muss dir überhaupt nichts beweisen. Du hingegen hast eine ganze Menge zu beweisen.«

»Das hätte ein Mörder sein können!«

»Ja, hätte. War er aber anscheinend nicht, denn ich lebe noch.«

»Und du hast den Fahrer gebeten, dich zu Hause abzusetzen. Bei dir zu Hause! Jetzt weiß er, wo du wohnst. Hast du denn nicht den geringsten Selbsterhaltungstrieb, verdammt noch mal?«

Er lief vor mir auf und ab und sah mich aufgebracht, ja wild an. Mit einer gewissen Zufriedenheit nahm ich zur Kenntnis, dass er die Beherrschung verlor. Zum ersten Mal.

»Erstens – ausgerechnet du hältst mir mangelnden Selbsterhaltungstrieb vor?«, konterte ich. »Dabei bist du mir vor den Wagen gesprungen! Ich hätte dich überfahren können und wäre dann im Gefängnis gelandet!«

Er sah mich finster an.

»Zweitens bin ich nicht so blöd und steige bei irgendwem ein. Ich kannte die Fahrerin. Drittens hast du kein Recht, mir Vorschriften zu machen.«

Jetzt blieb er stehen.

»Du bist ohne ein Wort einfach verschwunden«, sagte ich. Endlich.

Er atmete schwer. Seine Augen verdunkelten sich. Die Schutzwälle waren wieder oben.

»Verrate mir, warum um alles in der Welt du verschwunden bist, Cameron.«

Er holte tief Luft und sah mir ins Gesicht. Jetzt waren seine blauen Augen ganz klar.

»Kara«, sagte er sanft.

Wenn er so war, klang er verletzlich, offen und bedürftig. Ich spürte, wie meine Entschlossenheit bröckelte. Er kam näher. Dann hielt er mein Gesicht in seinen großen Händen, streichelte mit dem Daumen meine Wange und strich damit so zärtlich über meine Unterlippe, dass es mir vor Sehnsucht die Kehle zuschnürte. »Kara.«

Nein. Doch ich schloss die Augen und musste gegen das Verlangen ankämpfen, mich an ihn zu lehnen und nachzugeben.

»Es gibt außer dir keine andere Frau auf dieser Welt, die mich in die Knie zwingt.«

Ich fühlte, wie seine Lippen meine sanft berührten, flüchtig, und doch ein tiefes, schmerzliches Verlangen in meinem Herzen entfachend.

Und als ich die Augen öffnete, war er fort.

22. Kapitel

Kara

Ich konnte schon nicht mehr zählen, wie oft ich morgens keine Lust zum Aufstehen hatte. Meistens schaltete ich mein Gehirn ab und absolvierte die Routinedinge. Es half, wenn ich nicht an all das dachte, was ich den Tag über zu tun hatte, und mich stattdessen nur auf jeweils eine Sache konzentrierte.

Aufwachen, Kaffee, frühstücken, mich fertig machen. Zum College fahren, Kaffee, unterwegs etwas essen, zur Arbeit fahren oder Erledigungen machen, Kaffee, Kopfzerbrechen, Referate und Hausaufgaben. Essen, duschen, Kopfzerbrechen, ins Bett gehen. Dann alles wieder von vorn.

Doch heute war es anders.

Heute spürte ich nicht nur meinen Körper. Heute war es mein Herz.

Ich wünschte, ich hätte genug Geld, um in eine andere Provinz zu ziehen, in ein anderes Land, auf einen anderen Planeten. Vielleicht würde zu meinen Lebzeiten noch die Zeitmaschine erfunden werden, dann konnte ich nur hoffen, mir eine leisten oder leihen zu können. Oh, welchen Spaß könnte ich damit haben.

Ich hörte, wie mein Dad sich in der Küche bereits ums Frühstück kümmerte. Dass er so hart arbeitete, war der Grund, dass ich mich aufraffte. Ich wusste, dass er nach seiner Arbeit in der Werkstatt noch zusätzlichen Tätigkeiten nachging, um sein Gehalt aufzubessern. Heute Abend sollte er die örtliche Turnhalle streichen. Wenn meine Schichtleiterin aus dem Pflegeheim nicht anrief, würde ich ihm helfen.

Ich erhob mich vom Bett und schaute kurz auf mein Handy, ließ es dann aber links liegen, da mein Gehirn ohne Kaffee ohnehin keine einzige Nachricht verarbeiten würde. Also machte ich mich auf den Weg in die Küche und setzte mich an die Insel.

»Guten Morgen, Schätzchen«, begrüßte mein Dad mich. »Bitte sehr.«

Ich nahm den Becher, den er mir reichte, trank einen Schluck Kaffee, atmete den Duft ein, trank noch einen Schluck.

»Cornflakes oder Toast?«, erkundigte er sich wie immer, denn das war alles, was mein Magen morgens vertragen konnte.

»Toast, bitte«, murmelte ich in meinen Kaffee.

»Kommt sofort. Und?«, erkundigte sich mein Dad, kaum hatte er mir den Toast serviert und Kaffee nachgeschenkt. »Wie geht es meiner Lieblingstochter?«

»Ich bin deine einzige Tochter.«

»Ich glaube, in einer anderen Dimension habe ich wahrscheinlich zehn Töchter.« Er wischte den Tresen ab. »Aber du wärst mein Liebling.«

Ich bin die Tochter meines Vaters durch und durch.

»Ich überlege, mir eine Zeitmaschine zuzulegen.«

Dads Augen funkelten amüsiert. »Wenn du zuerst damit fährst, schau dir bitte mein zukünftiges Ich an, und gib mir Bescheid, ob ich noch heiß bin, ja?«

Ich zwinkerte ihm zu und zwang mich zu besserer Laune. »Verlass dich drauf.« Ich beobachtete, wie er zur Spüle ging, den Lappen auswusch und zum Trocknen über den langen Wasserhahn hängte. »Hey, Dad«, sagte ich und wartete, bis er sich zu mir umgedreht hatte. »Ich hab den Job bekommen.«

Wenn er lächelte, richtig lächelte, strahlte sein ganzes Gesicht. Dann war es schwierig, nicht ebenfalls zu lächeln. »Oh, mein Mädchen, ich wusste es. Herzlichen Glückwunsch! Möchtest du das heute Abend mit einer Pizza feiern?«

Ich nickte glücklich.

Er stutzte. »Hoppla. Sorry, mir fällt gerade ein, dass ich heute Abend arbeiten muss. Wie wäre es morgen Abend?«

Oh, klar. Die Turnhalle.

»Hört sich gut an. Wenn ich heute Abend nicht ins Pflegeheim muss, komme ich zur Turnhalle und helfe dir.«

»Musst du nicht. Dylan wird mir für ein paar Stunden helfen, und Erwin kommt auch. Was deinen neuen Job betrifft …«

In diesem Moment kam Dylan in die Küche. »Morgen«, brummte er verschlafen.

Dad reichte ihm einen Teller mit Pfannkuchen und Speck. Dylan holte sich etwas zu trinken aus dem Kühlschrank, setzte sich neben mich und inhalierte sein Frühstück in fünf Sekunden. Ich verstand nicht, wie er am frühen Morgen dermaßen viel essen konnte.

»Na schön, Kinder, ich muss die Werkstatt öffnen. Ich sehe euch beide heute Abend. Passt auf euch auf.« Er tätschelte uns die Köpfe, ging zur Tür, zog sich dort seine Jacke und Schuhe an, setzte die Mütze auf und ging hinaus.

»Hey, Dyl«, sagte ich. »Ich habe den Job bekommen.«

Er nickte müde und trank seinen Apfelsaft. »Ich wusste es.«

»Sag mal, wer ist denn eigentlich dein Freund, der mich empfohlen hat?«

Er spießte ein Stück Pfannkuchen mit der Gabel auf und schob es sich mit halb geschlossenen Augen in den Mund. Ich befürchtete immer, er würde sich verschlucken und ersticken, wenn er in diesem Dämmerzustand aß, doch er schien das ganz gut hinzubekommen, seit er feste Nahrung zu sich nahm. Ich trank einen Schluck Kaffee.

»Cameron.«

Prompt verschluckte ich mich, spuckte meinen Kaffee zurück in den Becher und fing an zu husten. »Was?«

Er sah mich besorgt an. »Scheiße. Das sollte ich ja nicht erzählen.«

»Cameron?« Meine Kehle brannte. »Cameron St. Laurent? Der Typ, dessen Motorrad du angefahren hast, um anschließend Fahrerflucht zu begehen?«

Er nickte finster. »Sag ihm bloß nicht, dass du es von mir weißt.«

»Aber … aber wie zur Hölle …?«, stammelte ich. »Ich meine, wie kommt es, dass ihr überhaupt miteinander redet?«

»Ach, das ist eine coole Geschichte. Ich habe seine Nummer herausgefunden und ihm Nachrichten geschrieben. Er ist nicht so der große Nachrichtenschreiber. Meistens antwortet er nicht mal, und wenn, dann bestehen seine Antworten aus einem oder zwei Wörtern. Aber wir kriegen es hin. Inzwischen fühle ich mich ihm ziemlich nah, weißt du? Als wären wir richtige Freunde.«

»Oh Gott«, stöhnte ich und ließ den Kopf auf die Kücheninsel sinken. »Nein, nein, *nein*.«

»Er ist wirklich ein echt netter Kerl, Kar …«

Er verstummte, als ich ihn grimmig anstarrte.

Mein Blick fiel auf den Speck am Rand seines Tellers. Ich wusste, dass er ihn sich stets bis zum Schluss aufhob. Ich stieß ein Knurren aus, und er musste etwas in meinem Gesicht gesehen haben, denn seine Augen weiteten sich vor Entsetzen. Ohne Gnade schnappte ich mir seinen Speck und schob ihn mir in den Mund.

»Neeeiiin!«, schrie er. »Warum?«

»Sprich nie wieder mit ihm!«, sagte ich. Dann ging ich ins Badezimmer, spuckte den Speck in die Toilette und drückte die Spülung. Anschließend ging ich in mein Zimmer und schaute auf mein Handy.

Mein Herz schlug schneller, als ich das Signal für eine angekommene Nachricht sah. Sie stammte von einer unbekannten Nummer. Ich warf einen Blick zur Uhr. Es war schon nach acht.

Wo bist du? Cameron.

Hatte er jetzt eine neue Nummer? Ich ignorierte seinen Text, änderte seinen Namen in meinen Kontakten erst in Satans Sohn, dann in Arschloch Cameron. Das klang hübscher. Dann schaltete ich mein Telefon aus und machte mich fertig fürs College.

Meine miese Stimmung begleitete mich den ganzen Weg bis zur Vorlesung. Wenn mich jemand gefragt hätte, über was der Professor geredet hatte, hätte ich ihm wahrheitsgemäß antworten müssen, dass ich mich nicht einmal daran erinnern könnte, überhaupt im College angekommen zu sein. In Gedanken lag ich immer noch im Bett, nur meine leibliche Hülle war da.

Als die Vorlesung endete, packte ich meine Sachen und ging hinaus auf den Gang. Wie üblich lehnte ich an der Wand und wartete, bis alle weg waren, um nicht angerempelt zu werden oder Leute zu riechen, auf deren Geruch ich gut verzichten konnte. Zehn Sekunden, zwanzig, dreißig. Ich kramte in meinem Rucksack nach dem Handy. Biss mir auf die Lippe. Schaltete es wieder ein.

Sofort vibrierte es. Ich hatte neue Nachrichten. Ich biss mir fester auf die Lippe.

Die Nachrichten stammten von Tala und Thomas.

Ich ignorierte sie, enttäuscht, weil Cameron nicht geschrieben hatte.

Du hast zuerst nicht geantwortet. Warum hast du erwartet, dass er dir erneut schreibt?

Weil ich wissen wollte, ob er ernst meinte, was er gestern gesagt hat.

Und eine Nachricht würde das beweisen?

Es wäre ein Anfang.

Du hättest doch sowieso nicht geantwortet.

Ich wollte ja auch, dass er mehr tut, als mir zu schreiben.

Tja, aufgepasst!

Ich hob den Kopf. Mein zuvor schwermütiges Herz pochte. Auf derselben Bank, auf der ich ihn schon einmal gesehen hatte, saß Cameron. In der gleichen lässigen Haltung.

Sein starker, muskulöser Körper wirkte sehr entspannt. Die kräftigen Beine gespreizt, die Ellbogen auf der Lehne. Er sah ruhig aus, doch in den blauen Tiefen seiner Augen tobte ein Sturm.

Wir schauten uns einfach nur an, sonst nichts. Nahmen den anderen in allen Einzelheiten wahr.

Als es mir endlich gelang, etwas anderes als nur ihn wahrzunehmen, merkte ich, dass er von seinem Basketballteam umringt war, dem er jedoch keine Beachtung schenkte. Caleb sah zu mir hin. Er zeigte auf Cameron und grinste. »Er ist wieder da«, formte er lautlos mit den Lippen und winkte mich zu der Gruppe heran.

Ich schüttelte finster den Kopf und hätte ihm am liebsten den Mund mit einer dreckigen Socke gestopft. Sei still! hätte ich gern geschrien. Er benahm sich wie ein kleiner Junge, was hinreißend gewesen wäre, wenn ich nicht unbedingt hätte verhindern wollen, dass Cameron mitkriegte, dass ich während seiner Abwesenheit nach ihm Ausschau gehalten hatte. Cameron drehte sich um, und Caleb hörte auf, herumzuhampeln und presste die Lippen zusammen. Er machte ein schuldbewusstes Gesicht. Ich lief davon.

»Verdammt, verdammt, verdammt«, murmelte ich stöhnend auf dem Weg in die Mensa.

Ob Caleb ihm wohl erzählt hatte, dass ich nach ihm suchte, als er über zwei Wochen lang verschwunden war? Wahrscheinlich schon.

Ich stöhnte erneut und bereute meine eigene Blödheit. Ich hätte Caleb gar nicht fragen dürfen.

Merkwürdig, dass jetzt, wo ich bereit war, über meine Gefühle zu sprechen, Tala nicht da war. In ihrer Nachricht hieß es, sie würde die Vorlesung heute ausfallen lassen, weil sie sich um eine Familienangelegenheit kümmern müsse. Das hörte sich sehr beschäftigt an, deshalb schrieb ich nur zurück, wir würden uns irgendwann in dieser Woche sehen und reden.

Es war frustrierend, wie das Leben mir im Augenblick mitspielte.

Die Mensa war so gut wie leer, abgesehen von drei Studenten am anderen Ende des Saals und den Kulinarik-Studenten, die das Buffet fürs Mittagessen vorbereiteten.

Keine Ahnung, ob das zu ihrem Praktikum gehörte, aber ich wusste, dass das Essen immer gut war, wenn sie dort waren. Doch heute konnte ich mich nicht mal dazu aufraffen, etwas zu essen.

Ich warf mein Handy und meinen Rucksack auf den Tisch und legte den Kopf darauf.

»Wo warst du heute Morgen?«

»Scheiße!« Ich schreckte hoch. Cameron ließ sich mir gegenüber auf einen Stuhl fallen.

Er lehnte sich zurück und schaute mich gereizt an.

Ich setzte mich aufrecht hin und starrte zurück.

»Ich habe dir doch erklärt, dass ich dich nicht mehr abhole«, sagte ich müde.

»Dann haben wir ein Problem.«

»Das einzige Problem besteht darin, dass du noch hier bist und …«

Es gibt außer dir keine andere Frau auf dieser Welt, die mich in die Knie zwingt.

»Und?«, hakte er nach. Er wirkte erschöpft, als hätte er in der vergangenen Nacht keinen Schlaf bekommen. Trotzdem sah er verdammt gut aus.

»Und … und …«

Das Display meines Handys leuchtete auf. Sein Blick fiel darauf, und er las die eingehende Nachricht.

»Wer ist Thomas?«, wollte er wissen. Seine Stimme klang hart.

Für einen Moment erwog ich, ihn einfach anzulügen und ihm zu erzählen, Thomas sei mein Freund. Die Versuchung war groß. Aber dann entschied ich mich doch dagegen. Lügen würden mir am Ende nur noch mehr Herzschmerz verursachen.

»Er ist der Typ, der bezweifelt, dass JC, der Agent in geheimer Mission, von den Toten auferstanden ist.«

»Was?«

Ich nahm mein Telefon und schickte Thomas eine Antwort.

»Dem schreibst du gleich zurück, aber auf meine Nachrichten antwortest du nicht?«, sagte er vorwurfsvoll.

Abfällig schnaubte ich. »Aber du hast auf meine geantwortet, ja?«, erwiderte ich. »Du verlangst eine ganze Menge von mir, ohne selbst etwas zurückzugeben.«

In seiner Wange zuckte ein Muskel.

»Es ist das Beste, wenn du mich in Ruhe lässt«, fuhr ich fort.

Er rieb sich mit einer Hand über den Mund und sah mich so konzentriert an, als versuche er, sich mein Gesicht ganz genau einzuprägen. Als er stumm blieb, schnappte ich meinen Rucksack und mein Handy und marschierte davon.

»Verdammt«, hörte ich ihn frustriert zischen.

Ich ging weiter, obwohl mein Herz schrie, ich möge umkehren und mich mit ihm aussprechen.

Ich wusste, dass Cameron heute Abend Training hatte. Es dauerte zehn Minuten, bis ich auf dem Campus-Parkplatz war, und selbst dort haderte ich noch mit mir, ob ich nach Hause fahren oder lieber bleiben und auf ihn warten sollte. Zum tausendsten Mal heute schaute ich auf mein Handy. Keine Nachricht von ihm.

Es war halb neun, sein Training würde in einer halben Stunde zu Ende sein. Draußen war es dunkel, aber die Laternen beleuchteten den riesigen Parkplatz, auf dem nur noch etwa fünfzehn Autos standen. Die meisten davon gehörten vermutlich den Spielern des Basketballteams. War Cameron heute Abend mit seinem eigenen Wagen gekommen?

»Ich fahre. Ich warte nicht«, murmelte ich vor mich hin und steckte das Handy wieder ein. Als ich aufsah, erschrak ich.

Cameron lehnte an meinem Auto und wartete offenbar auf mich. Er hatte die Kapuze auf dem Kopf, sodass sein Gesicht kaum zu erkennen war. Doch ich wusste, dass er es war. Diese lässige Haltung hätte ich überall wiedererkannt, diese selbstbewussten Bewegungen, als er sich von meinem Wagen abstieß.

Der sehnsüchtige Ausdruck in seinen Augen sprach Bände, doch er unterdrückte ihn rasch wieder und versteckte damit sich selbst vor mir.

Das würde nicht funktionieren.

»Das hatte ich auch nicht erwartet«, sagte er ruhig. »Aber gewünscht habe ich es mir trotzdem.«

Ich schluckte den Kloß in meinem Hals herunter. Er hatte mich also gehört.

»Ich dachte, du hast heute Abend Training«, bemerkte ich.

»Hatte ich auch.«

»Bist du nicht hingegangen?«

Er antwortete nicht. Ich schloss die Augen und rang um Geduld.

»Wenn du nicht redest, geh einfach«, sagte ich leise. »Ich will nach Hause.«

»Ich verstehe selbst nicht, warum ich dich verdammt noch mal nicht in Ruhe lassen kann«, sagte er plötzlich.

In mir zog sich etwas zusammen.

»Ich …«

Mein Handy klingelte, und er behielt, was immer er hatte sagen wollen, für sich. Dann kniff er die Augen zusammen.

»Ist das derselbe Typ, dem du heute Morgen geschrieben hast?« Seine Stimme war wieder kalt. Wie schnell sich seine Gefühlslagen wandelten. »Ich war zwei Wochen weg, und schon hast du mich abgeschrieben.« Das war eine definitive Aussage. Er glaubte das. »Ich habe keine Ahnung, warum ich verdammt noch mal hier bin.«

Er fuhr sich durch die Haare und schaute zu Boden. Als er wieder aufsah, lag ein vorwurfsvoller Ausdruck in seinen blauen Augen.

Mir platzte der Kragen. »Fahr zur Hölle!«

Ich wusste echt nicht, was ihn da gerade umtrieb. *Ich habe keine Ahnung, warum ich verdammt noch mal hier bin?* Und diese vorwurfsvolle Miene machte mich wütend. Als hätte ich kein Recht darauf, ihn abzuschreiben. Als hätte *ich* ihn betrogen, wo er doch derjenige war, der einfach verschwand. Wir hatten ja nicht einmal eine richtige Beziehung gehabt.

Ich habe keine Ahnung, warum ich verdammt noch mal hier bin? Da hätte er mir genauso gut sagen können, dass ich es nicht wert war. Es tat weh. So konnte ich auf keinen Fall weitermachen. Das musste ein Ende haben.

»Ich wünschte, ich wäre dir nie begegnet«, behauptete ich.

Für einen Moment sah er perplex aus, und welche Emotionen auch immer folgen mochten, konnte ich nicht erkennen, weil er den Blick senkte.

»Bevor ich dich kennenlernte, ging es mir gut. Du bringst mich durcheinander, doch viel schlimmer ist, dass du mir wehtust. Und ich fühle mich so erbärmlich, weil ich immer vorsichtig war und mich vor Leuten wie dir geschützt habe. Aber du musst echt super überzeugend sein, denn binnen kürzester Zeit habe ich dich in mein Leben gelassen. Du hast mich gebeten, dir zu vertrauen, verwehrst mir jedoch genau das, worum du mich bittest. In der einen Minute bist du heiß, in der nächsten kalt. Mal sagst du etwas, das mein Herz rührt, dann wieder brichst du mir das Herz, indem du gar nichts sagst. Und ohne ein Wort *verschwindest.* Ich wünschte, du hättest mir keine von diesen Lügen erzählt, an dem Abend, bevor du dich verpisst hast«, fuhr ich fort. »Ich wünschte, du wärst einfach gegangen, dann wäre es leichter für mich gewesen, dich zu vergessen. Dann hätte ich mir keine Sorgen machen müssen und hätte nicht das Gefühl gehabt, dass ich vielleicht etwas falsch gemacht und dich damit vertrieben habe. Ich hätte dich nicht vermisst und ständig darauf gewartet, dass du mir eine Nachricht schreibst oder anrufst.«

Und schon wieder ließ ich ihn in mein Herz schauen, damit er darauf herumtrampeln konnte. Warum lernte ich es nicht endlich? Aber er sollte erfahren, was ich ihm zu sagen hatte, und vielleicht wäre es dann ja vorbei. Wobei die Vorstellung, dass es tatsächlich vorbei sein könnte, mir Angst machte. Also wurde ich noch wütender, um diese Angst zu verbergen.

»Wenn das irgendein Spiel von dir ist«, sagte ich mit brechender Stimme, »dann hör einfach auf. Ich weiß, dass du nicht dasselbe für mich empfindest wie ich für dich. Das sage ich nicht als Vorwurf, denn es ist ja auch meine Schuld. Ich habe mir Dinge ausgemalt und erwartet, und das hätte ich nicht tun sollen. Für meine Gefühle bin ich selbst verantwortlich. Jetzt will ich, dass das alles aufhört. Ich will nichts mehr für dich empfinden. Es bricht mir nämlich das Herz. Du machst es einem schwer. Also hör auf und halte dich von mir fern.«

Ich stieg in meinen Wagen, knallte die Tür zu und fuhr mit quietschenden Reifen davon. Und diesmal schaute ich nicht zurück.

Als ich vor der Turnhalle parkte, war mein Zorn verraucht und hatte Müdigkeit und Abgestumpftheit hinterlassen. Es war ein langer Tag gewesen, wie üblich, doch durch den emotionalen Aufruhr, den Cameron in meinem Leben ausgelöst hatte, fühlte ich mich erschöpfter denn je.

Ich sah, wie mein Vater die braunen Wände mit Weiß grundierte.

»Hi, Dad.«

Er erschrak so heftig, dass ihm die Farbrolle beinah aus der Hand gefallen wäre. Ich lachte. Alle in der Familie waren schreckhaft, sogar Dylan – vor allem der.

»Du hast mir vielleicht einen Schrecken eingejagt!«

»Tut mir leid.« Mein Lachen ließ mich zusammenzucken. Es klang rau. Ich warf meinen Rucksack auf den Boden und ging zu meinem Dad rüber.

Die Halle war schätzungsweise gut fünfhundert Quadratmeter groß. Sie war alt, dunkel und heruntergekommen. Die neuen weißen Wände würden sie definitiv aufhellen. Es war etwas unglücklich, dass man in der Nähe des Eingangs kleinere Räume abgeteilt hatte, die das Gefühl der Weite beeinträchtigten. Wenn man diese Zwischenwände wegnahm und in den hinteren Teil versetzte, würde alles gleich wieder offener wirken. Die Halle war riesig, und ich fragte mich, wie lange mein Dad wohl dafür brauchen würde. Und wie müde er sein würde.

»Wo ist dein Helfer, Dad?«

Er tauchte die Farbrolle in den Eimer. »Der ist gerade gegangen. Jamie hat ihn angerufen, weil ihr Kind sehr krank ist.«

»Ich hoffe, Junior geht es nicht zu schlecht«, sagte ich. »Als ich ihn zuletzt gesehen habe, war er mit seinem Daddy Eis essen in der Stadt.«

»Junior wird schon wieder. Der Junge ist gesund wie ein Pferd. Kommt ganz nach seinem Vater.« Er fuhr gekonnt mit der Rolle über die Wand. Auf und ab, auf und ab. Lächelnd sah er über die Schulter zu mir. »Ist schon lange her, dass wir mal Eis essen waren, was, Kara Koala?«

Ich nickte. Dann krempelte ich die Ärmel hoch, band mir die Haare zusammen, nahm den anderen Farbroller, tauchte ihn in den Eimer und klatschte den Mist an die Wand.

Wir arbeiteten eine Weile nebeneinander her. Dad machte seine Dad-Witze, ich lachte laut. Meine Arme und Schultern fingen an zu schmerzen, doch ich wusste, dass es Dads Muskeln schlimmer ergehen musste. Als ich ihn das letzte Mal massierte, waren sie steinhart.

»Du lachst, doch in deinen Augen ist Traurigkeit«, bemerkte er plötzlich, ohne mich anzusehen. »Erzählst du mir, was los ist?«

Ich holte tief Luft und strich weiter. »Was wolltest du als Kind später mal werden, Dad?«

»Oh, mal überlegen.« Er schnaubte belustigt. »Ich glaube, ich wollte Rennfahrer werden.«

Ich schaute zu ihm hin. »Du wärst ein großartiger Rennfahrer geworden, Dad.«

Er errötete. »Danke, Schätzchen.«

»Du hast diesen Traum nicht weiterverfolgt, weil sie mit mir schwanger wurde«, sagte ich. »Stimmt's?«

Jetzt fühlte ich mich wirklich traurig.

»Ich wollte dich mehr, als schnelle Autos zu fahren«, erwiderte er schlicht. Er unterbrach das Streichen und sah mich an. »Welche Entscheidungen ich auch getroffen habe im Leben, gute oder schlechte, es waren meine Entscheidungen und nur meine. Und wenn ich mich für etwas nicht entschieden habe, dann, weil ich es nicht genug wollte, was immer es auch gewesen sein mochte. Und ich habe mich für dich und deine Mom entschieden.«

»Trotzdem hat sie dich verlassen.«

Er zuckte mit den Schultern. »Dich hat sie auch verlassen. Und Dyl. Das war ihre Entscheidung. Verstehst du? Sie wollte diesen anderen Mann so sehr, dass sie uns verlassen hat. Sie hat sich entschieden. Was mich damals wütend machte, war die Tatsache, dass sie dir und Dylan wehgetan hat.«

»Und dir. Ihr Pech.«

Er nickte. »Genau.«

»Bereust du es, dass du geblieben bist? Du hättest alles werden können, was du wolltest, wenn wir dir nicht zur Last gefallen wären. Ich habe von Charity gehört, dass du kurz davor warst, Rennen zu fahren. Du hattest schon Sponsoren und hast trainiert. Und dann kam die Sache mit meiner Mutter dazwischen.«

Er schüttelte den Kopf. »Hast du mir denn nicht zugehört, Kara?« Er musterte mich einen Moment lang eindringlich. »Verrate mir lieber, was du wirklich auf dem Herzen hast.«

Ich atmete tief ein und wieder aus. Und wieder tief ein. »Ich bin verwirrt. Ich will etwas sehr, aber ich bin mir nicht sicher, ob es das Richtige für mich ist, Dad. Ehrlich gesagt, rede ich mir die ganze Zeit ein, dass es falsch ist, und vielleicht stimmt das auch. Aber wie kommt es dann, dass mein Herz zwar müde ist, sich aber dennoch danach sehnt? Die Wahrheit ist, dass ich es vielleicht richtig machen will, obwohl es eigentlich falsch ist.« Ich lachte trocken. »Ich rede ganz schönen Unsinn, oder?«

Er legte seinen Farbroller auf die Plastikfolie auf dem Boden und hielt mir die Hand hin, damit ich ihm meinen Farbroller gab. Er legte ihn neben seinen.

»Setzen wir uns auf die Tribüne«, schlug er vor und deutete zur anderen Seite der Turnhalle. »Ich will dir etwas erzählen.«

»Okay.«

Wir setzten uns nebeneinander, und er schwieg eine Weile. Ich spürte, dass er seine Gedanken zu sammeln versuchte, um sie mir fein ordentlich mit einer Schleife drumherum darlegen zu können. Mein Dad wählte seine Worte stets mit Bedacht.

»Kara«, begann er. »Man muss kämpfen für die Dinge, die man im Leben will. Kämpfen mit allem, was man hat, denn es wird immer eine Menge Leute geben, die einen aufhalten wollen. Dein größter Feind aber bist du selbst. Es ist nichts Schlechtes daran, ein gutes Leben zu wollen«, fuhr er fort. »Für deine Familie, für dich. Es ist nichts Schlechtes daran, seine Träume verwirklichen zu wollen und alles dafür zu tun. Doch tu es mit reinem Herzen und bei klarem Verstand.«

Er seufzte tief.

»Und was die schlimmen Dinge betrifft, die einem im Leben widerfahren – das Erbärmlichste, was man machen kann, ist, die üblen Dinge, die einem selbst angetan wurden, anderen anzutun. Denn man weiß ja, wie sich das anfühlt, kennt den Schmerz. Und trotzdem tut man anderen das Gleiche an. Das Leben kann einem sehr übel mitspielen, aber man darf sich nicht verbittern lassen. In meinen Augen ist so etwas schändlich und einfach nur traurig.«

Ich fragte mich, ob er von meiner Ma sprach. Ich wusste, dass sie ihm das Herz gebrochen hatte, als sie ihn verließ.

»Lerne zu vergeben, damit du offen bleibst für die größeren Dinge, die auf dich warten und die für dich bestimmt sind. Und wenn du sie hast, musst du sie mit beiden Händen festhalten, egal wie verwirrend oder hart es dir erscheint. Liegen dein Verstand und dein Herz im Streit, triff eine Wahl. Entscheide dich für das, was du dir am sehnlichsten wünschst. Und was dir das größte Bedauern bescheren würde, wenn du darauf verzichtest.«

»Das werde ich«, versprach ich mit rauer Stimme.

»Das weiß ich. Ich habe deiner Ma vor langer Zeit verziehen. Wie kann ich wütend bleiben, wo sie mir dich und Dylan geschenkt hat? Ich will jedenfalls nicht, dass du traurig bist. Was immer dich bedrückt, ich wünsche mir, dass du glücklich wirst. Ich wäre der Letzte, der dich davon abhalten würde, das zu tun, was du tun willst. Tu es einfach. Tu es, was immer es auch ist. Dylan und ich werden schon klarkommen. Ich weiß, dass du dir Sorgen wegen der Werkstatt machst. Es wird geschehen, was geschehen muss. Machst du dir Gedanken wegen dieses anderen Jobs? Du weißt, dass Charity gern einspringt. Sie wird dich während deiner Abwesenheit vertreten. Und wenn sie nicht kann, schaffen wir Männer das auch. Das weißt du. Mach dir nicht zu viele Sorgen. Was immer du auch sein magst, Kind, Teenager, Frau, du musst vor allem du selbst sein. Was immer du dir wünschst, wünsche ich mir auch für dich.«

Als wir endlich heimfuhren, war ich völlig erschöpft. Dylan hatte Kartoffeln, Huhn und Reis gekocht, aber ich konnte kaum noch die Augen offenhalten. Ich ließ das Abendessen ausfallen, duschte, putzte mir die Zähne und ging gleich ins Bett. Bevor ich die Augen zumachte, konnte ich nicht widerstehen und schnappte mir das Handy. Checkte meine Nachrichten. Ich hatte zehn neue erhalten. Von Tala und Thomas.

Aber keine von Cameron.

Ich fühlte mich abgestumpft und zutiefst erschöpft.

Am nächsten Morgen holte ich ihn nicht ab. Die ausgebliebene Nachricht von ihm sagte mir viel. Und gleichzeitig sagte sie mir gar nichts. Ich ging im College an seinem üblichen Platz vorbei, aber er war nicht da.

Als ich an diesem Abend einen Anruf vom Pflegeheim bekam, nahm ich sofort an. Zwar musste ich am nächsten Tag im Hof arbeiten, doch die Schicht im Heim sollte nur vier Stunden dauern.

Danach konnte ich zu Hause fünf Stunden schlafen, die Vorlesung am Morgen besuchen und anschließend zur Schicht aufs Baugelände fahren. Das würde klappen. Es klappte immer irgendwie.

Am nächsten Morgen redete ich mir ein, dass ich mich auf die neue Aufgabe freute, der Tag sonniger und alles gut werden würde. Es war mein erster offizieller Tag auf dem Hof. Davor besuchte ich die Morgenvorlesung und hoffte, Tala diesmal zu treffen, doch sie schrieb mir, dass sie es heute immer noch nicht auf den Campus schaffte. Ich wollte sie anrufen, um zu erfahren, was los war. Aber sie meinte, sie würde den ganzen Tag unterwegs sein und mir bald alles erzählen.

Ich nahm mir vor, nicht nach Cameron Ausschau zu halten, tat es aber natürlich trotzdem. Wie Thomas gesagt hatte: Ich musste akzeptieren, dass meine Gefühle für Cameron echt waren und es Zeit brauchen würde, bis ich darüber hinweggekommen war. Ich musste einfach daran glauben, dass es mir gelingen würde.

Mein Handy vibrierte.

Thomas: *Hals und Beinbruch für deinen ersten Tag!*

Ich schrieb ihm ein rasches Dankeschön zurück und fuhr zur Arbeit. Ich hatte ihm in letzter Zeit häufig Nachrichten geschrieben. Er war zu einem guten Freund geworden, und dafür war ich dankbar, besonders jetzt.

Auf dem Hof herrschte diesmal deutlich weniger Betrieb, als ich vor dem Bürogebäude hielt. Für die Angestellten gab es einen eigenen Parkplatz hinter dem Gebäude, worüber ich ziemlich froh war. Ich hatte mir schon ausgemalt, wie ich aus dem Wagen stieg und genau in dem Moment ein Lastwagen vorbeirauschte, der mich in einen Matschfleck auf dem Asphalt verwandelte. Oder in Vogelfutter. Lecker.

Auch Deb hatte an ihrem Schreibtisch diesmal weniger zu tun. Sie stellte mich allen Leuten im Büro vor und führte mich herum. Als wir den Lagerraum betraten, aus dem ich mit Cameron zusammen den Schutzhelm geholt hatte, wurde ich plötzlich traurig.

Seit der Szene auf dem Parkplatz hatte ich ihn nicht mehr gesehen. Früher oder später würde ich ihm hier auf dem Hof begegnen. Oder vielleicht auch nicht. Möglicherweise würde er einfach wieder untertauchen. Er sollte zum Zirkus gehen, dann konnte er durch einen Zaubertrick für immer verschwinden.

Er fehlt dir.

Hatte es einen Sinn, das zu leugnen? Es funktionierte ja doch nicht. Ich brauchte mehr, als er mir geben konnte, aber ich wollte ihn nicht dazu zwingen, mehr zu geben, als er bereit war zu geben, denn dann würde er mich irgendwann komplett ablehnen.

Und ich wollte nicht mit ihm zusammen sein, wenn er mir nicht vertraute, denn dann würde ich ihn am Ende nicht mehr mögen.

Die Gedanken an ihn machten mir das Herz schwer. Und ich war es leid, an ihn zu denken.

»Du hast dich total dämlich angestellt«, behauptete Deb, ohne eine Miene zu verziehen, und tätschelte mir anerkennend den Rücken. »Komm auf jeden Fall an diesem Wochenende wieder, hörst du? Ich werde niemand anderen als meine Nachfolgerin akzeptieren.«

Ich lachte. »Ja, Ma'am.«

Langsam näherte sich das Ende meines ersten Tages. Er war fantastisch gewesen. Ich mochte Deb wirklich. Sie war eine kluge Frau mit einem trockenen Humor, der mir sehr gefiel. Heute musste sie fünfzehn Minuten früher gehen, da sie einen Arzttermin hatte. Ihr Mann wartete bereits draußen auf sie.

»Du hast eine schnelle Auffassungsgabe. Das gefällt mir. Es liegt ganz bei dir, ob du noch bleibst, um dich mit den Akten zu beschäftigen, oder auch abhauen willst. Vergiss nur nicht, zu stempeln. Wir sehen uns dann am Samstag.«

»In aller Frühe«, bestätigte ich. »Vielen Dank, Deb.«

Sie strich sich über den Bauch und stemmte sich stöhnend aus dem Bürosessel. Dann ergriff sie ihre Handtasche und winkte allen zu, die sich noch im Büro aufhielten, das waren ich und Jerika an den Schreibtischen und zwei Männer im Konferenzraum. Ich schaute Deb hinterher, wie sie mit diesem hinreißenden Schwangerenwatscheln hinausging.

Kurz bevor die Eingangstür wieder zufiel, trat jemand ein.

Camerons tiefblaue Augen sahen sofort in meine Richtung.

Er hielt meinen Blick gefangen. Binnen drei Sekunden raste ein Gedanke nach dem anderen durch meinen Kopf.

Eine Sekunde.

Du fehlst mir.

Zwei Sekunden.

Ich hasse dich.

Drei Sekunden.

Du fehlst mir, verdammt noch mal.

Dann riss ich mich los und schaute auf die Akten vor mir. Und sah nichts außer seinem Gesicht. Mein Herz pochte.

Gott, er war so unglaublich attraktiv. Das schwarze T-Shirt wieder, das die Konturen seiner Oberarme und Brust hervorhob, die dunkle schmutzige Jeans, die Stahlkappen-Stiefel, der Schutzhelm. Arbeitsklamotten. Das Gesicht eines wunderschönen Erzengels.

Natürlich war er hier, schließlich war das auch sein Arbeitsplatz. Aber ich hatte ihn den ganzen Tag weder im College noch bei der Arbeit gesehen. Deshalb kam diese Begegnung jetzt unerwartet.

Mein Handy vibrierte.

Thomas: *Bin in zehn Minuten da. Ganz in der Nähe ist ein Café. Lass uns dort hingehen, dann kannst du mir das Neueste über das Problem deiner Freundin erzählen.*

Ich konzentrierte mich auf Thomas' Nachricht, doch mein Gehirn nahm sie nicht auf. Ich las sie erneut. Sein Arbeitsplatz lag drei Minuten Fahrtzeit vom Hof entfernt. Er hatte eine Stunde Pause, und da ich schon Feierabend hatte, verabredete ich mich mit ihm auf einen Kaffee.

Ich sah wieder auf, konnte Cameron aber nirgendwo mehr entdecken. Als es Zeit wurde, suchte ich meine Sachen zusammen und stempelte aus. Ich trat aus dem Gebäude und erinnerte mich mit Herzklopfen an den Moment, als Cameron meine Augen gegen die zu grelle Sonne geschützt hatte.

Diesmal schien die Sonne nicht. Und Cameron war auch nicht da.

Thomas fuhr im Wagen vor. Lächelnd winkte er mir zu. Ich winkte zurück. Ich wollte gerade zu seinem Wagen gehen, als sich eine Hand um mein Handgelenk schloss. Ich schaute auf, direkt in Camerons wütendes Gesicht.

»Wirst du bei diesem Typen einsteigen?« Seine Augen blickten hart, seine Stimme war kalt.

Ich hob trotzig das Kinn. »Ja!«

»Wer ist das?«

»Das geht dich nichts …«

»Kara«, sagte er sanft. Bildete ich mir das nur ein, oder lag ein flehender Unterton in seiner Stimme? »Geh nicht.«

Mein Herz. Mein Herz. Bitte gib jetzt nicht nach.

»Warum nicht?«

»Weil ich nicht will, dass du mit ihm gehst.«

In meinen Ohren klingelte es. Die Hoffnung und die Freude, die seine Worte in mir weckten, machten mich nur noch wütender. Mehr auf mich selbst als auf ihn.

»Sorry, Boss. Ich habe Feierabend. Und jetzt lass mich verdammt noch mal gehen.«

Ich schüttelte ihn ab, und er ließ mich los. Mit steifen Beinen ging ich zu Thomas' Wagen und stieg auf der Beifahrerseite ein. Ich konnte Camerons Blick spüren, der sich in meinen Rücken bohrte.

»Kara«, begrüßte Thomas mich vorsichtig. »Ist das dein Freund? Ich meinte, der Freund deiner *Freundin*?«

»Ja.« Ich schnallte mich an und sah nicht mehr in Camerons Richtung. Meine Hände zitterten. »Das ist er.«

»Ich glaube, ich habe einen riesigen Fehler begangen«, flüsterte Thomas.

»Wie meinst du das?«

»Ich mag dich als Freundin, aber ich bin mir nicht sicher, ob ich mich dafür verprügeln lassen will. Er ist ein Monster. Er sieht aus, als wollte er mir sämtliche Knochen brechen und sie anschließend an die Hunde verfüttern.«

»Deshalb solltest du jetzt dringend aufs Gaspedal treten, damit wir schleunigst verschwinden.«

Er lachte nervös. »Gute Idee.«

Ich wollte zurückschauen, wollte wissen, ob er noch da war und uns nachschaute. Ich wollte wissen, warum er mich aufgehalten und diese Dinge gesagt hatte. Und warum er nicht die Dinge sagte, die ich von ihm hören wollte.

»Dreh um«, bat ich.

»Was?« Thomas schaute mich verdutzt an.

»Es tut mir leid, Thomas. Fahr zurück zum Hof. Ich muss ihn was fragen.«

»Alles klar. Pass auf dich auf. Er sah sauer aus.«

Er fuhr mich zurück. Mein Herz hüpfte, als ich Cameron noch an der gleichen Stelle stehen sah, als wüsste er, dass ich zurückkommen würde.

»Triff eine Entscheidung«, hatte mein Dad gesagt.

Genau das würde ich jetzt tun.

23. Kapitel

Cameron

Sie würde zurückkommen. Das musste sie, denn wenn sie es nicht täte, würde ich ihr folgen. Auf keinen Fall würde ich sie gehen lassen. Nicht mit diesem Typen. Mit überhaupt keinem anderen Mann.

Noch nicht.

Niemals.

Hatte sie etwa erwartet, dass ich sie ziehen lassen würde?

Wahrscheinlich schon. Vermutlich dachte sie, es sei vorbei, als ich aus der Stadt verschwunden war. Und für eine Weile hatte ich mir tatsächlich eingeredet, ich könnte sie vergessen. Und hätte es bereits getan.

Doch kaum hatte ich sie neulich bei Rick wiedergesehen, konnte ich nicht mal mehr daran denken, sie gehen zu lassen.

Mit mir zusammen zu sein, mochte ihr Leben noch komplizierter machen, als es momentan ohnehin schon war. Sie musste bereits kämpfen, um sich über Wasser zu halten, das konnte ich mehr als deutlich erkennen. Aber ich war egoistisch. Ich war gierig. Ich wollte sie.

Ich wollte sie wieder bei mir haben.

Ich wollte ihre Wut, ihre Verärgerung, ihre fiesen Attacken. Verdammt noch mal, ich wollte alles, was ich bekommen konnte.

Ich war schwach, wenn es um sie ging. Das begriff ich jetzt. Der Versuch, mich dagegenzustemmen, machte mich doch nur zu einem elenden Mistkerl.

Ich hatte keinen Grund zu der Annahme, dass sie zu mir zurückkommen würde. Ich hatte ihr jeden Grund geliefert, um sich von mir fernzuhalten. Doch ein Teil von mir … hoffte. Und begehrte weiter.

Ich stand mitten auf dem Hof, wie ein verdammter Idiot, und wartete. Wartete auf sie.

Zur Hölle … sie hatte doch gesagt, dass sie nie mit Männern ausging. Wer war dann der Typ, der sie abgeholt hatte? Und was war mit ihrem eigenen Wagen los? Sie besaß eine Werkstatt, verdammt noch mal. Warum musste jemand sie abholen? Sie könnte ja auch einfach mich fragen.

Ich ballte die Fäuste, bis ich die Fingernägel in meinen Handflächen spürte.

Sie musste zurückkommen.

Ich hatte mir geschworen, dass ich auf niemanden mehr warten würde, doch sie brachte mich dazu, dieses Versprechen zu brechen.

Ich spürte den beißenden Wind auf der Haut, aber in mir brodelte es. Wenn sie nicht zurückkam, würde ich ihr hinterherfahren.

Gerade als ich in meinen Pick-up springen und ihr folgen wollte, sah ich den weißen Jeep in den Hof einbiegen.

Meine Brust fühlte sich an wie zusammengeschnürt, als ich sie aus dem Wagen springen und auf mich zu marschieren sah.

Kara.

Meine Kara.

Die Enge in meiner Brust löste sich etwas.

Sie war höllisch wütend. Ihr Gesicht war gerötet, der Mund eine feste gerade Linie. Das Feuer in diesen haselnussbraunen Augen – die mich jede Nacht in meinen Träumen ansahen – durchfuhr mich wie ein Elektroschock.

Sie kam meinetwegen zurück.

Noch keine Frau war mir so schön vorgekommen wie Kara in diesem Augenblick. Ich konnte den Blick nicht von ihr abwenden.

Was auch immer gerade zwischen uns entstand, war zerstört worden, als ich wegging. Doch jetzt war ich hier, und ich war hier, um sie zurückzugewinnen, koste es, was es wolle.

Sie blieb direkt vor mir stehen, völlig außer Atem, aber nicht wegen der Strecke, die sie gelaufen war. Sondern vor Wut. Sie war unfassbar zornig auf mich. Das nahm ich in Kauf. Ich würde alles in Kauf nehmen.

Sie hob trotzig das Kinn und sah mich über ihre Nase hinweg an.

Doch ihre Gefühle konnte sie nicht verbergen, und wenn sie es noch so sehr versuchte. Irgendwie waren sie ihr stets anzumerken – was auch immer sie empfand, was auch immer sie dachte. Ich konnte verdammt noch mal nicht genug davon bekommen.

»Nenne mir einen Grund, weshalb ich hier bei dir bleiben sollte«, verlangte sie.

Ich sah sie an. Und dann sagte ich ihr die Wahrheit.

»Du fehlst mir«, flüsterte ich. »Du fehlst mir so sehr, dass es mich wahnsinnig macht.«

Ihr Blick wurde sanfter, doch sie bewegte sich nicht. Ich wusste, es würde schwierig werden, sie davon zu überzeugen, sich wieder auf mich einzulassen. Ich erwartete nichts anderes, aber aufgeben würde ich nicht so schnell. Diesmal nicht.

»Lass es mich wieder in Ordnung bringen«, sagte ich, und es war eher eine Bitte. Meine Stimme klang rau.

Sie sah mich nur an, ohne ein Wort zu sagen. Langsam machte mir dieses Schweigen Angst. Würde sie zu dem Typen zurückgehen? War er derjenige, der ihr ständig Nachrichten schrieb und sie anrief?

Nur über meine Leiche.

Ich streckte einen Arm nach ihr aus. »Wirst du meine Hand nehmen?«, fragte ich leise. »Kara?«

Sie holte tief Luft und schloss für einen Moment die Augen. Dann öffnete sie sie wieder und legte ihre Hand in meine.

Einen Moment später waren wir unterwegs. Ich bestand darauf, dass wir meinen Firmen-Pick-up benutzten. Draußen war es ziemlich kalt, deshalb blieben die Fenster geschlossen. Ich fuhr über hundert Stundenkilometer, in Richtung des einen Ortes, den niemand kannte außer mir. Wenn es jemanden gab, dem ich diesen Ort zeigen wollte, dann war sie es.

Sie sah aus dem Fenster und gönnte mir nicht einmal einen flüchtigen Blick auf ihr schönes Gesicht. Sie war immer noch wütend auf mich. Das konnte ich ihr kaum verübeln. Ich hatte bisher keine einzige ihrer Fragen beantwortet.

»Wohin fahren wir?«, erkundigte sie sich schließlich. Und sah mich immer noch nicht an.

»Du hast gesagt, dass du mich kaum kennst«, begann ich.

Jetzt wandte sie sich mir zu. Ich wünschte, ich könnte irgendwo anhalten, um ihr Gesicht in meinen Händen zu halten, ihre Haut zu spüren und sie einfach nur anzusehen. Sie zu berühren. Sie zu küssen. Sie zu schmecken.

»Also bringe ich dich an einen Ort, der mir wichtig ist«, fuhr ich fort.

Immerhin sah sie neugierig aus. Gut. Doch sie wandte sich erneut ab, dem Fenster zu.

Falls sich meine Brust wieder wie zugeschnürt anfühlte, ignorierte ich es. Kara war hier bei mir. Das allein zählte.

»Wer war der Typ?«, wollte ich wissen.

»Ich werde keine deiner Fragen beantworten, ehe du meine beantwortet hast«, sagte sie zum Fenster.

»Einverstanden.«

Ich trommelte auf das Lenkrad. Genervt und bereit für einen Kampf. Vorzugsweise mit dem Kerl, von dem sie mir nicht erzählen wollte.

»Kara.« Mist, ich hörte die Ungeduld in meiner Stimme.

»Ja?«

»Wer ist dieser Typ?«

Jetzt lachte sie. Ein wissendes, neckendes Lachen, das nur eine Frau zustande brachte. Sie warf mir einen beredten Blick zu. »Das wüsstest du wohl gerne, was?«

Verdammt, sie hatte wirklich eine fiese Ader. Nach der ich mich sehnte. Die ich so sehr vermisst hatte, als ich weg war. Jetzt trieb sie mich damit allerdings in den Wahnsinn.

»Dann frag mich etwas, was du wissen möchtest«, schlug ich vor.

Sie sah immer noch aus dem Fenster, nicht zu mir.

Das schmerzte. Offenbar wollte sie nichts mehr über mich

wissen. Hatte ich alles zwischen uns zerstört? Wollte sie mich nicht mehr?

»Verrate mir, warum du gegangen bist«, sagte sie nach einer Weile.

Sie sprach so leise, und ihre Stimme klang so zart, dass es mir einen Stich gab.

»Das werde ich dir zeigen, wenn wir dort sind, wohin wir fahren. Wirst du bis dahin warten?«, fragte ich.

Sie nickte, schwieg aber wieder. Hieß das, sie würde mir über diesen Typen nichts erzählen, bis wir da waren?

Ich seufzte laut und blies mir die Haare aus der Stirn.

»Er ist bloß ein Freund, den ich aus der Kirche kenne«, sagte sie. Ich hörte ein Lächeln in ihrer Stimme.

»Er ist nicht dein … fester Freund?«

»Na ja …«

Ich sah sie von der Seite an. Ihre braunen Augen funkelten vor Übermut. Genau wie ich es mochte, allerdings nicht, wenn sie mich quälte wie jetzt gerade. Nicht, wenn es um einen anderen Mann ging.

»Verstehst du nun, dass es einen irre machen kann, wenn man nicht weiß, was der andere denkt? Wenn er einem nichts verraten will?«

Ich hielt den Mund. Sie hatte recht. Ich wusste es. Jetzt wusste ich es.

»Das ist frustrierend, nicht wahr? Fängt man da nicht an, sich lauter Dinge auszumalen? Quälen einen da nicht Gedanken?«

»Ja«, gab ich zu.

»Ich habe keinen Schimmer, was du denkst, wenn du es mir nicht sagst.«

»Okay«, murmelte ich. »Ich verstehe.«

Das schien sie zu besänftigen, denn sie sprach weiter: »Er ist schon mein Freund.«

»Was?«

»Halt ein Kumpel-Freund. Ich mag ihn.«

»Du. Magst. Ihn.«

»Ja«, bestätigte sie betont fröhlich. »Ich mag ihn.«

In ihren Worten schwang die Herausforderung mit: *Was willst du wohl dagegen unternehmen, mein Großer?*

»Ich könnte ihn zerquetschen wie nichts«, murrte ich.

Sie lachte. Es war ein sehr weibliches Lachen, das irgendetwas unterhalb meines Magens auslöste.

»Du klingst ja wie ein eifersüchtiger Freund.«

»Ich *bin* dein Freund.«

»Nein, bist du nicht.«

Sie hatte recht, aber es tat ein bisschen weh. Die Vorstellung schien sie nicht abzustoßen, also bestand immerhin die Chance, dass sie mich haben wollte. Ich würde sie schon davon überzeugen.

»Du hast keinen festen Freund.«

»*Noch* nicht.« Sie betonte das Wort »noch«.

Natürlich provozierte sie mich. Sie wusste, dass ich eifersüchtig war und mich das Ganze verrückt machte. Trotzdem zeigte sie keine Gnade.

Ich schätzte, das hatte ich verdient. Und hielt klugerweise lieber den Mund.

Heute trug sie ein anderes Kleid. Es war hellrosa, und sie hatte es mit einer schwarzen Strumpfhose kombiniert – einer durchscheinenden. Genau die Sorte, die einen Mann wild machte.

Unwillkürlich schaute ich auf ihre Beine. Sie hatte lange, lange Beine. Wohlgeformt. Der Saum ihres Kleids endete hoch auf ihren Oberschenkeln und zeigte das süße kleine V, wo sich ihre Beine trafen. Es juckte mich in den Händen, sie anzufassen.

»Ich bin hungrig«, sagte sie unvermittelt.

Ich saugte an meiner Unterlippe. *Ich auch.*

»Ich habe …« Himmel, klang meine Stimme heiser. »Ich habe etwas zu essen in meiner Kühlbox. Die steht hinten.«

»Du nimmst eine Kühlbox mit zur Arbeit?« Sie sah mich neugierig an. Erst als ich es nicht mehr hatte, war mir klar geworden, wie viel es mir bedeutete, dass sie mich wirklich kennen wollte.

»Ich muss ungefähr jede Stunde etwas essen«, erwiderte ich. »Ich werde oft hungrig.«

Ich merkte, wie ihr Blick über meinen Körper wanderte.

»Das sehe ich.« Sie murmelte noch etwas, das klang wie: »Bist du deshalb so groß?« Aber ich konnte die Worte nicht genau verstehen.

Sie schnallte sich ab und drehte den Oberkörper, um nach hinten zum Rücksitz greifen zu können. Dabei streifte ihr Arm meinen. Ich biss die Zähne zusammen.

Sie setzte sich wieder hin und stellte die Kühlbox auf ihren Schoß. Der kurze Kontakt schien keinerlei Wirkung auf sie zu haben. Überhaupt keine.

»Sicherheitsgurt«, ermahnte ich sie.

Sie ignorierte mich und machte die Kühlbox auf.

»Wow. Hast du den Inhalt deines ganzen Kühlschranks hier reingetan?«

»Ich halte an, wenn du dich nicht anschnallst.«

»Na gut.« Es dauerte jedoch eine weitere Minute, bis sie es wirklich tat.

»Oh Gott. Das sind vielleicht riesige Sandwiches. Was ist drauf?«

Ich verstand nichts vom Kochen. Für gewöhnlich schmierte ich mir Stullen, die ich mit viel magerem Fleisch und Käse belegte. Das waren meine Mahlzeiten. In der Kühlbox befanden sich wahrscheinlich fünf große Sandwiches. Es war kein Scherz gewesen, als ich gesagt hatte, dass ich jede Stunde hungrig wurde.

»Schinken, Huhn. Weiß ich nicht genau. So Zeug halt«, antwortete ich.

»Ich bin Vegetarierin.«

»Was ist eine Vegetarierin?«

Sie starrte mich fassungslos an, dann fing sie an zu lachen. »Im Ernst, ich habe Hunger«, beschwerte sie sich.

»Gleich kommt eine Tankstelle. Dort werde ich dir etwas zu essen besorgen«, versprach ich.

Sie nahm etwas aus ihrer Handtasche, spritzte sich eine Flüssigkeit in die Hand und verrieb sie mit beiden Händen. Es roch nach Alkohol und Pfirsichen. Wahrscheinlich ein Desinfektionsmittel.

»Was soll ich dir holen?«, erkundigte ich mich, damit sie weitersprach. Die Traurigkeit verschwand allmählich aus ihrer Stimme. Ich wollte, dass sie glücklich war, wie früher. Mit mir. »Ich bin mir nicht sicher, ob es dort geräucherte Alfalfa-Sprossen à la carte gibt, aber ich werde sehen, was ich tun kann.«

Sie kniff mich in den Arm.

»Autsch!«

Das tat weh. Richtig weh. Sie hielt sich keineswegs zurück. Ich rieb mir den Arm und hielt gleich danach wieder das Lenkrad mit beiden Händen.

»Wenn ich hungrig bin, werde ich zum Hulk. Mach also keine Scherze. Mir ist es ernst.«

Ich warf ihr einen Blick zu und nahm die Andeutung eines Schmollmundes wahr. Verdammt, war sie süß. Ich vermisste sie. Ich vermisste sie sehr.

Sie klappte eines der Sandwiches auseinander, um zu schauen, womit es belegt war. »Hast du ein Eiersandwich?«

»Ich dachte, Vegetarier essen keine Eier?«

»Du meinst Veganer. Die essen überhaupt keine tierischen Produkte. Ich bin Vegetarierin. Das ist etwas anderes. Wir essen Eier, Milch und Käse.«

Ich zuckte mit den Schultern. »Alles klar.« Aber ich merkte es mir.

»Also, sind da Eiersandwiches drin?« Sie wühlte immer noch in der Box.

»Dafür müsste man Eier kochen, also nein.«

Sie seufzte.

»Es sind Pfirsiche da«, informierte ich sie. Ob sie wohl schon herausgefunden hatte, dass ich die ihretwegen aß? Nein, das konnte sie unmöglich wissen. »Ganz unten in der Kühlbox. Such weiter.«

»Gibt's doch gar nicht. Cool.«

Ich hörte sie in einen hineinbeißen, dann wohlig stöhnen.

Mir lief das Wasser im Mund zusammen.

»Oh mein Gott, die sind so reif. Lecker«, verkündete sie begeistert.

»Lass mich abbeißen. Jetzt bin ich auch hungrig.«

Ich biss ab, und meine Zunge streifte ihren Finger. Sie zog die Hand zurück und sah mich mit großen Augen an. Ich tat, als würde ich es nicht bemerken. Ich kaute, schluckte.

»Noch einen«, bat ich.

»Nein.«

Sie wich zurück. Noch hatte sie mir nicht verziehen. Ich verstand. Allerdings machte es mich … traurig. Es dämpfte die Stimmung zwischen uns.

Na schön. Ich würde das schon bald in Ordnung bringen.

»Meine Hände sind klebrig. Ich brauche Taschentücher.« Sie öffnete mein Handschuhfach. Ich hörte, wie sie kurz nach Luft schnappte. Dann holte sie etwas aus dem Handschuhfach heraus.

»Ich habe dich Montag damit gesehen«, sagte sie. »Hast du mich so sehr vermisst?«

Sie hielt das blaue Haarband, das ich ihr stibitzt hatte, in der Hand. Es war schon einen Monat her, aber mir kam es länger vor. Ich sah ihr in die Augen. In ihnen lag ein Glitzern. Grasgrün, dachte ich, wobei mein Herz kurz auszusetzen schien. *Mehr Grasgrün als Braun.*

»Ja«, bestätigte ich schroff.

»Warum hast du dann …« Sie hielt inne.

»Ich war ein Idiot. Es tut mir leid«, flüsterte ich. »Kara.«

Ich schluckte, weil meine Kehle wie zugeschnürt war. Am liebsten hätte ich am Straßenrand angehalten, um sie in meine Arme zu schließen. Um alles wiedergutzumachen, was zwischen uns schiefgelaufen war.

»Ich habe mir Sorgen gemacht deinetwegen«, gestand sie leise.

»Auch das tut mir leid.« Das schienen mir so unzureichende Worte zu sein. Ich wollte ihr zeigen, wie ich empfand, es nicht nur sagen.

»Ich will dein Bedauern nicht«, stellte sie klar. »Ich will eine Erklärung.«

»Ich werde dir erzählen, was mir möglich ist, sobald wir unser Ziel erreicht haben«, versprach ich.

Sie schwieg, für den Augenblick zufrieden. Lange würde das nicht anhalten.

Der Gedanke daran, mich ihr zu öffnen, beschleunigte meinen Herzschlag.

Als Kind war ich bei Psychologen gewesen. Mein Vater hatte darauf bestanden, dass Raven mir professionelle Hilfe zukommen ließ nach dem Vorfall mit acht Jahren. Raven weigerte sich, und er drohte ihr mit dem Entzug des Sorgerechts. Das jagte ihr so viel Angst ein, dass sie seiner Forderung nachkam.

Alle Ärzte, zu denen ich ging, taten ihr Bestes, damit ich über das redete, was passiert war. Doch ich weigerte mich. Tatsächlich sprach ich nach dem Vorfall mehrere Jahre lang gar nicht mehr.

Ich wollte immer noch nicht darüber reden. Doch für Kara würde ich es versuchen.

Es war schmerzlich für mich. Jedes Mal, wenn ich daran dachte oder darüber zu reden versuchte, fühlte es sich an, als sei da eine tiefe Grube aus Nichts in meinem Bauch, die sich mit Säure füllte.

Sie richtete sich in ihrem Sitz auf, als ich den Blinker betätigte, das Tempo verlangsamte und an einer Tankstelle hielt.

»Was willst du essen?« Ich schnallte mich ab und nahm meine Brieftasche aus dem Fach in der Mittelkonsole. »Ich hole es. Du wartest hier.«

»Ich komme mit«, erklärte sie und sprang einfach aus dem Pickup.

Ich grinste. Sie ließ sich nicht gern sagen, was sie tun und lassen sollte, und machte dann gern das Gegenteil von dem, was ich wollte.

Sie wirkte erschöpft. Ich fragte mich, ob sie wieder Schichten im Pflegeheim angenommen hatte. Ob sie den Leuten im Coffeeshop gekündigt hatte. Hoffentlich würden diese Jobs jetzt, wo sie für Rick arbeitete, weniger werden.

»Wie lange müssen wir denn noch fahren?«, erkundigte sie sich, während sie den kleinen Laden neben der Tankstelle ansteuerte.

»Ungefähr noch eine Stunde.«

Sie riss erschrocken die Augen auf. »Was? Und was glaubst du, wann wir heute Abend nach Hause kommen?«

»Ich bringe dich zurück.«

»Ich dachte, wir sind vielleicht eine halbe Stunde unterwegs. Was ist mit meinem Wagen?«

»Der wird morgen früh noch da sein. Ich nehme dich mit. Mach dir deswegen keine Sorgen. Hol dir deine Snacks, und dann lass uns weiterfahren.«

»Sag mir nicht, was ich tun soll.«

»Na schön.« Ich verbarg mein Grinsen vor ihr.

Ich würde ihr weiterhin sagen, was sie tun sollte. Dagegen konnte ich ebenso wenig etwas machen, wie sie gegen ihren Trotz. Es passte perfekt.

»Gut«, sagte sie. Nur, um es gesagt zu haben.

Sie wollte stets das letzte Wort behalten. Zumindest bei mir.

Sie ließ sich Zeit, und ich merkte, dass sie immer noch aufgewühlt war. Sie konnte echt nerven, aber selbst das mochte ich an ihr. Ich mochte alles an ihr.

Ich kaufte ein paar Sachen aus dem Tankstellenladen und verstaute sie auf dem Rücksitz. Dann fuhren wir wieder los. Kara futterte Tofu-Hotdogs und Süßkartoffelfritten.

»Mir gefiel dieser kleine Imbiss neben der Tankstelle.«

»Der ist hauptsächlich für Trucker.«

Sie nickte und nahm einen großen Bissen von ihrem Hotdog-Brötchen. »Die ältere Dame, der der Laden gehört, meinte, ihr Mann sei Trucker gewesen, daher wisse sie genau, wie schwierig es ist, unterwegs eine warme Mahlzeit zu bekommen. Deshalb hat sie den Imbiss aufgemacht. Ist das nicht schön?«

»Das hast du alles erfahren, während du einen Hotdog und Fritten gekauft hast?«

Sie trank einen Schluck Kaffee. »Du wärst überrascht, was die Leute einem alles erzählen, wenn man fragt.«

Ich schwieg.

»Sind wir bald da?«, wollte sie kurz darauf wissen.

»Nein.«

»Wie lange dauert es denn noch?«

»Solange es eben dauert.«

»Komm schon, verrate es mir.«

Sie zupfte an meinem T-Shirt, und ich warf ihr einen tadelnden Blick zu. Sie grinste. Sie spielte mit mir.

»Ich hoffe, dieser Abend endet nie«, flüsterte ich.

»Entschuldige, was hast du gesagt?«

Sie hatte mich nicht gehört. »Bald«, meinte ich stattdessen.

»Ich werde langsam müde, Cameron.«

Meine Kehle fühlte sich eng an. Sie hatte meinen Namen gesagt. Sie musste wirklich kaputt sein, denn ich hatte sie seit einer gefühlten Ewigkeit nicht mehr meinen Namen sagen hören.

»Mach doch ein Nickerchen. Ich wecke dich, sobald wir da sind.«

Ich dachte, sie sei eingeschlafen, doch sie murmelte etwas. Vielleicht träumte sie. Ihre Stimme war zu leise, weshalb ich es nicht verstehen konnte. Aber dann wiederholte sie es.

»Du hast mir auch gefehlt.«

Je weiter wir uns von der Stadt entfernten, desto mehr löste sich die dunkle Wolke über mir auf. So gut hatte ich mich nicht mehr gefühlt, seit ich Kara verlassen hatte.

Ich betrachtete die Frau neben mir. Sie schlief und schnarchte leise. Und mir wurde klar, warum alle schlimmen Dinge plötzlich so weit weg schienen. Es lag nicht daran, dass wir uns von der Stadt entfernten. Es lag daran, dass Kara bei mir war.

Und das war schon die ganze Zeit so gewesen.

Mein Herz schlug schneller, als ich in der Straße, in der ich aufgewachsen war, das Tempo drosselte. Okay, es war nur ein sehr kurzer Teil meiner Kindheit gewesen, aber es war der Teil, der stets zu mir gehören würde. Der mich verändert hatte.

»Sind wir da?«, fragte Kara.

Sie war vor zehn Minuten aufgewacht und hatte den inzwischen kalten Kaffee getrunken, den ich ihr an der Tankstelle geholt hatte.

Es war jetzt zehn nach sechs, aber immer noch ein bisschen hell draußen.

Ich nickte und versuchte ihre Reaktion einzuschätzen, als ich auf eine kleine rechteckige Fernbedienung in meinem Wagen drückte, worauf sich das Tor zur Auffahrt öffnete. Die Torflügel glitten sanft und geräuschlos auseinander. Dieses Tor hatte ich hier als Erstes installieren lassen. Ich wollte, dass das Haus geschützt war. Das Tor sollte zeigen, dass es einen Besitzer gab.

Ich fuhr die lange gewundene Auffahrt hinauf und drückte erneut auf die Fernbedienung, um das Tor hinter uns zu schließen. Zu beiden Seiten der Auffahrt und rings um das Gelände hatte ich vor Jahren Kiefern gepflanzt. Die waren inzwischen hoch und breit gewachsen und dienten als Sichtschutz. Überall entlang des alten schwarzen Eisenzaunes hatte ich »Privatgrundstück«- und »Betreten verboten«-Schilder aufgestellt.

»Wow. Es sieht aus, als würden wir einen Vampir besuchen«, kommentierte sie aufgeregt.

»Könnten auch Werwölfe sein.«

»Echt?« Sie lachte. »Es ist so … abgelegen. Was ist das für ein Haus? Wem gehört es?«

»Mir.«

»Was?«

»Ich habe es vor einigen Jahren gekauft, als ich genug Geld angespart hatte.«

»Ehrlich? Eines Tages will ich mir auch eines kaufen. Wie viel hast du … Oh mein Gott, ist das … wow.« Sie machte große Augen und sah sich staunend um. Ich fragte mich, was sie davon hielt. »Ich glaube, ich war noch nie in einer Villa. Gehen wir rein? Es spukt darin, oder? Wir sollten auf jeden Fall reingehen. Beeil dich.«

Ich lachte. Sie sah aus wie ein kleines Mädchen, das gleich seine Geschenke auspacken darf. Ich wusste nicht, was für eine Reaktion ich von ihr erwartet hatte, aber mit dieser Freude beim Anblick der Villa hätte ich nicht gerechnet.

Es handelte sich um ein verfallenes Gutshaus. Ich hatte erst vor

Kurzem mit der Renovierung begonnen. Ich besaß es schon lange, hatte die Renovierung aber immer wieder aufgeschoben.

Doch an dem Tag, nachdem ich Kara verlassen hatte, legte ich wie ein Besessener los.

»Können wir es uns später ansehen?«, fragte ich. »Zuerst möchte ich dir etwas anderes zeigen.«

»Du meinst, es gibt noch etwas Interessanteres als das?«

»Ja«, bestätigte ich. »Ich zeige es dir.«

»Ich hoffe für dich, dass es gut ist, Bigfoot.«

Ich lächelte, und sie lächelte zurück.

Ich fuhr weiter, folgte dem asphaltierten Weg, der hinter die Villa führte. Hier war der Baumbestand dichter und älter. Der Weg verengte sich zu einem schmalen Schotterweg, der auf eine Lichtung führte und schließlich auf ein großes offenes Feld.

Inmitten des Platzes stand eine kleine Hütte. Ich hatte sie im Lauf der Jahre renoviert. Hier hatte früher der Wildhüter gewohnt, und sie war in deutlich besserem Zustand als die Villa.

Die Außenwände waren vorher aus scheußlichen neongelben Backsteinen gewesen, aber ich hatte sie gereinigt und cremeweiß gestrichen. Die hellgrauen Dachziegel waren neu, ebenso die Fenster mit den dunkelgrünen Rahmen und die große rustikale Eingangstür.

»Ich liebe es«, sagte sie leise, während sie begeistert das Gebäude begutachtete und die Aussicht dahinter genoss. Dorthin wollte ich sie bringen. »Es sieht bezaubernd aus. Ich mag diese Rundumveranda. Was liegt dahinter?«

Ich parkte vor der Hütte. Die Verandalampen gingen an.

Ich hatte ihre Frage noch nicht beantwortet, als sie schon die nächste stellte. »Ist das der Ort … wo du diese zwei Wochen lang warst?«

»Ja«, antwortete ich schlicht. »Hier habe ich an dich gedacht. Viel.«

Sie verspannte sich spürbar. Was auch immer sie fühlte, musste intensiv sein, denn sie strahlte es förmlich aus.

»Aber deswegen habe ich dich nicht mit hierher genommen.«

»Okay«, sagte sie. »Dann zeig es mir.«

Sie sprang aus dem Wagen, noch bevor ich mich überhaupt abgeschnallt hatte, lief auf meine Seite und wartete. Sie schlang die Arme um sich und rieb sie. Der Wind fuhr ihr in die Haare und blies sie ihr ins Gesicht.

Mein Herz zog sich zusammen, während ich sie beobachtete.

Sie klopfte ungeduldig an mein Fenster. Ich lachte, nahm die Decke vom Rücksitz und stieg aus.

Kara ging schon voran.

»Kara«, rief ich.

Sie warf mir einen Blick über die Schulter zu, und ich merkte, dass sie traurig war.

»Komm her«, forderte ich sie auf.

Sie zog die Brauen zusammen. »Warum?«

»Bitte.«

Ich hasste es, bitte zu sagen. Aber bei ihr störte es mich nicht.

Es schien sie irgendwie zu besänftigen. Zuerst zögerte sie, doch dann machte sie einen Schritt, zwei, bis sie tatsächlich auf mich zuging, um schließlich auf Armeslänge entfernt von mir stehen zu bleiben.

Ich trat auf sie zu, und sie wich zurück. Ich konnte sehen, wie ihre Schutzwälle hochfuhren.

Unser Waffenstillstand war vorüber. Sie wappnete sich für Rache.

Ich legte ihr die Decke um die Schultern. Sie seufzte erleichtert.

»Danke«, murmelte sie und zog die Decke fester.

Ich nickte. Alles, was ich für sie tat, war mir ein Vergnügen.

»Komm mit mir«, sagte ich.

Ich würde ihr den Irrgarten zeigen. Und das, was jenseits des Irrgartens geschehen war und mein Leben verändert hatte.

24. Kapitel

Cameron

»Komm mit mir«, sagte ich.

Ich wollte sie bitten, mir ihre Hand zu geben, wollte ihre Finger in meinen spüren, doch an der Art, wie sie die Decke um sich gewickelt hielt, erkannte ich, dass meine Berührung ihr momentan nicht recht sein würde.

Das verunsicherte mich. Wenn ich ihr erzählte, was außerhalb dieses Labyrinths geschehen war, würde sie dann vor mir fliehen?

Sollte ich es ihr überhaupt erzählen?

Vielleicht war das doch keine so gute Idee.

Zu spät, Idiot.

Ja, das stimmte. Wir waren hier, und ich hatte versprochen, dass ich es ihr erzählen würde.

Mein Herz klopfte. Die Abendluft war kühl, doch ich spürte, wie mir der Schweiß auf die Stirn trat und mir an den Schläfen hinunterlief.

Sie ging neben mir her. »Was ist das hier?«, fragte sie. Ich führte sie hinter die Hütte.

»Ein Irrgarten.«

Sie stand staunend da, mit offenem Mund, dann strahlte sie. »Wow. Hast du auch eine Schatzkarte?«

»Ich kann eine für dich anfertigen«, schlug ich vor.

Es hätte mir Spaß gemacht, sie herumzuführen, wenn die Umstände andere gewesen wären.

Am Eingang des Labyrinths blieb ich stehen. Hier hatte ich ein Spalier aufgestellt. Für Blüten war es zu kalt, doch immerhin rankten sich dicke braune Kletterpflanzen um das Gestell.

Der Irrgarten war, wie er immer gewesen war. Gewaltig, wunderschön, geheimnisvoll. Das Grün war hoch und dicht, man konnte kaum hindurchsehen. Als Kind konnte ich mich an manchen Stellen hindurchquetschen, doch jetzt war das unmöglich. Ich hatte es versucht.

»Es heißt, dieser Ort sei verflucht«, erklärte ich.

Ich sah sie aufmerksam an, wollte wissen, ob es ihr Angst machte. Doch ihr Lächeln weitete sich zu einem Grinsen.

»Worauf warten wir noch?«, fragte sie. Ihre Augen funkelten unternehmungslustig. »Gehen wir hinein.«

Mann, sie ist echt unglaublich.

»Wer weiß sonst noch von diesem Ort?«, erkundigte sie sich.

»Nur du.«

Ich machte einen Schritt, blieb jedoch stehen, da Kara meine Hand ergriff.

Ich schaute auf unsere ineinanderliegenden Hände. Dann in ihr Gesicht. Dies war das erste Mal, seit ich sie verlassen hatte, dass sie mich von sich aus berührte.

»Ich bin froh, Cameron«, sagte sie mit sanfter Stimme. »Wenn du noch nicht bereit bist, es mir zu erzählen, verstehe ich das.«

Etwas Warmes und Festes formte sich in meiner Brust, während ich sie ansah. Was machte sie nur mit mir?

Ich war mit der Einstellung aufgewachsen, bloß niemandem zu zeigen, was mir wichtig war. Ich musste alles fest und sicher in mir verschlossen halten. Denn sobald man der Welt zeigte, was einem wichtig war, hatte besagte Welt einen bei den Eiern. Die Welt kannte dann deinen Schwachpunkt. Und die Welt würde ihn gegen dich verwenden. Das war immer so. Es würde einen zerstören. Und dann?

»Warum siehst du mich so an?«, fragte sie.

»Wie denn?«, erwiderte ich heiser.

»Als … als wüsstest du nicht recht, was du mit mir anfangen sollst.«

Weil sich gerade etwas änderte, wie mir klar wurde. Und es handelte sich nicht um eine kleine Veränderung. Ich hatte keine

Ahnung, wie ich darauf reagieren sollte. Denn wenn ich Karas Gesicht betrachtete, die Aufrichtigkeit in ihren Augen sah, so echt und wirklich, stark und gut, glaubte ich plötzlich daran, dass es in dieser Welt einen Ort nur für mich gab. Und diesmal war das etwas Gutes.

»Ich habe mich gerade gefragt, ob du echt bist.«

Einen Moment lang schwieg sie, dann lächelte sie. »Es war hart, dich dazu zu bringen, dich mir zu öffnen. Beinah unmöglich«, fuhr sie fort. »Ich bin froh, dass du mich hierhergebracht hast. Das ist schon mal ein Anfang.«

Ich versuchte, es nicht zu zeigen, doch ich fragte mich, ob sie meiner Miene entnehmen konnte, wie schwer mir das fiel.

Ich schloss die Augen, hob ihre Hand an meine Lippen und küsste ihre Handfläche. Sie war so warm.

Ich fragte mich, weshalb ich in all diesen Jahren nie darüber gesprochen hatte, was hinter diesem Labyrinth passiert war, und warum ich es jetzt tun wollte.

»Du musst es mir nicht jetzt erzählen. Was auch immer es ist. Du kannst es mir sagen, sobald du bereit dafür bist.« Ihre Stimme war leise und sanft.

Ich sah ihr in die Augen, fand darin Verständnis und Stärke. Und in diesem Moment wusste ich es.

Ich hatte darauf gewartet, dass sie in mein Leben trat.

Ich wusste nicht, warum ich plötzlich diesen Gedanken hatte, und im Augenblick war das Warum auch nicht wichtig. Sie war hier bei mir. Das allein zählte.

»Ich will es *dir* erzählen«, sagte ich mit belegter Stimme.

»Okay.«

Wir betraten das Labyrinth und gingen los. Als wir den Teil erreichten, an dem die Bäume einen Baldachin formten und den Boden vor den Elementen schützten, blieb sie stehen.

»Es ist wunderschön«, sagte sie, während sie mit großen Augen alles in sich aufnahm, sich langsam um die eigene Achse drehend. »Die dunklen Stellen weiter vorne wirken ein wenig unheimlich, aber gleichzeitig auch sehr schön. Ist dieser Irrgarten der Grund, warum du das Land gekauft hast?«

Es half, dass sie mir Fragen stellte. Ich wusste nämlich nicht, wo ich anfangen sollte.

»Hauptsächlich deswegen, ja«, antwortete ich. »Kara?«

»Hm?«

»Ich bin froh, dass du mit mir hier bist.«

War es zu viel, ihr das zu gestehen? Ging es zu schnell?

Sie drückte meine Hand fester, und ihr Lächeln war süß und weich.

»Ich habe eine Entscheidung getroffen«, sagte sie. »Und ich habe mich entschlossen, um dich zu kämpfen.«

Sie hatte keine Ahnung. Absolut keine Ahnung, wie viel mir das bedeutete, was sie da sagte.

Nicht zu schnell. Genau richtig. Einfach genau richtig.

Ich blieb stehen und zog sacht an ihrer Hand, damit Kara mir nicht davonlief. Ich sah sie an und wollte ihr Gesicht berühren. Fragte mich, ob sie es zulassen würde.

»Wenn ich dir in irgendeiner Weise wehgetan habe«, flüsterte ich und merkte, wie leicht ich mich in ihren Augen verlieren könnte, »dann tut es mir verdammt leid.«

Sie biss sich auf die Unterlippe. Ich konnte den Blick nicht davon abwenden. Es war lange her, seit ich ihren Körper gespürt, sie geschmeckt hatte. Unser letzter Kuss hatte mein Verlangen nur noch stärker gemacht.

Ich konnte mich nicht beherrschen. Ich zog sie an mich. Ich hörte, wie sie nach Luft schnappte, als ich meinen Arm um ihre schmale Taille legte, sie an mich drückte.

»Ich bin hungrig, Kara«, murmelte ich heiser.

Sie schluckte. Ihre Augen waren glasig geworden, als sie sie auf meine Lippen richtete.

»Darf ich?«, murmelte ich.

Sie sah mir in die Augen. »Ja.«

Ich saugte an meiner Unterlippe und beobachtete die Emotionen, die über ihre Züge huschten. Ich freute mich auf die Dinge, die ich mit ihr tun würde, auf das Vergnügen, das ich ihr bereiten könnte. Als sie das letzte Mal auf mir saß, war es nicht so gut gelaufen.

Ich war zu hungrig auf sie gewesen und hatte mich beinah verzweifelt danach gesehnt, in ihr zu sein, ihre köstliche süße Enge zu fühlen, und ich hatte mich von diesem Verlangen beherrschen lassen und dabei ganz vergessen, dass sie es noch nie getan hatte.

Diesen Fehler würde ich kein zweites Mal begehen.

Jetzt ging es ganz allein um sie.

Und ich kam mir vor wie ein verdammter Höhlenmensch, weil ich der Erste sein würde, dem sie erlaubte, sie zu berühren.

Ich kannte dieses Labyrinth wie meinen Handrücken. Hinter ihr befand sich ein schmaler geheimer Durchgang. Es war ein kleiner enger Raum, ein Kokon aus hohen und dichten Büschen und Bäumen. Dort würde es wärmer sein. Es gab darin eine Bank, auf die ich Kara legen und auf der ich sie küssen konnte, bis sie sich vor Wonne wand. Und bis ich genug von ihr bekommen hatte.

Allerdings beschlich mich das deutliche Gefühl, dass dieser Tag nicht so schnell kommen würde. Möglicherweise nie.

Ich legte meine Hände unter ihren Po, drückte, wollte die Finger höher wandern lassen, ihre feuchte Hitze finden und berühren, aber ich würde warten, bis sie bereit war.

Ich verstärkte meinen Griff an der Unterseite ihrer Oberschenkel und hob sie an. Sie schlang die langen Beine um meine Taille, während ich mit ihr den engen Durchgang betrat. Sie legte ihr Kinn auf meine Schulter und verbarg ihr Gesicht vor mir.

War sie verlegen?

Ihr Kleid war bis zu den Hüften hinaufgerutscht. Ich liebte es, wenn sie ein Kleid oder einen Rock trug. Das gewährte leichten Zugang und beflügelte meine Fantasie, was sie wohl tun würde, welcher Ausdruck auf ihrem wundervollen Gesicht erscheinen würde, wenn ich sie dort berührte, wo noch nie jemand sie berührt hatte.

»Nur einen Kuss«, hauchte sie.

Ich ließ mich auf der Bank nieder und stöhnte, als Kara auf mir saß. Ich konnte ihre Hitze spüren, wollte sie auf meinen Lippen, auf meiner Zunge.

Ich leckte mir über den Mund. »Nur einen Kuss«, versprach ich.

Meine Hände umfassten ihre Hüften, hoben das Kleid weiter an, sodass ich das Stück Spitze sehen konnte, das die intimste Stelle ihres Körpers bedeckte.

Meine Hände zitterten. Es handelte sich um weiße Spitze. *Verdammt, verdammt, verdammt.* Sie konnte unmöglich gewusst haben, was das bei mir auslösen würde.

»Kara?«, flüsterte ich in ihr Ohr.

»Hm?«

»Wo soll ich dich küssen?«

Sie gab ein leises Stöhnen von sich, als ich mein Becken gegen ihres presste.

»Cam«, erwiderte sie mit rauer Stimme. »Was machst du mit mir?«

»Bis jetzt noch gar nichts.« Ich küsste ihren Hals, rieb meine Lippen an ihrer Haut, ganz sachte, sodass sie es kaum spüren konnte. »Aber bald.«

Ich atmete scharf ein, als sie ihre Hüften an meinen kreisen ließ. *Verflucht.*

»Soll ich dich hier küssen?« Mit den Fingern strich ich über ihren anmutigen Hals und weiter nach unten, bis zwischen ihre Brüste. Sie schloss die Augen, doch ihre Lippen teilten sich ein wenig.

»Oder lieber hier?« Ich wanderte mit den Fingern zu ihrem Bauch hinunter und hielt knapp unterhalb ihres Nabels inne. Erschrocken machte sie die Augen auf.

»Nur einen Kuss, Kara«, murmelte ich. »Wohin immer du möchtest.«

Sie presste die Beine an meiner Taille zusammen. Ein Zeichen dafür, dass sie erregt war. Zweifellos konnte sie meine eigene Erregung spüren, die heftig gegen den Stoff meiner Jeans drängte. Schon bald würde es mehr als unangenehm sein. Doch im Augenblick fühlte sich der Schmerz noch gut an.

»Warte«, brachte sie keuchend hervor. Sie umfasste meine Schultern und vergrub das Gesicht an meinem Hals. Sie atmete schwer. »Mann, Cameron, ich kriege das nicht in den Griff mit dir.«

»Doch, das schaffst du«, erwiderte ich.

»Ich bin verwirrt und durcheinander. Ich glaube nicht …«

»Dann auf die Lippen.«

Bevor sie ihre Meinung ändern konnte, schob ich meine Finger in ihre Haare, umfasste ihren Hinterkopf und presste meinen Mund auf ihren.

Sie küsste wie eine Frau. Meine Frau. Sie schmeckte wie ein Pfirsich. Weich, saftig, süß. Langsam leckte ich an ihrer Unterlippe, verursachte ein saugendes Geräusch, als ich ihre Unterlippe zwischen meine Lippen zog, sachte zubiss, daran sog.

Sie atmete leise aus und teilte die Lippen für mich. Ich glitt mit der Zunge in ihren Mund, genoss Karas Geschmack, wollte mehr von ihr erkunden. Zuerst reagierte sie zögerlich, scheu, und ich hatte keine Ahnung, warum mich das noch mehr erregte. Ich stöhnte.

Sie gab einen leisen Laut von sich und krallte ihre Finger in meine Haare, während sie meinen Mund leckte und an meiner Zunge saugte, genauso wie ich es bei ihr gemacht hatte. Da war es um mich geschehen.

Es war so unfassbar gut.

Beruhige dich. Ich zwang mich, es langsamer angehen zu lassen, mich auf ihre Bedürfnisse zu konzentrieren, nicht auf meine. Ginge es nach mir, wäre ihr Kleid inzwischen zerfetzt. Und ihre Beine lägen auf meinen Schultern.

Meine Hände streichelten ihren Hals, ihre Schultern und hielten unterhalb ihres Schlüsselbeins inne. Behutsam, um sie nicht zu verschrecken, streichelte ich mit den Daumen die köstlichen kleinen Wölbungen ihrer Brüste. Als sie stöhnte, küsste ich sie leidenschaftlich und ließ meine Zunge wieder und wieder in ihrem Mund kreisen. Sie schmeckte wie eine reife Frucht, bereit zum Verzehr. Meine Daumen bewegten sich abwärts und fanden ihre Brustwarze unter dem Stoff. Ich rieb sie und kniff sacht hinein mit meinen Fingern. Zu gern hätte ich sie mit den Lippen umschlossen.

Sie löste abrupt ihren Mund von meinem.

»Cam!«

Wir atmeten beide schwer, doch sie wich nicht zurück. Stattdessen schmiegte sie ihren Kopf an meine Schulter.

Meine süße, süße Frau.

»Ich werde aufhören, wenn es das ist, was du willst«, sagte ich mit vor Begierde belegter Stimme.

»Ja, ich glaube«, hauchte sie. »Lass uns für heute aufhören. Ich … ich habe so etwas noch nie getan. Es ist … ich …«

Ich küsste sie auf die Schulter, lächelte, das Gesicht an ihrer Haut, und atmete lange aus. Wenn sie das hier sprachlos machte, sollten wir es definitiv öfter tun.

»Hat es dir gefallen?«, murmelte ich.

Sie nickte.

»Kara?«

»Ja?«

»Ich möchte dich dazu bringen, dass du kommst.«

Sie atmete hörbar aus.

»Darf ich?«, fragte ich.

Sie drehte den Kopf, sodass ihre Wange an meiner Schulter ruhte und ihre Lippen meinen Hals berührten.

Ich fuhr mit der Fingerspitze an ihrem Arm hinunter. »Bist du feucht?«

»Ich … weiß nicht«, flüsterte sie.

»Darf ich fühlen? Ich möchte gern wissen, ob du es bist.«

Hörbar schluckte sie. »Ob … ob ich was bin?«

»Feucht«, raunte ich ihr ins Ohr. »Zwischen deinen Schenkeln.«

Erneut stöhnte sie und bog unbewusst den Rücken durch.

»Du … du bist hart«, stieß sie hervor.

»Ja.«

»Tut es … weh?«

»Ist unangenehm«, gestand ich.

»Ist denn da … alles in Ordnung?«

»Mit meinem Schwanz?«

Sie fing an zu lachen, kicherte wie ein Schulmädchen, das den Unterricht geschwänzt hatte, ohne erwischt zu werden.

»Ja«, antwortete sie, noch immer lachend. »Und?«

Ich seufzte. »Ich muss ihn nur … in eine andere Position bringen.«

»Ja?«

»Also, du müsstest zuerst mal von mir runter. Es sei denn, ich soll weitermachen.«

»Oh.«

Ich legte ihr die Hände auf die Hüften, als sie von mir herunterrutschen wollte, und schob sie zurück auf meine Erektion. Ich saugte an meiner Unterlippe und ließ das Becken an ihrem kreisen. Ich wollte mehr.

»Stopp!«, rief sie lachend und gab mir einen neckenden Klaps auf den Arm.

»Tut mir leid«, erwiderte ich scherzhaft. »Sind wir fertig?«

Ihre Lider flatterten. »Lass mich aufstehen, Cam.«

Ich hätte ihre Meinung ändern können. Es wäre leicht gewesen. Ich konnte fühlen, dass ihr Körper sich nach meiner Berührung sehnte. Doch ich dachte an das letzte Mal, als sie auf mir gewesen war, und was ich ihr versprochen hatte. Ich atmete langsam aus, hob sie hoch und setzte sie sanft auf die Bank. Sie wog nicht mehr als eine Feder.

Ihr Gesicht war gerötet, doch sie wandte sich nicht ab, sondern beobachtete mich, während ich mich in meiner Hose zurechtrückte.

»Besser?«, erkundigte sie sich. Ihre Stimme klang rau.

Nicht wirklich. »Ja«, log ich.

Ich war mir ziemlich sicher, dass sie in meinen Pick-up springen und davonrasen würde, wenn sie gewusst hätte, was in meinem Kopf vorging. Was ich mir ausmalte, mit ihr zu tun. Was ich mir vorstellte, was sie mit mir tun würde.

Sie stand auf, zog ihr Kleid herunter, richtete ihre Haare. Ich spürte bedauernd den Verlust ihrer Wärme und ihres Gewichts, stand aber ebenfalls auf.

»Hier«, meinte ich und gab ihr das blaue Haarband, damit sie sich die Haare hochbinden konnte, falls ihr danach war.

Sie schüttelte den Kopf. »Behalte es. Ich möchte, dass du es behältst.«

Lächelnd steckte ich es ein. Ich wollte es auch behalten. Sie hatte es mir geschenkt. Und jetzt konnte sie es nicht mehr zurückfordern.

Ich öffnete die verborgene Holztür und ließ Kara vorangehen. Wir gingen eine Weile. Sie war still, gab jedoch hin und wieder diese Seufzer von sich. Ich senkte den Kopf, damit sie mein Grinsen nicht sah. Sie dachte an das, was in dem geheimen Durchgang geschehen war.

»Besitzt du noch Haarbänder von anderen Frauen?«, platzte sie plötzlich heraus.

Ich stutzte. »Nein. Warum sollte ich?«

Sie grinste. »Gute Antwort.«

»Es ist keine gute oder schlechte Antwort«, erwiderte ich und führte sie tiefer ins Labyrinth hinein. »Es ist einfach so.«

Warum wollte sie überhaupt darüber reden? Ich warf ihr einen unbehaglichen Blick zu. Würde sie mir später Vorwürfe machen, oder wollte sie tatsächlich einfach nur eine ehrliche Ansage?

Natürlich war ich mit anderen Frauen zusammen gewesen, und ich hatte geglaubt, eine ziemlich genaue Vorstellung von ihnen zu haben. Doch bei Kara wusste ich nie, was als Nächstes kam.

Sie sah mich an, als warte sie immer noch auf eine Antwort. Ich rief mir ihre Bitte ins Gedächtnis, mich ihr gegenüber mehr zu öffnen.

Ich wollte ebenfalls mehr über sie erfahren. Allerdings hatte sie recht. Es war nicht fair, wenn ich sie ständig nach irgendwelchen Dingen ausfragte, über die *ich* keine Auskunft gab. Mir war nicht einmal klar, dass ich das tat, bis sie mich darauf aufmerksam gemacht hatte.

»Ich habe noch nie vorher etwas von den Frauen behalten, mit denen ich geschlafen habe«, gestand ich und seufzte. »Falls es das ist, was du wissen wolltest.« Ich beobachtete aufmerksam, wie sie reagierte.

»Vielleicht behältst du ja nur Sachen von den Frauen, mit denen du noch *nicht* geschlafen hast.«

Warum wollte sie das bloß wissen?

Ich frage sie ganz direkt danach, und sie antwortete mit einer gewissen Schüchternheit, die ich hinreißend fand: »Es ist Teil deiner Vergangenheit, und ich bin neugierig.« Sie biss sich auf die Lippe. »Und?«, drängte sie.

Ich musterte sie einen Moment lang schweigend. »Ich verbringe normalerweise keine Zeit mit Frauen, mit denen ich nicht vorhabe zu schlafen. Ich sehe keinen Sinn darin. Ich weiß, dass mich das zu einem Arschloch macht, aber lass dir gesagt sein, dass das auch umgekehrt gilt. Frauen sehen keinen Sinn darin, Zeit mit mir zu verbringen, wenn sie nicht vorhaben, mit mir zu schlafen.«

»Woher weißt du das?«

Ich zuckte mit den Schultern.

»Ich glaube, einige von denen würden vielleicht schon gern Zeit mit dir verbringen, aber du willst das nicht. Es gibt durchaus Frauen, die mehr wollen als Sex. Wie kommt es denn, dass du Zeit mit *mir* verbringst?«

Ich warf ihr einen wissenden Blick zu. »Du bist die Ausnahme.«

»Warum?«

Musste sie das wirklich fragen?

»Du bist einfach ... anders.«

Sie nickte, als verstünde sie. »Schräg anders.«

»Nein«, antwortete ich wahrheitsgemäß. »Erfrischend anders. Du bist ... echt.« Ich erinnerte mich an das allererste Mal, als ich sie vor dem Haus meines Nachbarn sah. Der, dem sie den Spitznamen Arschgesicht verpasst hatte. »Furchtlos und unfassbar schön. Ich kann dich mit niemandem vergleichen, weil keine dem Vergleich standhalten würde.«

Ihre Augen weiteten sich, dann entspannte sich ihre Miene.

Ich tat es mit einem Schulterzucken ab. »Es ist die Wahrheit.«

»Und was ist, wenn ich nicht mit dir schlafe?«, fragte sie. »Niemals?«

»Dann werde ich eben betteln müssen, bis du es doch tust.«

Sie grinste; offenbar gefiel ihr das Bild, das sie in ihrem Kopf sah.

»Möglicherweise musst du lange warten.«

»Wie lange?«

»Eine lange, lange Zeit.«

Ich saugte an meiner Unterlippe. »Meinst du?«

Sie kniff die Augen zusammen. »Das war keine Herausforderung.«

Ich grinste. »Dann hättest du mich gar nicht erst küssen dürfen.«

»Was ist, wenn ich nicht mit dir schlafe?« Sie hob eine Braue, löste ihre Finger aus meinen und ging voraus. »Vielleicht tue ich es nämlich nicht. Du kannst gern damit rechnen, wenn du möchtest, nur heißt das eben nicht, dass es auch passieren wird.«

Oh doch, es würde passieren. Von dem Moment an, als ich sie zum ersten Mal sah, wollte ich niemanden außer ihr. Und ich wusste, dass ich für sehr lange Zeit keine andere wollen würde. Schließlich war sonnenklar, dass wir einander kaum widerstehen konnten. Das merkte ich an der Art, wie sich ihr Körper meinem zuwandte, wie ihr Blick auf mir ruhte und wie sie sich ständig auf ihre verführerische Unterlippe biss. Die Frage war nur, wann sie bereit sein würde. Ich würde sie niemals zwingen. Sie musste freiwillig zu mir kommen.

»Was ist denn, wenn *ich* nicht mit dir schlafen will?«, neckte ich sie.

Sie warf mir über die Schulter einen Blick voll weiblicher Selbstgewissheit zu und strich sich die Haare aus dem Gesicht.

Diese Frau würde mich jederzeit mit Freuden dazu bringen, auf Knien um ihre Aufmerksamkeit zu betteln.

Ich faltete die Hände und schaute zum Himmel. Sie legte den Kopf in den Nacken und lachte.

Das brachte mich zum Lächeln. Sie wirkte unbeschwerter heute Abend, als hätte sie alle Last daheim gelassen und könnte nun ganz sie selbst sein. Es bereitete mir Vergnügen, sie so fröhlich zu sehen. Ich wollte, dass sie jeden Tag so war.

»Kennst du eigentlich deine Nachbarn, die gegenüber von dir wohnen?«, fragte sie plötzlich.

Leise lachte ich. Sie meinte eindeutig Arschgesicht. »Ich habe gerade daran gedacht, wie ich dich zum ersten Mal gesehen habe.«

»Ach ja?« Das schien sie zu freuen. »Ich habe dich zum ersten Mal auf dem Campus gesehen. Bei den Hörsälen.«

»Falsch«, erwiderte ich. »Ich habe dich zum ersten Mal vor meinem Haus gesehen. Da wolltest du meinem Nachbarn gerade die Eier abschneiden. Dem, den du Arschgesicht genannt hast.«

»Arschgesicht?«, wiederholte sie lachend. »Woher weißt du das? Er erwähnte …«

Ich runzelte die Stirn. »Was erwähnte er?«

Sie winkte ab. »Erzähl mir von dieser Begegnung. Ich erinnere mich nicht daran, dich gesehen zu haben.«

»Autsch«, sagte ich. »Du erinnerst dich nicht?«

Sie bewegte sich auf eine Sackgasse zu, aber ich unterließ es, sie darauf aufmerksam zu machen. Ich wollte, dass sie das Labyrinth selbst entdeckte.

Allmählich wurde es dunkel. Ich drückte auf die Fernbedienung in meiner Tasche, und die Lichter, die ich im Irrgarten installiert hatte, gingen an.

»Das ist hübsch.« Sie betrachtete die blauen Lämpchen am Boden, dann die kleinen Lichter, die ich in Gedanken an sie in die Bäume gehängt hatte. Ich fragte mich, ob mir zu der Zeit, als ich die Beleuchtung anbrachte – nachdem ich Kara verlassen hatte –, wirklich klar gewesen war, dass ich diese Frau irgendwann hierher bringen würde.

Es musste wohl so gewesen sein.

Am Ende der Sackgasse drehte sie sich um und ging einfach nach links weiter. Wenn sie weiter geradeaus ging, würde sie auf einen weiteren geheimen Durchgang stoßen. Ich schaute auf ihre langen Haare, die hinter ihrem Rücken schwangen, während sie vor mir herging. Ihr Hüftschwung war verführerisch.

»Tut mir leid, dass ich dich nicht gesehen habe. Ich habe da diese Macke …« Wieder warf sie mir einen Blick über die Schulter zu und ertappte mich dabei, wie ich auf ihren Po starrte. Sie rollte mit den Augen.

Ich grinste.

»Manchmal blende ich alles um mich herum aus, bis auf die aktuelle Mission in meinem Leben. Das ist wahrscheinlich der Grund dafür, dass ich dich damals nicht gesehen habe.«

»Ich weiß. Das ist mir schon aufgefallen.«

»Wirklich?«

Ich nickte. Sie machte einen Schritt zurück, damit sie neben mir gehen konnte.

»Ich bin später zurückgekommen, um … weil ich dich gesucht habe, nachdem du fort warst«, gestand sie mit leiser Stimme.

Ich sah ihr in die Augen. Sie war bei mir zu Hause gewesen, weil sie mich gesucht hatte?

»Big Tony war dort.«

»Big Tony?«, wiederholte ich.

Sie grinste. »Dein Nachbar.«

»Ah.«

»Er meinte, du hättest ihm erzählt, ich würde jeden Menschen in seinem Umfeld belästigen, wenn er seine Rechnung nicht bezahlt.«

»Ich musste improvisieren. Er ist ein dämlicher Idiot, weil er seine Rechnung nicht bezahlt.«

»Hat er inzwischen. Danke dafür. Aber hättest du dir nicht etwas anderes ausdenken können? Vielleicht, dass ich eine heimliche Mörderin bin oder so etwas? Und Cameron?«

»Ja?«

»Danke, dass du mir diesen Job verschafft hast. Bei Rick.«

Ich stutzte. »Das weißt du?«

»Ich habe Dylan gefragt, als er gerade aus dem Bett kam. Man kann fast alles aus ihm herausbekommen morgens, wenn er noch halb schläft.«

Ich lachte und dachte daran, in welchem Zustand sie sich jedes Mal befand, wenn sie gerade aufgewacht war. »Du bist ein Zombie, bis du deinen ersten Kaffee intus hast.«

Sie errötete. »Tja, das weißt du inzwischen auch schon über mich.«

»Ich will noch mehr über dich wissen«, sagte ich.

»Ich will auch mehr über dich wissen.«

Sie lächelte mich an, und ich erwiderte ihr Lächeln.

Mir fiel auf, dass sie ihre Decke nicht mehr hatte. Die musste in dem geheimen Durchgang runtergefallen sein. Ich zog meine Jacke aus und legte sie ihr um die Schultern. Und diesmal hielt sie sie fest, statt sie mir ins Gesicht zu werfen, wie beim ersten Mal, als ich sie nach Hause brachte.

»Danke.« Sie schenkte mir ein weiteres Lächeln. Ich wollte sie dazu bringen, dass sie mich weiter anlächelte. »Kann ich dich dann etwas fragen?«

Ich nickte. *Solange du mich nicht bittest, dich in Ruhe zu lassen, wie du es schon einmal getan hast. Selbst wenn ich es verdient hatte.*

Sie senkte den Blick, während wir weitergingen, und meinte dann: »Warum hast du mir keine Nachricht geschrieben, bevor du verschwunden bist?«

Ich antwortete nicht gleich, denn ich wollte ihr eine echte, aufrichtige Antwort geben und dafür die richtigen Worte wählen.

»Manchmal«, begann ich und massierte meine Knöchel mit der anderen Hand. »Manchmal muss ich einfach weg von allem.«

Das klang sinnlos, aber ich wusste nicht, wie ich es ihr erklären sollte. Ich wünschte, mir würden die richtigen Worte einfallen, bessere Worte, um die Traurigkeit aus ihren Augen zu vertreiben.

Ich sammelte meine Gedanken und probierte es von Neuem. »Es gibt Dinge in meiner Vergangenheit, die immer noch … die mich bis heute verfolgen. Und mit denen ich auf meine Weise fertig werden muss.«

»Bist du hierhergefahren?« Sie deutete auf das Labyrinth.

»Ich habe zuerst ein Projekt im Norden zu Ende gebracht. Anschließend fuhr ich hierher und blieb eine Weile.«

»Ich verstehe.«

Anscheinend brauchte ich etwas zu viel Zeit, um meine Gedanken zu ordnen, denn ich hörte Kara seufzen.

»Ich bin es nicht gewohnt, jemandem zu erzählen, wohin ich fahre, Kara.« Ich blieb stehen und lehnte mich gegen einen Baumstamm. »Nicht mehr seit meiner Kindheit. Und nicht einmal damals.«

Sie lehnte sich an den Baum mir gegenüber, fasste ihr Haar zusammen und hob es auf die linke Schulter, von der es seidig herabfiel. Sie ergab ein faszinierendes Bild, wie sie so dastand und mein Gesicht betrachtete.

»Ich suche nicht nach Entschuldigungen«, fuhr ich fort. »Es ist einfach so. Ich habe dir nicht gesagt, dass ich verschwinden würde, weil ich es noch nie jemandem sagen musste. Ich bin es nicht gewohnt, dass sich jemand auf die Suche nach mir macht.« Ich fuhr mir mit den Fingern durch die Haare; ich fühlte mich nicht ganz wohl dabei, mein Verhalten erklären zu müssen. »Die Menschen, die ich in mein Leben lasse, wissen, dass sie das nicht tun sollen.«

Sie schaute zu Boden. War sie gekränkt von dem, was ich gerade gesagt hatte? Die Vorstellung, dass sie auf meinen Anruf gewartet hatte oder auf eine Nachricht von mir, presste mir schmerzhaft das Herz zusammen.

»Kara, es tut mir leid, dass ich ohne ein Wort verschwunden bin. Ich hatte keine Ahnung, wie das auf dich wirken würde. Ich weiß, dass du mich magst. Dass du dich zu mir hingezogen fühlst. Aber ich wusste nicht, dass du … Gefühle für mich hast. Dass ich … dir etwas bedeute.«

Ich seufzte tief. Es fiel mir schwer, mich zu öffnen, selbst ihr gegenüber. Es war hart. »Ich habe nicht nachgedacht. Das tut mir leid. Mir war nicht klar, dass ich dir so wichtig bin … Ich habe mir überhaupt keine Gedanken darüber gemacht.«

Ich schaute sie unverwandt an, doch sie blickte mir kein einziges Mal mehr in die Augen. Ich schwieg und wartete, bis sie mich ansah.

Als sie es endlich tat, sagte sie: »Ich glaube, ich verstehe dich. Und es tut mir leid, denn ich weiß, dass ich fordernd und ungeduldig bin. Zum Beispiel habe ich nicht bedacht, wie schwer es dir fallen könnte, dich zu öffnen. Auch ich lerne dazu. Für mich ist das auch alles neu. Aber …« Sie verstummte und kaute auf ihrer Unterlippe.

Ich stieß mich von dem Baumstamm ab und ging zu ihr. Ihre Augen waren jetzt auf mich gerichtet, ihr Gesicht offen und wunderschön. Ihre ganze Verletzlichkeit war darin sichtbar.

Ich umfasste ihr Gesicht mit meinen Händen und küsste sie auf die Lippen. Der Kuss war reinster Balsam.

»Ich habe mir Sorgen um dich gemacht«, sagte sie. »Kannst du mir das nächste Mal Bescheid geben, wenn du wieder verschwindest? Schick mir einfach eine kurze Nachricht, eine E-Mail oder ruf mich an. Von mir aus schick mir eine Brieftaube. Irgendwas.«

Amüsiert küsste ich sie erneut.

»Es tut mir leid, dass du dir meinetwegen Sorgen gemacht hast. Ich bin ein Idiot, aber ich will mich bei dir nicht idiotisch verhalten. Ich will dir nicht wehtun. Als du meintest, ich sei wie alle anderen …« Ich hielt inne, da etwas mir die Brust zusammenschnürte. »Das hat mich verletzt. Und mir wurde klar, dass ich an jenem Abend nicht gehen konnte, ohne dich wissen zu lassen, wie wichtig du mir bist.«

Ich rieb mir übers Gesicht und fragte mich, ob ich das alles richtig machte. Oder ob ich mich wie ein Trottel verhielt. Doch ihre haselnussbraunen Augen forderten mich auf, weiterzumachen.

»Ich wollte nicht wie alle anderen für dich sein.«

»Das bist du nicht.« Sie ergriff meine Hand. »Das bist du nicht, Cameron.«

»Ich weiß, du hast gesagt, dass ich dir etwas bedeute und nicht das Gleiche für dich empfinde. Du hast recht.«

Ihre Augen weiteten sich.

»Denn«, fuhr ich fort, ihr Haar streichelnd, ihren Hals, ihr Gesicht, »ich empfinde mehr für dich als du für mich. Was auch immer das für Gefühle sein mögen, die ich für dich habe – sie sind stärker als alles, was ich bisher je empfunden habe. Du kannst dir nicht vorstellen, wie es vorher war. Da gab es niemanden, der mir etwas bedeutete. Nur zwei Leute habe ich überhaupt an mich herangelassen.« Ich hob ihr Kinn. »Und jetzt gehörst du auch dazu.«

Sie seufzte leise.

»Ich war nie gut mit Worten. Aber ich werde es dir zeigen. Ich will es dir zeigen.«

Sie schloss die Augen, und ich küsste ihre Lider, ihre Wange, ihre Nase. »Bis jetzt machst du dich ganz gut«, sagte sie. »Richtig gut.«

Ich küsste ihre Lippen, ihr Kinn. »Echt?«

Sie nickte und öffnete die Augen.

»Ich bin jetzt bereit, es dir zu erzählen«, erklärte ich. »Von dem Labyrinth.«

»Okay.«

Ich senkte für einen Moment den Blick und fühlte mein Herz heftig schlagen. Da war ein vertrautes Klingeln in meinen Ohren, sobald ich mich daran erinnerte, was damals direkt hinter dem Labyrinth geschehen war. Etwas, das ich immer noch zu vergessen versuchte.

Diesmal ging ich voran. Kara hielt mich am Arm fest, und ich blieb stehen. Wir sahen uns in die Augen.

In ihren erkannte ich Verständnis und viel Kraft, die mich bestärkte. Sie legte ihre Hand in meine und drückte sie sanft. Als könnte sie meine Furcht spüren.

»Ich bin bei dir, Cameron«, flüsterte sie. »Ich bin bei dir.«

Verdammt. *Verdammt.* Ich umfasste ihr Kinn und zog sie an mich. Ich küsste sie noch einmal, hart und schnell. Der Kuss sollte ihr zeigen, wie sehr ich sie begehrte. Ihre Fingernägel gruben sich in meinen Rücken, während sie ihren Körper an meinem rieb. Wenn sie damit nicht gleich aufhörte, würde ich sie hier an Ort und Stelle flachlegen.

»Baby«, flüsterte ich ihr ins Ohr und drückte sie an mich. »Du musst das sein lassen, sonst besorge ich's dir gleich hier.«

Ich wollte noch viel mehr tun als das. Ich wollte sie besitzen. Nicht nur ihren Körper, sondern … *mehr*. Einfach mehr. Anscheinend wollte ich mehr von ihr, als ich je zuvor von einer Frau gewollt hatte. Das ließ sich überhaupt nicht vergleichen. Es frustrierte mich. Und es erzeugte eine tiefe Sehnsucht in meinem Herzen.

Sie löste sich von mir und leckte sich die Lippen. Sie strich sich die Haare aus dem Gesicht, während sie wieder zu Atem zu kommen versuchte. Dann nickte sie. »Gehen wir.«

Ich wusste genau, wohin wir gehen mussten. Sie ging dicht neben mir und hielt nach wie vor meine Hand. In ungefähr einer Stunde würden wir kein Tageslicht mehr haben, aber das war in Ordnung. Wir waren jetzt nah dran.

»Wie hast du von diesem Ort erfahren?«, wollte sie wissen.

»Raven und ich sind hierhergezogen, als ich noch ein Kind war.«

Sie stutzte. »Wer ist Raven?«

»Meine Mutter.«

»Du nennst deine Mutter beim Vornamen?«

Ich nickte, ohne eine weitere Erklärung folgen zu lassen.

»Was ist mit deinem Dad?«

»Zu der Zeit waren sie schon geschieden. Sie ist oft umgezogen und hat mich überallhin mitgenommen. Für sie war das ein Abenteuer.«

»Hat es dir gefallen?«

»Zur Hölle, nein.«

Sie drückte meine Hand.

»Meine Eltern sind reich, und nach der Scheidung hat meine Mom meinen Dad nach Strich und Faden geschröpft. Sie brauchte das Geld gar nicht, aber sie musste ihn bestrafen. Sie hassten einander.«

»Das muss hart für dich gewesen sein.«

Ich zuckte mit den Schultern. »Das war für mich Normalzustand.«

Ich konnte nicht behaupten, irgendetwas entbehrt zu haben, denn ich kannte einfach nichts anderes. Ich wuchs mit Eltern auf, die sich hassten, und ich dachte, dass alle Eltern so sind.

»Hier sind wir am längsten geblieben, aber hier gefiel es ihr auch nicht.«

Über Raven zu reden hatte zur Folge, dass sich etwas in mir zusammenkrampfte.

»Der einzige Grund, weshalb wir hiergeblieben sind, war ein Mann, den sie kennengelernt hatte. Aber ich war …« Ich suchte nach dem richtigen Wort. »… zufrieden hier.«

»Hattest du hier viele Freunde?«

Ich lachte bitter. »Ich hab's nicht so mit Freunden.«

»Du hängst mit Caleb zusammen rum.«

Ich lachte leise, und diesmal war es echt. »Der hat mir keine andere Wahl gelassen.«

»Freunde fürs Leben, was?«

Ich lächelte und bugsierte sie behutsam hinter mich, als ich Äste auf den Weg ragen sah. Ich schob sie zur Seite und bedeutete Kara, weiterzugehen, wobei ich die Zweige zurückhielt, damit sie sich nicht daran kratzte.

»Die Jungs in meiner Klasse redeten viel über diesen Ort. Sie meinten, dass es hier spukt und jeder, der den Irrgarten betritt, verflucht ist. Die Bewohner dieser Stadt glaubten es ebenfalls, deshalb kam nie jemand her.«

»Du schon.«

»Ja«, sagte ich. »Ich schon. Es kam mir vor, als gehörte das alles mir, selbst als es noch nicht so war. Hier fühlte ich mich ... sicher. Und nur hier war ich glücklich.« Ich spürte, wie sich Benommenheit in meinem Körper ausbreitete, als ich fortfuhr: »Ein Junge aus meiner Schule ist einmal mit hierhergekommen.«

Sie ahnte wohl, was ich empfand, denn sie zog mich näher an sich heran, als versuche sie, mich zu beschützen.

»Ich sah ihn zum ersten Mal hinter dem Schulgelände. Ein paar fiese Typen verprügelten ihn gerade. Drei gegen einen. Ich hasste solche Dinge. Verdammte Feiglinge. Also verprügelte ich sie.«

»Du hast drei fiese Typen vermöbelt? Wie? Ich wette, du warst damals schon ziemlich groß«, neckte sie.

Ich wusste, dass sie nur versuchte, die Stimmung ein wenig aufzulockern, und dafür war ich ihr auch dankbar. Aber nichts konnte diese Sache besser machen.

»Ich wünschte, ich wäre als Kind größer gewesen«, fuhr sie fort. »Dann wäre es mir leichter gefallen, mich zu verteidigen.« Sie warf mir einen anerkennenden Blick zu. »Trotzdem war das ganz schön großartig von dir.«

Das würde sie nicht mehr denken, nachdem sie alles gehört hatte. Ich fühlte Übelkeit in mir aufsteigen.

»Wie alt warst du damals?«

»Acht«, antwortete ich.

»Und dein Freund?«

»Auch.«

»Und wie alt waren diese fiesen Typen?«

»Zwei waren aus meiner Klasse, einer ein bisschen älter.«

»Man denkt immer, die größeren und älteren Fieslinge seien die schlimmsten. Aber das stimmt nicht immer.«

Ich sah sie an und wartete darauf, dass sie mir mehr erzählte, doch sie schüttelte den Kopf. Ich sah sie forschend an. Das klang so, als sei sie in ihrer Kindheit selbst von Gleichaltrigen tyrannisiert worden. Die Vorstellung, wie sie gepiesackt wurde, machte mich wütend, weil ich nicht hatte da sein und sie verteidigen können. Aber bestimmt hatte sie sich ziemlich gut gewehrt.

»Von den Nöten meiner Jugend erzähle ich dir ein andermal. Mach weiter, Cam.«

Ich fragte mich, ob ihr bewusst war, dass sie mich Cam genannt hatte. Das hatte sie schon vorher getan, als wir uns küssten. Wären wir anderswo gewesen, hätte ich jetzt gegrinst.

»Du hast diesen Jungen also gegen diese Dreckskerle verteidigt. Was geschah dann?«

Ich erkannte die Abzweigung. Bald würden wir da sein.

»Er wollte mit mir befreundet sein. Ich ging ihm aus dem Weg. Ich wollte keinen Freund und drohte ihm Prügel an, falls er mich nicht in Ruhe ließe. Aber er war nicht eingeschüchtert.«

»Du hast ihn vor diesen Arschlöchern gerettet. Du warst sein Retter, und das hat dich automatisch zu seinem Freund gemacht.« Sie ermunterte mich lächelnd, weiterzuerzählen.

»Wahrscheinlich. Wie dem auch sei, er lief mir hinterher. Und eines Tages hingen wir dann zusammen ab.«

»Süß.«

Ich biss die Zähne zusammen. Daran war überhaupt nichts süß, das würde sie schon bald kapieren. Ich fragte mich, ob sie noch lächeln würde, nachdem sie die ganze Geschichte gehört hatte.

»Er erfuhr durch mich von dem Labyrinth. Ich zeigte es ihm. Anfangs hatte er Angst, wie die meisten Kinder, aber ich erzählte ihm, dass ich in den vergangenen Monaten fast jeden Tag dort war. Eigentlich hatte ich es ihm nicht zeigen wollen, weil ich egoistisch war und es für mich allein haben wollte. Aber er wollte unbedingt etwas mit mir unternehmen, und ich wollte nirgendwo anders hin. Ich war süchtig nach diesem Ort. Ich wollte jede Geheimtür entdecken, jeden Winkel. Ich wollte mir alles an diesem Labyrinth einprägen. Ich hatte eine Karte angefertigt.«

Sie schwieg und hörte zu.

»Doch er war besser.« Ich lächelte bei der Erinnerung, aber es fühlte sich ein wenig starr an. »Er fand mehr geheime Plätze als ich. Er war kleiner als ich, dünner, beinah schon unterernährt, ehrlich. Daher fiel es ihm leichter, sich durch die Büsche hindurchzuquetschen. Später fand ich heraus, dass er ein Pflegekind war und seine Pflegeeltern ihm nichts zu essen gaben. Manchmal warfen sie ihn raus und ließen ihn draußen schlafen.«

Ich hörte, wie sie einen Laut der Empörung ausstieß. Sie schwieg eine Weile, dann fragte sie: »Du hast ihm erlaubt, mit dir zusammen zu sein, nicht wahr? Du hast ihm zu Essen gegeben und dich um ihn gekümmert.«

»Das hätte ich nicht tun sollen. Ich hätte ihn von mir fernhalten sollen. Ich hätte nicht mit ihm befreundet sein sollen.«

»Warum?«

Ihr Blick war offen und direkt. Das würde sich bald ändern.

Ich konnte den Ausgang jetzt sehen. Noch ein paar Schritte.

»Wir sind da«, erklärte ich.

Ich öffnete die Geheimtür hinter dicken Ranken und Zweigen. Und trat hinaus auf ein weites offenes Feld. Hier gab es nichts außer weitläufigen Grasflächen.

»Cameron«, sagte sie mit sanfter Stimme. »Verrate mir den Grund. Verrate mir, weshalb du glaubst, er hätte nicht dein Freund sein sollen.«

Ich war bis zum äußersten angespannt und gleichzeitig wie betäubt. Doch als ich Kara ansah, wusste ich, dass sich in meinem Gesicht keine dieser Empfindungen widerspiegelte.

»Er ist tot«, erwiderte ich mit tonloser Stimme. »Er ist meinetwegen tot.«

25. Kapitel

Kara

Camerons Stimme war ganz ausdruckslos geworden. Ich starrte ihn entsetzt an, konnte ihm aber keinerlei Emotionen vom Gesicht ablesen. Es war die reinste Maske.

Ich wartete darauf, dass er mehr erzählte, aber er war verstummt. Er sah sehr intensiv auf einen Punkt in der Ferne, aber ich konnte da nichts außer der leeren Wiese erkennen.

»Cameron«, sagte ich so sanft wie möglich, doch er reagierte nicht. Als hätte er sich bereits an einen Ort zurückgezogen, an dem ich ihn nicht finden konnte.

Ich ergriff seine Hand, wollte sie halten, aber er entzog sie mir.

Ich wich zurück. Bisher hatte er meine Berührungen nicht vermieden. Natürlich verstand ich, warum er das tat. Er brauchte Abstand, trotzdem gab mir seine Reaktion einen Stich.

Mir fiel auf, dass seine Haut, die stets warm gewesen war, sich jetzt kühl anfühlte. Es war offensichtlich, dass er große Qualen litt, die er jedoch vor mir mit aller Macht zu verbergen versuchte. Er entfernte sich ein paar Schritte von mir. Vielleicht, damit ich sein Gesicht nicht sah.

»Wo sind wir?«, fragte ich.

Es war, als hätte er mich nicht gehört. Langsam trat ich neben ihn. Nicht zu nahe, aber nah genug, um sein Gesicht sehen zu können. Um ihn berühren zu können, falls er das brauchte.

Ich sah, dass seine Lippen ganz blass geworden waren und seine blauen Augen sich verdunkelt hatten. Noch immer fixierte er den gleichen Punkt in der Ferne, als ob sich in seinem Kopf gerade eine Szene abspielte. Vermutlich war das der Fall.

Ich hatte keine Ahnung, wie lange wir dort standen. Es konnte eine Minute gewesen sein oder eine halbe Stunde. Cameron sagte kein Wort. Ich sagte auch nichts, sondern wartete nur.

Es war für mich unüblich, still zu sein, egal bei welcher Gelegenheit. Ich spürte jedoch, dass was immer hier geschehen war, enorme Auswirkungen auf sein Leben gehabt hatte. Er hatte mir anvertraut, wie schwer es ihm fiel, sich zu öffnen. Ich hatte den Eindruck, dass er noch nie mit jemandem darüber gesprochen hatte. Was war hier bloß passiert?

Ich sah ihn erneut an – da war dieser große schöne Mann mit den breiten Schultern, auf denen er das Gewicht der Welt trug. Doch ein Körper und ein Herz können nicht unbegrenzt erdulden. Früher oder später ließen die Kräfte nach. Was würde dann aus ihm werden?

»Cameron«, sagte ich leise. »Erzähl mir, was hier passiert ist.«

Als er mich endlich ansah, glänzten seine Augen. Ich konnte nicht erklären, warum ich seinen Schmerz spüren konnte, als sei er etwas Greifbares. Jedenfalls umgab uns dieser Schmerz förmlich und bedeckte die weite Wiese mit Kummer.

»Wir wollten uns an jenem Tag treffen«, begann er. Sein Ton war, im Gegensatz zu seinen Augen, hart und kalt. »Aber ich konnte nicht weg von zu Hause.«

Erneut verfiel er in Schweigen und wandte sich ab. Natürlich merkte ich, wie schwer es für ihn war, darüber zu sprechen. Ich schaute wieder über die Wiese und fragte mich, warum er das Land gekauft hatte, wenn etwas Schreckliches hier geschehen war.

Mir gingen so viele Fragen durch den Kopf, aber ich wollte ihn damit nicht verschrecken. Allerdings hatte ich schon festgestellt, dass es ihm leichter fiel, zu reden, wenn ich ihm Fragen stellte, deshalb sagte ich: »Warum konntest du nicht weg an dem Tag?«

Er machte immer diese längeren Pausen, ehe er sprach, weil er seine Gedanken sammelte. Während ich ständig mit allem herausplatzte, was mir gerade in den Sinn kam, sortierte er sorgsam seine Gedanken, bevor er sie mir mitteilte. Mein Dad war genauso. Ich verstand das. Ich verstand ihn.

Er atmete lang und tief ein, und seine Rückenmuskeln bewegten sich, als seine Brust sich mit den Atemzügen weitete und wieder zusammenzog. Seine Armmuskeln spannten sich an, und die Adern traten hervor, als er die Fäuste ballte. Ich wusste, dass er zornig war. Ich war mir nur nicht sicher, ob dieser Zorn ihm selbst galt oder jemand anderem.

»Ich konnte nicht weg, weil ich eingeschlossen war«, antwortete er.

Ich stutzte. »Was?«

»Raven hat mich im Haus eingeschlossen. Und diesmal konnte ich nicht fliehen, denn wenn sie mich erwischt hätte, wäre die Hölle los gewesen.«

»Deine Mutter hat dich im Haus eingeschlossen.«

In seiner Wange zuckte ein Muskel.

Mein Herz fing an, schneller zu schlagen, und das vertraute Gefühl der Wut, die durch meine Adern rauschte, machte sich bemerkbar. Ich stellte mir Cameron als Kind vor, allein, hungrig, im Haus eingesperrt. Was für eine Mutter hatte er gehabt, die so etwas tat? Was für eine Kindheit hatte er gehabt?

»Hat sie dir wehgetan?«, fragte ich behutsam.

»Nicht richtig«, erwiderte er, doch es klang unpersönlich, als ob er eine Interviewfrage beantwortete. »Zumindest nicht körperlich. Manchmal schlug sie mich, wenn sie betrunken war, aber nur weil ich ihr in die Quere geriet. Direkt schlug sie mich nie. Sie sagte, dass sie mich zu sehr liebte.«

»Nie und nimmer!«, rief ich empört, und mein Drang, gegen irgendwas zu prügeln, wurde von Minute zu Minute stärker. »Wie konnte sie dich zu sehr lieben, wenn sie dich gleichzeitig misshandelte? Sie …«

»Ist auch egal«, sagte er.

Ist auch egal? »Wie kannst du das sagen?«

»Es ist vorbei. Sie kann mein Leben nicht mehr kontrollieren, selbst wenn sie es wollte.«

Innerlich schäumte ich vor Zorn. »Wo ist sie jetzt?«

»Du bist erstaunlich, weißt du das?« Jetzt lächelte er mich an, nur erreichte es seine Augen nicht. »Du bist um meinetwillen wütend.«

»Würde es dir an meiner Stelle nicht auch so gehen?«

»Doch«, räumte er ein.

»Erzähl mir den Rest.«

Das Tageslicht verschwand. Schon bald würde es ganz dunkel sein.

»Früher stand hier ein altes, verlassenes Auto.« Er deutete genau auf den Punkt, zu dem er die ganze Zeit geschaut hatte. »Dort drüben. Ich kann es noch deutlich vor mir sehen. Es ist Jahre her, trotzdem ist das Bild noch ganz klar in meinem Kopf. Verdammt klar.«

Jetzt war da nur eine weite, offene Wiese mit spärlichem Gras, das in der Kälte vertrocknete. Das alte Auto existierte nur noch in seiner Erinnerung.

Ich fühlte mit ihm. Ich konnte den Schmerz in seinen Augen sehen. Doch ich hatte das Gefühl, dass er mich abweisen würde, wenn ich ihn in diesem Moment zu trösten versuchte. Oder schlimmer noch, er würde sich erneut verschließen und nicht mehr über diese lange zurückliegende Geschichte sprechen.

Er *musste* darüber sprechen, über diesen Schmerz, den er schon so lange mit sich herumtrug. Es wurde Zeit, ihn loszulassen oder zumindest mit dem Vergessen zu beginnen.

Ich wusste, wie es war, Schmerz und Kummer mit sich herumzutragen – ich wusste das sehr gut. Es schwärte in einem, bis man jeden verdammten Tag nur noch Wut und Kummer spürte. Es ruinierte alles, sodass nichts Gutes mehr eine Chance hatte.

»Erzähl mir von diesem Tag«, bat ich. »Ist es dir gelungen, aus dem Haus zu fliehen? Kam dein Freund vorbei?«

»Nein«, antwortete er.

Auf einmal sah er müde aus. Er verschränkte die Arme vor der Brust, senkte den Kopf und schloss die Augen.

»Setz dich, Cam«, forderte ich ihn auf. Er musste sich ausruhen. Er hatte nonstop gearbeitet, das merkte man. Obwohl er immer noch groß und muskulös war, konnte ich sehen, dass er Gewicht verloren hatte. Seine Wangenknochen traten schärfer hervor, seine Züge waren markanter. Er hatte behauptet, dass er viel aß, und nach dem zu urteilen, was ich in seiner Kühlbox gesehen hatte, stimmte das wohl. Aber wahrscheinlich arbeitete er auch sehr viel, verbrannte all seine Energie und bekam nicht genug Schlaf. Und machte sich Sorgen.

Ich setzte mich ins trockene Gras und wartete darauf, dass er meinem Beispiel folgte. Ein paar Minuten später tat er es auch. Allerdings setzte er sich nicht nah zu mir, sondern ein wenig abseits, als ob er Abstand brauchte, um denken zu können.

»Er sollte eigentlich zu mir nach Hause kommen«, fuhr er schließlich fort. »Wir wollten erst etwas essen, vielleicht ein bisschen fernsehen oder Videospiele spielen. Danach wollten wir zum Labyrinth, um die Karte fertigzustellen. Wir hatten es fast geschafft.«

»Eine Karte?« Dann begriff ich. »Ihr habt eine Karte vom Labyrinth angefertigt?«

Der Wind wehte ihm die dunklen Haare in die Stirn. Ich fröstelte.

»Ja«, antwortete er. »Eigentlich hätte Raven an diesem Tag unterwegs sein sollen. Ein weiterer Trip zu irgendeinem exotischen Hotel. Was auch immer. Üblicherweise war sie tagelang fort. Deshalb bat ich Pete, zu mir zu kommen.«

Tagelang fort. Das bedeutete, er war für gewöhnlich auf sich allein gestellt. Ein kleiner Junge. Allein. War es da ein Wunder, dass er sich vor der Welt verschloss? Er hatte gesagt, dass er zwar wusste, dass ich mich zu ihm hingezogen fühlte, aber nie gedacht hätte, dass er mir wirklich etwas bedeutete. Jetzt ergab das einen Sinn für mich. Es tat mir in der Seele weh.

»Nur, dass sie dann doch nicht wegfuhr. Ihr Freund hatte Schluss gemacht, und sie drehte durch. Einer ihrer üblichen Anfälle, dachte ich, bis ich merkte, dass es diesmal schlimm werden würde. Sie betrank sich und machte Sachen im Haus kaputt. Sie sperrte mich in einem der Kellerräume ein. Sie wollte nicht, dass ich wegging. Sie hasste es, allein zu sein. Sie dachte, ich könnte unmöglich entkommen und niemand würde mich schreien hören, wenn sie mich dort unten einsperrte.«

Ich ließ den Zorn in mir zu. Über diese schreckliche Ungerechtigkeit, über seine Traurigkeit. Es gab keine verdammte Entschuldigung dafür, einem Kind so etwas anzutun.

»Sie misshandelte mich nicht körperlich. Sie sperrte mich nur ein«, betonte er – als könnte das meine Ansicht über sie und die ganze Angelegenheit ändern. Als wäre es dadurch irgendwie in Ordnung.

Für mich handelte es sich nach wie vor definitiv um Misshandlung. Kein Kind sollte einer solchen Behandlung oder einem solchen Verhalten von Erwachsenen ausgesetzt sein. Ich hatte meinen Dad gehabt, der mich und Dylan beschützte. Cameron hatte niemanden gehabt.

»Pete kam also zu mir nach Hause. Meine Mutter und er kannten sich noch nicht. Ich konnte sie reden hören. Sie schrie ihn an, fragte ihn aus, verfluchte ihn. Sie behauptete, ich wäre nicht zu Hause, deshalb nahm ich an, dass er zum Labyrinth gehen würde. Ein paar Minuten später hörte ich, wie Raven das Haus verließ. Da floh ich.«

Furcht breitete sich in mir aus. Ich wusste, dass etwas Übles passieren würde. Ich konnte es in seiner Stimme hören, an der Art, wie sie tiefer und härter wurde. Ich sah es an der Anspannung seiner Arme und seines Nackens. An der Art, wie er seine Umgebung betrachtete. Er konnte den Schmerz in seinen Augen nicht länger verbergen.

»Er wollte gerade wieder gehen, als ich beim Labyrinth eintraf. Ich bat ihn, noch zu bleiben. Ich erinnere mich daran, dass er dieses Notizbuch dabeihatte. Es war grün und hatte einfach nur in meinem Zimmer herumgelegen. Mir bedeutete es nichts. Ich schenkte ihm dieses verdammte Notizbuch, und er gab acht darauf. Sagte, dass es das erste Geschenk sei, das er je bekommen habe. Behandelte es wie einen kostbaren Schatz. Als wäre es ein …« Seine Stimme brach, und er senkte den Kopf.

»Es war ein Geschenk«, wiederholte ich heiser und mitfühlend. »Von einem Freund.«

Ein Wangenmuskel zuckte in seinem Gesicht.

»Ein *Freund.*« Diesmal klang es spöttisch. Voller Selbsthass. Und Selbstvorwürfe.

Er fuhr sich mit einer ungeduldigen Geste durch die Haare und sah hinauf zum Himmel. Inzwischen war es dunkel, und die Sterne fingen an zu funkeln.

»Wir blieben einige Stunden im Labyrinth, forschten und zeichneten. Er wurde müde und wollte nach Hause, aber es war nur noch ein kleiner Teil des Labyrinths übrig. Wenn wir uns den vornehmen würden, hätten wir die Karte fertig. Ich erklärte, dass ich bleiben würde, bis ich fertig war. Und ich wusste, dass er ebenfalls bleiben würde. Ich wusste, ihm war so viel an unserer Freundschaft gelegen, dass er nicht gehen würde.«

»Und was passierte dann?«, fragte ich, da er innehielt.

»Wir haben die Karte nie fertiggestellt.«

»Warum nicht?«

»Er fand einen anderen Ausgang. Eine andere verborgene Tür. Genau die, durch die wir beide vorhin rausgegangen sind.«

Er sprach jetzt leiser, und jedes Wort schien schwer zu wiegen.

»Ich dachte, dass es nur einen Ausgang gibt, der zum See auf der anderen Seite des Grundstücks führt.« Er atmete tief ein und rieb sich die Augen. »Wir waren aufgeregt. All diese Möglichkeiten. Vielleicht gab es ja noch weitere Ausgänge. Er konnte mir helfen, sie zu finden. Er hatte ja schon diesen neuen gefunden, also konnte er mir helfen, noch mehr zu finden.«

Ich stellte mir die beiden begeisterten Jungen vor, die es kaum erwarten konnten, das geheimnisvolle Labyrinth weiter zu erforschen.

»Er fand die geheime Tür«, fuhr er fort, »und ich öffnete sie. Und jetzt sitzen wir genau an der Stelle, wo alles Weitere passiert ist.«

»Was denn, Cam?«

»Wir fanden einen verlassenen Wagen. Der stand hier mitten auf dieser Wiese.«

Er hatte die Beine angewinkelt, die Ellbogen auf die Knie gelegt, und hielt den Kopf gesenkt. Er wirkte allein und verloren.

So einsam. Und zutiefst traurig. Ein Engel, der alles, was ihm lieb war, verloren hatte.

»Aus irgendeinem Grund wollte er den Wagen nicht näher untersuchen«, erzählte er weiter. »Ihm war unbehaglich dabei, aber ich verwarf seine Bedenken. Ich war schon mal gefahren, hatte den Wagen meines Vaters geklaut und sogar zu Schrott gefahren. Dafür hat er mich beinah umgebracht. Raven ging dazwischen, bevor er mich verprügeln konnte. Sie wollte nicht, dass irgendwer mir wehtat.«

Das durfte nur sie, dachte ich bitter. Kein Wunder, dass Cameron seelische Narben davongetragen hatte. Er war bei einem Ungeheuer aufgewachsen.

»Der Wagen sprang nicht an. Aber ich entdeckte etwas noch Interessanteres. Da war eine Schachtel mit Signalfackeln im Kofferraum.«

Ich bekam einen Schreck. Langsam rutschte ich zu ihm hinüber, ohne ihn zu berühren. Noch nicht. Ich hatte immer noch den Eindruck, dass jede Berührung ihm momentan nicht willkommen sein würde.

»Ich wünschte, wir hätten diesen Kofferraum nie aufgemacht.«

»Ihr wart Kinder. Jedes Kind hätte einen verlassenen Wagen erkundet. Ich hätte es bestimmt getan.«

Er sah mich an, und ich sehnte mich verzweifelt danach, ihn zu küssen. Ich wollte die schrecklichen Erinnerungen, die sich in seinen blauen Augen widerspiegelten, vertreiben.

»Diese Kinder, die ihn tyrannisiert hatten, tauchten auf. Die, die ich verprügelt hatte.«

Mir lief es kalt den Rücken hinunter.

»Diesmal waren es fünf.« Er fuhr sich mit der Hand über den Mund, dann erneut durch die dunklen Haare. Seine blauen Augen waren geweitet und sahen Dinge aus der Vergangenheit, die er bis zu diesem Zeitpunkt vermutlich tief in sich vergraben hatte.

»Sie waren noch ein ganzes Stück entfernt, als wir sie entdeckten. Ich wollte zurück ins Labyrinth. Das kannten wir in- und auswendig. Darin hätten wir sie leicht abschütteln können. Wir wären in der Lage gewesen, ihnen zu entkommen. Aber Pete hatte Angst. Er schloss sich im Wagen ein.«

»Hast du … hast du ihn allein gelassen und bist ins Labyrinth gegangen?«

Er schüttelte den Kopf. »Ich bin geblieben und habe geschrien, er solle die Tür aufmachen, damit wir beide fliehen können.«

Ich hätte wissen müssen, dass er seinen Freund nicht im Stich lassen würde.

»Doch er wollte nicht hören. Er war wie gelähmt vor Angst.«

Er starrte zu dem Punkt, den er mir vorhin gezeigt hatte, wo der Wagen gestanden hatte. Seine Augen hatten sich verdunkelt, als sähen sie den ganzen Horror wieder.

»Was passierte dann?«, fragte ich, als er nicht weitersprach.

Er rieb sich die Augen und schüttelte den Kopf, als wollte er die Erinnerungen vertreiben. »Ich kämpfte mit ihnen. Ich habe es nicht nur für Pete getan. Ich wollte nicht, dass sie mich einen Feigling nannten, weil ich weglief und meinen Freund im Wagen zurückließ.«

Er sah so wütend aus, und ich wusste, dass diese Wut gegen sich selbst gerichtet war.

»Ich hatte sie schon einmal vermöbelt. Sicher würde ich das noch einmal schaffen. Aber ich schaffte es nicht. Sie verprügelten mich. Und dann fanden sie die Fackeln.«

Ich hielt den Atem an und fürchtete mich vor dem Ende der Geschichte.

»Die wollten uns nicht umbringen. Und Pete war ihnen auch egal. Das wusste ich. Sie waren allein meinetwegen gekommen, um mir einen Denkzettel zu verpassen, indem sie mich verprügelten. Nur geriet die Sache außer Kontrolle.«

Er ballte die Fäuste, und die Adern in seinen Armen traten hervor.

»Einer von ihnen zündete die Signalfackeln an. Dabei verbrannte er sich die Hand, und als er die Fackel wegwarf, rollte sie unter den Wagen. Es war mitten im Sommer. All das trockene Gras und die Hitze.«

Diesmal kam ein entsetzter Laut aus meiner Kehle.

»Die Fackel verbrannte das trockene Gras rund um den Wagen, der sich mit Rauch füllte. Ich schrie Pete an, er solle die verdammte Tür aufmachen, aber er tat es nicht. Ich hörte ihn husten und nach Luft ringen. Ich versuchte, die Frontscheibe zu zerstören, die Seitenscheiben, aber ich war zu schwach. Meine Hände bluteten, während ich das Glas einzuschlagen versuchte, aber es hatte alles keinen Sinn. Ich nahm einen Stein, irgendwas, aber nichts half. Pete sah mich an, sah mich einfach nur an. Er bewegte sich nicht. Er wollte da nicht raus.«

Er ließ den Kopf sinken und blieb eine ganze Weile in dieser Haltung. Diesmal berührte ich ihn. Und diesmal wich er nicht zurück. Er hob den Kopf und sah mich an. Für einen Moment trafen sich unsere Blicke.

Ich lehnte mich zu ihm hinüber, um ihn sanft auf die Lippen zu küssen. Er schloss die Augen und schien die Berührung auszukosten.

»Erzähl deine Geschichte zu Ende, Cam.«

Er nickte. »Ich muss ohnmächtig geworden sein. Als ich aufwachte, liefen überall Polizisten und Feuerwehrleute herum. Ein Sanitäter untersuchte meine Hände. Er meinte, ich hätte Verbrennungen, aber ich fühlte überhaupt nichts. Ich wollte Pete finden.«

Er sah mich an, und seine Augen waren voller Schmerz und Schuld und Trauer.

»Er war schon tot«, flüsterte er. »Er war tot.«

26. Kapitel

Kara

Es gab keinen Zweifel daran, was ich zu tun hatte. Ich kroch auf seinen Schoß, denn ich wollte ihm so nah wie möglich sein und ihm die Wärme meines Körpers anbieten. Ich schlang meine Beine um seine Taille und meine Arme um seinen Nacken, legte meine Wange an seine Schulter.

Für einen Moment erstarrte er, und mitfühlend begriff ich, dass er tröstliche Berührungen nicht kannte. Ich drückte ihn und ließ ihn auf diese Weise wissen, dass ich nicht weggehen würde. Und dann reagierte er, zog mich enger an seinen Körper, der hart und kalt geworden war.

Seine Umarmung war nichts Vertrautes für mich. Ich war mir nicht sicher, ob ich mich daran gewöhnen würde, dass er diese muskulösen Arme nach mir ausstreckte. Aber ich fühlte mich geborgen. Es fühlte sich richtig an. Als gehörte ich hierher. Ich schloss die Augen und hielt ihn einfach fest.

Er umhüllte mich, weil er so groß und solide war. Seine Schultern und Arme waren so stark, dass ich mich automatisch beschützt fühlte – obwohl ich doch diejenige sein wollte, die ihn beschützte.

»Cam«, sagte ich sanft. Ich wartete darauf, dass er sprach, aber das tat er nicht. Stattdessen hielt er mich noch fester. Ich spürte den Druck seiner Finger an meinem Rücken. »Es ist nicht deine Schuld.«

Sein großer Körper zitterte.

Ich wusste, dass man manchmal einfach nur jemanden brauchte, der einem sagte, man sei nicht schuld. Es tat gut zu wissen, dass jemand an einen glaubte, besonders dann, wenn man es selbst gerade nicht tat.

Ich wusste nicht, ob es das war, was er brauchte, aber es war zumindest das, was ich ihm geben konnte. Meine Worte zusammen mit den Berührungen, die er hoffentlich als Zeichen dafür deutete, dass ich an ihn glaubte.

»Es tut mir furchtbar leid, was dir und deinem Freund passiert ist«, sagte ich. »Es war eine Tragödie. Nie und nimmer hättest du ahnen können, was an diesem Tag geschehen würde. Andernfalls hättest du ja alles in deiner Macht Stehende getan, um es zu verhindern. Du bist ein Beschützer. Du beschützt die Menschen, die dir etwas bedeuten. Du hast getan, was du konntest, um ihn zu retten.«

Er antwortete nicht, hielt mich nur weiter in den Armen. Ich versuchte ein wenig zurückzuweichen, damit ich sein Gesicht sehen konnte, doch er ließ eine Hand an meinem Rücken hochgleiten, legte sie mir sanft, aber bestimmt in den Nacken und gab mir stumm zu verstehen, dass ich dort bleiben sollte, wo ich war.

Ich schloss die Augen und ließ ihn in meiner Umarmung Trost finden. Dann sagte ich: »Nichts, was du oder irgendwer mir dazu sagen könnte, würde meine Meinung über diese Geschichte ändern.«

Ich fühlte, wie die Anspannung von ihm wich. Die Steifheit in seinen Schultern und Armen verschwand. Ich lächelte, als ich spürte, wie er mein Haar küsste.

Wer hätte gedacht, dass er so zärtlich sein konnte?

»Kara«, sagte er leise. »Kara.«

»Ja?«

Ich wartete darauf, dass er noch etwas sagte, aber das tat er nicht. Und mir wurde klar, dass er auch nichts mehr sagen würde. Stattdessen presste er seinen Körper gegen meinen und schlang die Arme fester um mich, als sei ich ihm noch längst nicht nah genug.

»Ich wünschte, ich könnte dir mit besseren Worten begreiflich machen, dass es nicht deine Schuld war«, sagte ich. »Aber du sollst wissen, dass ich für dich da bin. Ich bin hier, Cam. Und ich werde nirgendwo hingehen.«

Er schwieg. Ich schmiegte mich an ihn, lauschte seinem Atem. So blieben wir für eine Weile. Seine Nähe gab mir Ruhe und Trost.

»Es ist genug«, erklärte er schließlich mit vor Emotionen heiserer Stimme. »Mehr als genug.«

»Du machst dir immer noch Vorwürfe, oder?«, fragte ich.

Er antwortete nicht. Ich seufzte.

»Ich hoffe wirklich, du hörst auf, dir die Schuld zu geben, nur weil du Pete gebeten hast, noch zu bleiben.«

Während er mir die Geschichte erzählte, hatte er mehrfach wiederholt, dass er Pete ein paarmal gebeten hatte, zu bleiben. Ich wusste, dass es einen Grund dafür gab. Dass er sich deswegen Vorwürfe machte.

Ich wich ein wenig zurück, um ihm ins Gesicht schauen zu können, und diesmal ließ er es geschehen. Seine Augen wirkten so dunkel und intensiv und offenbarten mir seine Gefühle. Ich legte meine Hände an seine Wangen.

»Cam, warum hättest du ihn nicht bitten sollen, noch zu bleiben? Und warum hätte er nicht bleiben sollen? Ihr wart Kinder. Kinder spielen dauernd. Sie verstoßen gegen Regeln und bleiben ständig zu lange auf. Sie gehen nicht nach Hause, wenn es Zeit ist, nach Hause zu gehen, und sie spielen draußen, solange sie können. Sie kommen zu spät. Weißt du, wie oft ich das gemacht habe? Wage es nicht, dir die Schuld zu geben. Diese fünf Bastarde, die dich verprügelt und Pete terrorisiert haben – bedenke doch, welche Rolle sie in dem ganzen Drama gespielt haben. Ich hoffe bei Gott, dass sie bereuen, was passiert ist. Aber du darfst dir nicht die Schuld geben. Denk nach, verdammt noch mal.«

»Glaubst du nicht, ich hätte über all das schon nachgedacht? Habe ich, Kara. Viele Male. Mehr als du zählen könntest.«

»Warum habe ich dann den deutlichen Eindruck, dass du dir die Schuld gibst? Du warst noch ein Kind. Beantworte mir Folgendes: Würdest du einen Achtjährigen dafür verantwortlich machen, dass es ihm nicht gelingt, einen Wagen aus Stahl und Glas aufzubrechen? Bist du Supermann? Einer der X-Men? Dieser Junge hat alles getan, um seinen Freund zu retten. Seine Hände bluteten, waren verbrannt, doch er versuchte es immer weiter, bis er vor Erschöpfung ohnmächtig wurde. Würdest du ihm Vorwürfe machen?«

Ich erwartete nicht, dass er mir antwortete, und er tat es auch nicht.

»Ich kannte Pete nicht, aber ich bezweifle, dass er wollen würde, dass du dir solche Vorwürfe machst. Schließlich wusste er, dass du ihn nicht im Stich gelassen hast. Du bist geblieben und hast für ihn gekämpft. Er wusste, dass sein Freund dageblieben ist und für ihn gekämpft hat, weil er diesem Freund etwas bedeutete.«

Seine Finger schlossen sich um meine Handgelenke, und ich dachte schon, er würde sich meiner Berührung erneut entziehen. Aber diesmal überraschte er mich. Er sah mich mit seinen blauen Augen eindringlich an, hob meine Hände an seine Lippen und küsste die Innenseiten meiner Handgelenke.

»Ich habe keine Ahnung, warum du plötzlich in meinem Leben bist«, sagte er mit rauer Stimme. »Aber es ist mir inzwischen auch egal. Ich werde nicht mehr dagegen ankämpfen. Ich will, dass du mit mir zusammen bist. Mit mir, Kara.«

Dieser Mann. Ich schloss die Augen und rieb mein Gesicht an seiner Schulter.

»Gut«, sagte ich lächelnd. »Ich will auch, dass du mit mir zusammen bist.«

Er strich mir übers Haar, ließ seine Hand zu meinem Hals gleiten und massierte ihn mit seinen langen Fingern. Ich seufzte zufrieden.

»Es wird kalt.« Mir hätte nicht molliger zumute sein können, umgeben von seiner Körperwärme. Doch was war mit ihm? Er hatte mir seine Jacke gegeben, und er trug nur ein Shirt. »Warum zeigst du mir nicht deine Hütte?«

Er nickte zwar, blieb jedoch noch ein paar Minuten sitzen. Erst dann stand er auf. Er wollte mich noch nicht loslassen.

»Na schön«, meinte er. »Gehen wir.«

Ich hielt mich weiter an ihm fest.

»Ich will dein Äffchen sein«, murmelte ich, das Gesicht an seinen Hals geschmiegt.

Er war nicht der Einzige, der noch nicht loslassen wollte.

»Mein wunderschönes Hitzkopf-Äffchen.«

Mein Herz pochte an seiner Brust, als ich ihn *mein* sagen hörte.

Er umfasste die Unterseite meiner Schenkel und stand mit mir auf. Wie machte er das bloß? Er war so stark. Ich schaffte es kaum, mich hochzurappeln, wenn ich nur einen Kaffeebecher hielt.

Als er das Labyrinth betrat, bot ich ihm an, selbst zu gehen, doch sein Griff wurde nur noch fester.

»Du wiegst nicht mehr als eine Feder«, flüsterte er mir ins Ohr. »Ich würde dich überallhin tragen, Kara.«

Ich grinste an seiner Schulter und schwelgte in seinen Worten. Er hatte behauptet, er wäre noch nie gut gewesen mit Worten. Aber da irrte er sich. Er sagte vielleicht nicht viel, doch wenn er seine Schutzmauern herunterließ und mir einen Blick in sein Herz gewährte, reichten seine Worte tief in mich hinein.

Er war still und nachdenklich, während er mich zu der Hütte trug. Ich nahm an, dass er eine Abkürzung durch das Labyrinth kannte, denn es dauerte nicht lange, bis er mit mir die Verandastufen hinaufstieg und das Licht anging.

Ich hörte eine Serie kurzer Pieptöne, als er den Code eingab, um die Tür zu öffnen, und dann einen längeren Piepton vor dem Klicken des Türschlosses.

Drinnen war es dunkel. Es roch sauber, neu und nach Holz. Gute Gerüche. Männliche Gerüche. Meine Augen gewöhnten sich an die Dunkelheit, und ich gewann einen ersten Eindruck von hohen Decken, einem offenen Raum und einer Fensterfront.

Cameron streifte sich im Eingangsbereich die Schuhe mit den Zehen ab. Er machte kein Licht an, sondern ging weiter und legte mich schließlich aufs Bett. Allerdings legte er sich nicht zu mir.

»Ich brauche etwas zu trinken«, erklärte er. »Möchtest du auch etwas?«

Er zog sich schon wieder zurück, das merkte ich. Hüllte sich in seinen Kummer. Gerade erst hatten wir darüber geredet, wie gut es war, offen miteinander umzugehen. Aber mir war auch klar, dass es dauern würde, bis wir uns daran gewöhnt hatten. Er fühlte sich verletzlich, und da war es das Beste, ihm für eine Weile Freiraum zu lassen.

Ich saß auf dem Bett und sah zu, wie er sich in der Villa zu schaffen machte. Er schaltete ein gedämpftes Licht ein und kniete sich dann vor den Kamin. Ich beobachtete das Spiel seiner Rücken- und Armmuskeln, während er das Feuer entfachte. Der würzige Duft von Holz erfüllte die Luft, als die Flammen anfingen zu knistern.

Cameron rieb sich die Hände und wischte sie an seiner Jeans ab. Dann richtete er sich langsam wieder zur vollen Größe auf.

»Es müsste bald warm werden«, sagte er, ohne mich anzusehen.

Ich folgte ihm mit meinem Blick. Er ging zu der kleinen Küche und öffnete die Kühlschranktür. Das Licht des Kühlschranks warf seinen Schatten auf den Holzfußboden.

Er nahm eine Wasserflasche heraus, drehte den Deckel ab und trank. Seine Halsmuskeln arbeiteten. Er nahm eine weitere Flasche, brachte sie zu mir und öffnete sie für mich. Ich trank einen Schluck. Dann gab ich sie ihm zurück. Er schraubte sie wieder zu und stellte sie auf den Fußboden.

Vor mir kniend, zog er mir behutsam die Schuhe aus. Am liebsten wäre ich ihm mit den Fingern durch die dunklen Haare gefahren und hätte ihn an mich gezogen, doch ich widerstand der Versuchung. Er stellte meine Schuhe neben die Wasserflasche.

Er seufzte leise, stand auf, zog Shirt und Socken aus und setzte sich auf die Bettkante. Dann beugte er sich nach vorn, stützte die Ellbogen auf die Knie und rieb sich mit einer Hand über Mund und Kinn. Senkte den Kopf.

Immer noch fühlte ich mit ihm. Er wirkte so allein, so einsam. Ich hatte den Verdacht, dass er all diese negativen Emotionen in sich trug und mit niemandem je darüber sprach – auch wenn er mir gegenüber erwähnt hatte, dass es Leute gab, die ihm nah waren. Vermutlich Rick und Caleb. Aber wahrscheinlich sprach er auch mit denen nicht über seine Probleme.

Wie viel von sich vertraute er ihnen überhaupt an? Ich konnte mich irren, aber ich tippte darauf, dass es nicht viel war. Er schien sehr verschlossen zu sein.

»Cam«, sagte ich. »Mach das nicht allein mit dir aus. Lass mich daran teilhaben.«

Ich kroch wieder auf seinen Schoß. Er fühlte sich jetzt warm an, und sein maskuliner Duft war intensiver. Ich atmete ihn tief ein. »Ich bin für dich da.«

Er schlang die Arme um mich. Kein Zögern diesmal, keine Unsicherheit, nur Akzeptanz. Als hätte er genau das erwartet, und als wäre ich deshalb willkommen.

Es wird mit jedem Mal leichter.

»Kara«, sagte er mit vor Emotionen schroffer Stimme. »Ich glaube nicht, dass ich dich gehen lassen kann.«

Das Herz schlug mir bis zum Hals. Ich schluckte. »Dann tu es nicht.«

»Bleib hier bei mir«, flüsterte er voller Verlangen. »Einfach nur so wie jetzt. Genau hier. Heute Nacht.«

»Ich werde nirgendwo hingehen. Komm, wir legen uns hin.«

Er schob sich auf das Bett und nahm mich mit. Er zog mich auf sich und wiegte mich. Ich erschauerte, als ich seinen muskulösen Körper unter mir spürte, seine warme Haut unter meinen Händen.

Ich rutschte ein Stück von ihm herunter, sodass ich halb auf dem Bett und halb auf ihm lag. Das schien ihm zu gefallen, denn er umfasste meine Taille und drehte mich so, dass ich ihm nun den Rücken zukehrte. Dann zog er mich näher zu sich heran, drückte mich an sich. Einer seiner Arme schlang sich um meine Mitte und unter meine Brüste.

»Kara«, flüsterte er. Seine Lippen streiften sacht meinen Nacken.

»Ich bin hier bei dir, Cam. Schlaf.«

Er stieß einen tiefen, langen Seufzer aus. Seine breite Brust hob und senkte sich. Und im nächsten Moment war er eingeschlafen.

Es musste ihn seine ganze Kraft gekostet haben, mir im Labyrinth alles zu erzählen. Mentale Erschöpfung konnte schlimmer sein als physische.

Außerdem war er es nicht gewohnt, mit irgendwem über seine Gefühle oder Probleme zu sprechen. Mir ging es genauso, aber wir konnten lernen, uns für den anderen zu öffnen. Ich konnte ihm vertrauen. Er konnte mir vertrauen.

Dieser Gedanke erfüllte mich mit einem wohligen Gefühl, als sänke ich in ein warmes Bad. Nur zehnmal besser. Ich schloss die Augen, seufzte ebenfalls tief und schlief mit einem Lächeln auf dem Gesicht ein.

Als ich aufwachte, war ich total durcheinander. Ich blinzelte im Halbdunkel, hörte das Geräusch eines knisternden Feuers, sah den Schein vom Kamin. Und dann wurde ich mir der Wärme bewusst, die Camerons eng an mich geschmiegter Körper aussandte. Ich genoss das Gefühl in vollen Zügen.

Er schnarchte nicht. Tatsächlich schlief er nahezu geräuschlos. Langsam drehte ich den Kopf, um sein Gesicht sehen zu können. Ich wünschte, es wäre heller, damit ich ihn besser sehen könnte.

Und dann ... *Kaffee*.

Vorsichtig löste ich mich von ihm, darauf bedacht, ihn nicht aufzuwecken. Als ich versuchte, seinen schweren Arm von mir herunterzuschieben, streiften seine Finger meine Brustwarze. Ich schnappte unwillkürlich nach Luft und wäre beinah zusammengezuckt. Verdammt. Erschrocken starrte ich in sein Gesicht, um herauszufinden, ob ich ihn geweckt hatte. Er rührte sich nicht. Endlich kam ich los und stand vor dem Bett. Und konnte mich nicht sattsehen.

Er war nackt von der Taille aufwärts. Sein Körper war so lang und muskulös – der Körper eines starken Kriegers. Er war wunderschön. Seine dunklen Haare hoben sich scharf ab vom weißen Kissen. Seine Haut hatte eine gesunde Bräune, seine Miene wirkte selbst im Schlaf bedrückt.

Ich atmete leise aus und fragte mich, wie ich hier gelandet war. Mit ihm. Mit jemandem wie ihm. Ein Mann wie er ist für mich nie vorgesehen gewesen, dachte ich, während ich nach seinen Autoschlüsseln suchte. Einen wie ihn hatte ich schlichtweg nicht voraussehen können.

Ich fand die Schlüssel auf der Küchenarbeitsfläche neben dem Kühlschrank. Auf Zehenspitzen, um ihn nicht zu wecken, öffnete ich die Haustür und hatte sie schon fast wieder hinter mir zugezogen, als mir einfiel, dass sie mit einem Code gesichert war.

Ich zog seine Jacke aus und legte sie auf die Schwelle, um die Tür einen Spaltbreit offenzuhalten. Dann rannte ich zu seinem Pick-up, sprang hinein und schnappte mir meine Sachen und die Kühlbox. Zwei Minuten später war ich wieder im Haus.

Ich setzte mich auf den Boden neben der Tür, kramte in meinem Rucksack nach dem Handy und las die Nachrichten von meinem Vater.

Dad: *Hey, vergiss unseren Pizza-Abend heute nicht.*

Dad: *Machst du Überstunden?*

Dad: *Ich hebe dir was auf, damit du etwas zu essen hast, wenn du nach Hause kommst. Hab die vegetarische mit doppelt Käse bestellt. Fahr vorsichtig. Hab dich lieb.*

Mist.

Ich schickte Dad eine kurze Nachricht, dass ich morgen nach Hause kommen würde. Noch nie hatte ich einen Pizza-Abend ausfallen lassen, allerdings war er es gewohnt, dass ich ihm nicht sofort antwortete. Normalerweise bedeutete das, dass ich arbeitete.

Ich hatte noch andere Nachrichten von anderen Leuten erhalten, aber die würde ich mir später ansehen. Ich warf das Handy wieder in den Rucksack und ging leise zum Bett.

Ich hielt den Atem an, als Cameron sich auf den Rücken drehte und langsam die Augen aufmachte. Sie wirkten dunkel, als er mich aus dieser Position heraus anschaute.

»Wo bist du gewesen?«, wollte er mit vom Schlaf noch ganz rauer Stimme wissen.

Das fand ich so sexy, dass es mir den Magen zusammenzog. So sexy, dass ich schlucken und an heimliche Liebhaber und Küsse im Dunkeln denken musste.

Ich legte mich zu ihm ins Bett, und er nahm mich in die Arme, als sei es das Natürlichste der Welt. Ich seufzte an seiner Brust. Er war so warm und gleichzeitig weich und hart.

»Ich habe meine Sachen aus deinem Wagen geholt. Ich musste meinem Dad schreiben.«

Er antwortete nicht.

»Hast du etwa gedacht, ich wäre gegangen?«, neckte ich ihn.

Wieder antwortete er nicht. Ich verspürte ein Stechen in der Brust. Hatte er das wirklich für möglich gehalten?

»Ich würde dich niemals verlassen«, versicherte ich ihm.

Er presste die Lippen zusammen. »Ich wäre nicht überrascht, wenn du es tätest.«

»Nicht«, bat ich. »Sag nicht solchen Unsinn. Der Einzige, der mich dazu bringen könnte, zu gehen, bist du.«

»Ich brauche dich«, sagte er heiser und schob sich auf mich. »Ich will, dass du für mich kommst.«

Er war schon hart. Ich konnte fühlen, wie er sich gegen meinen Oberschenkel presste.

»Kannst du mir das heute Nacht geben?«, fragte er und sah mich eindringlich an.

Ich biss mir auf die Unterlippe und spannte meine Schenkel an, um mich davon abzuhalten, ihm entgegenzudrängen. »Wenn du bitte sagst.«

Er kniff die Augen zusammen. »Warum willst du, dass ich das Wort laut ausspreche?«

»Ich höre es gerne von dir.«

»Bring mich dazu«, erwiderte er.

Mein Herz pochte. Es war eine Herausforderung. Und es erregte mich. Sehr sogar. Was hatte er nur an sich?

Lag es an seiner Unbezähmbarkeit? Er war so wild, so … hemmungslos.

Er umfasste meine Handgelenke und legte sie über meinen Kopf. »Bring mich dazu, Kara.«

Ich atmete schwer. Ehe ich irgendetwas tun oder sagen konnte, kniete er vor mir und spreizte meine Schenkel.

Er schob mir das Kleid hoch und betrachtete mich.

Bevor ich unsicher werden konnte, glitten seine Hände unter meinen Po, umfassten meinen Hintern und zogen mich vorwärts. Als mein intimster Punkt seiner Erektion begegnete, schnappte ich hörbar nach Luft.

Er drückte mehrmals sein Becken gegen meines und küsste mich dann. Seine Zunge war wild, und er setzte die sinnlichen Küsse an meinem Hals fort, wobei er auf eine Art stöhnte, die mich um den Verstand brachte.

Als er seine Lippen um eine meiner Spitzen schloss, schrie ich auf. Ich krallte meine Finger in seine Haare und dirigierte seinen Kopf näher zu mir. Er streichelte mich sacht mit dem Daumen zwischen meinen Beinen, ließ seine Hand dann über meinen Bauch und weiter nach oben gleiten. Er streifte mir den BH ab und liebkoste die andere Brustwarze mit den Fingern.

»Willst du kommen?«, flüsterte er.

»Cam, oh mein Gott.«

»Willst du kommen, Kara?« Seine Augen, so dunkel, so eindringlich, waren unverwandt auf mein Gesicht gerichtet. »Sag Ja.«

»Ja«, erwiderte ich stöhnend.

»Verdammt. Ich will dich so sehr«, murmelte er und zog mir das Kleid kurzerhand über den Kopf.

Er schob die Körbchen meines BHs noch weiter nach unten und hob meine Brüste seinem Mund entgegen. Er saugte an ihnen, ließ seine Zunge um meine Brustspitze tanzen, quälte mich.

Es musste eine Erlösung von diesen wundervollen Qualen geben, die immer stärker und stärker wurden, intensiver, heftiger. Er hörte nicht auf zu saugen, und als er dann seine Finger zwischen meine Beine schob, passierte es augenblicklich. Ich stieß einen Schrei aus und krallte meine Fingernägel in seinen Rücken, als die süße, süße Ekstase kam.

27. Kapitel

Cameron

»Du bist wunderschön«, flüsterte ich.

Das war sie. Nie hatte ich eine schönere Frau gesehen. Besonders jetzt, wo ihr Gesicht noch vom Nachglühen ihres Höhepunkts leuchtete.

Sie schloss die Augen, ein verstohlenes Lächeln auf den Lippen.

Die Kratzer auf meinem Rücken brannten. Sie hatte ihre Fingernägel tief in meine Haut gekrallt.

Mein Hitzkopf.

Sie lag schlaff und ermattet da, sämtliche Gliedmaßen von sich gestreckt. Ich streichelte ihren Bauch, ihre Seiten, fasziniert davon, wie groß meine Hände auf ihrem Körper aussahen. Ich konnte fast ihre Taille umspannen.

Sanft massierte ich ihre Arme, ihre langen Beine und sorgte dafür, dass sie sich wohlfühlte. Dann nahm ich die gefaltete Decke, die wir bisher nicht benutzt hatten, und deckte sie damit zu.

Der zufriedene Ausdruck auf ihrem Gesicht weckte in mir den Wunsch, sie gleich ein weiteres Mal zum Orgasmus zu bringen. Eben war das schnell passiert, dass ich mich fragte, ob das immer so sein würde bei ihr. War es ihr erstes Mal gewesen? Ich spürte das schier unbezwingliche Verlangen, ihr noch mehr Lust zu bereiten und herauszufinden, ob meine Theorie stimmte.

Doch wenn ich diesem Drang nachgab, dann würde es nicht auf die Art geschehen, für die sie bereit war. Ich wollte tief in sie eindringen, wollte das begierige Drängen ihres Beckens spüren, während ich mich in ihrer feuchten engen Hitze verlor …

»Ich gehe duschen. Bis gleich«, verkündete ich und stand hastig auf, ehe ich etwas tat, was wir beide morgen früh bereuen würden.

Sie hatte unmissverständlich klargestellt, dass sie warten wollte, und mir war es ernst damit, als ich sagte, ich würde sie niemals zu irgendwas zwingen. Sie musste bereitwillig zu mir kommen.

Aber verdammt. Sie so in meinem Bett zu sehen, rosig und weich und wunderschön ...

Ich biss die Zähne zusammen. Eine kalte Dusche ist jetzt eine gute Idee, dachte ich auf dem Weg ins Badezimmer. Diese Frau ruinierte meine Selbstbeherrschung.

Ich sah auf die Uhr. Ein Uhr nachts. Wir hatten erst zwei Stunden geschlafen.

Bedürfnisse und Begierden, dachte ich, während ich das Licht einschaltete, meine Hose auszog und unter die Dusche sprang. Normalerweise konnte ich zwischen diesen beiden klar unterscheiden und Prioritäten setzen. Aber bei Kara verwischten die Grenzen.

Alles verschwamm, wenn es um sie ging, bis auf eines. In mir war dieser absolute, beinah verzweifelte Wunsch, sie in meinem Leben zu behalten.

Ich hatte mich ihr geöffnet und sie freiwillig in mein Innerstes blicken lassen, ihr Geheimnisse anvertraut, die ich jahrelang tief in mir vergraben hatte und die mir jedes Mal das Herz zerrissen, wenn ich nur daran dachte, geschweige denn darüber sprach.

Aber ich wusste, dass es genau diese Offenheit war, die sie von mir wollte. Und ich war verzweifelt genug, alles zu tun, um sie zu halten.

»Letzte Chance«, hatte sie gesagt. Danach war mir keine andere Wahl geblieben. Es hieß, ihr entweder alles zu erzählen oder sie zu verlieren.

Und die Vorstellung, sie ganz zu verlieren, war unerträglich. Ich hatte gewusst, dass das passieren würde, wenn ich nichts unternahm.

Ich war überrascht, wie ... leicht ich mich fühlte, nachdem ich ihr die Geschichte erzählt hatte. Es kam mir plötzlich weniger dunkel um mich herum vor. Als sei ein riesiger Schatten zurückgewichen. Er war immer noch da, ich konnte ihn spüren, aber er war nicht mehr so unheilvoll, schien nicht mehr meine komplette Existenz zu verfinstern.

Was mich jedoch am allermeisten verblüffte, war, dass Kara blieb.

Sie blieb tatsächlich.

Mir war bewusst gewesen, dass durchaus die Möglichkeit bestand, dass sie gehen würde, nachdem sie alles gehört hatte. Ich hätte ihr trotzdem alles erzählt. Denn sie hatte mich darum gebeten. Und wenn nur eine kleine Chance bestand, dass sie blieb, würde ich diese ergreifen.

Jemanden wie sie hatte es nie zuvor in meinem Leben gegeben. Alles mit ihr war für mich eine ganz neue Erfahrung. Ich hatte keinen Vergleich. Und ich fürchtete ständig, es zu vermasseln. Um ehrlich zu sein, ich war mir sogar sicher, dass ich es vermasseln würde.

Bei vielen Dingen war ich mir nicht sicher, und das war in Ordnung so, war nie anders gewesen. Doch eines wusste ich ganz genau, mit überwältigender Klarheit. In dem Moment, als ich aufwachte und sie vor mir sah, ihre großen haselnussbraunen Augen voller Emotionen, musste ich schlucken. Da war dieser überwältigende Drang, sie zu berühren und ihr zu zeigen, wie viel sie mir bedeutete. Und ich würde es ihr auf die einzige Art zeigen, die ich kannte.

Nicht mit Worten und Versprechungen, denn darin war ich ohnehin nie gut gewesen, sondern mit meinen Berührungen. Ich wollte sie wenigstens ein Zehntel dessen fühlen lassen, was ich für sie empfand, und dafür alles tun, was in meinen Kräften stand.

Und sie hatte mich willkommen geheißen und mir einen Teil von sich gegeben. Ich wusste, wie viel ihr das bedeutete. Ich erinnerte mich sehr gut daran, wie sie mir erzählt hatte, sie hätte noch nie einen festen Freund gehabt und sei immer noch Jungfrau.

Dass sie mir nun einen Teil von sich überlassen hatte, löste tief in meinem Herzen etwas aus. Es gab mir das Gefühl, dass ich ihr tatsächlich etwas bedeutete. Sogar sehr viel bedeutete.

Ich will dein Äffchen sein. Ich lachte leise. Wie sie ihre Wange an meine Schulter gelegt, sich daran gerieben hatte. Wie ein süßes Kätzchen. Das war so unerwartet gekommen. Brachte mich glatt um den Verstand.

Sie war so süß und aufregend. Ihre kleinen Brüste waren vollkommen und reagierten auf meine Berührungen. Ich liebte es, wie sie in meine Haare griff, wie unbewusst sie das tat und wie sehr sie sich ihren Empfindungen hingab.

Ich muss an etwas anderes denken.

Ich konnte immer noch nicht ganz fassen, dass sie geblieben war, nachdem ich ihr im Labyrinth alles erzählt hatte.

Es ist nicht deine Schuld. Nichts, was du oder irgendwer mir dazu sagen könnte, würde meine Meinung über diese Geschichte ändern. Meinte sie das ernst?

Ich hatte das alles schon früher gehört – von den Ärzten, zu denen ich als Kind geschickt wurde. Dass es nicht meine Schuld wäre und ich darüber hinwegkommen müsste. Deren Worte waren mir völlig bedeutungslos vorgekommen. Keinem von denen gelang es damals, zu mir durchzudringen. Es war ihr Job, sie wurden bezahlt für ihr Interesse. Das war nicht echt. Nicht für mich.

Kara hingegen schon. Kara war echt. Ihre Stärke, ihr Mitgefühl bedeuteten mir mehr als alles andere. Ich brauchte sie jetzt. Unter mir, stöhnend, meinen Namen rufend. Ich wollte den Druck ihrer Schenkel an meinen Hüften spüren, während ich …

Denk an etwas anderes.

Aber verdammt, ich wollte diese Frau, wie ich nie zuvor in meinem Leben etwas gewollt hatte. Es gab keine vernünftige Erklärung dafür. Es *war* einfach so.

Was zur Hölle ist das?

Mein Motorrad. Mir fehlte mein verdammtes Motorrad. Ich konnte es nicht erwarten, wieder damit zu fahren. Die Geschwindigkeit, die Freiheit. Sobald es repariert war, würde alles zur Normalität zurückkehren. So stellte ich mir das vor. Schwarz und elegant und glänzend würde es hier vor meiner Hütte stehen.

Und dann trat sie aus meiner Hütte heraus, mit nichts weiter bekleidet als weißer Unterwäsche. In meinem Kopf waren ihre

Dessous reinweiß. Und aus Spitze. Machte mir den Mund wässrig. Dazu Eispickel-scharfe High-Heels.

Sie würde mir diesen verlockenden Komm-und-fang-mich-Blick über die Schulter zuwerfen, mich mit dem gekrümmten Zeigefinger zu sich winken, während sie ein Bein über mein Motorrad schwang und sich darauf setzte, als wollte sie es …

Verdammt.

Ich stützte mich an den Fliesen ab und biss die Zähne zusammen. *Das Motorrad. Denk wieder an das Motorrad.*

Vielleicht würde sie nackt noch besser aussehen. Prompt ließ meine Fantasie die Unterwäsche verschwinden. Jetzt war sie nackt, zwinkerte mir vielsagend zu, eine stumme Aufforderung, mich auf sie zu stürzen.

Ich gab es auf und holte mir einen runter.

Ich trocknete mich rasch ab, zog dieselbe Jeans an wie vorher und ging barfuß ins Wohnzimmer.

Sie schlief.

Leise setzte ich mich auf den Fußboden und betrachtete ihr Gesicht. Diesmal wirkte sie im Schlaf sehr friedlich und hatte sogar ein kleines Lächeln auf den Lippen.

Sacht strich ich ihr eine Haarsträhne aus dem Gesicht. Sie öffnete langsam die Lider.

Mir war, als bekäme ich einen schnellen scharfen Stich. Und zwar direkt ins Herz. Genau in dem Moment, als sie die Augen öffnete und mich erkannte. Und mir zulächelte. Als wäre sie glücklich, mich beim Aufwachen hier vorzufinden. Mir fehlten die Worte.

Da war eine Enge in meiner Brust, und je länger ich ihr in die Augen schaute, desto enger fühlte es sich an.

»Hi«, murmelte sie.

Ich hätte geantwortet, wenn ich sicher sein könnte, dass meine Stimme funktionierte.

»Willst du nicht wieder schlafen?«, fragte sie schlaftrunken.

Aber ich war irgendwie … neben der Spur. Ich konnte nicht sagen, was los war.

»Ich bin nicht …« Ich räusperte mich. »Ich bin nicht müde.« Meine Stimme klang abgehackt.

Warum tue ich das, verdammt noch mal?

Sie sah mich verdutzt an. Ich musste mich von ihr abwenden. Sie hatte bemerkt, dass etwas nicht stimmte, und wurde langsam richtig wach.

Ich richtete mich auf und ging zum Kamin, um Holz nachzulegen. Vielleicht würde es noch kälter werden, und ich wollte, dass sie es warm hatte.

War ihr jetzt warm genug? Brauchte sie eine dickere Decke? Ich starrte düster in die Flammen.

Was zur Hölle ist das? Was zur Hölle fühle ich gerade?

Ich war ein Experte darin, Dinge auszublenden – Gedanken und Gefühle. Diese Dinge waren gefährlich, wenn ich sie an mich heranließ. Doch seit ich Kara kannte, fand ich den Schalter nicht mehr, um meine Gedanken und Gefühle auszuknipsen.

Ich hörte, wie sie sich aufsetzte, und mein ganzer Körper verspannte sich.

»Hey, Bigfoot.«

Verdammt. Verdammt. Verdammt. Ich senkte den Kopf. Kämpfte dagegen an. Verlor. Ich gab es auf und lächelte.

»Lauf nicht weg«, sagte sie.

Ich sah über die Schulter zu ihr hin. Und mein Herz klopfte schneller.

Ihr Haar wirkte im Feuerschein dunkel. Es fiel ihr auf die Schultern, als sei sie gerade nach einer wilden Liebesnacht aufgewacht. Ihre Augen, Katzenaugen, die mir nicht mehr aus dem Kopf gingen, egal, was ich versuchte, beobachteten mich, wartend, fragend.

»Bereust du, dass du mir alles erzählt hast?«, flüsterte sie.

Dass ich ihr von dem Irrgarten erzählt hatte? Niemals.

»Nein.«

»Was ist es dann?«, hakte sie nach. »Denn du machst es schon wieder.«

Ich konnte ihr das nicht erklären. Ich begriff ja selbst nicht, was in mir vorging, wie hätte ich es ihr also verklickern sollen?

Ich ging zu ihr. Obwohl ich sie unverwandt anschaute, überraschte sie mich, als sie sich hochrappelte und aufs Bett kniete. Direkt vor ihr blieb ich stehen. Wir starrten uns an.

»Es war nicht meine Absicht, es wieder zu tun«, sagte ich.

Hinter mir knisterte und zischte das Feuer.

»Fällt es dir schwer, darüber zu sprechen?«

»Ja.«

Wir flüsterten in der Dunkelheit. Das Licht der Flammen spielte auf ihrem hübschen Gesicht. Langsam streckte ich eine Hand aus und streichelte ihre Wange, legte meine Hände an ihren Hals, rieb sanft mit den Daumen über ihren Nacken. Sie schloss die Augen und lehnte sich nach vorn, in meine Berührung hinein.

»Aber wir wissen beide, dass du alles aus mir herausbekommen kannst, wenn du willst, oder?«, sagte ich. Es war keine Frage.

Jetzt lächelte sie. Ein wissendes Lächeln. Sie hob mir ihr Gesicht entgegen, eine stumme Aufforderung, sie zu küssen, und diesmal küsste ich sie sanft, nahm mir Zeit, knabberte zärtlich an ihrer Unterlippe.

Als ich mich von ihr löste, war der besorgte Ausdruck aus ihren Augen verschwunden. Ich ließ meine Hände abwärts gleiten, umfasste Karas Hüften und hob sie hoch. Es machte mich glücklich, wie sie automatisch ihre Arme und Beine um mich schlang, wie sehr sie darauf vertraute, dass ich sie nicht fallen lassen würde.

»Hast du meinetwegen einen Hormonstau?«, erkundigte sie sich.

Ich grinste. »Ja. Und wie. Aber du hast es wiedergutgemacht, als du meinen Namen geschrien hast.«

»Habe ich gar nicht!«, protestierte sie. »Ich glaube eher, du hast *meinen* Namen geschrien.«

Ich küsste ihren Hals. »Wir machen mehr, wenn du bereit dafür bist.« *Denk nicht daran.* »Kannst du nicht schlafen?«

Sie brauchte einen Moment, um zu antworten. »Nein.« Ihre Stimme klang belegt, und ich fragte mich, ob sie an das *mehr* dachte, das ich ihr eben in Aussicht gestellt hatte. Ich wollte, dass sie daran dachte. »Wohin trägst du mich?«

»In die Küche. Du musst etwas essen.«

»Nein, muss ich nicht«, widersprach sie, aber ihr Magen knurrte laut.

Ich lachte. »Oh doch, musst du. Du wiegst ja fast nichts.«

Natürlich war mir klar, dass sie von Natur aus eine schlanke Figur hatte. Andererseits fragte ich mich, ob sie nicht doch zu dünn war, weil sie so hart arbeitete und dabei zu essen vergaß. Sie trank außerdem viel Kaffee, vermutlich, um ihre Jobs und all die anderen Verpflichtungen zu schaffen. Jedenfalls wollte ich nicht, dass sie krank wurde.

»Willst du damit sagen, dass ich zu dünn bin?«, neckte sie mich. »Kannst du deshalb nicht genug von meinem Körper bekommen?«

Diese Frau war reinstes Feuer. »Ich kann nicht genug von *dir* bekommen.«

»Und er behauptet, er könne nicht mit Worten umgehen.«

Sie hatte recht. Ich musste nicht nach Worten suchen, wenn ich etwas so offensichtlich vor Augen hatte. Wenn es so einfach war.

Ich setzte sie auf die Kücheninsel.

»Dir gefallen meine Worte also?«, erkundigte ich mich belustigt.

Sie nickte, ihre Finger spielten mit meinen Haaren. Ich neigte den Kopf, um sie zu küssen, und biss sanft in ihre Unterlippe, von der ich in der Tat nicht genug bekommen konnte.

»Ja, sie gefallen mir«, erwiderte sie. »Aber lass uns doch mit deinen körperlichen Attributen anfangen. Ich mag deine Haare. Wahnsinnig gern sogar. Und deine Augen. Und deine Nase. Und die Art, wie du dir auf die Unterlippe beißt oder auf deine Fingerknöchel, sobald du aufgeregt bist oder einfach nur so. Und deine harten Rückenmuskeln. Nicht zu vergessen deine Unterarmmuskeln. Diese sexy Adern. Und dein rattenscharfer Körper. Und …«

Ich lachte. »Du bist wirklich hungrig.«

»Na ja, dann mach mir was zu essen, Küchenchef.«

»Einverstanden. Aber dazu musst du mich erst loslassen.«

»Bring mich dazu«, sagte sie.

Ich saugte an meiner Unterlippe und starrte sie an. Ihre Augen weiteten sich. Sie erinnerte sich also daran, oder?

»Okay, okay.« Sie stieß ein nervöses Lachen aus, legte ihre

Hände auf meine Brust und schob mich zurück. »Sorry, das war keine Einladung. Zuerst das Essen.«

»Gut.« Ich küsste sie noch einmal, ehe ich sie losließ. Ich schaltete das Licht in der Küche an und ging zur Arbeitsfläche, wo ich die Plastikbehälter mit den Sachen entdeckte, die ich für sie in dem Tankstellenladen gekauft hatte. Sie musste sie mit hereingebracht haben.

»Ich weiß nicht, ob du dich erinnerst, aber ich esse kein Schwein. Oder Rind. Oder …« Sie hob die Brauen, als ich mich zu ihr umdrehte und sie ansah. Sie klopfte sich mit der Faust auf die Brust. »Die Lady hier ist Vegetarierin.«

»Natürlich erinnere ich mich.« Ich widmete mich wieder dem Essen und stellte alles auf der Arbeitsfläche bereit. »Ich habe dir drei Kartons Eier und ein Brot gekauft.«

»Ah.« Sie stieß einen leisen süßen Seufzer aus. »Moment mal, drei? Wie lange wolltest du mich denn hierbehalten?« Sie lachte. Ein glücklicher Laut, der mich zum Lächeln brachte. Sie war unglaublich hinreißend. »Kein Käse?«

»Die hatten keinen. Magst du Käse?«

Da sie nicht antwortete, drehte ich mich zu ihr um.

»Ich liebe Käse. Als du und ich … auf dieser Toilette. Ich hatte gerade die vegetarische Lasagne in der Mensa gegessen. Das passiert dann jedes Mal.«

Ich lachte leise. Ich bezweifelte, dass ich das jemals vergessen würde. »Warum isst du sie dann?«

»Machst du Witze? Die ist derartig gut, dass sie sämtliche Qualen wert ist. Irgendwann in ferner Zukunft werde ich sterben, und da will ich nicht sagen müssen, dass ich die guten Sachen verpasst habe.«

Ich schüttelte den Kopf und machte mich auf die Suche nach einer Pfanne. Normalerweise kochte ich nicht, aber ich wusste, dass ich eine für Notfälle gekauft hatte. Die musste hier irgendwo sein.

»Also, diese Frau auf der Toilette … War sie diejenige, die dich auf dem Gang geküsst hat?«

»Seit ich dich kenne, hatte ich keinen Sex.«

»Gut. Möchtest du eine Medaille dafür?«

»Ich denke, ich habe eine verdient.«

Sie grinste.

»Ich weiß ja nicht, wie es bei dir ist, aber ich teile nicht gern«, sagte sie dann. Sehr ernst.

»Du meinst mich?«

»Natürlich dich.«

Ich lächelte. *Gut.*

»Würdest du mich etwa mit jemandem teilen? So wütend, wie du Thomas angefunkelt hast, lebt der vermutlich für den Rest seines Lebens in Angst.«

Sie teilen? Was bildete sie sich verdammt noch mal ein? Allein bei der Vorstellung bekam ich Lust, auf irgendetwas einzudreschen.

Ich knallte die Schranktür zu. Härter als beabsichtigt. »Thomas.«

»Beruhige dich, Wolverine. Nicht knurren. Er ist ein guter Kerl. Ein Freund«, fügte sie rasch hinzu, da meine Miene sich sofort verfinsterte. »Nur ein Freund.«

Ich fand die Pfanne in einem der unteren Schränke, stellte sie auf den Herd, goss gerade genug Öl hinein, dass der Boden bedeckt war, und schaltete die Hitze auf »niedrig«. *Und wo verdammt noch mal ist jetzt der Bratenwender?*

Freund, von wegen.

Ich zog Schubladen auf, knallte sie wieder zu.

»Männer und Frauen können nicht einfach nur befreundet sein.«

»Doch, können sie«, widersprach sie.

Ich warf ihr über die Schulter einen genervten Blick zu. »Für gewöhnlich verbringen wir keine Zeit mit Frauen, mit denen wir nicht schlafen wollen.«

Wo zum Kuckuck war denn der verdammte Bratenwender?

»Das ist ja widerlich. Und es trifft nicht auf jeden Mann zu.« Sie musterte mich kritisch. »Ist das der einzige Grund, weshalb du Zeit mit mir verbringen willst?«

»Selbstverständlich nicht, aber es ist einer der Gründe. Ich will mit dir schlafen.«

Sie schnaubte spöttisch.

Ich öffnete denselben Schrank, den ich schon beim ersten Mal geöffnet hatte. Da war er. Mist.

Ich ging zurück zum Küchentresen, nahm eine Schüssel und schlug ein Ei auf. Zu hart. Ich war ein miserabler Koch. Und noch miserabler war ich, wenn ich abgelenkt wurde. Kara war eine höllische Ablenkung. Ich musste eine ganze Menge Eierschale aus dem Eiweiß heraussuchen.

»Dich mit einem anderen Mann teilen?«, murrte ich. »Nur über meine Leiche.«

Ich schaute verstohlen zu ihr hin. Sie grinste. Das gefiel ihr, oder? Ich kniff die Augen zusammen, denn ihre Miene ließ keinen Zweifel daran, dass sie sich bezüglich dieses dämlichen Freundes stur stellen würde. Ich machte mich wieder daran, Eier aufzuschlagen. Blöder Tankstellenladen und blöde Eier.

»Ich mag deine Ehrlichkeit, aber dein Argument, Männer und Frauen könnten nicht einfach nur befreundet sein, ist falsch. Ungültig. Error 404«, sagte sie.

Ich brütete eine Weile über meinen Eiern. »Ich denke die ganze verdammte Zeit an dich«, sagte ich dann.

Ich erstarrte, als sie von hinten ihre Arme um meine Taille schlang. Das kam ziemlich unerwartet. Sie schmiegte ihre Wange an meinen Rücken und rieb sich wie eine Katze an mir. Sofort entspannte ich mich wieder.

Verdammt, ich *liebte* es.

»Du platzt immer mit so willkürlichen Dingen heraus. Ich mag das. Aber lass uns nicht über meine Freunde streiten. Ich habe nur ein paar«, gestand sie. »Kann ich dir helfen?«

Ich seufzte. »Hier.« Ich gab ihr die Schüssel.

»He, Moment. Wer soll das alles essen?« Sie schaute staunend in die Schüssel.

»Ich habe nur acht Eier aufgeschlagen. Da sind noch vier übrig in dem Karton«, verteidigte ich mich.

»Das sind aber viele.«

»Wie viele nimmst du denn normalerweise, wenn du kochst?«

Sie sah von der Schüssel auf. »Ich koche nicht. *Nie.* Es macht mir Angst.«

Erneut seufzte ich. »Na schön. Pflück mal die Eierschalen heraus.«

Sie rümpfte die Nase. »Du bist nicht besonders gut im Eieraufschlagen. Ich glaube, ich bin auch nicht besser, aber das hier kriege ich wieder hin. Ich bin Expertin im Herausfischen von Eierschalen.«

Aber sie machte alles nur noch schlimmer. Sie stach ins Eigelb, was das Auffinden der Schalenreste noch schwieriger machte. Sie lachte, kicherte, lachte noch mehr, wie ein kleines Mädchen, das seine Aufgaben vermurkst und sich dabei köstlich amüsiert.

»Bereiten wir sie doch einfach so zu!« Sie warf kapitulierend die Hände in die Luft. »Das ist harte Arbeit, und diese Eier sind gemein.«

Ich schüttelte den Kopf, musste aber auch lachen, weil sie so wahnsinnig bezaubernd war. »Kümmere dich mal einen Augenblick darum. Ich mache Toast für dein Sandwich.«

»Lass mich hier nicht allein. Ich werde die Hütte niederbrennen! Cam!«

»Beruhige dich. Ich bin hier.«

»Ich dachte, du bist ein netter Kerl. Ein netter Kerl sagt einer Frau nicht, sie solle sich beruhigen.«

»Ich bin kein netter Kerl.«

Ich öffnete den Kühlschrank und suchte nach Zutaten, mit denen ich ihre Sandwiches belegen konnte. Ich hatte nichts da, außer Wasserflaschen und einen Karton mit den Resten der Pizza, die ich vergangene Woche gegessen hatte. Sie waren inzwischen bestimmt verschimmelt. Ich beschloss, sie später wegzuwerfen.

Ich richtete mich auf und entdeckte meine Kühlbox auf dem Boden. Wie … fürsorglich, umsichtig und süß war sie eigentlich? Grinsend öffnete ich die Box, schnappte mir ein Sandwich und verschlang es. Dann roch ich etwas.

Es roch verbrannt.

»Verdammt, Kara, was machst du denn?«

Ich eilte zum Herd und schaltete ihn aus.

»Hast du die Temperatur höhergestellt?«

Finster schaute sie mich an. »Siehst du hier vielleicht noch jemanden? Natürlich war ich das!«

»Tja, man stellt die Temperatur aber nicht so hoch!«

»Es dauerte mir zu lange! Und du hast mich hier allein gelassen! Ich habe dir doch gesagt, dass ich nicht kochen kann!«

»Für gerade mal eine Minute!«

»Hör auf, mich anzuschreien, Mann!«

»Du schreist mich doch auch an! Verdammt!«

Wir starrten einander aufgebracht an. Hielten inne. Sie lachte zuerst. Ein lautes, ungestümes Lachen, das ihre Schultern beben ließ. Fast krümmte sie sich, während sie sich den Bauch hielt. Ich lachte mit ihr und schloss sie in die Arme, denn ich konnte einfach nicht anders.

Die Eier qualmten immer noch. Wenn ich nichts unternahm, würde gleich der Feueralarm losgehen. Ich hob die Pfanne vom Herd, schrie auf und fluchte, weil ich mir die Hand verbrannt hatte.

»Scheiße, Scheiße, Scheiße!«

Mir war entfallen, dass die Pfanne ganz aus Metall war – warum hatte ich bloß solchen Mist gekauft? – und ich einen Topflappen brauchte, um sie anzufassen.

Ich war so darauf konzentriert, Kara anzuschauen und anzulächeln, dass ich alles andere glatt vergaß.

»Alles in Ordnung mit dir?« Sie lief zur Spüle und drehte den Wasserhahn auf. »Komm her, armes Baby.«

»Das ist alles deine Schuld.« Ich warf ihr einen vorwurfsvollen Blick zu.

»Inwiefern ist das meine Schuld?« Sie funkelte mich an.

»Dir macht es Spaß, ständig mit mir zu zanken.«

»Nein, macht es nicht«, widersprach sie. »Du bist derjenige, der dauernd Streit sucht.«

Ich deutete mit dem – unverbrannten – Zeigefinger auf sie. »Siehst du, was ich meine?«

Einen Moment lang bedachte sie mich mit einem tödlichen Blick, dann schaute sie zur Decke hoch und atmete geräuschvoll aus. »Du weckst in mir das verdammte Bedürfnis, hemmungslos zu fluchen. Warum bist du bloß so streitlustig?«

Ich hob die Brauen. Sie verdrehte die Augen und winkte mich zu sich. Ich ging, noch immer mit genervter Miene, zur Spüle und schaute zu, wie Kara mein Handgelenk umfasste und meine pochende Hand unter den Wasserstrahl hielt. Ihre Finger waren lang und schmal, und ich wusste nicht genau, was mir besser half, ihre Berührung oder das kalte Wasser auf meiner Haut.

Es war nicht mal eine richtige Verbrennung. Ich hatte den heißen Teil des Pfannengriffs kaum berührt. Ich zog meine Hand aus dem Wasserstrahl zurück und berührte ihren Mund mit meinem Daumen, verstrich Wasser auf ihrer Unterlippe. Es tropfte auf ihr Kinn. Wir sahen einander in die Augen und genossen diesen Moment der Zweisamkeit. Ich beugte mich zu ihr herunter und küsste sie auf den Mund. Saugte die Wassertropfen von ihrem Kinn.

»Darin bist du so gut«, murmelte sie träge, sinnlich.

»Worin?«

»Mich zu küssen.«

»Willst du noch einen?«

Sie blinzelte langsam. »Essen«, verkündete sie mit Bestimmtheit und löste sich von mir. »Küssen später.«

Ich grinste und wandte mich dem Chaos zu, das wir auf der Küchenarbeitsfläche angerichtet hatten.

»Wir können die Eier einfach kochen«, meinte sie.

»Aber dann müssen wir sie hinterher pellen«, gab ich zu bedenken.

»Ja klar, das weiß ich.«

Wir sahen uns wieder an. Sie biss sich auf die Unterlippe, ihre Augen schimmerten vor Belustigung.

»Wir haben keine verdammte Ahnung, was wir da tun«, stellte sie fest und wischte sich die Augen mit meinem Shirt. »Und das macht überhaupt nichts, denn es fühlt sich großartig an, jetzt mit dir hier zu sein.« Sie schniefte. »Aber ich bin immer noch hungrig.«

»Na schön. Setz dich da drüben hin und sei still.«

Sie setzte eine strenge Miene auf, weil sie mir nicht durchgehen lassen wollte, dass ich ihr sagte, was sie tun sollte. Aber sie hielt es nicht durch und fing wieder an zu lachen.

»Ich hoffe für dich, dass es gut ist, Bigfoot.«

Sie hüpfte auf die Kücheninsel. Ich wusch die Pfanne aus und trocknete sie ab. Stellte sie auf den Herd. Schüttete den Eiermix weg, den wir beide vermurkst hatten, und nahm einen weiteren Karton Eier. Diesmal schlug ich sie sehr vorsichtig auf.

»Wie hast du überlebt, ohne jemals irgendwas zu kochen?«, wollte sie wissen.

»Essen zum Mitnehmen. Mageres Fleisch, Sandwiches hauptsächlich. Frisches Gemüse, Früchte.«

Diesmal schaffte ich es, eine Eiermasse ohne Schalen zu produzieren. Ich verrührte sie mit einer Gabel und goss sie in die Pfanne. Zufrieden hörte ich das Brutzeln. Ich steckte zwei Scheiben Brot in den Toaster.

Mir fiel auf, dass Kara schon eine ganze Weile nichts gesagt hatte. Ich sah über die Schulter zu ihr hin und stellte fest, dass sie mich beobachtete. In ihren Augen lag eine Traurigkeit, die eben noch nicht da gewesen war.

»Kara?«

»Meine Mom«, begann sie mit gepresster Stimme. »Sie hat uns verlassen, als ich noch ein Kind war. Dylan erinnert sich kaum noch an sie.« Sie holte tief Luft, atmete langsam wieder aus. »Aber ich schon.«

Das wollte ich wissen. Ich wollte alles über sie wissen.

»Woran erinnerst du dich?«

»Dass sie ein Miststück war.« Sie lachte kurz auf, aber es klang angespannt. »An eines erinnere ich mich besonders gut. Es war ihr Geburtstag, und mein Vater wollte sie schick zum Essen ausführen. Ich erinnere mich daran, dass er ihr einen Pelzmantel kaufte. Sie hatte schon die ganze Zeit darauf angespielt, dass sie gern einen hätte. Ließ aus Magazinen ausgeschnittene Fotos im Haus herumliegen, als Hinweise, damit mein Dad sie sah. Oder sie sagte Sachen wie: ›Dieser Mantel würde mir wirklich gut stehen.‹ Sie sagte nie direkt, was sie wollte. Klar, so was macht fast jeder mal, aber sie übertrieb es total. Für sie war es stets ein Ratespiel.«

In gewisser Hinsicht macht Kara es genauso wie ihre Mom, dachte ich. Mit diesen Post-its, die sie überall bei sich zu Hause anbrachte. Nur dass sie statt Anspielungen zu machen, ganz direkte Anweisungen gab. Sie hielt nicht damit hinterm Berg, was sie wollte. Das liebte ich an ihr.

»Wahrscheinlich hat es deinen Dad in den Wahnsinn getrieben.«

Sie schwang ihre langen Beine auf die Kücheninsel und schlug sie übereinander. In ihren Augen loderte Zorn. Ich stutzte.

Sie wedelte mit der Hand Richtung Herd. »Ich glaube, die Eier sind fertig.«

Ich drehte mich wieder zur meiner Pfanne um. Sie hatte recht. Ich nahm den Bratenwender und einen Teller und häufte das Rührei darauf.

»Nein«, sagte sie. »Es hat meinen Dad nicht in den Wahnsinn getrieben. Mein Dad ist ein sehr geduldiger Mann. Er liebte sie.«

Ich verriet ihr nicht, dass ich keine Ahnung hatte, wie das war, wenn man Eltern hatte, die sich liebten. Oder geliebt hatten. Ich glaube nicht, dass ich jemals gesehen habe, wie meine Mutter und mein Vater sich umarmten. Sie ertrugen es nicht mal, im selben Raum zu sein.

»Aber an ihrem Geburtstag kaufte er ihr diesen Pelzmantel. Sie war schrecklich aufgeregt. Sie packte ihn ganz langsam aus. Klebeband um Klebeband. Faltete das Papier penibel zusammen. Ich selbst hatte den Pelzmantel eingepackt und wünschte mir inständig, dass ich nur drei Streifen Klebeband benutzt hätte.«

Ich lachte. »Wie viel hast du tatsächlich benutzt?«

Ich nahm den Toast, bereitete ihr Sandwich zu und brachte ihr den Teller.

»Danke«, sagte sie und sah lächelnd zu mir auf. Sie nahm das Sandwich und biss herzhaft davon ab. Es war schön, sie essen zu sehen. Vielleicht würde ich vegetarische Rezepte heraussuchen und ihr einige Gerichte kochen, nur um sie mehr essen zu sehen. Das dürfte doch nicht allzu schwer sein.

Ja, sicher. Wahrscheinlich brennst du das Haus dabei nieder. Ich halte mich vorerst besser an Sandwiches.

»Jede Menge«, fuhr sie fort. »Sie brauchte eine Weile. Und als endlich alles abgewickelt war, schüttelte sie den Mantel heraus. Und weißt du, was sie dann tat?«

Ich wartete darauf, dass sie weitererzählte, während ich ihr eine Flasche Wasser aus dem Kühlschrank holte. Etwas anderes hatte ich nicht da. Ich sollte sie fragen, was sie außer Kaffee gern trank, und einen Vorrat davon anlegen. Für ihren nächsten Besuch.

»Was?«

»Sie ging nach draußen und schleuderte den Mantel, diesen teuren Pelzmantel, für den mein Dad lange gespart hatte, auf den Boden. Direkt in den Dreck. Und trampelte darauf herum. Sie hat meinem Dad das Herz gebrochen. Verstehst du, es war nicht der Mantel, den sie haben wollte. ›Ich habe dir doch jeden Tag Hinweise hinterlassen, Mike‹«, fügte sie hinzu, mit hoher Stimme, vermutlich die ihrer Mutter imitierend. »›Und du kaufst mir diesen verdammten Mantel? Hast du ihn im Sonderangebot bekommen? Dieses miese Teil hat vorher schon jemandem gehört, und du wagst es, ihn mir zu schenken?‹ Als wäre sie noch etwas Besseres als eine Königin und stünde über allen, weil sie so einzigartig ist. Dad und ich kauften gern in Secondhandläden. Ich habe kein Problem mit Sachen aus zweiter Hand. Was man der Welt gibt, ist wichtiger als die Kleidung, die man trägt.« Sie seufzte leise. »Ich habe damals das Gesicht meines Dads gesehen. Er war verletzt, und diesmal wurde er auch wütend. Nicht, weil sie den Mantel nicht mochte, obwohl das sicher auch einer der Gründe war. Er wurde sauer, weil Dylan und ich im Wohnzimmer waren und alles mitansehen mussten. Am Ende verließ sie ihn für einen Staubsaugervertreter. Pech für sie.«

Sie schwieg einen Moment, bevor sie weitersprach. »Es war schwer für meinen Vater, zwei Kinder allein großzuziehen. Er hatte einen Job, sparte Geld und gründete eine Firma mit seinem älteren Bruder Andrew. Ein weiterer Blutsauger, wenn du mich fragst.

Ihm und meinem Dad gehört die Werkstatt zu je fünfzig Prozent. Willst du wissen, warum ich so hart arbeite? Um ihn auszuzahlen. Überredet habe ich Andrew bereits, und wir haben eine Abmachung.«

»Wie viel will er denn für seinen Anteil?«

Sie musterte mich misstrauisch. »Warum?«

Mir war klar, dass ich meine Absichten vor ihr nie und nimmer verbergen konnte. Da konnte ich es ihr ebenso gut gleich sagen. Sie war einfach zu schlau.

»Ich kann dir das Geld geben.«

»Bist du verrückt? Auf gar keinen Fall! Dann wäre all meine harte Arbeit ja völlig umsonst gewesen. *Nein.* Ich bin so nah dran. So nah.«

»Als du herausgefunden hast, dass ich dir zu dem Job auf dem Hof verholfen habe, bist du nicht wütend geworden.«

»Das ist etwas anderes.«

»Inwiefern?«

»Ich weiß, dass ich für den Job qualifiziert bin, und ich kann hart arbeiten. Mit jemandem wie mir konntest du nichts falsch machen.«

Ich nickte. »Du bist mehr als qualifiziert für den Job.«

Sie grinste. Dann biss sie mehrmals von ihrem Eier-Sandwich ab und nickte anerkennend. Sie nahm das Wasser und trank, dann stellte sie die Flasche auf die Arbeitsfläche. »Nicht schlecht, Bigfoot.«

Ich nahm ihre Wasserflasche, hob sie an den Mund, damit sie mein Grinsen nicht sah, und hätte beinah alles verschüttet.

Sie kaute eine Minute schweigend. Ich wusste, dass sie überlegte. Karas Gesicht verriet stets, was gerade in ihr vorging.

»Jeder fragt mich, warum ich so hart arbeite. Die Kollegen tratschen über mich, weil ich so viele Überstunden mache, und was ich wohl mit dem Geld anfange. Ist mir egal. Als ich jünger war, wurde ich viel schlimmer tyrannisiert. Die können mich alle mal. Ich bin aus Stahl, Baby. Aus Stahl. Ich hab schon Schlimmeres erlebt, deshalb lässt mich so ein bisschen Getratsche von Kolleginnen kalt.«

»Die reden über dich, weil du so viel arbeitest?«

»Ich bin am längsten dabei. Wenn Überstunden anfallen, reiße ich die an mich. Fast immer. Deshalb sind sie natürlich sauer, weil sie dann keine machen können. Die halten mich für ein gemeines Miststück, und weißt du was? Das interessiert mich einen Dreck. Ich habe auch keine Zeit für Freizeitaktivitäten, weil ich noch jede Menge anderer Dinge um die Ohren habe. Deshalb gelte ich nicht nur als Miststück, sondern auch noch als arrogant. Klasse. Kommt drüber hinweg, Mädels. In meiner Familie sind Dylan und ich die einzigen, die keinen Studienabschluss haben. Und mein Dad hat auch keinen. Dass meine Mutter mit einem anderen Mann weggelaufen ist, war die Krönung. Die meisten Verwandten schauen also auf uns herab. Ich hasse es, sie zum Essen zu treffen. Die fühlen sich alle so überlegen. Ich verabscheue herablassende Ratschläge, die sich als falsche Zuneigung tarnen. Das ist so billig. Es ist Mist. Ich will davon nichts wissen. Es bricht meinem Dad das Herz, denn er liebt diese Idioten. Und mir tut es weh, weil ich meinen Dad so sehr liebe. Studienabschlüsse und Geld können sehr nützlich sein, aber sie sagen nichts darüber aus, ob jemand Moral, Werte oder ein Herz hat.«

Sie fuhr mit einem Zeigefinger über den Rand ihres Tellers und runzelte leicht die Stirn. »Ich stehe jeden Morgen auf und zwinge mich, zur Arbeit zu gehen, weil ich diesen erstaunlichen Mann erlebe, meinen Dad, der härter für seine Kinder arbeitet, als jeder andere Mensch, den ich kenne«, fuhr sie fort. »Ich habe einen höllischen Respekt vor ihm. Ich will sein wie er. Ich arbeite nicht deshalb so hart, um irgendwem zu beweisen, dass ich es kann. Ich arbeite deshalb so hart, weil ich mir *selbst* beweisen will, dass ich es kann. Ich werde es schaffen, meine Familie zu erlösen. Geld war immer knapp. Ich kann meinem Dad helfen, indem ich ihm das gebe, was er verdient hat. Dylan auch. Der war immer schon ein Softie, und er nimmt es sich sehr zu Herzen, wenn jemand etwas Schlechtes über seine Familie sagt. Es gibt so viele Dinge, die mir im Weg stehen könnten, wenn ich das zuließe. Aber das darf nicht sein, und deshalb werde ich es auch nicht zulassen. Weil ich meine Welt nicht opfern will, nur um in der Welt anderer Leute zu leben. Ich will meine eigene Welt. Mit den Leuten, die mir etwas bedeuten.«

Sie senkte den Blick und holte tief Luft. Ich beobachtete schweigend, wie sie ihr Sandwich aufaß, aus ihrer Wasserflasche trank und sich den Mund mit dem Handrücken abwischte. Wie ein kleines Kind.

Aber sie war eine Frau. Eine Frau, die im Herzen ein Kind geblieben war. Ein Kind, das sein Herz auf der Zunge trug, jedoch gelernt hatte, es mit Dornen zu schützen.

War es da ein Wunder, dass ich sie nicht gehen lassen konnte, so sehr ich es vielleicht auch versuchte? War es ein Wunder, dass ich mir verzweifelt wünschte, Zugang zu ihrer Welt zu finden?

»Kara«, sagte ich mit rauer Stimme. »Bin ich da drin?«

Sie schaute auf, und wir sahen uns in die Augen. Und ich fand in ihren Augen alles, was ich mir gewünscht hatte, ohne mir dessen bewusst zu sein.

»Du weißt, dass du da drin bist, Cam«, flüsterte sie. »Du hast dich nur eine Weile vor mir versteckt. Doch jetzt bist du da.«

Ich machte einen Schritt auf sie zu. Sie schwang ihre Beine von der Kücheninsel und um meine Taille. Ich legte die Hände an ihren Rücken und zog sie an mich.

»Das bin ich«, murmelte ich. »Und ich will … bleiben.«

»Dann bleib.«

Sie legte ihr Kinn auf meine Schulter und schlang die Arme um meinen Oberkörper. »Aber ich will, dass du etwas für mich tust.«

Alles. »Was denn?«

»Ich will, dass du mich akzeptierst, wie ich bin, und nicht hinter meinem Rücken anfängst, das zu tun, was du für das Beste für mich hältst. Ich kann hart arbeiten und einstecken. Und austeilen kann ich noch härter. Mach dir also wegen Andrew keine Gedanken. Ich will nicht, dass du mir Geld leihst. Ich habe selbst Ersparnisse.«

»Alles klar. Die habe ich mit meinem Motorrad wohl ein wenig schrumpfen lassen.«

»Na ja, ich musste an das Geld für meine nächsten Studiengebühren.«

»Scheiße. Ich bin ein Mistkerl. Ich gebe es dir zurück.«

Sie sah mich an. »Du bist kein Mistkerl.« Sie spielte mit meinen Haaren und wickelte sich eine Strähne um den Zeigefinger. »Seit unserer ersten Begegnung habe ich mich gefragt, wie sich dein Haar wohl anfühlt. Es ist so schwarz. Und wundervoll gewellt und weich. Welches Shampoo benutzt du?«

Ich lachte. »Was immer gerade im Badezimmer steht.«

Sie zog mutwillig an meinen Locken.

»Autsch. Keine Ahnung, ehrlich. Ich nehme, was mir im Laden zwischen die Finger kommt. Ich bin da nicht wählerisch.«

Erneut legte sie ihre Wange an meine Schulter und rieb sich daran. »Hey, Cam?«

»Hm?«

»Warum hast du das getan?«

»Was denn?«

»Mich erpresst, dich durch die Gegend zu fahren. Du brauchtest mich nicht. Du hast selbst einen Wagen.«

»Ich …« Ich zögerte kurz. »Ich glaube, ich wusste es einfach«, sagte ich dann. »Ich wollte dich. Ich will dich.«

»Du meinst, schon als du mich zum allerersten Mal gesehen hast?«

Ich streichelte ihren Rücken, küsste ihre Schulter. »Ja«, flüsterte ich. »Ich sah dich an jenem Tag und wusste, dass ich dich wiedersehen muss.«

»Tja, dann sieh mich auch weiterhin und verschwinde nicht wieder.«

Ich biss sie sanft in die Schulter.

»Cam?«

»Ja?«

»Ich bin jetzt satt und müde.«

»Dann komm.« Ich umfasste ihre Hüften und hob sie hoch. Sie schlang Arme und Beine um mich.

Ich trug sie zum Bett, legte sie darauf und streckte mich neben ihr aus.

»Es fühlt sich so … neu an. Hier mit dir zu sein«, sagte sie leise. »Es fühlt sich richtig an.«

Oh verdammt, das tut es.

Sie schmiegte ihren Po an mich, und ich biss die Zähne zusammen, während sie die perfekte bequeme Position zu finden versuchte. »Gute Nacht, Cam.«

Ich seufzte in ihre Haare und legte einen Arm um sie. »Gute Nacht, Baby.«

»Bis morgen.«

Ich küsste sie aufs Haar und zog sie enger an mich. Nie zuvor in meinem Leben hatte ich jemanden im Arm gehalten oder hatte überhaupt jemanden so halten wollen, wie ich sie jetzt hielt. Aber plötzlich schien ich nicht genug davon bekommen zu können. Und wie es aussah, würde das wohl so bleiben.

Ich dachte, sie sei eingeschlafen, aber sie wackelte erneut mit dem Hintern. Ich seufzte.

»Kara«, sagte ich ernst.

Sie stieß einen zufriedenen kleinen Seufzer aus. »Erzähl mir von deiner Kindheit. Nur ein bisschen. Gib mir eine schöne Erinnerung.«

Ich war für einen Moment still. Sie legte ihre Hand in meine und passte unsere Finger aufeinander. Dann streichelte sie von der Spitze meines Zeigefingers bis zum Knöchel und wiederholte das bei allen anderen Fingern. Diese zarte Berührung entlockte mir eine Reaktion.

»Eine schöne Erinnerung«, wiederholte ich.

Ich spürte, wie sie nickte. »Irgendwas.«

»Der Moment, wenn ich nachmittags aus der Schule kam«, sagte ich nach einer Weile.

»Du konntest es nicht erwarten, deine Videospiele zu spielen, was? Freiheit.«

»Nein, das war es nicht.«

»Was kann denn besser sein als Freiheit?«

Lächelnd schmiegte ich mein Gesicht in ihre Haare. War ja klar, dass sie das dachte.

»Was könnte besser sein?«, hakte sie nach.

»Meine Mom, die in der Küche auf mich wartete«, erwiderte ich. »Und gerade dabei war, etwas für mich zu kochen.«

Sie drückte meine Hand, nachdem sie kurz gestutzt hatte. »Und dann? Beschreib es mir. Was hat sie dir gekocht?«

»Alles Mögliche. Pfannkuchen vielleicht? Riesige Pfannkuchen, groß wie ein Teller, und gleich einen ganzen Stapel davon.«

»Deine Mom muss eine gute Köchin gewesen sein.«

»Die konnte kein bisschen kochen. Und es ist auch gar keine Erinnerung. Ich habe es mir nur ausgedacht«, gestand ich. »Ich habe keine glücklichen Kindheitserinnerungen, abgesehen von meiner Zeit im … Labyrinth. Und darüber will ich jetzt nicht reden.«

»Verstehe.«

Ich spürte ihre Traurigkeit.

Ich hätte lieber gar nichts sagen sollen.

»Erzähl du mir eine«, bat ich. »Eine glückliche Erinnerung. An deinen Dad und Dylan.«

»An den Wochenenden sind wir immer an den Strand gegangen, wenn mein Vater nicht arbeiten musste. Wir bauten Sandburgen, oder Dylan und ich buddelten Dad im Sand ein. Erst warfen wir ihn um, und er tat, als seien wir so schwer, dass er nicht aufstehen konnte. Dann bedeckten wir ihn ganz mit feuchtem Sand. Einmal habe ich ihm einen Meerjungfrauenschwanz geformt, und er meinte, der sei wunderschön.«

Sie erzählte mir noch eine Erinnerung und dann noch eine. Ich verlor jedes Zeitgefühl. Sie brachte mich zum Lachen, und in dieser einen Nacht lachte ich so viel, wie sonst nicht mal in einem Jahr. Sie machte mich … glücklich. Und ich konnte nur hoffen, dass ich sie genauso glücklich machte.

»Kara«, flüsterte ich irgendwann. »Lass uns schlafen.«

»Einverstanden.« Sie kuschelte sich in meinen Arm und drückte ihren Po fest an mich.

»Wir werden glückliche und gute Erinnerungen machen«, versprach sie mir. »Viele.«

Und so begannen wir eine Beziehung – eine Beziehung, wie sie keiner von uns je zuvor geführt und mit der keiner von uns wirklich gerechnet hatte. Es blieb stets eine verdammte Achterbahnfahrt mit ihr, und anders hätte ich es auch gar nicht haben wollen. Doch schon die nächsten Tage brachten neue, völlig unerwartete Probleme für uns. Ich dachte, ich wäre gewappnet. Wie sich herausstellte, war das ein Irrtum.

Lesen Sie auch:

Isabelle Ronin

Du bist mein Feuer

Aus dem Englischen von Sabine Schilasky

12,99 € (D)
ISBN: 978-3-95649-772-8

Caleb

Die ganze Tanzfläche war erleuchtet von roten und grünen Laserstrahlen aus den rotierenden Deckenlampen. Es war Freitagabend und der Club voller Leute, die zur wummernden Musik des DJs tanzten und umherhüpften. Sie erinnerten mich an Pinguine, die sich in der Kälte zusammendrängten, nur dass die hier wie auf Crack waren.

»Was ist denn mit dir los?«, brüllte Cameron mir ins Ohr und boxte mir leicht auf den Arm. »Das war schon die Vierte heute Abend, die du abgewimmelt hast, und wir sind eben erst angekommen.«

Ich zuckte mit den Schultern. Dass mich bedeutungsloser Sex und eintöniges Flirten mittlerweile ziemlich anödeten, wollte ich nicht so direkt zugeben. Es käme mir irgendwie erbärmlich vor. Na gut, gegen den Sex hatte ich nichts, doch in letzter Zeit wollte ich noch etwas anderes. Eine Herausforderung vielleicht. Den Nervenkitzel der Jagd.

Hastig stürzte ich mein Bier herunter. »Wenn man sich immer denselben Mist reinzieht, wird es eben langweilig«, antwortete ich.

Justin lachte dröhnend und zeigte mit seiner Bierflasche zur Tanzfläche. »Guck dir das an, Mann. Ach du Scheiße!«, rief er und stieß einen schrillen Pfiff aus.

Mitten auf dem Dancefloor tanzte ein Mädchen – nein, streicht das – sie *bewegte* sich auf so sinnliche Art, dass ich nicht anders konnte, als hinzustarren. Es war wie … sofort dachte ich an Sex, und offenbar ging es auch anderen so, denn viele Blicke richteten sich auf sie. Ihr perfekter Körper – Marilyn-Monroe-Maße – war in ein kurzes, enges Kleid gehüllt, das sich wie eine zweite Haut an sie schmiegte.

Und es war auch noch in einem sündhaft scharfen Rot. Verdammt.

Ich könnte ein bisschen gesabbert haben, als sie sich vorbeugte und etwas Verträumtes mit ihren Hüften anstellte, sodass das lange schwarze Haar bis zu ihrer Wespentaille schwang. Die hohen spitzen Absätze ließen ihre Beine endlos lang wirken.

»Dieses Mädchen muss ich mit nach Hause nehmen«, schrie Justin aufgekratzt.

Der Satz war billig und nervig genug, um mich aus meiner Trance zu reißen. Ich hasste Fremdgehen, und Justin hatte eine Freundin.

Auch Cameron schaute ihn missbilligend an. Dann blickte er auf, weil ihn eine Rothaarige aufforderte. Grinsend schüttelte er den Kopf und flüsterte ihr etwas ins Ohr. Die Rothaarige lachte. Er nickte mir zu, und zusammen hauten sie ab.

»Hallo, Team-Captain.«

Ein weicher, nach schwerem, blumigem Parfüm duftender Körper drängte sich seitlich an mich. Ich schaute zu Claire Bentley. Ihre Augen waren viel zu stark geschminkt. Nichts gegen die Wunder, die Make-up in einem Mädchengesicht bewirken kann. Aber Claire sah aus, als ob man sie auf beide Augen geboxt hätte. Oder wie ein Waschbär.

»Claire. Alles klar?« Ich lächelte sie an, doch das ermunterte sie nur, sich an meinen Arm zu hängen.

Oh nein! Warum hatte ich bloß schon wieder mit ihr geschlafen?

»Ach, na ja, geht so.« Sie klimperte mit den Wimpern und schob ihre Brüste in meine Seite, sodass ich nicht anders konnte, als kurz zu ihrem Ausschnitt zu gucken. Ihre Brüste starrten mich förmlich an. Mann, eine Nacht im Suff, und schon hatten diese schicken Dinger für mich ausgedient.

Ein Träger ihres Kleids rutschte von ihrer Schulter. Sie sah durch ihre Wimpern zu mir hoch, und ich überlegte, ob sie diesen Blick geübt hatte. Dennoch fand ich ihn sexy. Wäre es ein anderes Gesicht gewesen, hätte er wahrscheinlich mein Interesse geweckt. Vielleicht.

»Du schuldest mir einen Drink, Caleb. Ich habe meinen verschüttet, als du vorbeigelaufen bist.« Ihre Zungenspitze berührte ihre Oberlippe.

Ich bemühte mich, nicht die Augen zu verdrehen. Sie übertrieb es, und ich wollte nicht die ganze Nacht in ihren Klauen gefangen sein.

Während ich mir das Hirn zermarterte, wie ich sie loswerden könnte, ohne sie zu kränken, schaute ich mich verzweifelt nach Cameron und Justin um, doch von denen war keiner in Sicht. Arschlöcher.

»Hey, Baby.« Meine Augen weiteten sich vor Staunen, denn das Mädchen, das ich vorhin so schamlos auf der Tanzfläche angestarrt hatte, schlang ihre Arme um meine Taille und befreite mich aus Claires Klammergriff. Sie sah mich so an, dass ich vergaß zu atmen.

Sie war umwerfend.

»Er ist mit mir hier«, sagte sie zu Claire, ohne dabei den Blick von mir abzuwenden. Ich war gebannt davon, wie sich ihr Mund bewegte. Sie hatte volle Lippen, die in einem sehr, sehr scharfen Rotton geschminkt waren.

»Stimmt doch, oder?« Ihre Stimme war sanft und tief. Sie erinnerte mich an dunkle Zimmer und heiße, rauchige Nächte.

Es kam mir vor, als ob mein Herz für eine irre Sekunde in meinem Brustkorb hüpfte. Es könnte auch eine volle Minute gewesen sein, vielleicht waren es sogar zwei Minuten. Völlig egal. Sie war nicht im klassischen Sinne schön. Vielmehr war ihr Gesicht markant, auffällig: hohe, stark definierte Wangenkochen, lange dunkle Brauen über katzenhaften Augen, in denen sich Geheimnisse verbargen. Und ich wollte jedes einzelne davon enthüllen.

Da ich nicht reagierte, sondern nur starrte, zog sie die Augenbrauen zusammen. Ihr matter Goldteint schimmerte im gedämpften Licht. Und ich fragte mich, wie sich ihre Haut wohl anfühlen würde. Rasch fasste ich sie an den Armen, bevor sie sich abwenden konnte, und legte ihre Hände in meinen Nacken. Ich hatte recht gehabt mit meiner Vermutung: Ihre Haut war glatt und weich. Mehr, war alles, was ich denken konnte.

Ich beugte mich näher zu ihr, sodass meine Lippen fast ihr Ohrläppchen berührten, und flüsterte: »Wo warst du denn?« Ich spürte, wie sie erschauerte, und musste grinsen. »Ich suche schon mein ganzes Leben nach dir.«

Langsam, als hätte ich alle Zeit der Welt, strich ich mit der Nasenspitze von ihrem Ohr zu ihrem Hals, doch ehe ich mehr tun konnte, trat sie einen Schritt zurück.

»Sie ist weg«, sagte sie. »Du bist in Sicherheit. Jetzt darfst du mir einen Drink ausgeben, weil ich dich gerettet habe.«

Ich steckte meine Hände in die Hosentaschen, um nicht gleich wieder nach ihr zu greifen. Schon jetzt fehlte mir das Gefühl, sie in den Armen zu halten. »Klar, was möchtest du?«

Sie schüttelte ihr Haar nach hinten, und ich konnte nicht anders, als sie zu beobachten. Ich war fasziniert. »Etwas Starkes. Heute Abend will ich jemand anders sein. Ich will … vergessen.«

Das war mein Stichwort. Ich legte eine Hand unten an ihren Rücken und zog sie zu mir, bis unsere Gesichter nur noch Zentimeter voneinander entfernt waren. »Bei mir kannst du jede sein, die du willst.« Ihr Duft vermischte sich mit meinem Atem, und er machte mich süchtig. »Warum gehen wir nicht weg von hier und irgendwohin, wo ich dich alles vergessen lassen kann, Red?«

Eisig starrte sie mich an, stemmte die Hände flach gegen meine Brust und stieß mich weg. »Hat mich auch gefreut, Arschloch.« Sie winkte mir zu und ließ mich stehen. Wie ein verirrter Welpe blickte ich ihr nach. Was war das denn gewesen? Hatte sie mich eben etwa einfach so abblitzen lassen?

Dieses Gefühl war mir so fremd, dass ich nichts weiter tun konnte, als ihr nachzuschauen, bis sie in der Menge verschwunden war. Sie schwankte ein bisschen, anscheinend hatte sie zu viel getrunken. Fast wäre ich ihr nachgerannt, um mich zu vergewissern, dass es ihr gut ging. Aber sicher hätte sie mich dann nur angespuckt. Ihre Freunde würden sich um sie kümmern.

Doch was hatte ich falsch gemacht? Sie sendete alle richtigen Signale aus, dass sie an mir interessiert war. Wollte sie, dass ich ihr erst einen Drink spendierte? Komisch. Heute Abend hatte ich mir eine Herausforderung gewünscht – und sie dann bei der ersten Gelegenheit wie der letzte Idiot verbockt.

»Caleb!«, hörte ich ein anderes Mädchen hinter mir rufen, aber ich war nicht mehr in der Stimmung für irgendwas außer meinem Bett.

Vor dem Club schloss ich die Augen und atmete die frische Luft tief ein. Danach lief ich rasch zum Ende des Parkplatzes, wo mein

Wagen stand, denn ich wollte nicht, dass mich jemand sah und zurück in den Club zerrte. Lieber würde ich mir den Arm abkauen, als da wieder reinzugehen.

Allerdings wurde ich langsamer, da mir eine Frau auffiel, die an der schmutzigen Mauer des Clubparkplatzes lehnte. Wahrscheinlich hatte sie zu viel getrunken und kotzte sich die Seele aus dem Leib. Ich hätte sie gern in Ruhe gelassen, aber als ich wieder hinsah, näherte sich ihr ein Typ. Mein Beschützerinstinkt setzte ein, sobald sich der Mann aufrichtete und auf sie zuschritt.

Die Frau veränderte ihre Position, und das Licht der Straßenlaterne fiel auf ihr Gesicht. Ungläubig starrte ich hin, denn ich erkannte Red wieder. Ich musste nicht lange überlegen, sondern rannte auf sie zu. Der Kerl hatte mich noch nicht bemerkt, weil er völlig auf sie fixiert war. Auf seine Beute. Doch das Einzige, was er heute Nacht erbeuten würde, wäre eine blutige Nase, wenn er sich nicht sofort verzog.

Sowie er mit einer Hand ihren Unterarm packte, knurrte ich beinahe. Meine Wut erstaunte mich selbst, und ich musste sie bändigen, sonst würde mir die Situation hier gleich um die Ohren fliegen. Der andere Typ nahm mich endlich wahr, was ich daran erkannte, dass er plötzlich wie versteinert wirkte.

»Hey, Baby! Wo steckst du denn?«, rief ich und schlenderte betont lässig und unbekümmert auf die beiden zu. Red sah ich lieber nicht an, weil ich mich vor ihrem Blick fürchtete. Sollte sie auch bloß ansatzweise verängstigt erscheinen, würde ich diesem Duckskerl nämlich die Faust ins Gesicht rammen. »Ich suche dich schon überall. Aber jetzt habe ich dich ja gefunden.«

Der Typ hielt sie immer noch fest, also stellte ich mich leicht breitbeinig hin, dehnte meinen Nacken und spannte meine Armmuskeln an. Dabei blickte ich ihm direkt ins Gesicht. Der Perversling trat einen Schritt rückwärts, dann noch einen und noch einen, bevor er sich umdrehte und in die entgegengesetzte Richtung rannte.

»Blöder Arsch«, murmelte ich.

»Wie h…hast du mich genannt?«

Verblüfft, dass sie es gehört hatte, wandte ich mich zu ihr. Wie betrunken war sie eigentlich?

»Nicht dich. Obwohl man über ›blöd‹ streiten könnte. Was machst du hier ganz allein. Holla!« Schnell streckte ich die Hände aus, um sie aufzufangen, als sie erneut schwankte. »Alles klar bei dir?«

Im Club war es zu dunkel gewesen, doch jetzt fiel mir auf, dass sie sehr blass war und ihre Augen glasig wirkten. Ohne auf ihre Antwort zu warten, hob ich sie hoch. Sie stieß nur einen kleinen Laut aus.

»Musst du kotzen?«, fragte ich und schüttelte sie sanft, da sie nicht reagierte.

Das war offenbar keine gute Idee: Sie stöhnte leise und hielt beide Hände vor ihren Mund. Da es aber nicht so schien, als müsste sie sich gleich übergeben, setzte ich sie vorsichtig in meinen Wagen.

»Dir wird doch nicht hier drinnen schlecht, oder? Der Wagen ist ganz neu.« Sie sah aus, als wäre sie schon weggetreten. »Wo wohnst du? Ich fahre dich hin.«

»O...obdachlos«, presste sie wimmernd hervor, und ich war schon überrascht, dass sie überhaupt auf meine Frage antwortete. »Aus der Wohnung g...geflogen.«

Ich lehnte mich an die Kopfstütze, atmete tief durch und strich mir übers Gesicht. Was nun? Ich könnte sie in einem Hotel abliefern und für einige Tage die Kosten übernehmen, damit sie untergebracht war, solange sie sich eine neue Wohnung, einen Job oder was auch immer suchte. Das war schon mehr, als ein x-beliebiger Fremder tun würde. Aber dann schaute ich sie an, und all diese Pläne verpufften.

Sie hatte die Augen geschlossen, ihr Atem ging gleichmäßig und ruhig, aber sogar im Schlaf wirkte sie besorgt. Das Mädchen, das auf der Tanzfläche so stark gewirkt hatte, schien nun unglaublich verwundbar. Ihr Gesicht kam mir irgendwie bekannt vor, wie ein Bild, das man vor langer Zeit gesehen hat. Allerdings wusste ich nicht, wo ich ihr schon mal begegnet sein könnte. Ein Gesicht wie ihres würde ich doch garantiert nicht vergessen.

Mein Bruder zog mich gern damit auf, dass ich gegen verzweifelte Mädchen einfach machtlos war. Vermutlich hatte er recht, denn ich beschloss, sie bei mir unterzubringen. Ich redete mir ein, dass sie in einem Hotel nicht sicher wäre, schon gar nicht in ihrer gegenwärtigen Verfassung. Weiß der Himmel, was hätte passieren können, wäre ich eben nicht aufgekreuzt!

Ich ließ den Motor an und drehte die Klimaanlage voll auf. Sie würde einen höllischen Kater haben, wenn sie morgen früh aufwachte. Wir waren nur noch Minuten von meinem Apartment entfernt, als sie plötzlich im Beifahrersitz zuckte und die Hände vor den Mund presste.

Scheiße, nein!

Sie kotzte mir den ganzen Wagen voll.

Fast hätte ich geweint. Mein funkelnagelneues Auto! Das Würgegeräusch war schon übel genug, aber der Gestank war so beißend, dass ich mich beinahe selbst übergab. Hastig öffnete ich sämtliche Fenster und das Schiebedach, bevor ich endlich aus- und wieder einatmete.

»Oh verdammt, Mädchen. Eine gute Tat und …«

Erneut spuckte sie.

»Maaaann!«

Ich war so angefressen, dass ich große Lust hatte, sie doch in einem Hotel abzusetzen. Ich kannte dieses Mädchen schließlich nicht mal. Und selbst mein Retterkomplex hatte seine Grenzen. Aber dann brachte ich es doch nicht fertig.

Resigniert parkte ich auf meinem Stellplatz, stieg aus und näherte mich widerwillig der Beifahrerseite. Die Luft anhaltend, machte ich sie sauber, so gut es eben möglich war, bevor ich sie aus dem Wagen hob. Sie stank zum Himmel.

In der Lobby drückte einer der Sicherheitsmänner den Fahrstuhlknopf für mich, weil ich keine Hand frei hatte. »Hat Ihre Freundin zu viel getrunken, Sir?«

»Na, wir wissen doch beide, dass ich keine Freundin habe, Paul.« Ich zwinkerte ihm zu, und er lachte leise.

Sobald sich die Lifttüren auf meiner Etage öffneten, lief ich geradewegs zum Gästezimmer. Sie rollte sich zusammen wie eine kleine Katze und wimmerte, während ich sie behutsam aufs Bett legte. »Mom«, stieß sie schluchzend hervor.

An der Tür verharrte ich und drehte mich zu ihr um. Was immer dieses Mädchen durchgemacht haben mochte, es war nicht schön. Eigentlich sollte ich sie waschen und in frische Klamotten stecken, doch sie würde es bestimmt nicht witzig finden, wenn sie morgen früh feststellte, dass sie von einem Fremden ausgezogen worden war. Und dann könnte ich ein Auge oder eine Hand einbüßen. Das riskierte ich lieber nicht. Ihr Atem beruhigte sich wieder. Im Nachhinein könnte ich nicht sagen, wie lange ich dort gestanden und ihr beim Schlafen zugesehen hatte.

Veronica

Warmer Sonnenschein auf meiner Haut weckte mich. Ich genoss die saubere weiße Bettdecke über mir und dachte, wie nett es von meiner Mom war, sie frisch zu beziehen. Zufrieden lächelte ich und kuschelte mich ein.

Meine Mom. Das war nicht möglich. Meine Mom war tot.

Ich schoss hoch, und mir wurde schwindlig. Mehrmals blinzelte ich, blickte mich um und schluckte die Panik herunter, die mir in die Kehle stieg, denn ich kannte dieses Zimmer nicht. *Wo zur Hölle bin ich? Und was ist das für ein ekliger Gestank?*

»Es wäre wirklich hilfreich, wenn du jetzt nicht panisch würdest«, murmelte ich und erschrak, weil mein Atem so entsetzlich roch. Den Mund geschlossen, atmete ich einige Male ein und aus, um mein rasendes Herz zu beruhigen.

Wenigstens hatte ich noch meine Sachen an, auch wenn die voller eingetrocknetem … Erbrochenen waren. Daher der Gestank. Das war ich! *Oh mein Gott.*

Ich konnte mich an alles erinnern, was gestern war, bis auf den Abend. Verschwommene Bilder waberten mir durch den Kopf, doch nichts Konkretes, das mir einen Anhaltspunkt geben könnte. Aus der Wohnung geworfen zu werden, weil ich die letzten zwei

Monate die Miete nicht aufbringen konnte, war brutal gewesen. Die meisten meiner Sachen zurückzulassen war mir leichtgefallen, weil das meiste sowieso alt, billig und vom Flohmarkt war. Ich hatte nur meine guten Sachen und Erinnerungsstücke von meiner Mutter mitgenommen und im Schließfach auf dem Campus verstaut.

Zum ersten Mal in meinem Leben war ich nicht in den Club gegangen, um Drinks zu servieren oder Tische abzuwischen, sondern um mich zu betrinken. Es war meine Art, dem Leben den Stinkefinger zu zeigen. Ich vertrug nicht viel, also brauchte es nicht lange, bis ich sehr betrunken war.

Ich hatte schon immer zur Paranoia geneigt, daher schaute ich jetzt hastig auf meine Hände und stellte erleichtert fest, dass ich noch alle meine Finger hatte. Meine Beine steckten unter der weißen Decke, und ich fragte mich, ob sie nach wie vor an meinem Körper hingen. Ich wackelte mit den Zehen. Super, das funktionierte also weiterhin. Als Nächstes hob ich mein Kleid an, weil ich mich vergewissern wollte, dass ich keine frischen Wundnähte oder Schmerzen hatte. Jemand hätte meine Leber stehlen können, meine Nieren oder andere lebenswichtige Organe. Nachdem ich festgestellt hatte, dass sämtliche Körperteile intakt waren, sah ich mich genauer in dem Zimmer um.

Es als Zimmer zu bezeichnen erschien mir wie eine schamlose Untertreibung. Es war größer als meine ganze Wohnung und teuer und geschmackvoll eingerichtet. Ein breites Fenster mit schweren weißen Vorhängen nahm fast die ganze Wand rechts von mir ein und bot einen erstklassigen Blick auf die Stadt. Es musste ein hohes Gebäude sein, denn die Innenstadt wirkte von hier aus klein.

Hatte ich gestern Abend noch etwas anderes getan, außer mich zu betrinken? Wie zum Beispiel … oh Hilfe, mit einem Fremden geschlafen? Ich hob den Hintern und machte einige Beckenbodenübungen, als würden mir die verraten, ob ich noch Jungfrau war. Na ja, wund fühlte ich mich jedenfalls nicht. Erneut geriet ich in Panik …

»Tief einatmen, Veronica. Tief einatmen.«

Leise stieg ich aus dem Bett, und meine Füße versanken in einem weichen Teppich. Wem immer das hier gehören mochte, er musste steinreich sein, und ich hatte nicht vor, ihm zu begegnen. Was wäre, wenn er im großen Stil mit Drogen dealte? Wie sollte er sonst an so viel Kohle kommen? Oder vielleicht wollte er mich auch erst mal mästen, bevor er meine Organe stahl und verkaufte?

Krieg dich ein, blöde Nuss!

Ehe ich mich nach draußen schleichen konnte, entdeckte ich ein Badezimmer, das direkt von dem Raum abging, und ergriff meine Chance. Anschließend schlich ich mich vorsichtig zur Tür und linste hinaus. Trotz meiner Panik fiel mir auf, wie unglaublich hier alles war. Solche Apartments kannte ich bisher nur aus Hochglanzmagazinen. Alles sah elegant und modern aus. Teure Gemälde hingen an weißen Wänden, und ein riesiger Fernseher stand vor einer L-förmigen Couch. Unter meinen Füßen schimmerte ein Parkettboden.

Angesichts von so viel Luxus schnitt ich eine Grimasse.

Das Leben war unfair, schoss es mir durch den Kopf, während ich nach der Wohnungstür Ausschau hielt. Mir stockte allerdings der Atem, als ich in einem Bereich, bei dem es sich um die Küche handeln musste, jemanden entdeckte. Dieser Jemand hatte mir seinen nackten Rücken zugekehrt, und ich konnte erkennen, dass er groß und braun gebrannt war. Als er einen Arm bewegte, spannten sich seine gut definierten Muskeln an.

Wie eine Idiotin verharrte ich nervös und ängstlich auf der Stelle. Als hätte er meine Anwesenheit gespürt, drehte er sich plötzlich zu mir um, und seine Augen weiteten sich.

Das Gesicht kannte ich.

Caleb. Caleb Lockhart!

Oh nein, nicht er! Das durfte nicht wahr sein. Ich war in der Höhle der männlichen Campus-Schlampe aufgewacht!

Ein Stück Brot fiel ihm aus dem Mund, während er mich weiter angaffte. Seine bronzefarbenen Locken waren zerzaust und standen in alle Richtungen ab, als wäre er eben erst aufgestanden. Seine Brust und der Bauch waren sehr muskulös und sehr nackt. Vor ihm war ein Küchentresen, der in Höhe seiner Taille endete, sodass ich nicht erkennen konnte, ob er weiter unten etwas anhatte.

Lieber Gott, hoffentlich hat er unten herum etwas an.

Und dann grinste er. Als hätte er alle Zeit der Welt, ließ er seinen Blick von meinem Haar bis zu meinen Zehen und wieder zurück gleiten. Ich fühlte ein Kribbeln.

»Hey, Baby, du siehst aus, als hättest du eine wilde Nacht gehabt«, flüsterte er heiser.

Oh Gott!

»Haben wir … hast du …?«, stammelte ich und verschränkte meine Arme vorm Oberkörper, um meine Brust vor seinem lasziven Blick zu schützen.

Er zog eine Augenbraue hoch, während er darauf wartete, dass ich meine Frage beendete. Mein Mund war ausgetrocknet, und in meinem Kopf setzte ein unangenehmes Pochen ein. Ich sah nach unten zu meinen nackten Füßen und fragte mich, wo ich meine Schuhe gelassen hatte. *Dämliche, dämliche Kuh.*

»Sag es mir einfach.«

»Was genau soll ich dir sagen?« Seine Augen funkelten amüsiert, und in seinen Wangen bildeten sich Grübchen. Er wusste ganz genau, was ich meinte, aber anscheinend hatte er Spaß daran, unschuldige Leute zu quälen. Idiot.

Als er einen Schritt vortrat, ging ich einen zurück und schrie: »Bleib weg von mir!«

Stirnrunzelnd hob er beide Hände. »Was ist denn in dich gefahren?«

Hektisch blickte ich mich nach etwas um, was ich als Waffe benutzen könnte. Falls er beschloss, mich anzugreifen. »Warum bin ich hier?«

»Erinnerst du dich nicht?«

Auf einmal wollte ich mir die Haare raufen. »An was soll ich mich erinnern?«

Seine Miene verfinsterte sich, als würde er an etwas Unangenehmes denken. »Irgendein Perversling hätte dich gestern Abend fast verschleppt und eventuell vergewaltigt. Ich habe dich gerettet.«

Mir klappte die Kinnlade runter.

»Und du hast mir den ganzen Wagen vollgekotzt.« Er machte eine kurze Pause. »Zwei Mal.«

»Mich v...vergewaltigen?« Meine Erinnerungen waren verschwommen, doch ich wusste noch, dass ich mich gegen die Annäherungsversuche von jemandem gewehrt hatte. Und wenn *er* das gewesen war?

Er nickte und starrte mich immer noch sehr eindringlich an. Irgendwas am Blick seiner grünen Augen weckte die Erinnerung an eine tiefe Männerstimme, die murmelte, *Ich suche schon mein ganzes Leben nach dir ...* Ich schüttelte den Kopf, um sie zu vertreiben, und funkelte ihn wütend an. »Woher soll ich wissen, dass du nicht dieser Kerl warst?«

»Oh bitte«, sagte er und verdrehte die Augen. »Ich muss kein Mädchen zwingen, mit mir zu schlafen.«

Er lehnte sich an die Arbeitsplatte, verschränkte die Arme vor seiner eindrucksvollen Brust und legte den Kopf schräg. Sein Bizeps spannte sich an, die Muskeln traten vor. Unverhohlen musterte er mich weiter.

»Danke«, meinte ich leise, blieb jedoch misstrauisch. Wenn man in einer rauen Gegend aufwuchs, wurde Misstrauen zur Normalität. Da war ich nicht anders als andere. »Ich weiß gar nichts mehr von gestern Abend.«

»Du warst betrunken«, half er mir auf die Sprünge.

»Ja, an den Teil erinnere ich mich.«

»Und du bist nicht verkatert?«

Ich schüttelte den Kopf.

»Erstaunlich«, bemerkte er beeindruckt.

»Hör mal, wenn es dir nichts ausmacht, gib mir meine Schuhe, und ich verziehe mich.«

»Nicht so schnell.«

»Was?« Fünf Schritte entfernt stand eine Tischlampe, die ich notfalls als Waffe benutzen konnte.

»Du hast mir meinen Wagen vollgekotzt, und ich habe den erst vor wenigen Wochen bekommen.«

Oh. Ich biss mir auf die Unterlippe. »Ist dein Dad nicht reich?« Ich deutete mit einer ausholenden Geste auf die luxuriöse Einrichtung um uns herum. »Kannst du den nicht einfach von jemandem reinigen lassen?«

Er zog die Augenbrauen hoch. »Also willst du, dass jemand anders deinen Dreck wegmacht?«

Ich biss die Zähne zusammen. »Was willst du von mir?«

Er hockte sich auf den Tresen, sodass ich seinen Körper in voller Pracht sah. Ich schluckte. Wenigstens hatte er eine Jogginghose an.

»Kannst du denn irgendwohin, wenn du jetzt abhaust?« Auf der Arbeitsplatte neben ihm stand ein Obstkorb voller Äpfel. Er griff nach einem. Was für ein Glück er hatte, jederzeit Essen in Reichweite zu haben, wenn er es wollte. Er brauchte nicht zu fürchten, dass er hungern musste … oder obdachlos wurde.

»Was ist das denn für eine Frage? Natürlich nach Hause.« Wo zu Hause war, konnte ich nicht sagen, aber das wusste er ja nicht.

Er schmiss den Apfel hoch, fing ihn auf und warf ihn erneut in die Luft. »Und wo ist das?«

Mein Magen grummelte leise vor Hunger. »Das geht dich nichts an.«

»Tja, ich habe dir das Leben gerettet. Und ich glaube ans Energiesparen, also will ich nur sicher sein, dass du meine Energie nicht verschwendest. Gestern Abend habe ich dich gefragt, wo du wohnst, und du hast mir erzählt, dass du obdachlos bist. Ehrlich, im Moment siehst du aus, als hätte dir gerade jemand deinen letzten Dollar geklaut.«

Vor Schreck riss ich den Mund auf.

»Du hast mich verstanden«, erwiderte er, legte den Apfel zurück in den Korb und verschränkte erneut die Arme. Führte er mir absichtlich seine Muskeln vor?

»Warum interessiert dich das?«, hakte ich nach.

Es dauerte einen Moment, ehe er antwortete: »Kannst du wirklich irgendwohin?« Sein sanfter, mitfühlender Tonfall machte mich fertig. Ich fühlte, wie mir die Tränen kamen. Und ich sah ihm an, dass es ihm unangenehm war. Er sprang vom Tresen, schritt zum Kühlschrank und öffnete ihn.

»Hier«, meinte er leise und reichte mir eine Wasserflasche. Ich wollte mich bedanken, traute meiner Stimme allerdings nicht. Als ich aufblickte, wich er vor mir zurück. »Dir ist bewusst, dass du stinkst, oder?«

Ich lachte. Ich musste so sehr lachen, dass ich mich auf den Boden hocken musste, damit ich nicht auf die Nase fiel. Und dann fing ich an zu weinen. Er musste mich für irre halten.

»Wieso bleibst du nicht ein bisschen, bis du eine Wohnung gefunden hast?«

Ich war so schockiert, dass ich ihn nur stumm anstarren konnte. Er zuckte mit den Schultern. »Ich erkenne es, wenn Leute am Ende ihrer Kräfte sind.«

Am Ende ihrer Kräfte? Ich wurde wütend. Ich hasste es, zu jemandem hochschauen zu müssen, wenn ich mit ihm sprach; deshalb stand ich wieder auf. Er war immer noch deutlich größer, und das ließ mich erst recht sauer werden. »Hör mal, ich mag obdachlos sein, doch ich will deine Almosen nicht.«

»Wohin willst du sonst? In ein Obdachlosenasyl? Pass auf.« Er hielt ein Finger vor mein Gesicht. »Erstens, ich lebe allein, also hast du hier nur das Vergnügen meiner Gesellschaft. Zweitens«, er hob einen zweiten Finger, »bist du hier allemal sicherer, weil du mich hast, der dich beschützt. Und drittens«, er nahm einen dritten Finger hinzu, »Bingo! Du kannst hier umsonst wohnen.«

Ich wurde skeptisch. Das klang zu schön, um wahr zu sein. »Warum hilfst du mir?« Das Leben hatte mir schon oft genug einen Schlag verpasst, daher wusste ich, dass es nichts umsonst gab. Caleb öffnete den Mund, doch es kam kein Ton heraus. Schließlich schüttelte er den Kopf. »Keine Ahnung.«

Mit Caleb Lockhart zusammenwohnen. In dieser riesigen Wohnung. Umsonst. Oder alternativ zum Obdachlosenheim gehen oder auf der Straße leben. »Ich werde nicht deine Hausnutte.«

Er wirkte gekränkt. »Kleines, eine Prostituierte werde ich nie brauchen. Hast du diesen Körper gesehen? Glaubst du ehrlich, dass ich für Sex Geld hinblättern muss? Außerdem«, fügte er grinsend hinzu, »falls du dich dazu entschließen solltest, mit mir zu schlafen, wirst du *mich* bezahlen.«

Wow. Von seinem gewaltigen Ego müsste er eigentlich permanent Kopfweh haben. Ich sah ihn angewidert an und gab vor zu gähnen. »Alles, was du sagst, klingt unglaublich spannend. Ich verstehe gar nicht, warum ich die ganze Zeit gähnen muss.«

Seine grünen Augen wurden größer, und er blickte mich eindringlich an. Diesmal habe ich ihn wohl richtig auf die Palme gebracht, dachte ich, doch dann passierte etwas völlig Unerwartetes. Er fing an zu lachen. »Du gefällst mir«, sagte er. »Ich meine, du siehst ja echt hammermäßig aus, aber ich hätte nicht gedacht, dass das tiefer geht.«

Hatte er mich gerade beleidigt?

»Ich biete dir einen Ausweg aus deiner Notlage an. Warum greifst du nicht zu?« Er hielt sich mit zwei Fingern die Nase zu. »Und kannst du bitte duschen gehen? Du magst ja umwerfend sein, doch ich verbringe meine Zeit nicht mit jemandem, der nach Kloake riecht.«

Ich schnaubte. Natürlich hatte er recht. Ich musste richtig, wirklich schlimm, stinken. Aber … »Und was willst du als Gegenleistung?«

»Nicht jeder will was von dir«, antwortete er ernst.

»Ach, glaubst du das wirklich?« Ich lachte verbittert. »Jeder will was von einem, auf die eine oder andere Art. Hast du das noch nicht kapiert?«

Er legte den Kopf schräg und schaute mich einen Moment lang nachdenklich an. Ich fragte mich, was er sah. Durch mein Äußeres, meine Figur, wirkte ich auf andere oft so, als wäre ich auf *Spaß* aus. Sie hatten ja keine Ahnung, dass das nun wirklich das Letzte war, was ich wollte. Das Allerletzte. Ich war viel zu sehr damit beschäftigt, zu überleben und mir meine nächste Mahlzeit zu erarbeiten, um an so was wie Vergnügen auch nur zu denken. Der gestrige Abend war eine Ausnahme gewesen. Total unnormal für mich.

»Ich könnte putzen«, bot ich an. Tat ich das hier wirklich? Warum nicht? Die Welt hatte mir schon lange keine Freikarte mehr geschenkt. Ich war überfällig für eine.

»Ich habe schon dreimal die Woche eine Putzkraft«, antwortete er.

»Ich kann kochen.«

Er runzelte die Stirn. »Mach dich nicht über mich lustig. Das ist nicht nett.«

Ich verdrehte die Augen.

»Kannst du ehrlich kochen?« Er sah wie ein kleiner Junge aus, der den letzten Keks ganz unten in der Dose entdeckt hatte.

»Ja.«

»Abgemacht!«

Das war zu einfach. »Du hast gesagt, dass du allein wohnst, aber wie kannst du dir so eine Wohnung leisten?«

Die Frage machte ihn sichtlich verlegen. Ich hoffte, dass er nicht dachte, ich wollte herausfinden, wie viel er auf der Bank hatte. Dass ich eine Goldgräberin war. Doch wie sollte er das nicht denken? Schließlich kannte er mich gar nicht.

»Hör mal«, presste ich zischend hervor, denn es ärgerte mich, wenn jemand an meinen moralischen Grundsätzen zweifelte. Ich mochte arm sein, aber ich war keine Schmarotzerin. Meine Hände waren der Beweis, wie schwer ich arbeitete, und darauf war ich stolz. Noch ein Jahr, dann würde ich meinen Abschluss in der Tasche haben. Ich hatte hart geschuftet, um mir ein besseres Leben zu ermöglichen. Viel hatte ich nie gebraucht; ein regelmäßiger Job, ein einfaches Zuhause und ein verlässlicher Wagen waren mehr als genug, damit ich glücklich war. Und ich wollte nie wieder hungern. Diese Ziele würde ich auch ohne die Hilfe von irgendwem erreichen. »Ich war bloß neugierig. Falls du denkst, dass ich eine Goldgräberin bin …«

Er hob eine Hand. »Kannst du bitte aufhören, mir Worte in den Mund zu legen? Glaubst du wirklich, dass ich dieses Leben will? Das … das.« Er deutete auf den Raum. »Glaubst du, das macht mich glücklich?« Seine Gesichtszüge hatten sich verhärtet, und seine

Hände waren zu Fäusten geballt. Ich verstummte. Wir beide standen verlegen da, doch nach ein paar Sekunden zog er die Augenbrauen hoch, als sei nichts gewesen. »Weißt du was, ich kann meine Collegesachen erledigen, während du mir heute Abend was kochst.«

Der Moment unvermuteter … Verwundbarkeit, oder was immer es auch gewesen sein mochte, war wieder vorbei.

»Warte mal«, meinte er. »Ich kenn nicht mal deinen Namen.«

»Veronica Strafford.«

»Ich bin Caleb Lockhart.«

Ich erwiderte sein Lächeln nicht und verriet ihm auch nicht, dass ich schon wusste, wer er war. Wer denn nicht? Sicher kannte ihn auf unserem Campus jeder.

»Auf welchem College bist du?«, fragte er.

»Mich hier wohnen zu lassen heißt nicht, dass ich mein Inneres vor dir ausbreiten muss, oder?«

»Genau genommen hast du das schon. In meinem Wagen, schon vergessen?«, erinnerte er mich trocken. »Bitte, geh duschen. Und leih dir gern frische Klamotten von mir. Du darfst dich sogar«, meinte er grinsend, »bei meiner Unterwäsche bedienen.«

Ich schnaubte. Wir beiden standen uns gegenüber, unsicher und in unsere jeweiligen Gedanken versunken. Tat ich das Richtige, indem ich hierblieb? Wohin sollte ich sonst?

»Du kannst in dem Zimmer wohnen, in dem du letzte Nacht geschlafen hast. Es hat ein eigenes Bad.« Er ging hinter den Tresen, auf Abstand zu mir. »Ich haue gleich ab. Fühl dich ganz wie zu Hause.«

Ich nickte. Es kam mir komisch vor. War das hier tatsächlich gratis? Wie konnte er mich in seinem Apartment allein lassen, wenn er mich überhaupt nicht kannte? Er konnte unmöglich sicher sein, dass ich ihn nicht komplett ausraubte.

»Danke. Ich …« Ich stockte. »Danke«, wiederholte ich. Und ich meinte es ernst.

Er nickte. Ich wandte mich von ihm ab und nagte an meiner Unterlippe. Wo zum Teufel war noch mal das Zimmer? Ich schaute erst nach links, dann nach rechts. Seine Wohnung war riesig, und ich war in Panik gewesen, als ich den Raum verlassen hatte.

»Gibt's ein Problem?«, fragte er hinter mir.

Ich zuckte zusammen und drehte mich um. »Ich … ich habe vergessen, wo das Zimmer ist. Sag es mir einfach, und dann mache ich einen Bogen um dich.« Ich merkte, wie ich rot wurde.

Als er nicht antwortete, blickte ich auf und sah, wie er mich lächelnd anstarrte.

»Was?«, fragte ich.

»Mann, ganz schön feindselig, was?« Er lief an mir vorbei. »Folge mir.«

Ich ging ihm nach und bemühte mich, nicht allzu sehr auf seinen Körper zu glotzen. Fast hätte ich aufgeheult, sowie er sich plötzlich umdrehte, mir zuzwinkerte und sagte: »Willkommen in meinem Apartment, Red. Ich hoffe, du genießt deinen Aufenthalt.«